가면 뒤에서

가면 뒤에서

루이자 메이 올컷 소설
서정은 옮김

Behind a Mask: or, a Woman's Power

Louisa May Alcott

인문 서가에 꽂힌 작가들
루이자 메이 올컷 선집 01

문학동네

차례

일러두기

1. 이 책에 실린 작품들은 다음의 두 원서에서 선별 · 번역한 것이다.
Louisa May Alcott, *Louisa May Alcott Unmasked: Collected Thrillers* (Boston: Northeastern University Press, 1995); Louisa May Alcott, *A Whisper in the Dark: Twelve Thrilling Tales* (New York: Barnes&Noble Books, 1996).

2. 이 책에 실린 주는 모두 옮긴이의 것이다.

3. 원서에서 이탤릭체로 강조한 부분은 본문에서 고딕체로 표기했다.

4. 외래어 표기는 국립국어원 표기 원칙을 준수했다.

가면 뒤에서, 또는 여자의 능력

Behind a Mask: or, A Woman's Power

1. 진 뮤어

“그 여자 왔니?”

“아니요, 엄마. 아직 안 왔어요.”

“일이 잘되면 좋겠는데. 그 생각을 하면 걱정도 되고 불안하기도 하고 그렇구나. 등에 쿠션 좀 받쳐주겠니, 벨라.”

신경질적인 코번트리 부인은 초초한 듯 한숨을 쉬고 나서 마치 순교자 같은 분위기로 안락의자에 몸을 파묻었다. 그녀의 어여쁜 딸은 애정 어린 근심을 보이며 어머니 주위를 서성이고 있었다.

“루시아, 저 두 사람이 누구 이야기를 하는 거지?” 소파에 늘어져 있던 나른한 표정의 청년이 언제나처럼 도도한 얼굴에 만족스러운 미소를 띤 채, 태피스트리 짜는 일에 몰두하고 있던 바로 옆의 사촌에게 물었다.

“새로 올 가정교사 미스 뮤어 이야기예요. 어떤 사람인지 말해 줄까요?”

“아니, 됐어. 나는 가정교사라는 종족 전체에 대해 뿌리깊은 혐오감을 느끼니까. 누이동생이 하나밖에 없는데다 어머니께서 그 애 하고 싶은 대로 다 하게 내버려둔 덕에 지금까지 가정교사 없이 지낼 수 있었던 걸 몇 번이나 고마워했는지 몰라.”

“그럼 이젠 어떻게 할 건데요?” 루시아가 물었다.

“그 여자가 집에 있을 동안은 내가 나가 있어야지.”

“아니, 그러지 못할걸. 그러기엔 너무 게으르니까.” 개들을 어르며 움푹 파인 벽 한쪽에 서 있던, 더 활기차고 나이 어린 청년이 소리쳤다.

“그 여자한테 사흘간 시험기간을 주도록 하지. 견딜 만한 존재라는 게 입증되면 더 신경쓰지 않을 거야. 하지만 지겨운 여자라면, 당연히 그렇겠지만, 어디든, 어디라도 그 여자 없는 데로 가버려야지.”

“얘들아, 제발 부탁인데 그렇게 비관적인 태도로 말하지 좀 말아다오. 나부터도 너희 못지않게 낯선 이를 들이는 게 걱정이야. 하지만 벨라를 이대로 내버려둘 수는 없는 일이잖니. 그래서 나도 꾹 참고 이 여자를 들이기로 한 거야. 고맙게도 오늘밤 이후로는 루시아가 관리를 맡아준다는구나.”

“걱정하지 마세요, 엄마. 좋은 사람일 거예요. 익숙해지기만 하면 가정교사가 생긴 걸 우리 모두 좋아하게 될 거예요. 집이 너무 심심하잖아요. 시드니 부인은 그녀가 살 집이 필요한, 조용하고 재능 있고 다정한 사람이라고 말했어요. 어리석은 절 도와줄 테고요.

그러니 저를 생각해서 그녀를 좋아하도록 노력해주세요."

"그래, 그러도록 하마, 아가. 그런데 늦는 거 아니니? 아무 일 없으면 좋겠는데. 제럴드, 하인들에게 역으로 마차를 보내라고 말은 했니?"

"깜빡 잊었어요. 하지만 멀지 않잖아요. 좀 걷는다고 어떻게 되진 않을 거예요." 만사가 귀찮아 보이는 청년이 대답했다.

"잊어버려서 그런 게 아니라 귀찮아서 그런 거 다 알아. 너무해요. 이렇게 늦은 시간에 혼자 집을 찾아오게 하다니, 너무 무례하다고 생각할 거야. 네드 오빠, 어서 가서 누구라도 좀 보내줘요."

"벨라, 이젠 너무 늦었어. 기차가 도착한 지 벌써 좀 됐는걸. 어머니, 다음번엔 저한테 말씀하세요. 전 어머니 분부 그대로 할 테니까요." 에드워드*가 대답했다.

"네드는 이제 눈앞에 나타난 여자라면 누구와도 사랑에 빠질 나이가 막 됐지. 루시아, 그 가정교사 좀 잘 지켜봐줘. 그렇지 않으면 네드를 꾀려고 할 테니까."

조롱하는 말투로 속삭이듯 작게 말했지만 네드는 그 말을 엿듣고는 명랑한 웃음을 터뜨리며 이렇게 대꾸했다.

"형, 정말이지 형이 그렇게 넘어가는 걸 내가 한 번만 봤으면 좋겠다. 모범을 잘 보여봐. 그럼 내 약속하지만, 형이 하는 대로 따라 할 테니. 가정교사 얘기라면 말이야, 여자니까 그래도 예의를 갖추어서 대접하는 게 당연하지. 가난한데다 남의 집에 와 있는 처지니까 좀더 친절하게 대해줘서 나쁠 것도 없잖아."

---

* 네드의 정식 이름.

"그래, 마음씨 고운 내 동생 네드! 그 가엾은 뮤어 양을 우리가 지켜주기로 하자, 그러면 되겠지?" 그 말에 벨라가 오빠에게 달려가 키스를 하려고 발끝으로 섰다. 장밋빛 입술을 사랑스럽게 내밀며 빛나는 눈동자 가득 누이다운 애정을 드러내는 벨라의 키스를 거절하는 것은 불가능한 일이었다.

"이제 좀 왔으면 좋겠는데. 누굴 만나려고 기껏 신경을 썼는데 약속이 깨지는 건 참을 수 없는 일이니까. 시간을 지키는 건 기본적인 미덕인데 이 여자한테 그 미덕은 없겠구나. 일곱시에 오겠다고 했는데 벌써 한참 지났으니." 코번트리 부인이 짜증난 목소리로 말하기 시작했다.

부인이 또다른 불평을 늘어놓기 위해 숨을 들이쉬려는데 시계가 일곱시를 쳤고 문에서 초인종이 울렸다.

"그녀가 왔어요!" 벨라가 소리치며 나가서 손님을 맞으려는 듯 문 쪽으로 몸을 돌렸다.

그러나 루시아가 권위 있는 목소리로 벨라를 막았다. "여기 있어, 벨라. 그녀가 너에게 오는 거야, 네가 그녀에게 가는 게 아니라."

"뮤어 양이 도착했습니다." 하인의 보고와 함께 검은 옷차림의 자그마한 인물이 문간에 나타났다. 잠시 정적이 흘렀다. 아무도 말을 꺼내지 않는 동안 가정교사는 사람들을 관찰하는 한편 자신 역시 그들에게 보여주는 시간을 보냈다. 모두가 그녀를 바라보았다. 그녀는 모여 있던 가족들을 향해 호기심을 자극하는 예리한 시선을 한번 던지더니 눈을 내리고, 가볍게 고개 숙여 인사하며 안으로 들어왔다. 에드워드가 앞으로 나가더니 그 누구도 기가 죽거나 냉담해지지 않게 하는, 꾸밈없이 친절한 태도로 그녀를 맞았다.

"어머니, 기다리던 분이 오셨네요. 뮤어 양, 실수로 마중할 사람을 보내지 못한 점 사과합니다. 마차를 보내야 했는데 착오가 있었어요. 아니, 실은 마차를 보내기로 했던 사람이 게을러서 잊어버렸답니다. 벨라, 이리 오렴."

"감사합니다. 사과하지 않으셔도 돼요. 마중 나오실 거라고 생각하지 않았는걸요." 가정교사는 이렇게 대답하며 눈을 계속 내리깐 채 온순하게 자리에 앉았다.

"만나서 반가워요. 짐은 이리 주세요." 벨라가 다소 수줍어하며 말했다. 제럴드는 별 관심 없다는 듯 여전히 만사 귀찮은 표정으로 벽난로 쪽 일행들을 바라보고 있었고 루시아는 미동도 하지 않았기 때문이다. 코번트리 부인이 그녀를 다시 한번 바라보더니 이야기를 꺼냈다.

"시간에 딱 맞춰 도착했군요, 뮤어 양. 마음에 듭니다, 다행이에요. 시드니 부인에게 들었겠지만 불행히도 난 건강이 좋지 않아요, 그래서 코번트리 양이 해나갈 수업은 제 조카가 안내를 할 겁니다. 내가 원하는 바를 잘 알고 있으니까요. 뮤어 양에 대한 시드니 부인의 소개가 짧기도 했고 제가 부인께 다 믿고 맡기기도 해서, 괜찮다면 이제라도 몇 가지 질문을 좀 했으면 하는데요."

"뭐든지 물어보세요, 부인." 부드럽고 애수 어린 목소리로 그녀가 대답했다.

"스코틀랜드 출신이라고 들었는데."

"네, 부인."

"부모님은 살아 계신가요?"

"가족은 아무도 없습니다."

"이런, 딱하게도! 나이를 물어봐도 괜찮겠어요?"

"열아홉이에요." 질문이 길어질 것이 분명했으므로 뮤어 양이 입술에 가벼운 미소를 지으며 인종하는 모습으로 두 손을 모았다.

"어리기도 하지! 시드니 부인께서는 스물다섯쯤이라고 그랬던 것 같은데, 그렇지 않니, 벨라?"

"아니요, 엄마. 부인께서는 그냥 그렇게 짐작하신다고만 했지요. 그런 질문은 하지 마세요. 모두 있는 데서 그런 걸 물으시면 곤란해하잖아요." 벨라가 속삭였다.

"서른 살 정도라면 저도 좋을 텐데, 그렇지 않으니 될 수 있으면 원숙해 보이려고 노력하고 있습니다." 조용한 목소리로 이렇게 말하는 뮤어 양의 눈에 감사의 빛이 스치듯 지나갔다.

그 말에 당연히 모두가 그녀를 바라보았다. 그리고 목덜미의 작은 은십자가를 제외하면 아무 장식도 없는 수수한 검은 옷을 입고 있는 창백한 얼굴의 소녀를 바라보며 모두 모종의 연민을 느꼈다. 그녀는 작고 마른데다 핏기라곤 없었다. 금발머리에 회색 눈동자, 눈매는 날카로웠고 다소 불안해 보이는 시선은 굉장히 풍부한 감정을 전하고 있었다. 가난은 그녀에게 지울 수 없는 흔적을 남겼다. 그녀의 삶에는 햇살 따뜻한 날보다 서리 낀 날이 더 많았을 것이다. 하지만 입매는 내면의 힘을 드러내고 있었고 다양한 어조의 또렷하면서도 낮은 목소리는 명령과 애원의 흥미로운 조합을 보여주었다. 매력적인 여자라고 할 수는 없었지만 평범한 여자도 아니었다. 섬세한 두 손을 무릎 위에 모으고 여윈 얼굴에 애수의 빛을 띤 채 고개 숙인 그녀는 활짝 피어나는, 축복받은 소녀 여럿보다 분명 더 흥미로운 존재였다. 벨라는 곧장 그녀에게 호감을 느꼈다. 혹 뮤어 양이 곤란해하기라도 할까봐 개를 돌본다는 핑계로 자리를 뜬 에드워드 대신 벨라가 그녀 옆으로 의자를 당겨 앉았다.

"아팠다고 들었는데요." 코번트리 부인은 새로운 가정교사에게 가장 궁금했던 점에 대해 질문을 계속했다.

"네, 부인. 지난주에야 병원에서 나왔어요."

"정말 이렇게 빨리 수업을 시작해도 괜찮겠어요?"

"지체할 시간이 없으니까요. 그리고 이곳에서 지내도록 허락해주신다면 이런 시골에서는 금방 기운을 회복할 수 있을 것 같아요."

"음악과 프랑스어, 회화를 가르칠 수 있다고 했죠?"

"네, 잘할 수 있다는 걸 보여드리도록 노력하겠습니다."

"그럼 어디 피아노를 한두 곡 쳐보도록 해요. 터치를 들으면 판단할 수 있으니까. 난 어릴 때 피아노를 쳤거든."

뮤어 양이 일어나 악기가 어디 있는지 찾기 위해 주위를 둘러보더니, 방 다른 쪽 끝에 피아노가 놓인 것을 발견하자 루시아와 제럴드를 보지 못한 것처럼 무시하고 그쪽으로 걸어갔다. 그 뒤를 따라간 벨라는 잠시 동안 감탄한 나머지 다른 모든 것을 잊고 말았다. 뮤어 양이 음악을 진정 사랑하는 사람처럼, 그리고 그 작품의 완벽한 연인이기라도 한 것처럼 곡을 연주했던 것이다. 그 주문에 자리에 있던 모든 사람이 사로잡혀버렸다. 심지어 축 늘어져 있던 제럴드마저 음악을 듣기 위해 일어섰고 루시아는 뜨개바늘을 내려놓았으며 네드는 건반 위를 나는 가느다란 하얀 손가락을 바라보며 그 힘과 기술에 경탄을 금치 못했다.

"노래도 불러주세요." 아름다운 서곡의 연주가 끝나자 벨라가 청했다.

뮤어 양은 조금 전과 같이 온순히 청을 받아들이며 스코틀랜드 가곡을 부르기 시작했다. 곡이 너무도 아름답고 구슬펐기 때문에 벨라의 눈에는 눈물이 고였고 코번트리 부인도 손수건을 찾아야 했다. 그러나 갑자기 음악이 멈췄다. 몸을 지탱하려고 부질없이 애를 쓰는데도 그만 자리에서 미끄러져, 노래하던 이가 죽은 사람처럼 창백하고 뻣뻣해지며 놀란 관객들 앞으로 쓰러지고 말았던 것이다. 에드워드가 형에게 소파에서 일어나라고 하더니 그녀를 안아 그 자리에 눕혔다. 그사이 벨라는 그녀의 손을 비벼주었고 코번트리 부인은 종을 울려 하녀를 불렀다. 루시아는 이 가엾은 소녀의 관자놀이에 물을 적셔주었으며 제럴드는 평소 보기 힘든 기운을 과시하며 와인을 한 잔 가져왔다. 곧 뮤어 양의 입술이 떨리더니 숨을 한번 내쉬며 사랑스러운 스코틀랜드 억양으로 조그맣게 중얼거렸다. "엄마, 같이 있어주세요. 전 여기에서 혼자 너무 아프고 외로워요."

"이걸 한 모금 마시도록 해요, 좀 나아질 테니." 애처로운 그녀의 헛소리에 무척 마음이 아파진 코번트리 부인이 말했다.

낯선 목소리에 다시 기억이 돌아온 듯했다. 그녀는 일어나 약간 혼란스러운 표정으로 잠시 주위를 둘러보더니 매무새를 가다듬은 후 가련한 표정과 목소리로 말했다. "죄송해요, 온종일 걸은데다 약속을 지킬 생각에만 몰두한 나머지 아침부터 줄곧 식사를 하지 못했어요. 이제 괜찮아졌습니다. 노래를 마저 할까요?"

"말도 안 돼요. 이리 와서 차를 좀 들어요." 동정심과 자책이 가득한 목소리로 벨라가 말했다.

"제1장은 근사하게 해냈는걸." 제럴드가 사촌에게 속삭였다.

뮤어 양은 바로 그들 앞에 있었다. 겉으로는 기절한 일에 대한 코번트리 부인의 언급에 귀를 기울이고 있는 것 같았지만 그녀는 제럴드의 속삭임을 들었다. 그녀가 암양 같은 몸짓으로 고개를 돌려 어깨 너머를 쳐다보았다. 그 순간 그녀의 회색 눈동자는 강렬한 분노와 자부심, 저항으로 검게 변한 것처럼 보였다. 가볍게 고개를 숙이며 폐부를 찌르는 목소리로 "고맙습니다. 마지막 장은 더 근사할 거예요"라고 답하는 그녀의 얼굴 위로 알 수 없는 미소가 스쳐 지나갔다.

코번트리 집안의 맏아들은 무감각하고 활기 없는 젊은이였다. 유쾌함이든 불쾌함이든 그는 좀처럼 어떤 감정도 느끼는 일이 없었다. 하지만 가정교사의 그 표정이며 목소리에서 그는 설명할 수 없는, 하지만 강렬한 그 어떤 새로운 감정을 경험했다. 그는 평생 처음으로 얼굴을 붉혔으며 당황한 것처럼 보였다. 루시아는 그 모습을 보았다. 그녀는 느닷없는 증오심을 느꼈고 뮤어 양을 싫어하게 되었다. 사촌과 함께 지내온 그 모든 시간 동안 자신의 말이나 표정이 그에게 그런 힘을 발휘했던 적은 한 번도 없었기 때문이다. 제럴드는 잠깐 스쳐간 동요의 흔적을 지우고 다시 여느 때의 모습으로 돌아왔다. 그러나 평소의 나른하던 시선에 흥미가 깃들었고 냉소적인 목소리에는 가벼운 분노가 감돌았다.

"정말이지 감상적인 여자로군! 난 내일 이 집을 떠나겠어."

루시아가 웃음을 터뜨렸다. 그리고 제럴드가 자신에게 차를 가져다주기 위해 작은 소란으로 어수선해진 테이블 옆을 천천히 지나가자 적잖은 만족을 느꼈다. 코번트리 부인은 뮤어 양의 기절로 인한 작은 소란에 완전히 지쳐 다시 의자 깊이 몸을 파묻었다. 벨라는 뮤어 양 옆에서 분주했고 에드워드 역시 애원하는 눈빛으로 사촌을 한번 쳐다본 후(그러나 루시아는 그 시선에 답을 하지 않았다) 핏기 없는 가정교사를 위해 어색한 손놀림으로 차를 만드느라 애쓰고 있었다. 그가 찻주전자를 엎고 나서 절망적인 비명을 지르자 뮤어 양이 미소 띤 얼굴로 수줍게 청년을 바라보며 조용히 주전자 뒤에 서서 이렇게 말했다. "제가 바로 제 일을 시작하게 해주세요. 여러분 모두를 위해 차를 준비할게요. 저는 이런 일에는 일가견이 있답니다. 그 티스푼 이리 주세요. 저 혼자 충분히 할 수 있어요. 어머니께서 차를 어떻게 드시는지만 말씀해주세요."

뮤어 양이 보기만 해도 기분이 좋아지는, 능숙하고 우아한 솜씨로 자신의 자그마한 의무를 이행하는 동안 에드워드는 테이블 옆으로 의자를 끌어와 앉으며 자신의 실수에 대해 농담을 건넸다. 제럴드는 그녀에게 김이 오르는 잔을 건네받은 뒤에도 뮤어 양을 좀 더 가까이 관찰하기 위해 남동생에게 한두 가지 질문을 던지며 잠시 그 옆을 서성였다. 그녀는 마치 그가 동상인 양 제럴드에게 아무런 관심도 주지 않았다. 그가 한참 자신에게 말을 걸고 있는 동안 그녀는 이 새로운 가정교사의 온화하고 가정적인 재능에 완전히 반해버린 코번트리 부인에게 설탕 그릇을 가져다주기 위해서 몸을 일으켰다.

"정말 뮤어 양은 보석 같은 존재로군요. 하녀 앨리스가 죽은 뒤로 이런 차는 맛본 적이 없는데. 벨라는 절대 이렇게 차를 내리지 못하고 루시아는 언제나 크림 넣는 것을 잊곤 하지요. 뮤어 양은 뭐든 다 잘하는 것 같군요. 정말 마음이 놓여요."

"언제라도 부인께 차를 내려드리고 싶어요. 그렇게 하도록 해주신다면요." 그러더니 뮤어 양은 얼굴을 한결 아름다워 보이게 하는 희미한 홍조를 띠며 자리로 돌아갔다.

"뮤어 양이 떠나실 때 시드니 씨가 댁에 계셨는지 형이 묻네요." 제럴드가 같은 질문을 반복하고 싶어하지 않았기 때문에 에드워드가 그를 대신해 물었다.

뮤어 양은 제럴드에게 시선을 고정한 채 가볍게 입술을 떨며 대답했다. "아니요, 몇 주 전에 떠나셨어요."

젊은 신사는 사촌에게로 돌아가 그 옆에 앉으면서 이렇게 말했다. "내일 떠나지 말고 사흘간 기다려보기로 하지."

"왜요?" 루시아가 물었다.

목소리를 낮추고 가정교사를 향해 의미심장하게 고개를 끄덕여 보이며 그가 대답했다. "시드니의 미스터리 밑바닥에 어쩐지 저 여자가 있을 것만 같아서 말이야. 그는 최근 제정신이 아니었거든. 게다가 한마디 말도 없이 떠나버리고. 너무 길고 읽기 복잡하지만 않다면 난 현실 속 로맨스에 흥미가 있으니까."

"저 여자가 예쁘다고 생각해요?"

"절대 아니지. 지금껏 본 적 없는 기이한 여자인걸."

"그럼 대체 왜 시드니가 저 여자를 사랑했을 것이라고 생각하는 거죠?"

"시드니는 좀 별나잖아. 저렇게 특이하고 기이한 걸 좋아한다고."

"그게 무슨 말이에요, 제럴드?"

"저 여자가 나를 쳐다보는 그 눈빛으로 당신을 한번 바라보고 나면 내 말을 이해할 수 있을 거야. 차 한 잔 더 들겠어, 주노*?"

"네, 그럴래요." 제럴드는 어머니를 제외한 다른 어떤 여성의 시중도 들지 않았기 때문에, 루시아는 그가 자신의 시중을 드는 것을 좋아했다.

그가 천천히 몸을 일으키기도 전에 뮤어 양이 쟁반에 차를 한 잔 더 담아 그들에게 미끄러지듯 소리 없이 다가왔다. 루시아가 냉랭하게 고개를 끄덕이며 찻잔을 받아들 때 그녀가 낮은 목소리로 말했다. "솔직하게 말씀드려야 할 것 같은데, 저는 귀가 밝아요. 그래서 방 안에서 나는 소리가 모두 들린답니다. 저에 대해 무슨 말씀을 하시든 상관없어요. 하지만 제가 듣지 않았으면 하는 말씀을 하실 수도 있으니까, 미리 알려드립니다." 그러더니 그녀는 올 때처럼 소리 없이 다시 제자리로 돌아갔다.

"어때?" 불편한 얼굴로 가정교사의 뒷모습을 바라보며 자리에 다시 앉는 사촌에게 제럴드가 물었다.

"저렇게 불편한 여자하고 어떻게 한집에서 지낼 수 있을지 모르겠네요! 그녀를 데려오자고 했던 것이 후회돼요. 당신 어머니는 저 여자가 마음에 드신 모양이니, 이젠 내보내기도 어렵게 되었어요." 반쯤은 화가 난, 그리고 반쯤은 흥미롭다는 표정으로 루시아가 대답했다.

"쉿! 당신 말 저 여자가 다 듣고 있어. 표정을 보면 알 수 있다고. 네드가 말 이야기를 하는데 저 여자는 당신 못지않게 도도한 표정을 짓고 있잖아. 저 표정이 다 보여주고 있다고. 이거 정말 점점 흥미로워지는걸."

"쉿, 저 여자가 뭔가 말을 하네요. 무슨 말인지 들어보고 싶어

---

* 로마 신화에 나오는 최고의 신 유피테르의 아내인 유노의 영어 이름.

요." 루시아가 사촌의 입술에 손을 가져다 대며 말했다. 그는 그 손에 키스를 한 다음 가느다란 손가락들에 끼워진 반지들을 앞뒤로 움직이며 권태롭게 유희했다.

"부인, 전 몇 년 동안 프랑스에 있었어요. 하지만 제 친구 분이 돌아가셔서 시드니 부인 댁에 살기 위해 다시 영국으로 돌아왔죠, 그러니까……" 뮤어 양이 잠시 말을 멈추더니 천천히 다시 이야기를 이어갔다. "그러니까 병이 나기 전까지요. 전염성이 있는 열병이어서 부인께 피해를 드리고 싶지 않았기 때문에 제가 직접 말씀드리고 병원으로 갔어요."

"아주 잘한 일이에요. 그런데 이제 전염의 위험이 없는 게 확실한가요?" 코번트리 부인이 불안해하는 목소리로 물었다.

"전혀 없습니다. 분명히 말씀드릴 수 있어요. 완치된 지 이미 좀 되었어요. 그저 시드니 부인 댁으로 돌아가는 것보다 병원에 있는 것이 더 낫다고 생각해서 그곳에 있었을 뿐이에요."

"불화가 있거나 그랬던 건 아니죠? 무슨 문제가 있었다거나?"

"불화는 아니에요, 하지만…… 그게, 숨길 일은 아니니까, 부인께서는 아실 권리가 있으니까 말씀드려야겠지요. 그리고 대단치 않은 일을 공연히 수상하게 보이게 만드는 우를 범하고 싶지는 않습니다. 가족 분들만 계시니까 사실대로 말씀드릴게요. 전 그 댁 젊은 신사 분을 생각해서 그 집으로 돌아가지 않았습니다. 부디 그 이상은 묻지 말아주세요."

"아, 알겠어요. 아주 현명한 처신이에요, 뮤어 양. 그 이야기는 다시 꺼내지 않도록 하지요. 솔직하게 말해줘서 고마워요. 벨라, 친구들 앞에서는 이런 이야기를 삼가도록 하렴. 유감스럽게도 여자애들은 소문을 퍼뜨리고 다니곤 하니까. 그리고 시드니 부인은 이런 소문이 나는 걸 그 무엇보다 싫어하실 게야."

"이렇게 위험한 숙녀를 사로잡힐 청년이 둘이나 있는 이곳으로 보내다니, S 부인은 정말 고마운 이웃인데그래. 저 여자, 시드니를 꾄 다음 왜 계속 붙들지 않았는지 궁금하군." 제럴드가 사촌에게 속삭였다.

"왜냐하면 지체 높은 바보들을 누구보다 경멸하니까요." 소파 구석에 있던 숄을 줍기 위해 허리를 굽히면서 뮤어 양이 그의 귀에 대다시피 한 채 이렇게 속삭였다.

"세상에. 저 여자, 대체 어떻게 저럴 수가 있는 거지?" 또 한번 깜짝 놀란 표정으로 제럴드가 소리쳤다. "어쨌거나 대담한 여자군. 진심으로 시드니를 동정해. 저 여자한테 잘난 척을 하려고 들었다면 아주 톡톡히 혼이 났을 테니까."

"가서 당구나 쳐요. 그러기로 했잖아요. 약속을 지켜줘요." 더는 참기 어려울 만큼 제럴드가 다른 여자에게 지나친 관심을 보였기에 루시아는 이렇게 말하면서 단호히 자리에서 일어났다.

"언제나 그렇듯 당신 말이라면 복종할 수밖에. 어머니는 매력적인 분이지만 우리 가족끼리만 있으면 사실 저녁시간이 좀 지루해. 안녕히 주무세요, 어머니." 아들을 우상처럼 떠받들고 자랑스럽게 생각하는 어머니에게 그가 손을 들어 인사했다. 그리고 다른 사람들에게도 고개를 끄덕여 두루 인사를 건네고 나서 루시아의 뒤를 따라 천천히 방을 나갔다.

"저 둘이 갔으니 이제 마음 편히 이런저런 이야기나 해요. 네드 오빠는 있든 없든, 오빠 개한테 그러는 것처럼 신경쓸 필요가 없으니까.” 벨라가 이렇게 말하며 어머니의 보조의자 옆에 자리를 잡고 앉았다.

“뮤어 양, 난 그저 딸애가 한 번도 가정교사에게 수업을 받은 적이 없고, 그래서 유감스럽게도 열여섯 살 숙녀로서는 상당히 뒤처져 있다는 말을 해두고 싶어요. 오전시간을 함께 보내면서 가능한 한 빨리 또래들만큼 가르쳐주었으면 해요. 오후에는 벨라와 함께 산책을 가거나 드라이브를 하고, 저녁에는 원한다면 우리와 함께 지내도 좋고, 뭐든 원하는 대로 시간을 보내면 되겠어요. 시골에 있으면서 우린 아주 조용하게 지내요. 난 사람들을 초대할 만한 건강 상태가 아니라서요. 아들들은 재미있는 일이 필요하면 나가서들 해결해요. 보퍼트 양이 하인들을 관리하고 할 수 있는 한 내 일들을 대신 처리해주고 있지요. 몸이 아주 민감한 상태라서 난 정오의 산책시간만 빼고 저녁까지 줄곧 내 방에만 있습니다. 한 달 동안 지내면서 서로 두고 보기로 하지요. 잘 지낼 수 있으면 좋겠군요.”

“최선을 다하겠습니다, 부인.”

아무도 이 대답을 한 온순하고 숫기 없는 목소리가 몇 분 전 제럴드를 경악케 한 바로 그 사람의 것이라는 사실을 믿지 못했을 것이다. 또 이 창백하고 인종하는 얼굴이 이 집 젊은 가장의 말에 대답할 때 어깨 너머 번득였던, 그런 갑작스러운 불길을 드러낼 수 있다는 사실 역시 믿기 어려웠을 터이다.

정말 불쌍한 여자가 아닌가! 에드워드는 그녀가 힘든 인생을 견뎌왔다고, 여기 있을 동안 조금이라도 편하게 지낼 수 있도록 신경써줘야겠다고 생각했다. 그리고 뮤어 양이 피곤할 것 같다는 의견을 말하는 것으로 자신의 자비로운 결심을 실천에 옮기기 시작했다. 뮤어 양은 선선히 그렇다고 인정했다. 벨라가 그녀를 환하고 아늑한 방으로 안내한 후 작별의 말과 키스를 해주고 떠나갔다.

혼자 남겨지자 뮤어 양은 모습을 실로 기이하게 바꾸었다. 그녀는 제일 먼저 두 주먹을 쥐고 분노로 이를 앙다문 채 이렇게 읊조렸다. "여자의 의지와 지략이 무력한 게 아니라면 이번에는 다시 실패하지 않을 테다!" 그녀는 얼굴에 맹렬한 경멸의 빛을 띤 채 잠시 움직이지 않고 제자리에 서 있었다. 그러더니 마치 보이지 않는 적을 위협하듯 움켜쥔 주먹을 휘둘렀다. 그다음 웃음을 터뜨리며 진정 프랑스식이라고 할 만한 어깻짓을 한번 으쓱해 보이더니 낮은 목소리로 이렇게 중얼거렸다. "물론, 마지막 장이 첫 장보다 멋질 거야. 아, 정말이지 피곤하고 허기지는군!"

그녀는 자신의 세간이 들어 있는 작은 트렁크 앞에 무릎을 꿇고 앉더니 가방을 열고 유리병을 꺼내어 강렬한 향의 강심제 한 잔을 흔들어 만들었다. 날카로운 눈으로 방 구석구석을 살피면서 카펫 위에 앉아 생각에 잠긴 그녀는 그 음료를 대단히 만끽하고 있는 것처럼 보였다.

"나쁘지 않아! 한번 해볼 만한 곳이야. 일은 어려울수록 더 흥미진진한 법이니까. 메르시,* 나의 벗이여. 그 무엇도 나를 돕지 못할 때 넌 나에게 용기와 희망을 주는구나. 자, 이제 막이 내려갔으니 몇 시간은 내가 되어도 괜찮겠지. 여배우가 자신이 된다는 게 가능한 일이라면 말이지만."

여전히 마룻바닥에 앉은 채 그녀는 길고 풍성한, 땋은 머리채를

---

* merci. '고맙다'는 뜻의 프랑스어.

풀어 머리에서 벗겨냈다. 얼굴의 분홍 연지를 닦아낸 후 진주처럼 반짝이는 이를 몇 개 뽑아내고 드레스까지 벗자 진짜 그녀, 초라하고 지쳐빠진, 적어도 서른 살은 되어 보이는 음침한 그녀의 본모습이 드러났다. 놀라운 변신이었다. 그러나 그녀의 가면은 그 어떤 의상이나 분장보다 그녀의 태도와 표정에 힘입은 것이었다. 혼자 남겨지자 그녀의 풍부한 표정이며 몸짓은 삶에 지친 사람의 고단하고 스산하며 생기 없는 모습으로 돌아왔다. 그녀 역시 한때는 사랑스럽고 행복했으며 순진하고 다감한 여자였다. 하지만 삶에 그림자를 드리운 좌절과 상실, 과오를 생각하며 벽에 기대앉은 이 우울한 여인에게 이제 그런 것들은 조금도 남아 있지 않았다. 그녀는 듬성듬성 난 머리가닥을 멍하니 만지작거리기도 하고 때로는 불 같은 그 강심제가 자신의 차가운 피를 데워주기라도 하는 것처럼 잔을 들어 입술에 갖다대기도 하면서 한 시간쯤 그렇게 앉아 있었다. 무시무시한 시선으로 반쯤 가려진, 이제 막 아문 젖가슴의 상처를 한번 노려보기도 했다. 그리고 마침내 몸을 일으켜 피로와 정신적 고통으로 녹초가 된 사람처럼 침대로 기어들어갔다.

2. 성공적인 시작

다음날 아침 뮤어 양이 일어나 조용히 정원으로 나갈 때 깨어 있는 사람들은 하녀들뿐이었다. 산책을 하며 꽃을 감상하고 있는 것처럼 보였지만 그녀는 재빠른 시선으로 근사한 고택과 아름다운 주변을 샅샅이 훑어보고 있었다.

“나쁘지 않아.” 그녀는 이렇게 혼잣말을 하면서도 이어진 정원으로 걸어들어가며 덧붙여 말했다. “그래도 저편이 더 나을 테지. 제일 좋은 걸 손에 넣고 말 거야.”

빠른 걸음으로 그녀는 마침내 존 코번트리 경이 고적하고 품격 있는 노후를 보내고 있는 유서 깊은 저택 앞 넓고 푸른 잔디밭에 도착했다. 울창한 참나무와 잘 관리된 관목들, 화사한 정원과 해가 잘 드는 테라스, 조각된 박공들과 넓은 방들, 그리고 제복 입은 하인들 등 이 웅장한 고택은 부유하고 지체 높은 가문의 오래된 저택에 있을 법한 온갖 호사로움을 모두 지니고 있었다. 그 광경을 바라보는 뮤어 양의 눈이 반짝였다. 걸음은 더 단호해졌으며 자세는 더 당당해졌고 얼굴에는 미소가, 간절히 원해왔던 소망이 이뤄질지 모른다는 생각으로 무척이나 흐뭇해진 사람의 미소가 떠올랐다. 일순 그녀의 분위기 일체가 달라졌다. 모자를 뒤로 하고 두 손을 느슨히 앞으로 모아쥔 그녀는 아름다움을 사랑하는 사람이라면 누구나 반하지 않을 수 없는 멋진 풍경 앞에서 소녀다운 감탄에 사로잡혀 있는 모습을 연출했다. 이렇게 순식간에 그녀를 변하게 만든 원인이 곧 눈앞에 나타났다. 쉰에서 예순 사이의, 연배에 비해 건장하고 잘생긴 신사 한 명이 정원으로 연결된 작은 문을 지나 걸어오다가 낯선 아가씨를 발견하고는 누구인지 보느라 발길을 멈추었던 것이다. 그러나 그 순간은 오래가지 않았다. 곧 신사의 존재를 알아차린 그녀가 놀란 표정으로 돌아보고 외마디 비명을 지르면서 도망을 가야 할지 인사를 해야 할지 망설이기라도 하는 듯 그를 바라보았기 때문이다. 여성을 정중히 대하는 존 경이 모자를 벗으며 그에게 잘 어울리는 옛날식 예를 갖춰 인사를 건넸다. "죄송합니다. 젊은 숙녀 분을 방해하고 말았군요. 원하시는 곳을 둘러보고 마음에 드는 꽃을 꺾으시라는 말씀으로 제 무례를 용서받았으면 합니다. 꽃을 무척 좋아하시는 것 같으니 부디 마음 편히 즐기도록 하세요."

마음을 설레게 하는 아가씨다운 수줍음과 꾸밈없는 모습으로 뮤어 양이 대답했다. "아, 감사합니다! 하지만 허락도 받지 않고 영지에 들어왔으니 용서는 제가 빌어야 하는걸요. 존 경께서 부재중이시라는 이야기를 듣지 않았다면 감히 이런 짓을 할 용기를 내지 못했을 거예요. 이 근사한 고택을 늘 한번 보고 싶었거든요. 그래서 소원을 풀 생각으로 제일 먼저 보러온 거예요."

"그래, 마음에 들었나요?" 신사가 미소를 지으며 물었다.

"마음에 드는 것 이상이에요, 반해버렸어요. 영국에서도 외국에서도 유명한 곳에 많이 가보았지만 이곳이 가장 아름다워요." 뮤어 양이 열정적으로 대답했다.

"저택이 과분한 칭찬을 받는군요. 그 말을 듣는다면 주인장도 으쓱하겠는걸요." 신사가 수수께끼 같은 표정을 지으며 대꾸했다.

"존 경께 이런 말씀을 드릴 수는 없을 거예요. 적어도 지금처럼 마음 편히 말할 순 없겠지요." 그녀가 여전히 시선을 피하며 대답했다.

"왜 그렇죠?" 무척 즐거운 표정으로 그녀 옆의 신사가 물었다.

"두려워서요. 존 경이 무서운 게 아니라, 그분의 고귀하고 아름다운 성품에 대해 너무 많은 이야기를 들어서요. 자칫 말을 많이 했다가는 제 속마음을 들키고 말 것 같거든요. 존경하고 또……"

"또 뭐죠? 괜찮다면 마저 말해줘요."

"흠모하는 마음이라고 말하려고 했어요. 그런 표현을 사용해도 되겠지요. 나이드신 분이고 덕과 용기를 흠모하지 않을 도리는 없으니까요."

자리에 서 있는 그녀의 금발머리 위로 햇살이 반짝였다. 연약해 보이는 얼굴로 시선을 내리깔고 말하는 뮤어 양은 무척이나 신실하고 사랑스러워 보였다. 허영심이 있는 사람은 아니었지만 존 경은 정체 모를 소녀의 칭찬에 기분이 좋아졌고 그녀가 누구인지 알고 싶은 마음이 더 강해졌다. 그러나 존 경은 그런 걸 묻거나 사실을 밝혀 아무것도 모르는 것처럼 보이는 아가씨를 당황하게 하기에는 너무 점잖은 신사인 까닭에 더는 아무 말도 하지 않았다. 자신의 신분도, 그녀의 신분도 자연히 서로 알게 되기를 바라면서. 왔던 길을 되돌아가기라도 할 것처럼 뮤어 양이 돌아서자 그는 대단히 정중하게 허리 숙여 인사하며 손에 가득 들고 있던 온실의 꽃을 그녀에게 건네었다. "아가씨의 칭찬에 보답하기 위해 존 경을 대신해 이 꽃다발을 드리도록 허락해주시죠. 하지만 장담컨대, 아가씨의 칭찬이 모두 사실은 아니랍니다. 제가 존 경을 잘 알고 있거든요."

뮤어 양이 재빨리 눈을 들어 존 경을 잠깐 바라보더니 바로 다시 시선을 떨어뜨린 다음 얼굴을 몹시도 붉히며 더듬더듬 대답했다. "제가 몰라서…… 용서해주세요…… 존 경, 정말 너무 친절하시군요."

"왜 나를 존 경이라고 부르는 거죠? 정원사나 집사가 아니라는 걸 어떻게 알 수 있나요?" 장난스럽게 물어보며 존 경이 소년처럼 웃음을 터뜨렸다.

“아까는 얼굴을 보지 못했어요. 그리고 칭찬에 값하지 못한다는 말은 본인이 아니고는 하실 수 없을 테니까요.” 여전히 소녀다운 당황으로 어쩔 줄 몰라하며 뮤어 양이 작은 목소리로 중얼거리듯 대답했다.

“괜찮아요, 괜찮아요. 이제 그 이야기는 그만하도록 하고, 다음에 오면 정식으로 인사를 나누도록 하지요. 내가 젊은이들을 좋아해서 벨라는 늘 친구들을 여기로 데려오곤 한답니다.”

“전 벨라 양의 친구가 아니에요. 코번트리 양의 가정교사일 뿐이랍니다.” 그러면서 뮤어 양은 공손히 다리를 구부려 인사했다. 존 경의 태도에 작은 변화가 일어났다. 대부분의 사람들은 눈치채지 못할 변화였다. 그러나 뮤어 양은 곧장 변화를 알아차리고 가슴속 분노를 삼키며 입술을 깨물었다. 공손과 기이한 자부심이 뒤섞인 태도로 존 경이 여전히 내밀고 있던 꽃다발을 받아든 그녀는 존 경에게 작별의 인사를 한 후, 코번트리 부인이 대체 어디서 저렇게 독특한 가정교사를 구한 건지 의아해하는 노신사를 뒤로하고 돌아갔다.

“됐어. 시작으로 이만하면 아주 괜찮아.” 집을 향해 걸어가며 그녀가 중얼거렸다.

근처의 푸른 초원에서 풀을 뜯고 있던 멋진 말 한 마리가 고개를 들더니 인사라도 기대하는 듯 누구인지 묻는 시선으로 그녀를 보았다. 공연한 충동이 들어 뮤어 양은 풀밭으로 들어갔다. 그리고 클로버를 한 줌 뜯더니 말을 유혹해 다가와 먹도록 했다. 이건 분명 아가씨 쪽의 예상치 못한 접근이었다. 낯선 이를 겁주어 쫓으려고 결심한 듯 말이 주위를 이리저리 뛰기 시작했다.

"그래." 그녀가 웃음을 터뜨리며 큰소리로 말했다. "내가 주인이 아니라서 반항하겠다 그거지. 어쨌든 널 정복하고 말 거야. 잘생긴 망나니 녀석."

뮤어 양은 씩씩거리는 말이 주변을 질주하고 있다는 사실을 모르는 사람처럼 잔디밭에 앉아 데이지를 꺾으며 나지막하게 노래를 불렀다. 곧 말이 놀란 시선을 하고 호기심 어린 소리를 킁킁 내며 그녀에게 다가왔다. 그러나 뮤어 양은 마치 말이 그곳에 없다는 듯 전혀 시선을 주지 않고 노래를 부르며 데이지를 엮어 다발로 만드는 일에 몰두했다. 과도한 관심과 애정에 익숙해진 이 짐승은 그녀의 태도에 호기심을 느낀 것 같았다. 천천히 조금씩 접근해 마침내 뮤어 양의 작은 발 냄새를 맡고 치맛자락을 물 수 있을 만큼 다가왔기 때문이다. 그러자 뮤어 양은 다정한 말을 건네고 어르는 소리를 내면서 클로버를 말에게 내밀었다. 말은 한참이나 더 유혹을 견딘 끝에 아주 조금씩 경계를 풀었고 마침내 그녀가 자신의 반짝이는 목덜미를 두드리고 갈기를 쓰다듬도록 허락했다.

아름다운 모습이었다. 풀밭 위의 가냘픈 아가씨와 그 손 위로 당당한 고개를 숙인 기개 높은 말의 모습. 지켜보고 있던 에드워드는 도저히 더 참지 못하고 담을 넘어 둘에게 다가갔다. "안녕히 주무셨나요, 뮤어 양. 제 눈으로 직접 뮤어 양의 기술과 용기를 보지 못했다면 안전을 걱정했을 거예요. 헥터는 거칠고 고집센 말이거든요. 이놈을 길들이려다가 벌써 마부가 몇이나 부상을 입었지요." 에드워드가 찬탄과 놀라움이 뒤섞인 목소리로 말했다.

"안녕하세요, 코번트리 씨. 제 기대를 저버리지 않은 이 고결한 짐승의 흉을 볼 생각은 마세요. 마부들은 헥터의 마음을 얻는 법을 몰랐던 거예요. 기를 꺾지 않고 진정시키는 방법도요."

이렇게 말하며 뮤어 양이 헥터의 목에 손을 올린 채 자리에서 일어났다. 그동안 헥터는 그녀가 치맛자락에 모은 풀을 먹고 있었다.

"뮤어 양만의 비결이 있는 모양이군요. 지금껏 주인 말고는 누구와도 친구가 되려 하지 않았는데, 이제 뮤어 양의 종이 돼버렸어요. 이놈에게 아침 만찬을 주시지 않겠어요? 저는 늘 아침식사 전 헥터에게 빵을 가져와서 함께 시간을 보내곤 한답니다."

"제가 그러면 질투나지 않으시겠어요?" 이렇게 말하면서 뮤어 양이 너무도 아름답고 반짝이는 시선으로 그를 올려다보았기 때문에 청년은 어째서 어제는 이런 눈동자를 보지 못한 것일까 의아하게 생각했다.

"아니요, 원하시는 만큼 쓰다듬어주세요. 그놈에겐 좋은 일이니까요. 동류를 경멸하고 홀로 지내는 외로운 녀석이거든요. 자기 주인처럼 말이죠." 반쯤 혼잣말하듯 그가 덧붙였다.

"이렇게 행복한 집에서 혼자라니요, 코번트리 씨?" 다정하고 연민 어린 눈빛이 그 반짝이는 눈동자를 언뜻 스쳐갔다.

"배은망덕한 말이죠. 벨라를 생각해 그 말은 취소할게요. 차남들은 자기 손으로 일궈내는 것 말고는 아무것도 가질 수가 없답니다. 전 아직 그럴 기회를 만나지 못했고요."

"차남이시라고요! 전 그만…… 죄송합니다." 뮤어 양은 자신에게는 그런 질문을 할 자격이 없다는 사실을 기억해낸 것처럼 멈칫하며 말을 멈추었다.

에드워드가 미소를 지으며 솔직하게 대답했다. "아니요, 괜찮아요. 아마 제가 이 집의 상속자라고 생각한 모양이군요. 그럼 어젯밤 제 형은 누구라고 생각했나요?"

"보퍼트 양을 연모하는 손님이라고 생각했어요. 성함을 듣지도 못했고, 제대로 얼굴을 보지도 못했거든요. 다정한 선생님의 어머니와 사랑스러운 누이동생 분밖에 보지 못했어요. 그리고……"

반쯤은 수줍고 반쯤은 감사한 표정으로 청년을 바라보며 뮤어 양이 말을 멈추었다. 그녀의 표정은 그 어떤 말보다 더 훌륭하게 끝맺지 못한 문장을 완성했다. 나이는 스물한 살이지만 에드워드는 여전히 소년이었다. 많은 말이 담긴 그 시선이 자신의 눈과 마주쳤다가 아래로 향하자 에드워드의 그을린 갈색 뺨이 살짝 붉어졌다.

"네, 벨라는 정말 멋진 아이에요. 누구라도 그애를 사랑하지 않을 수가 없지요. 그애와 잘 지낼 수 있을 거예요. 아는 건 별로 없지만, 정말이지, 그애는 더할 나위 없이 사랑스러운 바보거든요. 어머니 건강이 좋지 않고 벨라가 어머니 간호에 전념했기 때문에 지금껏 그애 교육에 신경을 쓰지 못했어요. 다음 겨울, 저희가 도시로 나갈 때 그애도 사교계에 등장하게 될 겁니다. 그 중요한 행사에 대비하기 위해, 아시겠지만, 준비를 잘하고 있어야 해요." 안전한 주제를 찾아 에드워드가 이렇게 대답했다.

"최선을 다하겠습니다. 그 말을 들으니 여기서 이렇게 노닥거릴 게 아니라 벨라 양에게 가봐야 한다는 사실이 떠올랐어요. 병이 나서 오랫동안 집 안에 갇혀 있던 사람들은 너무 아름다운 전원 풍경을 만나면 즐기기만 하고 의무를 잊는 경향이 있답니다. 제가 의무를 소홀히 하면 부디 일깨워주세요, 코번트리 씨."

"그건 제럴드 형의 호칭이에요. 여기서 전 그저 네드로 불린답니다." 집을 향해 걸어가며 그가 대답했다. 울타리까지 따라온 헥터가 둘에게 멀리까지 울려퍼지는 작별의 인사를 고했다.

두 사람을 맞이하기 위해 달려온 벨라는 진심으로 그녀를 좋아하기로 마음먹은 듯 뮤어 양에게 인사를 건넸다. "정말 예쁜 꽃다발이네요! 전 이렇게 예쁜 꽃다발을 절대 만들지 못해요. 그래서 속이 상해요. 엄마가 꽃을 무척 좋아하시는데, 직접 들에 나가지는 못 하시잖아요. 취향이 참 훌륭하세요." 존 경의 이국적 꽃다발에 향기로운 야생화와 섬세한 양치식물, 깃털 같은 풀을 더해 훨씬 더 아름다워진 우아한 꽃다발을 바라보며 벨라가 말했다.

벨라의 손에 꽃다발을 넘겨주며 정감 어린 태도로 뮤어 양이 대답했다. "그럼 어머니께 가져다드리세요. 그리고 제가 매일 꽃다발을 만들어드리는 즐거움을 누릴 수 있을지 여쭤봐주시고요. 어머님을 기쁘게 해드릴 수 있다면 저도 무척 기쁠 거예요."

"정말 친절하시군요! 물론 기뻐하실 거예요. 아직 이슬이 남아 있을 때 어머니께 가져다드려야겠어요." 이렇게 말한 다음 벨라는 환자에게 다정한 전언과 꽃다발, 둘 다를 얼른 전하고 싶은 마음에 자리에서 일어났다.

에드워드는 정원사와 이야기를 나누기 위해 그곳에 머물렀고 뮤어 양은 혼자 계단을 올라갔다. 긴 복도에 초상화들이 줄지어 걸려 있었다. 천천히 복도를 따라 걸어가며 뮤어 양이 흥미롭게 초상화들을 바라보았다. 그중 하나가 그녀의 시선을 사로잡았다. 그 앞에 멈춰선 뮤어 양은 초상화를 찬찬히 뜯어보았다. 젊고 아름다운, 그러나 무척이나 도도해 보이는 여성의 얼굴이었다. 누구인지 바로 짐작한 뮤어 양은 뜻하지 않은 기회를 손에 넣었다는 듯 뭔가를 결심한 사람처럼 고개를 한번 끄덕였다. 부드러운 치맛자락 소리에 뮤어 양이 시선을 돌렸다. 루시아를 발견한 그녀는 그림을 계속 보기 위해서인 것처럼 몸을 반쯤만 돌려 인사했다. 그리고 무심코 나온 말처럼 이렇게 질문했다. "정말 아름다운 분이군요! 실례지만 선조 중 한 분이신가요?"

"제 어머니 초상화예요." 애정 어린 시선으로 그림을 올려보며 부드러운 목소리로 루시아가 대답했다.

"아, 두 분이 닮은 걸 보고 짐작을 할 수도 있었을 텐데. 어젯밤엔 제대로 뵙지를 못해서요. 무례한 행동을 용서해주세요. 시드니 부인께서는 저를 친구처럼 대해주셨거든요. 그래서 제 신분을 잊었지 뭐예요. 제가 주워드릴게요."

이렇게 말하며 뮤어 양은 루시아의 손에서 떨어진 손수건을 줍기 위해 허리를 숙였다. 그 태도가 너무도 겸손했기 때문에 루시아는 감동을 받고 말았다. 도도하기는 했지만 그녀는 관대한 성품을 지니고 있었던 것이다.

"고마워요. 오늘 아침엔 몸이 좀 나아졌나요?" 루시아는 우아하게 묻고 난 후 그렇다는 대답을 듣고 나자 계속 걸어가며 덧붙였다. "벨라가 지금 없으니 제가 아침식사 하는 방으로 안내할게요. 숙모는 좀처럼 내려오시는 일이 없고, 사촌들은 밥 먹는 시간이 다 제각각이라 아침시간에는 전혀 격식을 차리지 않아요. 혹 일찍 일어나는 편이라면 우리를 기다릴 것 없이 언제든 원할 때 아침을 들면 되겠어요."

두 사람이 자리에 앉기 전에 벨라와 에드워드가 모습을 드러냈다. 뮤어 양은 오전중의 작업에 퍽이나 만족한 채 조용히 아침을 먹었다. 네드는 그녀가 어떻게 헥터를 길들였는지 사람들에게 이야기해주었고 벨라는 꽃다발에 대한 어머니의 감사를 전했다. 루시아 역시 가정교사가 자신과 아름다운 자신의 어머니를 견주었던 것을, 그리고 초상화뿐만 아니라 살아 있는 인물에 대한 찬탄 역시 담겨 있었던 그녀의 시선을 이해할 수 있을 만한 허영심으로 몇 번이고 마음속에 떠올렸다. 모두 이 창백한 아가씨가 집처럼 편안하게 느끼게 해주려고 할 수 있는 한 친절을 다했다. 그리고 그들의 그런 다정한 태도 덕에 뮤어 양은 긴장을 풀고 마음을 여는 것처럼 보였다. 곧 그 가련하고 기운 없는 표정을 벗고는 파리에서 지낼 때 겪은 재미난 일화들이나 제르마도프 대공 일가의 가정교사로 러시아에 갔던 일, 그 밖에도 이런저런 재미난 이야기로 식사가 끝나고도 한참이 지나도록 좌중을 즐겁게 해주었던 것이다. 흥미진진한 모험담이 한참 펼쳐지고 있을 때 제럴드가 식당으로 들어왔다. 나른한 표정으로 고개를 끄떡하며 인사를 건넨 그는 가정교사가 그 자리에 있는 것을 보고 놀랐다는 듯 눈썹을 치켜세우더니 또다른 날의 권태가 이미 그를 사로잡은 듯 아침을 먹기 시작했다. 뮤어 양이 갑자기 이야기를 멈추었다. 그러고는 아무리 사정해도 더이상 계속하려 하지 않았다.

"괜찮으시면 이다음에 마저 할게요. 이제 저와 벨라 양은 수업을 시작해야 하니까요." 이렇게 말한 다음 그녀는 성의 없는 제럴드의 고갯짓에 우아하게 몸을 굽혀 답인사를 한 것 이외에는 이 집 젊은 주인에게 그 어떤 관심도 보이지 않고, 자신의 학생 뒤를 따라 그 방을 떠났다.

"코앞에서 훌쩍대며 인생을 고달프게 하지 않고 내가 들어오자

마자 나가다니 고맙기도 하지. 네드, 저 여자, 도덕적이고 우울하고 감상적인 그런 부류야, 아니면 대놓고 달려드는 그런 부류야?" 다른 모든 일을 할 때와 마찬가지로 권태로운 태도로 커피를 마시면서 제럴드가 물어보았다.

"둘 다 아니야. 아주 멋진 여자인걸. 뮤어 양이 오늘 아침 헥터를 길들이는 걸 형이 봤다면 좋았을 텐데." 그러면서 에드워드는 그 이야기를 다시 한번 해주었다.

"나쁘지 않은 수야." 제럴드가 대꾸했다. "네 최대 약점을 발견해서 그렇게 금방 공격을 가하다니, 그 여자, 관찰력이 뛰어나고 활동적인 아가씨가 틀림없군. 우선은 말을 길들이고, 그다음엔 주인을 길들인다. 볼만한 게임이 되겠는걸. 너무 심각해지면 내가 두 사람이 맺어지는 걸 막아야 한다는 괴로운 현실이 있긴 하지만 말이야."

"내 걱정할 것 없어, 늙은 양반. 나야 뭐 거슬리지 않는 아가씨를 흉보지 않는 것 말고는 달리 할 수 있는 일도 없잖아. 하지만 형은 손에 넣을 가치가 있는 최고의 상품이니까. 형 심장 단속이나 잘 하라고. 형에게 심장이 있기는 한 건지 나는 잘 모르겠지만 말이야."

"나도 나에게 심장이 있는지 가끔 헷갈리는데 뭘. 어쨌든 저 스코틀랜드 출신 여자가 우리를 그렇게까지 홀릴 수 있을 거라고는 생각하지 않아. 공주 마마, 마마께서는 저 여자를 어떻게 보시는지요?" 제럴드가 가까이 앉아 있던 사촌에게 물었다.

"생각했던 것보다는 괜찮다고 해야 할 것 같은데요. 행동거지도 반듯하고, 가식도 없고, 마음만 먹으면 아주 유쾌하기도 한 사람이던걸요. 근래 통 들어보지 못한 재미난 이야기들을 우리에게 해주었어요. 우리 웃음소리 듣고 일어난 거 아니에요?" 루시아가 대답했다.

"맞아. 그러니 그 재미난 이야기, 다시 좀 들려줘. 잠 깨운 것에 대한 보상으로 말이야."

"안 될 말이야. 그녀의 억양이며 태도가 재미의 절반이었으니까." 네드가 대답했다. "형이 십 분만 늦게 왔다면 좋았을걸. 형이 오는 바람에 제일 재미있는 이야기를 망쳐버리고 말았어."

"왜 이야기를 계속하지 않은 거지?" 슬쩍 궁금함을 드러내며 제럴드가 물었다.

"어젯밤 우리 이야기를 엿들었다는 걸 잊었군요. 틀림없이 당신이 그녀를 지겹고 따분한 사람으로 여긴다고 생각했을 거예요. 자존심이 있는데, 여자라면 누구라도 당신이 어제 한 그런 말을 잊지 않아요." 루시아가 대답했다.

"혹은 용서하지도 않을 테지. 좋아, 그렇다면 난 그녀의 원망 아래 조용히 시들어갈 수밖에. 시드니 덕에 저 여자에게 조금 관심이 생겼는데 말이야. 저런 입을 가진 여자는 비밀을 말하거나 고백을 하는 법이 없으니 그녀에게 직접 무슨 일이 있었는지 듣기를 기대할 순 없을 테지. 하지만 대체 그를 사로잡은 매력이 뭔지 알고 싶단 말이야. 사교계의 아가씨 누구에게도 반한 일이 없었던 시드니가 저 여자에겐 완전히 넘어갔던 것이 분명하니까 말이야. 네드, 그 일에 대해 뭐 좀 들은 거 있니?" 제럴드가 물었다.

"난 추문이나 뒷소문에는 관심 없어. 그리고 그런 이야기들에 귀를 기울여본 적도 없고." 이렇게 대답한 뒤 에드워드는 식당을 떠났다.

잠시 후 가정부가 부르러 오는 바람에 루시아 역시 식당을 떠났다. 그래서 제럴드는 제일 지루한 친구, 자기 자신과 홀로 방에 남게 되었다. 방에 들어올 때 그는 뮤어 양이 하고 있던 이야기의 일부를 엿들었다. 그 이야기가 너무도 그의 호기심을 자극했기 때문에 그는 끝이 어떻게 되었을지 궁금해하며 이야기를 마저 들을 수 있기를 바라고 있는 자기 자신을 발견했다.

대체 왜 내가 들어왔을 때 도망치듯 나가버린 것일까? 그는 생각해보았다. 사람들을 즐겁게 하는 재주가 있다면 재주를 제대로 써야 마땅하지. 루시아가 있긴 하지만 솔직히 여긴 정말 끔찍이도 지루한 곳이니까. 어라, 저건 뭐지?

풍부하고 사랑스러운 목소리가 아름다운 이탈리아 가곡을 부르고 있었다. 노래하는 이의 감정 덕분에 곡이 갑절이나 더 달콤하게 들렸다. 제럴드는 프랑스식 창으로 걸어나가 양지바른 테라스를 거닐면서 전문가다운 태도로 감상하며 그 음악을 만끽했다. 다른 곡들이 이어졌다. 그는 계속해서 서성이며 지루함도, 시간 가는 것도 잊은 채 음악에 집중했다. 대단히 아름다운 곡이 하나 끝났을 때 그는 자신도 모르게 손뼉을 치고 말았다. 뮤어 양의 얼굴이 잠깐 창밖으로 나왔다가 이내 사라졌다. 그 목소리를 다시 한번 들을 수 있었으면 하는 바람으로 계속해서 주위를 서성댔지만 노랫소리는 더이상 들려오지 않았다. 음악만이 그가 결코 지루함을 느끼지 않는 유일한 대상이었지만 루시아에게도 벨라에게도 그를 매혹시킬 만한 재주가 없었다. 할 일이나 친구를 찾기에는 너무도 게을렀던 그는 한 시간쯤 해를 쪼이며 테라스와 잔디밭 근처를 얼쩡

거렸다. 마침내 벨라가 한 손에 모자를 든 채 밖으로 나왔다. 풀밭 위에 누워 있던 오빠에 걸려 하마터면 거의 넘어질 뻔한 벨라가 이렇게 소리쳤다.

"이 게으름뱅이 좀 보라지. 내내 여기서 이러고 시간을 죽이고 있었던 거예요?" 오빠를 내려다보며 벨라가 물었다.

"아니, 나 무척 바빴어. 이리 와서 그 작고 사나운 여자와는 어떻게 돼가는지 이야기 좀 해주렴."

"여기서 노닥거릴 짬 없어요. 뮤어 양이 프랑스어 수업 후에 나가서 한번 뛰고 오라고 그랬거든요. 그럼 그럴 준비를 할 수 있도록 말이에요. 그러니까 가야 해요."

"뛰기에는 날이 너무 더워. 이리 앉아서 한 시간 동안이나 벌과 도마뱀 말고는 친구 하나 없이 버려져 있던 이 오빠를 좀 즐겁게 해주려무나."

이렇게 말하며 제럴드가 벨라를 끌어당겼다. 벨라는 오빠 말을 따랐다. 게으르고 건방진데도 감히 제럴드의 청을 거절할 수 있는 사람은 없었다. 모두가 그의 말에 복종했다.

"그래, 대체 무엇을 했니? 온갖 종류의 고상한 쓰레기들로 그 불쌍한 작은 머릿속을 뒤죽박죽 엉망으로 만든 게니?"

"아니요, 엄청 재미있었는걸요. 진은 정말이지 재미있고 무척 친절하고 똑똑해요. 재미없는 문법으로 날 지루하게 하는 대신 아주 사랑스러운 프랑스어로 나에게 말을 걸었어요. 그래서 굉장히 재미있게 수업에 빠져들었다고요. 루시아가 그렇게 지루하게 프랑스어를 가르치려 했던 뒤로, 프랑스어를 이렇게 좋아하게 될 거라고는 한 번도 생각해보지 못했어요."

"그래서 무슨 이야기를 나누었지?"

"아, 이런저런 이야기를 다 했지요. 뮤어 양이 질문을 하면 내가 대답하고, 그다음엔 그녀가 잘못된 부분을 고쳐주어요."

"필시 우리 집에 대한 질문들이겠지?"

"전혀 아니에요. 우리 집 일에는 눈곱만큼도 관심이 없던걸요. 저는 아마 우리가 어떤 사람인지 알고 싶어하지 않을까 생각했어요. 그래서 아빠가 갑작스럽게 돌아가신 일이며 존 삼촌이며, 오빠와 네드 오빠 이야기를 해주었지요. 그런데 이야기를 한창 하는 중에 그녀가 예의 그 조용한 말투로 그러는 거예요. '너무 사적인 이야기를 하는군요. 낯선 사람에게 집안일을 너무 편하게 이야기하는 것이 아주 지혜로운 일이라고 할 수는 없답니다. 우리 다른 이야기를 하도록 해요'라고요."

"그 여자가 그렇게 말했을 때 네가 무슨 이야기를 하고 있었지, 벨라?"

"오빠 이야기요."

"아, 그렇다면 지루해한 것도 당연하지."

"내 이야기를 지루해하는 것 같았어요. 내가 하는 말 절반도 듣지 않던걸요. 내가 따라 그릴 수 있도록 스케치를 하느라, 또 우리 가족 말고 뭔가 좀더 흥미로운 일들을 생각하느라 분주한 것 같았어요."

"그걸 어떻게 알 수 있지?"

"표정을 보면 알죠. 그녀의 노래가 마음에 들었어요, 오빠?"

"그래, 내가 박수를 쳐서 그 여자 화가 났니?"

"놀란 것처럼 보였어요. 그리고 자존심이 좀 상한 것 같았고요.

계속해달라고 애원해도 바로 피아노 뚜껑을 닫던걸요. 진이라는 이름 예쁘지 않아요?"

"나쁘지 않아. 하지만 왜 그 여자를 뮤어 양이라고 부르지 않는 거니?"

"그러지 말라고 부탁하던걸요. 그 이름을 싫어한대요. 그리고 그냥 진이라고 불리는 게 좋다고 했어요. 그녀에게 뭔가 달콤하고 낭만적인 사건이 있었을 거라고 생각했는데. 나중에 물어볼 거예요. 사랑과 관련된 사건이 있었던 것이 분명하니까 말이에요."

"그렇게 말도 안 되는 생각일랑 하지 말고 뮤어 양의 반듯한 행실을 본받아 다른 사람 일에는 신경 좀 끄렴. 그녀에게 오늘 저녁에 노래를 좀 불러달라고 해, 듣고 싶으니까."

"그녀는 내려오지 않을걸요. 이제 저희 공부방으로 쓸 제 내실에서 책 읽고 공부하기로 했어요. 엄마는 엄마 방에 계실 테니 오빠랑 루시아 언니 둘이서 응접실을 쓸 수 있겠네요."

"고맙구나. 네드는 뭘 할 계획이지?"

"엄마 옆에서 엄마를 위로해드릴 거라고 했어요. 가엾은 네드 오빠! 전 오빠가 좀 나서서 네드 오빠가 할 일을 찾아주면 좋겠어요. 뭔가 하고 싶어 몸이 달아 있지만, 오빤 자존심이 세서 다시 부탁하려고 하진 않을 거예요. 오빠가 네드 오빠 부탁을 그렇게 여러 번 무시하고 또 삼촌께서 지원해주시겠다고 한 것마저 거절했으니까요."

"내가 곧 알아서 할 테니까, 걱정하지 말려무나. 당분간 여기서 우리랑 조용히 지내는 것도 그애한테 좋을 거야."

"오빤 항상 그렇게 말하지만, 오빠도 네드 오빠가 뭐라도 하고 싶어 몸이 달아 있다는 걸, 이렇게 오빠에게 의지해 지내는 게 불만인 걸 알잖아요. 나랑 엄마는 괜찮아요. 하지만 오빤 남자니까 몸이 근질근질한 거죠. 네드 오빤 곧 자기 손으로 뭔가 일을 벌일 거라고 그랬어요. 그러면 오빠도 이렇게 늑장 피우고 있었던 걸 후회하게 될 거예요."

"뮤어 양이 창으로 내다보고 있구나. 가서 달리기를 하는 편이 좋겠다. 아니면 꾸중을 들을 테니 말이야."

"꾸중하지 않을 거예요. 난 그녀가 조금도 무섭지 않아요. 뮤어 양은 너무도 상냥하고 다정한걸요. 벌써 그녀가 좋아졌어요. 햇볕에 이렇게 누워 있다간 오빠도 네드 오빠처럼 갈색으로 타겠어요. 그건 그렇고, 뮤어 양도 네드 오빠가 오빠보다 더 잘생겼다는 제 의견에 동의했어요."

"취향이 훌륭하구나. 나도 그녀 의견에 동의한단다."

"뮤어 양 말이, 네드 오빠에게는 활력이 있대요. 그리고 남자한테는 잘생긴 외모보다 활력이 더 큰 매력이라고 했어요. 그녀는 정말이지 표현을 참 잘해요. 이제 난 가볼게요." 그러면서 그녀는 뮤어 양이 불렀던 노래 중 가장 사랑스러운 노래의 후렴구를 콧노래로 따라 하며 춤추듯 멀리 가버렸다.

"'활력 있는 남자가 잘생긴 남자보다 매력적'이라. 그녀 말이 맞아. 하지만 힘을 쓸 일이라곤 하나도 없는데 대체 어떻게 활력이 있을 수 있겠어?" 모자를 눈 위로 덮어 쓰며 제럴드는 생각했다.

잠시 후 치맛자락 끄는 소리가 들렸다. 몸은 움직이지 않고 시선만 옆으로 돌린 그에게, 벨라에게 가려는 듯 테라스를 가로질러 내려오는 뮤어 양이 보였다. 잔디밭까지 오려면 돌계단을 두 개 내려와야 했다. 제럴드는 그 돌계단 옆에 누워 있었는데 뮤어 양은 바로 근처에 올 때까지 제럴드의 모습을 보지 못했다. 그를 발견하고 깜짝 놀란 뮤어 양은 마지막 계단에서 그만 발을 헛디디고 말았다. 그러나 다시 자세를 가다듬더니 미끄러지듯 앞으로 가버렸다. 누워 자는 것처럼 보이는 제럴드의 옆을 지날 때 그녀의 시선에 놓칠 수 없는 경멸의 빛이 스쳐갔다. 벨라가 말한 몇 가지 이야기는 그냥 좀 신경이 쓰였을 뿐이었다. 하지만 이 시선은, 비록 스스로도 그 사실을 인정하고 싶지 않았지만, 그를 화나게 만들었다.

"오빠, 이리 좀 와봐요. 빨리요!" 곧 나무 정자 쪽에서 벨라가 제럴드를 불렀다. 벨라는 가정교사 옆에 서 있었는데, 그녀는 고통을 참으려는 듯 손으로 얼굴을 가린 채 의자에 앉아 있었다.

천천히 몸을 일으키며 제럴드가 벨라의 부름에 응했다. 하지만 뮤어 양이 "부르지 말아요. 그분은 아무것도 못해요"라고 말하는 소리를 듣자 자신도 모르게 발걸음이 빨라졌다. 그녀가 그분이라고 힘주어 말한 것이 무척 그를 자극했던 것이다.

"무슨 일이지, 벨라?" 평소보다 훨씬 깨어 있는 표정으로 그가 물었다.

"오빠 때문에 뮤어 양이 놀라서 발목을 삐었잖아요. 굉장히 아파 보이는데. 자, 뮤어 양을 부축해서 집 안으로 들어가게 도와줘요. 그리고 이제 좀 풀밭의 뱀처럼 거기 누워 사람들을 놀라게 하지 말고요." 제럴드의 여동생이 골난 목소리로 말했다.

"실례지만, 제게 기대겠습니까?" 제럴드가 팔을 내밀었다.

뮤어 양은 그의 심기를 불편하게 만드는 표정으로 그를 올려다보고 나서 차갑게 대답했다. "감사합니다만, 벨라 양으로 충분할 것 같아요."

"제 생각은 그렇지 않습니다만." 그러면서 도저히 거부할 수 없는 단호한 태도로 제럴드가 그녀의 팔을 자기 팔 안에 끼워 넣은 다음 집 안으로 그녀를 인도했다. 그녀는 얌전히 승복했다. 곧 괜찮아질 거라고 말하면서 벨라 방 소파에 앉은 그녀는 최대한 간단히 감사의 인사를 전한 후에 그를 밖으로 내보냈다. 자신이 평소 좀처럼 하지 않는 봉사를 했다는 걸 감안하면 좀더 고마워하는 태도를 보일 수도 있을 텐데, 제럴드는 이렇게 생각하며 자신이 나타나면 언제나 기뻐하는 루시아를 찾아갔다.

차 마시는 시간이 될 때까지 뮤어 양은 모습을 드러내지 않았다. 휴양중이었기 때문에 지금 코번트리 가족은 이른 시간에 저녁을 먹고 손님은 일절 들이지 않았다. 가정교사는 식사시간에는 양해를 구하고 내려오지 않았지만 밤이 되자 평소보다 조금 더 창백한 얼굴로 가볍게 다리를 절면서 아래층으로 내려왔다. 존 경이 와서 조카와 이야기를 나누고 있었다. 그들은 신사가 가정교사에게 할 법한 간단한 목례만을 그녀에게 보냈다. 그녀가 찻주전자 뒤쪽의 자기 자리로 천천히 걸어갈 때 제럴드가 동생 네드에게 말했다. "그녀에게 다리받침을 가져다주고 좀 어떤지 물어보도록 해, 네드." 그러더니 자신의 친절에 대한 이유를 삼촌에게 설명해야 한다는 듯, 제럴드가 자신이 사고 원인을 제공한 경위를 이야기했다.

"그래, 그래, 알겠다. 참한 사람인 것 같더구나. 딱히 미인은 아니다만, 재주 있고 반듯한 사람이야. 저런 신분에는 더 유익한 자질이지."

"차를 좀 드릴까요?" 존 경의 팔꿈치 쪽에서 부드러운 목소리가 물었다. 뮤어 양이 신사들에게 찻잔을 권하며 그 자리에 서 있었다.

"고마워요, 그러지요." 진심으로 그녀가 자기 말을 들었기를 바라면서 존 경이 대답했다.

자기 잔을 받아들며 제럴드가 예의바른 태도로 말했다. "저 때문에 그렇게 고통을 겪었는데 저한테도 차를 주시다니 참으로 관대하시군요."

"제 의무니까요." 그녀가 대답했다. 그 어조는 분명히 '그러나 좋아서 하는 것은 아니랍니다'라고 말하고 있었다. 그러고 나서 그녀는 자기 자리로 돌아가 벨라, 네드와 함께 웃고 이야기를 나누며 즐거운 시간을 보냈다.

삼촌과 제럴드 주위를 오가며 두 남자를 자기 옆에 끼고 있던 루시아는 두 사람의 시선이 종종 테이블 옆의 명랑한 무리를 향하는 것을 보고는, 그리고 저쪽 테이블의 잦은 웃음소리와 이쪽까지 들리는 활기찬 대화의 일부에 두 사람이 정신을 팔고 있는 것을 알고는 동요했다. 그녀가 어떤 비극적인 사건을 가능한 한 흥미진진하고 애잔하게 묘사하려고 한참 최선을 다하는데 존 경이 갑자기 요란한 웃음을 터뜨리며 실은 자기 이야기보다 더 재미있는 저쪽의 이야기에 귀를 기울이고 있었다는 사실을 드러내고 말았다. 무척이나 마음이 상한 그녀가 참지 않고 말했다. "이렇게 될 줄 알고 있었어요! 벨라는 가정교사에게 어떻게 대해야 하는지 몰라요. 벨라와 네드가 저 여자 버릇을 망쳐서, 저 여자는 신분 차이를 잊고 본분에 맞지 않게 행동하고 말 거예요. 이미 주제넘은 행동을 하려 들고 있는걸요. 더 늦기 전에 숙모가 저 여자한테 주의를 주지 않으신다면 제가 그렇게 해야겠어요."

"제발 부탁인데 저 이야기 끝날 때까지만 좀 기다려줘." 이미 저쪽으로 가버린 존 경 뒤에 남아 있던 제럴드가 부탁했다.

"저 말도 안 되는 이야기가 그렇게도 재미있으면 삼촌처럼 저쪽으로 가지 그래요? 전 당신이 없어도 괜찮으니까요."

"고맙군, 그렇게 하지." 그러더니 제럴드 역시 루시아를 버려두고 가버렸다.

하지만 이미 이야기를 마친 뮤어 양은 고갯짓으로 벨라를 부르며 그 방을 떠났다. 마치 자신에게 쏠린 관심을, 또 자신이 떠난 뒤에 올 지루함과 적막을 전혀 의식하지 못하는 사람처럼. 네드는 어머니를 보러 갔고 제럴드는 루시아와 화해하기 위해 자리에서 일어났다. 모두에게 저녁인사를 건네고 존 경도 집으로 출발했다. 테라스를 따라 걷던 그는 불이 켜진 벨라의 서재 창 옆에 이르자 인사를 건넬 생각으로 커튼을 조금 걷고 방 안을 들여다보았다. 아기자기하고 사랑스러운 장면이 눈앞에 펼쳐졌다. 벨라는 부지런히 공부를 하고 있었다. 벨라 옆의 낮은 의자에 앉은 뮤어 양은 금발머리와 섬세한 얼굴선 위로 불빛을 받으면서 소리내어 책을 읽고 있었다. "소설을 읽는 게로군!" 이렇게 짐작하며 존 경은 낭만적인 한 쌍의 소녀를 향해 미소지었다. 하지만 인사를 건네기 전 잠시 책 읽는 소리를 듣고 있던 존 경은 그게 소설이 아니라 역사책이라는 사실을 발견했다. 뮤어 양이 대단히 유려하게, 극적인 효과를 부여하며 읽는 덕에 사건들이 다 흥미진진하게 여겨졌으며 인물들에 대한 묘사 역시 잊을 수 없이 강렬한 인상을 남겼다. 존 경은 역사책 읽기를 좋아했다. 하지만 이제는 눈이 침침해져 가장 즐겨왔던 도락을 중단할 수밖에 없을 때가 종종 있었다. 책 읽어주는 사람을 몇 구해도 보았지만 딱 마음에 드는 사람을 찾을 수가 없어서 그 생각은 포기한 터였다. 뮤어 양이 책 읽는 소리를 들으면서 존 경은 저렇게 유려하고 부드러운 목소리가 책을 읽어준다면 얼마나 즐거운 저녁시간을 보낼 수 있을까 생각하며 저런 가정교사를 들인 벨라를 질투했다.

벨이 울리자 벨라가 자리에서 벌떡 일어나더니 "잠깐만요. 엄마께 가봐야겠어요. 그다음에 이 근사한 왕자의 이야기를 마저 듣기로 해요"라고 말했다.

벨라가 나간 후, 존 경이 왔을 때처럼 소리 없이 막 자리를 뜨려 할 때 뮤어 양의 기이한 행동이 순간 그의 시선을 사로잡았다. 책을 떨어뜨린 뮤어 양이 팔을 테이블 위로 던지고 그 위로 얼굴을 묻더니 도저히 더는 참을 수 없다는 듯 격정적인 울음을 터뜨렸던 것이다. 깜짝 놀란 채 존 경은 조용히 그 자리를 떠났다. 하지만 다정한 성품의 이 노신사는 그날 밤 내내 조카의 흥미로운 새 가정교사에 대해 이런저런 추측을 하느라 머리가 어지러웠다. 물론 그것이야말로 그녀가 의도한 효과였다는 사실은 전혀 의식하지 못한 채.

3. 열정과 초조

몇 주 동안 더할 나위 없이 단조로운 평화가 코번트리 집안을 지배했다. 그러나 아무도 의심하지 않는 사이, 보이지 않는 곳에서 폭풍이 형성되고 있었다. 아무도 그 이유며 방식을 설명할 수 없었지만 뮤어 양이 오고 난 뒤 모든 사람에게 변화가 일어난 것 같았다. 하지만 그녀는 결코 수선스럽거나 나대는 사람이 아니었다. 오히려 그녀보다 소극적이고 얌전한 사람을 찾기가 어려울 정도였다. 그녀는 벨라에게 헌신적이었다. 벨라는 곧 그녀를 우러러보게 되었으며 오직 그녀와 함께 있을 때만 만족스러워했다. 뮤어 양은 또 여러 가지로 코번트리 부인의 안위를 챙겨 부인이 이렇게 훌륭한 간호사는 처음이라고 선언하게 했다. 더불어 그녀는 재치와 여성스러운 공감으로 에드워드를 위로하고 즐겁게 해줌으로써 그의 마음을 얻어냈다. 그녀는 루시아가 그녀의 재능을 시샘하면서도 존경하게 만들었으며 일관성 있게 그를 회피함으로써 권태에 빠진 제럴드를 약 오르게 만들었다. 한편 존 경은 그녀가 솔직하고 꾸밈없는 태도로 드러내는, 그를 향한 얌전한 관심과 공손한 존경심에 매료되었다. 외로운 노인에게 이런 관심과 존경심은 큰 호소력을 갖기 마련이다. 하인들도 그녀를 좋아했다. 그리하여 다른 가정교사들이 흔히 그렇듯 윗사람들과 아랫사람들 사이에서 외롭게 방황하는 존재가 되는 대신, 뮤어 양은 집안의 활력이 되었으며 두 사람을 제외한 모든 이의 친구가 되었다.

루시아는 그녀를 싫어했고 제럴드는 그녀를 불신했다. 그러나 두 사람 모두 정확히 그 이유를 설명할 수 없었고 심지어 스스로도 그 기분을 인정하지 않았다. 둘 다 은밀히 그녀를 지켜보았지만 아무런 단점도 찾을 수가 없었다. 그녀는 온순하고 겸손하고 성실했으며 언제나 상냥하고 성을 낼 줄 몰랐다. 흠잡을 데라곤 없었기 때문에 두 사람은 대체 왜 자기들이 뮤어 양을 의심하는 것인지 이해하기 어려웠다. 그럼에도 의심을 떨치기는 어려웠다.

집안은 곧 두 무리로 나뉘었다. 아니, 좀더 정확히 말하자면 제럴드와 루시아 둘만 따로 남겨지는 시간이 많아졌다. 뮤어 양은 수줍음 많은 성격을 이유로 양해를 구하며 벨라의 공부방을 좀체 떠나지 않았다. 대신 곧 그 방을 너무도 작고 유쾌한 은신처로 만들어 네드와 그의 어머니, 때로는 존 경까지 음악과 책 읽기, 저녁시간을 유쾌하게 만드는 명랑한 대화를 즐기기 위해 그 방을 방문하게 되었다. 루시아는 처음엔 사촌 제럴드를 혼자 독차지하게 된 것을 기뻐했다. 제럴드는 너무 게으른 나머지 자기가 어떤 상황에 처하든 별로 신경쓰지 않았다. 하지만 곧 루시아와 보내는 시간을 지루해하기 시작했다. 루시아는 별로 영리한 아가씨가 아니었고 남자들을 매료시키고 그들의 마음을 사로잡는 애교라는 기술을 거의 가지고 있지 않았기 때문이다. 집안에서 벌어지는 여러 재미난 일에 대한 이야기가 제럴드의 귀에 들어왔고 그 역시 그런 일들에 끼고 싶은 기분이 들었다. 그가 텅 빈 객실에서 어슬렁거리고 있을 때면 아름다운 음악소리가 집 전체에 울려퍼졌으며 그가 루시아의 엄숙한 설교를 듣고 있을 때면 커다란 웃음소리들이 그의 귀에 들려왔다.

곧 루시아는 그가 자신과 함께 있는 것을 즐거워하지 않는다는 사실을 깨달았다. 그를 즐겁게 해주려고 열심히 노력할수록 실패만 더 두드러질 뿐이었다. 오래지 않아 저녁이면 테라스 옆을 산책하는 것이 제럴드의 습관이 되었다. 벨라 방 창문 옆을 계속해서 오가며 방 안에서 벌어지는 일들을 염탐하고, 염탐의 결과를 그 행복한 무리에 끼고 싶다는 내색을 하거나 자기도 좀 같이하게 해달라고 부탁하기에는 너무 자존심이 센 루시아에게 보고하는 것이 제럴드의 일과가 되었다.

"루시아, 내일 런던에 가봐야겠어." 어느 날 저녁, 스스로 '탐색'이라고 부르는 예의 그 산책에서 돌아온 제럴드가 무척 언짢은 표정으로 말했다.

"런던에요?" 놀란 표정으로 사촌이 되물었다.

"응, 내가 좀 나서서 네드에게 일거리를 만들어줘야겠어. 아니면 저 녀석 인생 말아먹고 말겠는걸."

"무슨 말이에요?"

"어린 남자에게 가능한 가장 빠른 속도로 사랑에 빠져들고 있단 말이야. 그 여자가 네드를 홀렸어. 내가 손을 쓰지 않으면 조만간 그 녀석 바보짓을 하고 말 거야."

"그 여자가 추파를 던질까봐 걱정하고 있었어요. 그 부류의 여자들은 언제나 그런 짓을 하니까요. 하여튼 문제를 일으키는 족속들이라니까요."

"아, 뮤어 양 이야기라면 그건 아니야. 그 여자가 추파를 던진 건 아니야. 네드가 그렇게 시시한 유혹에 넘어갈 만큼 지각없고 유치한 아이도 아니고. 그녀는 조용한 권위와 대단히 매력적인 다정함이 섞인, 누나 같은 태도로 그애를 대하고 있는데, 네드가 그 태도에 매혹된 거지. 내가 두 사람을 죽 지켜봤는데, 그 여자가 더할 나위 없이 근사하게 흥미진진한 소설을 읽을 때면 그애가 아주 잡아삼키기라도 할 듯이 그녀를 바라보고 있더라고. 벨라와 어머니는 이야기에 몰두해서 다른 데 신경도 쓰지 않고. 네드는 자기를 남자 주인공으로, 뮤어 양을 여자 주인공으로 생각하면서 처음으로 사랑에 눈뜬 남자의 열정으로 이야기 속 러브신을 자기 일처럼 듣고 있다니까. 딱한 녀석! 딱한 녀석!"

루시아는 평소의 생기 없는 얼굴에 떠오른 동요며 흥분해 말하는 사촌의 모습을 놀라서 바라보았다. 변화가 그에게 잘 어울렸다. 그 모습은 그가 마음만 먹으면 어떻게 변할 수 있는지를 보여주었으며 자연히 지금까지 그가 보여준 모습에 더더욱 안타까움을 느끼게 만들었다. 그녀가 미처 대답도 하기 전에 제럴드는 다시 나갔다가 곧 웃으면서, 그러나 조금 언짢은 표정으로 루시아에게 돌아왔다.

"또 무슨 일이에요?" 그녀가 물었다.

"'엿들을 때 꼭 자기 흉을 듣게 된다'라는 속담처럼 정확한 것은 없다니까. 네드를 보려고 잠깐 들렀다가 이런 기분 좋은 말들을 엿듣고 왔지 뭐야. 어머니는 자리를 뜨셨고 네드가 뮤어 양에게 전날 밤 불러준 아름다운 바르카롤*을 불러달라고 간청하고 있더군.

'지금, 여기서는 안 돼요.' 그녀가 대답했어.

'왜 안 된다는 거죠? 이 전날 객실에서는 아주 선선히 불러주었잖아요.' 네드가 간청하더군.

'그땐 상황이 달랐죠.' 그러면서 그녀가 가볍게 고개를 젓고 네드를 바라보았지. 네드가 두 손을 붙잡고 아주 애원하는 자세를 취하고 있었으니까.

'그럼 객실로 가서 노래해주세요.' 순진한 벨라가 부탁했어. '제럴드 오빠도 뮤어 양 노래를 무척 좋아해요. 오빠에게는 절대 노래를 불러주지 않는다고 투덜대는걸요'라고 말하면서.

뮤어 양이 알 수 없는 미소를 지으며 '저한테는 한 번도 부탁하

* Barcarolle. 베네치아에서 곤돌라 사공이 부르는 뱃노래, 또는 그런 노래를 본뜬 기악곡이나 성악곡.

지 않으시던데요'라고 대답하더군.

'너무 게을러서 그런 거예요. 하지만 뮤어 양 노래를 듣고 싶어 해요.'

'직접 부탁을 하시면 부르도록 하지요—저 역시 부를 마음이 난다면 말이에요.' 그러면서 그녀가 어깨를 으쓱하더군. 도발적이면서도 무관심한 태도로 말이야.

'하지만 오빠는 노래 듣는 것을 좋아해요. 게다가 저기서 아주 지루해하고 있다고요.' 바보 같은 벨라가 말했어. '그렇게 수줍어하거나 도도하게 굴지 말고 가서 불쌍한 저희 오빠를 즐겁게 해주세요.'

'죄송하지만, 그건 곤란해요. 저는 코번트리 양을 가르치기 위해 왔지, 코번트리 씨를 즐겁게 해드리기 위해 고용된 것은 아니니까요.' 이게 벨라가 들은 대답의 전부였지.

'네드 오빠한테는 불러주면서 제럴드 오빠한테는 왜 안 된다는 거죠? 제럴드 오빠가 무서운가요?' 벨라가 묻더군.

뮤어 양은 웃음을, 아주 경멸하는 웃음을 터뜨리더니 그녀 특유의 말투로 '누구도 벨라 양 큰오라버님을 무서워할 거라고는 생각할 수 없는걸요'라고 대답했어.

'난 오빠가 무서울 때가 자주 있어요. 오빠가 화내는 걸 보면 뮤어 양도 무서워하게 될 거예요.' 마치 내가 자길 때리기라도 했던 것 같은 표정으로 벨라가 그렇게 말하더라고.

'화를 낼 만큼 깨어 있을 때가 있긴 있나요?' 그 여자가 놀란 표정으로 물었지. 그 말에 네드가 요란하게 웃음을 터뜨렸고. 아마 지금도 그 이야기를 하고 있을 거야. 소리를 들어보면 짐작이 가."

"그애들의 시시한 뒷이야기에 마음 쓸 건 없어요. 하지만 네드는 꼭 내보내야겠군요. 당신이 쓰는 호칭을 따라 하자면, '그 여자'를 내보내려고 하는 건 소용없는 일이에요. 숙모도 네드와 벨라 못지않게 그 여자에게 눈이 멀어 있으시니까요. 그리고 그 여자, 벨라와 너무 친해져버렸으니까. 네드를 내보내요. 그러면 그 여자가 더는 해를 끼칠 수 없을 거예요." 이렇게 말하며 루시아는 자신이 앉아 있던 창문 바로 밖에서 달빛을 받고 서 있는 제럴드의 달라진 얼굴을 바라보았다.

"당신도 내가 무섭지 않아?" 잠시나마 발끈했던 것을 부끄러워하기라도 하는 듯 제럴드가 미소를 지으며 물었다.

"네, 당신은 자기 자신이 무서운가요?" 이렇게 묻는 그녀의 얼굴에 한 줄기 불안의 그림자가 스치고 지나갔다.

"저 스코틀랜드 마녀에게 내가 홀리는 일은 없을 거야. 노래만 빼고 말이야." 진이 나이팅게일처럼 노래를 부르고 있었기 때문에 다시 테라스 쪽으로 걸어가며 제럴드가 덧붙였다.

노래가 끝나자 그가 창문을 열어젖혔다. 그러고는 "런던에 부탁할 일 있는 사람 있어? 내일 런던에 갈 거거든"이라고 불쑥 물었다.

"재미있게 잘 다녀와." 평소에는 형의 움직임에 촉각을 곤두세우곤 하던 네드가 무심하게 말했다.

"난 부탁할 게 잔뜩 있어요. 하지만 우선 엄마한테 먼저 여쭤봐야겠네." 목록을 만들기 시작하며 벨라가 대답했다.

"편지를 하나 부탁드려도 될까요, 코번트리 씨?"

뮤어 양이 피아노 의자에서 몸을 돌려 언제나 그의 호기심을 자극하는 차갑고 예리한 시선으로 그를 바라보며 물었다.

"새벽 기차로 떠날 거니까 부탁할 게 있으면 모두 오늘밤에 줘야 할 거야." 마치 모두를 향해 하는 말처럼 이렇게 대꾸하며 그가 고개를 끄덕였다.

"그럼, 네드 오빠, 이제 가요. 진이 편지를 쓸 수 있게요."

벨라가 나가고 싶어하지 않는 네드를 방 밖으로 끌고 갔다.

"편지, 아침에 드릴게요." 이상하게 떨리는 목소리와 강렬한 감정을 억누르는 사람의 표정으로 뮤어 양이 말했다.

"그러시죠." 이렇게 대답한 제럴드는 뮤어 양이 대체 누구에게 편지를 쓰려는 걸까 궁금해하며 루시아에게 돌아갔다. 자신이 막으려는 바로 그 재앙을 오히려 불러들일까 두려웠던 그는 네드에게 자신이 런던에 가는 목적에 대해서는 아무 말도 하지 않았다. 네드 역시 지금 꿈에 취하기라도 한 것 같은 상태라 제럴드의 존재는 안중에도 없어 보였다.

평소 같지 않은 활력을 보이며 제럴드는 다음날 아침 일곱시에 일어났다. 루시아가 그의 아침식사를 준비해주었다. 마차를 부르기 위해 그가 방을 나가려 할 때 뮤어 양이 무척이나 창백한 얼굴에 무거운 눈꺼풀을 하고(필시 눈물로 잠 못 이루는 밤을 보낸 모양이군, 그는 생각했다) 미끄러지듯 계단을 내려오더니 그의 손에 작고 섬세한 편지봉투를 건네면서 황급히 이렇게 덧붙였다. "부디 시드니 부인댁에 이 편지를 좀 전해주세요. 그리고 혹 부인을 뵙게 되면 '제가 기억하고 있다'라고도 전해주시고요."

그녀의 특이한 태도며 전언이 그의 호기심을 자극했다. 그는 자신도 모르게 새 봉투 위에 적힌 주소를 힐끗 보았다. 그리고 거기 시드니의 이름이 적혀 있는 것을 보았다. 자신의 실수를 눈치챈 그는 서둘러 "잘 잤어요"라고 인사를 건넨 후 봉투를 주머니에 찔러 넣고, 한 손으로는 가슴을 누르고 다른 한 손은 마치 편지를 다시 돌려받으려는 듯 앞으로 내밀고 있는 뮤어 양을 뒤로하고 그 자리를 떠났다.

런던으로 가는 내내 코번트리는 거의 비극적이기까지 했던 그녀의 표정을 도저히 머리에서 지울 수가 없었다. 이틀간의 바쁜 일정 속에서도 그 표정은 계속해서 뇌리에 맴돌았다. 그는 네드에 대한 일을 서둘러 진행시키고 벨라의 부탁들을 처리한 후 어머니가 기르는 동물의 간식을 구입하고, 자기 짝을 찾기에는 너무 게으른 그를 위해 가족들이 미래의 배우자로 낙점한 루시아의 선물 역시 구입했다.

그러나 진 뮤어의 편지는 배달하지 않았다. 시드니 부인이 시골에 가 있어서 시내에 있는 집은 닫혀 있었기 때문이다. 그 사실에 그녀가 어떻게 반응할까 궁금해하며 집으로 돌아온 제럴드는 조용히 집 안으로 들어갔다. 뮤어 양을 제외한 모두가 저녁식사 전에 옷을 갈아입기 위해 자기 방으로 들어가 있었고, 하인은 뮤어 양이 정원에 있다고 말했다.

"마침 잘되었군. 그녀에게 전할 말이 있었는데." 이렇게 말한 후 하인들이 '젊은 주인어른'이라고 부르는 제럴드는 그녀를 찾으러 나섰다. 멀리 한구석에서 그는 생각에 잠긴 채 혼자 앉아 있는 뮤어 양을 발견했다. 그의 발소리에 생각에서 깨어난 그녀의 얼굴에 처음에는 놀란 표정이, 그다음에는 안도의 표정이 스쳐갔다. 자리에서 일어난 그녀는 마치 기다렸던 사람처럼 그에게 인사를 했다. 의외의 반응에 무척 놀라면서 제럴드는 그녀에게 다가가 다정히 말하며 편지를 돌려주었다. "편지를 전하지 못해 미안하군요. 시드니 부인이 시골에 가 계셔서요. 뮤어 양의 허락 없이 우편으로 부치고 싶지는 않았습니다. 제 판단이 옳았는지 모르겠군요."

"잘하셨어요. 정말 감사합니다. ……차라리 더 잘됐어요." 안도하는 표정으로 그녀는 편지를 조각조각 찢은 다음 바람에 날려버렸다.

그녀의 행동에 제럴드는 조금 전보다 더 놀라고 말았다. 그가 막 자리를 뜨려는 순간 그녀는 간청과 명령이 섞인 어조로 부탁했다. "부디 잠깐만 기다려주세요. 말씀드리고 싶은 것이 있어요."

제럴드는 그 자리에 멈춰선 채 의아한 기색이 역력한 얼굴로 그녀를 바라보았다. 뮤어 양의 볼이 돌연 붉어지고 입술이 떨렸기 때문이었다. 그러나 잠깐뿐이었다. 그녀는 곧 자제력을 회복했다. 좀 전까지 앉아 있던 자리로 그를 안내한 그녀는 자신은 선 채 괴로움과 단호함이 가득 담긴 말투로 서둘러 이야기해나갔다.

"코번트리 씨, 집안의 가장인 선생님께, 선생님이 집을 비우신 동안 있었던 대단히 불행한 사태에 대해 어머님 대신 말씀드리고자 합니다. 제 시험 고용기간이 오늘로 끝나는데요, 선생님 어머니께서는 제가 계속 있었으면 하십니다. 저 역시 진심으로 그럴 수 있기를 바라고요. 이곳에서 지내는 일이 행복하니까요. 하지만 그래서는 안 될 것 같아요. 이걸 읽어보시면 그 이유를 알게 되실 겁니다."

그의 손에 급하게 쓰인 종이쪽지 하나를 건네준 그녀는 제럴드가 그걸 읽는 동안 그의 얼굴을 걱정스레 쳐다보았다. 제럴드의 얼굴이 분노로 붉어졌다. 입술을 깨물고 이마를 찌푸리며 그는 지을 수 있는 가장 오만한 표정과 함께 눈을 치켜들면서 더할 수 없이 냉소적인 말투로 이렇게 물었다. "처음치곤 제법인데. 이 녀석 글솜씨가 있군. 폐기처분되어야 한다니 유감이야. 이 광시곡에 답변을 하셨는지 여쭤봐도 될까요?"

"네, 했어요."

"그랬더니 뭐라던가요? '같이 도망가자고, 자신과 운명을 함께 하자고, 자기 인생의 천사가 되어달라'고 그렇게 애걸복걸을 했겠죠. 그리고 물론 그러겠노라고 대답하셨겠지요?"

아무런 대답이 없었다. 뮤어 양은 그 앞에 꼿꼿하게 서서 마치 질책을 예상하고 있었던 사람처럼, 하지만 질책을 탓하기에는 너무도 너그럽고 관대한 사람처럼 고고한 인고의 표정으로 그를 바라보았다. 그녀의 태도가 의도한 결과를 가져왔다. 빈정거리던 말투를 접고 제럴드가 다시 짧게 물었다 "이걸 왜 저한테 보여주시는 거죠? 제가 뭘 어떻게 하라는 겁니까?"

"'그 어린 남자'가 얼마나 진심인지를 보여드리기 위해서요. 그리고 제가 얼마나 정직하게 말씀드리고자 하는지 알려드리기 위해서 입니다. 선생님께서는 동생 분에게 충고를 하고 명령을 내리고 위로를 해주실 수 있으며, 제가 제 의무를 찾도록 도와주실 수 있으실 테니까요."

"그애를 사랑하나요?" 제럴드가 직설적으로 물었다.

"아니요!" 즉각적이고 단호한 대답이었다.

"그렇다면 왜 그애가 뮤어 양을 사랑하도록 만든 건가요?"

"절대 그러려고 한 적이 없습니다. 선생님 누이동생 분께서 제가 도련님을 피하려고 노력해왔다는 사실을 증명해주실 수 있을 거예요. 제가 선생님을……" 그러자 제럴드가 자신도 모르게 약이 오른 목소리로 "저를 피하려고 했던 것처럼 말이지요"라고 그 문장을 끝맺었다.

그녀가 조용히 고개를 숙였다. 그러자 그가 말을 계속했다.

"저를 대하는 뮤어 양의 태도에는 흠잡을 데가 없었다는 사실을 부정하지 않겠습니다. 하지만 왜 매일 저녁 네드가 뒤를 따라다니도록 내버려두신 거지요? 처음 만난 매력적인 여성에게 마음을 빼앗기는 것 이외엔 달리 할 게 없는 낭만적인 사내아이에게 대체 뭘 기대하셨던 겁니까?"

마지막 말이 제럴드의 입술을 떠날 때 뮤어 양의 고요하고 차가운 눈동자에 순간 불꽃이 반짝 일었다. 그러나 그 빛은 곧바로 사라졌다. 조용하면서도 열정적으로 답하는 뮤어 양의 목소리에는 강한 질책이 담겨 있었다. "만약 그 '낭만적인 사내아이'가 바랐던 대로 남자다운 삶을 경험할 수 있었다면 처음 만난 불우한 소녀를 가엾이 여겨 그녀에게 마음을 빼앗길 시간은 없었을 거예요. 코번트리 씨, 잘못은 선생님이 하셨습니다. 동생을 비난하지 마시고 용기 있게 본인의 실수를 인정하신 후 할 수 있는 한 신속하고 사려 깊게 사태를 수습하도록 노력하세요."

잠시 제럴드는 아무 말도 못하고 앉아 있었다. 아버지가 돌아가신 이후 그 누구도 그를 꾸짖은 사람은 없었다. 지금껏 비난을 받아본 적이라곤 거의 없는 그였다. 이건 새로운 경험이었고 바로 그 새로움 때문에 그 조언은 더더욱 효과적이었다. 그는 자신의 잘못을 인정하고 그것을 후회했으며 자신에게 그것을 말해준 뮤어 양의 용감한 진심을 높이 샀다. 하지만 제럴드는 이 일을 어떻게 처리해야 좋을지 알 수 없었고, 따라서 과거의 태만뿐 아니라 현재의 무능력 역시 인정하지 않을 수가 없었다. 그러나 그는 높은 자존심만큼이나 고귀한 성품을 지니고 있었으며 명예를 소중하게 생각했다. 쉽지는 않았지만 그는 솔직히 인정했다. "그 말이 옳습니다. 뮤어 양. 제 잘못입니다. 하지만 위험을 발견하자마자 저는 그것을 막아보려고 노력했습니다. 런던에 다녀온 건 네드 때문이었어요. 그애는 곧 일을 시작하게 될 겁니다. 그러면 위험에서 벗어나게 되겠지요. 제가 더 할 일이 있을까요?"

"아니요. 편안하고 행복한 마음으로 도련님을 보내기에는 이미 너무 늦었습니다. 도련님은 안간힘을 다해 고통을 견디셔야 할 거예요. 그렇지만 그 과정을 통해 성숙한 남자가 되실 겁니다." 그녀가 슬픈 목소리로 대답했다.

"그애는 곧 잊을 겁니다." 명랑한 네드가 고통을 겪어야 한다는 생각에 마음에 언짢아진 제럴드가 대답했다.

"네, 다행히도 남자들은 그게 가능하지요."

반쯤 돌린 얼굴에 어두운 표정을 드리우며 뮤어 양이 두 손을 꽉 마주잡았다. 그녀 목소리와 태도의 무엇인가가 제럴드의 마음을 움직였다. 새로운 연인의 등장으로, 오래된 상처에서 피가 나고 아픈 기억이 되살아난 것이리라고 제럴드는 짐작했다. 만사에 무관심한 척 냉담한 태도를 취하고 있었지만 그는 젊고 낭만적인, 진심 어린 젊은이였다. 아마도 자신의 친구를 사랑했던, 그리고 지금은 자기 동생의 사랑을 받고 있는 이 소녀에게 제럴드는 관심이 생겼다. 그는 그녀를 동정했으며, 그녀를 돕고 싶었고, 기사도를 지닌 남성이라면 언제나 여성에게 저지른 잘못을 뉘우치듯 한

때 그녀를 의심했던 것을 뉘우치고 있었다. 그녀는 불쌍하고 의지할 곳 없는 영혼이며 이곳에서 행복하게 지내고 있으니 계속 여기에서 살 수 있어야 한다. 벨라는 그녀를 사랑하고 어머니도 그녀에게서 위안을 얻고 있다. 네드가 떠나고 나면 그녀의 다감한 태도며 풍부한 재능에 그 누구의 평화도 더이상 위협받지 않을 것이다. 이런 생각들이 그의 뇌리를 잠시 스치고 지나갔다. 그리고 다시 말을 꺼냈을 때 그의 말투는 상냥하고 부드러웠다.

"뮤어 양, 무척 힘들었을 텐데 솔직하게 말해주어서 고맙습니다. 뮤어 양이 저에게 보여주신 신뢰에 값하기 위해 저 역시 최선을 다하겠습니다. 저에게만 말씀하신 것은 분별 있고 배려 깊은 처신이었습니다. 어머니가 아셨다면 무척 심란해하셨을 테고 건강에도 좋지 않았을 겁니다. 네드는 제가 살피겠습니다. 그리고 가능한 한 신속하게 오랫동안 그애를 내버려둔 제 잘못을 바로잡도록 노력할 겁니다. 뮤어 양이 도와주실 거라고 생각합니다. 그리고 그 보답으로 부디 이 집에 남아달라고 부탁을 드릴 수 있게 해주세요. 네드는 곧 떠날 테니까요."

뮤어 양이 눈물이 가득한 눈으로 그를 바라보았다. 부드럽게 대답하는 목소리에 더이상의 냉정함은 없었다. "정말 친절하시군요. 하지만 떠나야 할 것 같아요. 남는 것은 현명하지 못한 일입니다."

"이유가 뭐죠?"

그녀의 볼이 아름답게 상기되었다. 망설이던 그녀는 그녀의 가장 큰 매력인 명료하고 침착한 목소리로 이렇게 말했다. "이 댁에 아드님들이 계시다는 걸 알았더라면 절대 오지 않았을 거예요. 시드니 부인께서는 누이동생 분 말씀만 하셨거든요. 아드님이 두 분

계시다는 걸 알았을 때 걱정했어요. 왜냐하면 저는 정말이지 운이 없어서…… 아니, 반대로 모든 분이 너무 친절히, 과분할 정도로 저를 대해주시기 때문에요. 하지만 한 달은 머물러봐도 괜찮을 거라고 생각했어요. 동생 분은 집을 떠날 거라고 이야기하셨고, 선생님은 약혼을 하셨으니까, 하지만……"

"난 약혼하지 않았어요."

그 말을 왜 한 건지 제럴드 자신도 알 수 없었다. 하지만 말은 벌써 입 밖으로 나와버렸고 이제 와서 주워담을 도리는 없었다. 뮤어 양도 그의 대답이 대단히 이상하다고 생각하는 것이 분명했다. 무척이나 불편한 표정으로 어깨를 으쓱하더니 그녀는 거의 무례하다고 해도 좋을 태도로 이렇게 응대했다. "그렇다면 하셔야겠지요. 곧 하게 되실 테고요. 그건 저한테 중요한 게 아니에요. 보퍼트 양은 제가 떠나기를 바라세요. 그리고 전 여기 남아 행복한 가족 간 불화의 원인이 될 만큼 비천하지는 않답니다. 네, 전 떠나겠습니다. 즉시 떠나도록 하겠어요."

그녀가 충동적으로 몸을 돌리며 떠나려고 했지만 에드워드의 팔이 그녀를 붙잡았다. 다정한 목소리로 에드워드가 그녀에게 물었다. "나의 진, 어딜 가겠다는 거예요?"

그 다정한 손길과 목소리에 그녀의 용기와 평정심이 무너진 것만 같았다. 그녀가 연인의 품에 기대어 얼굴을 묻은 채 소리내어 흐느꼈기 때문이다.

"제발 부탁이니 볼썽사나운 장면일랑은 만들지 말려무나." 자신을 사납게 노려보는 동생에게 제럴드가 참지 못하고 소리쳤다. 제럴드의 손에 여전히 쥐여 있던 자신의 편지를 보고, 또 다가오면서 진이 한 마지막 말을 듣고는 에드워드는 둘 사이에 무슨 이야기가 오간 건지 곧바로 짐작했던 것이다.

"대체 누가 형에게 그 편지를 읽을 권리를, 내 일에 끼어들 권리를 준 거지?" 에드워드가 무서운 목소리로 따져 물었다.

"뮤어 양이." 편지를 집어던지며 제럴드가 대답했다.

"그리고 형은 그녀에게 집을 나가라고 하면서 그녀를 모욕하기까지 한 게군." 점점 더 분에 겨운 목소리로 네드가 소리쳤다.

"반대야. 남아 있어달라고 부탁했다."

"이런 제기랄! 그래, 그렇다면 왜 그런 거지?"

"우리 집은 그녀가 필요하고, 그녀도 여기에서 행복하게 지내고 있으니까. 네놈의 바보 같은 행동 때문에 그녀에게 만족스럽게 잘 지내고 있는 거처를 빼앗고 싶지도 않고."

"아주 사려 깊고 게다가 헌신적이기까지 하군. 하지만 부탁인데 신경쓸 것 없어. 진의 행복과 집은 이제 내가 알아서 할 문제니까."

"네드, 제발 정신 좀 차려. 그건 불가능한 일이야. 뮤어 양도 그걸 알고 있고. 그래서 어떻게 하면 어머니를 귀찮게 해드리지 않고 이 문제를 잘 처리할 수 있을지 상의하기 위해 나에게 왔던 거야. 내가 런던에 갔던 건 네 일을 처리하기 위해서였다. 넌 조만간 집을 떠나게 될 거야."

"갈 마음 없어. 지난달에는 진심으로 그러고 싶었지만. 이제 형에게는 아무것도 받지 않을 테야." 그러더니 에드워드는 어두운 표정으로 형에게서 돌아섰다.

"이런 멍청한! 네드, 넌 집을 떠나야 해. 벌써 일이 다 진행됐고 이제 와서 그만둘 수는 없어. 너한테 필요한 건 변화야, 새로운 곳에서 남자로 성장할 수 있을 게다. 물론 우리 모두 너를 그리워하겠지만, 인생을 경험할 수 있는 곳에 가게 될 테고, 그게 여기서 불장난이나 하는 것보다 네게 이로울 거야."

"진, 떠나려는 건가요?" 형을 완전히 무시하면서 네드가 여전히 얼굴을 가린 채 흐느끼고 있던 뮤어 양을 향해 몸을 숙이며 물었다.

"아니, 네가 떠난다면 그녀가 왜 나가겠니?"

"남을 생각인가요?" 사랑에 빠진 청년이 진에게 열렬히 물었다.

"남고 싶어요, 하지만……" 말을 멈춘 그녀가 고개를 들었다. 그녀는 두 사람을 차례로 바라보더니 결심한 듯 이렇게 덧붙였다. "네, 떠나야 해요. 도련님이 떠나신다 해도 제가 여기 남아 있는 것은 현명한 일이 아니에요."

그녀의 황급한 시선이 왜 자신들에게 그런 영향을 미친 건지 두 청년 모두 설명할 수 없었다. 하지만 두 사람 모두 상대를 향한 적극적인 반감을 느꼈다. 에드워드는 갑자기 형이 뮤어 양을 사랑한다고, 그래서 자신에게서 그녀를 빼앗으려 한다고 생각하게 되었다. 제럴드는 뮤어 양이 자기 때문에 집에 남아 있기를 두려워한다는 사실을 막연히 눈치채고, 자신은 안전하다는 사실을 증명하고 싶어했다. 두 명 모두 화가 났다는 것을 서로 다른 방식으로, 한 명은 거칠게, 다른 한 명은 조소하는 태도로 드러냈다.

"당신이 맞아요, 진. 이곳은 당신에게 안전한 장소가 아니에요. 떠나기 전에 내가 당신에게 더 안전한 집을 찾아줘야겠어요." 네드가 의미심장하게 말했다.

"위험천만한 네 존재가 사라지고 나면, 이곳이야말로 특별히 안전한 장소일 거라는 생각이 드는구나." 우월한 입장에 있는 자의 침착한 미소로 상대방을 자극하면서 제럴드가 말했다.

"나로서는 나보다 더 위험한 사람을 남겨두고 떠난다는 생각이 드는데. 가엾은 루시아가 증명을 해주겠지만 말이야."

"말조심해, 네드. 그렇지 않으면 이 집안의 가장은 나라는 사실을 너한테 억지로라도 상기시킬 수밖에 없을 게다. 이렇게 유쾌하지 못한 일에 루시아의 이름이 거론되는 일은 부디 없었으면 한다."

"이 집 주인이 형인 건 맞지만, 내 주인인 건 아니야. 내 행동을 좌지우지할 수도 없고. 나에게 복종이나 존경을 기대할 권리는 없어. 형은 나에게 둘 중 그 무엇도 불러일으키지 못하니까. 진, 내가 함께 몰래 떠나자고 부탁했죠. 이제 숨기지 않고 당신에게 내 운명을 함께해달라고 부탁하겠어요. 내 형이 보는 앞에서 말입니다. 그리고 당신 대답을 듣고야 말겠어요."

그는 사나운 눈으로 제럴드를 바라보며 뮤어 양의 손을 충동적으로 잡아쥐었다. 제럴드는 어린애들 연극이라도 보는 듯 여전히 미소 띤 얼굴로 그 옆에 서 있었다. 하지만 그의 눈동자는 불타올랐고 그의 얼굴에는 그 어떤 갑작스러운 폭발보다 더 무시무시한, 조용하고 창백한 분노가 차올랐다. 뮤어 양은 겁먹은 아이처럼 열정적인 연인으로부터 몸을 웅크려 피하며 애원하는 시선으로 제럴드를 바라보았다. 마치 그에게 보호해달라고 부탁하고 싶지만 감히 말을 꺼내지 못하는 사람처럼.

"대답해줘요!" 에드워드가 필사적인 목소리로 외쳤다. "형을 보지 말고 당신 입으로 진심을 말해줘요. 나를 사랑하나요, 나를 사랑할 수 있나요, 진?"

"벌써 말씀드렸는걸요. 왜 어려운 답을 또다시 말하는 고통을 제게 강요하시는 건가요." 여전히 자신을 붙잡고 있는 그의 손길을 피해 몸을 웅크리며 애원하듯 그의 형을 바라보면서 가련한 목소리로 그녀가 대답했다.

"몇 줄 적어 보낸 답으로는 만족할 수 없어요. 대답해줘요. 당신의 눈에서 사랑을 보았고, 당신 목소리에서 사랑을 들었어요. 그리고 당신 마음속에 사랑이 숨겨져 있다는 걸 알고 있어요. 고백하기를 두려워할 뿐이에요. 망설이지 말아요. 아무도 우리를 갈라놓을 수 없으니까…… 말해요 진. 내가 원하는 대답을 해줘요."

결심이라도 한 듯 단호히 손을 잡아빼면서 그녀가 제럴드 쪽으로 한 발자국 움직이며 떨리는 입술로 천천히, 하지만 분명하게 대답했다. 분명 자신의 말이 가져올 결과를 두려워하고 있는 것처럼 보였다. "말하겠어요. 진심을 말할게요. 제 얼굴에서 사랑을 보셨지요. 제 마음에 사랑이 있는 것은 사실입니다. 진실을 말하는 것이 고통스럽긴 하지만 그 사실을 숨기지는 않겠어요. 하지만 그 사랑은 당신을 향한 것이 아니에요. 이제 만족하나요?"

에드워드는 절망적인 시선으로 그녀를 바라보며 애원이라도 하듯 그녀를 향해 손을 뻗었다. 그 손이 자기를 칠까 겁이라도 먹은 듯 그녀가 갑자기 희미하게 비명을 지르며 제럴드에게 매달렸다. 그녀의 행동과 겁에 질린 표정, 제럴드가 자신도 모르게 취한 보호하는 몸짓은 충돌하는 열정들로 이미 흥분해 있던 에드워드가 감당하기에는 너무 과한 것들이었다. 그는 맹목적인 분노의 발작에 사로잡혀 정원사가 두고 간 커다란 가지치기용 칼을 집어들었다. 그리고 만약 제럴드가 팔로 막아내지 않았더라면 치명적인 결과를 가져왔을 일격을 형에게 가했다. 칼이 제럴드의 몸에 내리꽂혔다. 만약 뮤어 양이 예상치 못한 용기와 힘으로 에드워드의 손에서 그 칼을 비틀어 빼앗아 근처에 있던 작은 연못에 던져버리지 않았다면 또다른 공격이 잇따랐을 것이었다. 제럴드는 의자 위로 주저앉았다. 팔에 난 깊은 상처에서 피가 뿜어져나왔기 때문이다. 빠르게 뿜어져나오는 피로 보아 동맥이 끊어졌다는 사실을 알 수 있었다. 에드워드는 겁에 질린 채 그 자리에 서 있었다. 자신이 가한 일격과 함께 분노는 사라지고 후회와 수치심이 그를 사로잡았다.

제럴드가 그를 올려다보고 희미하게 미소지으며 나무라거나 화난 기색 없이 이렇게 말했다. "괜찮아, 네드. 이제 용서하고 잊어다오. 집까지 나를 좀 부축해줘. 아무에게도 말할 것 없다. 대단치 않은 상처일 거야." 하지만 이렇게 말하는 순간 그는 입술이 하얗게 질리며 쓰러졌다. 형을 부축하기 위해 에드워드가 달려갔다. 뮤어 양은 조금 전의 공포를 잊고 자신이 대단히 드문 용기와 기술을 지닌 아가씨라는 사실을 입증했다.

"서둘러요! 형님을 눕히세요. 손수건을 제게 주고 물을 가져오세요." 조용하지만 단호하게 그녀가 말했다. 가엾은 네드는 시키는 대로 하고 나서 숨도 쉬지 못하고 긴장한 채 그녀를 지켜보았다. 진은 손수건으로 제럴드의 팔을 단단하게 묶고 나서 승마용 채찍의 손잡이를 팔 밑으로 밀어넣어 끊어진 동맥에서 위험하게 흘러나오는 피를 멎게 하기 위해 그 손잡이를 단단히 누르고 있었다.

"스콧 박사님께서 어머니와 함께 계실 거예요. 가서 그분을 이리 모셔오세요." 뮤어 양이 다음 명령을 내렸다. 에드워드는 무엇이든 자신을 사로잡은 공포를 덜어줄 일을 할 수 있는 것에 감사해하며 즉시 자리를 떠났다. 에드워드가 자리를 비운 몇 분 동안,

제럴드는 그가 돌아오기를 기다리며 자기 옆에 무릎을 꿇고 앉아 있는 뮤어 양을 바라보았다. 그녀는 한 손으로 손수건이 움직이지 않도록 단단히 붙잡고 다른 한 손으로는 그의 얼굴을 물로 적셔주고 있었다. 창백했지만 차분하고 통제력을 잃지 않은 모습이었고 그를 내려다보는 눈동자에는 알 수 없는 광채가 빛났다. 감사와 놀라움을 드러내는 그의 시선과 마주치자 그녀는 그를 안심시키기 위한 미소를 지었는데 그 미소가 그녀를 사랑스러워 보이게 만들었다. 그녀는 전에는 한 번도 그에게 들려준 적 없는 달콤하고 부드러운 목소리로 "쉿, 아무 걱정할 것 없어요. 도와줄 사람이 올 때까지 제가 곁에 있을게요"라고 말했다.

곧 도와줄 사람이 도착했다. 의사의 첫마디는 "누가 이 즉석 지혈대를 고안해낸 거죠?"였다.

"뮤어 양이요." 제럴드가 작은 목소리로 대답했다.

"목숨을 구해준 그녀에게 감사해야겠군요. 이건 정말! 아주 훌륭한 처치를 했어요." 그런 다음 의사는 감탄과 그에 못지않은 호기심이 담긴 얼굴로 뮤어 양을 바라보았다.

"아무것도 아니에요. 상처를 좀 봐주세요. 저는 가서 붕대와 소금, 와인을 가져오겠습니다."

그녀가 이렇게 말하면서 하도 쏜살같이 가버렸기 때문에 돌아오라고 부르거나 그녀를 붙잡으려고 해봤자 헛수고였다. 그녀가 잠깐 자리를 비운 사이, 잘못을 뉘우치며 후회하는 네드가 사건의 개요를 설명했고 의사는 상처를 살펴보았다.

"다행히도 진찰가방이 있어요." 이렇게 말하면서 의사가 의자 위로 작고 반짝이는 치료 도구들을 길게 펼쳐놓았다. "자, 네드 씨,

이리 와서 내가 동맥을 묶을 동안 팔을 이쪽으로 붙잡고 계세요. 이런! 그렇게 해서는 안 돼요. 그렇게 떨지 말고 다른 쪽을 바라보고 좀더 단단히 붙잡으세요."

"못하겠어요!" 가엾은 네드가 창백하게 질린 얼굴로 말했다. 피 흘리는 모습 때문이 아니라 자신이 형을 죽이려 했다는 생각에 몸서리가 났던 것이다.

"제가 붙잡을게요." 가늘고 하얀 손이 피범벅이 된 맨살을 드러낸 팔을 일체의 흔들림 없이 단단히 붙잡았기 때문에 제럴드는 안도의 한숨을 내쉬었다. 의사는 동의하는 표정으로 고개를 끄덕인 다음 처치를 시작했다.

치료는 곧 끝났다. 에드워드가 하인들에게 가서 마님께 아무 말도 하지 말라고 당부하는 동안 스콧 박사는 도구를 정리했고 뮤어 양은 소금과 물, 와인을 적절히 이용하여 제럴드가 방까지 걸어갈 수 있도록 필요한 조치를 취했다. 그가 나이든 의사에게 기대어 걷는 동안 뮤어 양은 다친 그의 팔을 붙들었다. 그 자리에서 팔걸이를 만들 수는 없었기 때문이다. 방으로 들어서며 제럴드는 몸을 돌려 왼팔을 내밀면서 잘생긴 눈동자 가득 감정을 담아 짧게 말했다.
"뮤어 양, 고마워요."

그 손을 잡을 때 그녀의 창백한 볼이 아름답게 상기되었다. 그리고 그녀는 한마디 말도 없이 그 방에서 사라졌다. 루시아와 가정부가 법석을 떨며 방 안으로 들어왔다. 환자에 대한 보살핌은 더이상 부족함이 없었다. 그러나 제럴드는 곧 그들의 존재가 지겨워졌고, 그래서 네드만 제외하고 모두 밖으로 내보냈다. 뉘우치는 낯빛에 내쳐진 죄인 같은 기분으로 그 방을 배회하는 네드는 마치 잘

생긴 카인처럼 보였다.

"네드, 이리 오렴. 그리고 나한테 다 말해봐라. 내 마음대로 하려고 했던 건 미안하구나. 용서해다오. 그리고 내가 네 행복을 내 행복보다 더 소중하게 생각한다는 사실을 믿어주렴."

이 솔직하고 다정한 말이 두 형제 사이에 생긴 틈을 메우고 네드를 완전히 승복시켰다. 그는 기꺼운 마음으로 자신이 사랑을 키워온 과정을 이야기했다. 공감하며 들어주는 청자만 있다면 사랑에 빠진 젊은이는 누구라도 자신의 사랑 이야기를 하는 것에 지루함을 느끼지 않는 법이다. 그리고 지금 제럴드는 그에게 대단히 동정적이었다. 한 시간가량 그는 동생이 연정을 키워온 이야기에 참을성 있게 귀를 기울였다. 사랑이 그를 웅변가로 만들었고 진 뮤어라는 인물은 그 웅변 속에서 아름다운 빛깔로 채색되었다. 주위 모든 사람을 향한 그녀의 눈에 띄지 않는 친절함, 언니 같은 태도로 벨라에게 보내는 신실한 관심과 지도, 어머니에 대한 다정한 배려, 대놓고 싫은 내색을 하는 루시아에 대한 얌전한 인고, 그리고 무엇보다 네드 자신을 향한 다감한 조언과 공감, 염려가 모두 묘사되었다.

"그녀는 나를 남자로 만들어줄 거야. 그녀처럼 나에게 힘과 용기를 불어넣어준 사람은 아무도 없었어. 지금껏 만난 그 어떤 여자와도 다른걸. 그녀에겐 감상적인 데가 없어. 지혜롭고 친절하고 다정하지. 진심을 말하면서 똑바로 눈을 바라보고. 그리고 마치 강철처럼 진실해. 그녀를 지켜봐왔고 어떤 사람인지 알고, 그리고…… 아, 형, 난 그녀를 정말 사랑해!"

이렇게 말한 다음 이 가엾은 소년은 두 손으로 얼굴을 가리며 형의 가슴을 아프게 하는 한숨을 내쉬었다.

"내 영혼에 걸고 하는 말이지만, 네드, 진심으로 널 이해하고 안타깝게 생각한다. 그녀 쪽에 아무 문제가 없다면 너를 돕기 위해 최선을 다할 거야. 하지만 그녀는 시드니를 사랑한단다. 그러니 사내처럼 네 운명을 견디는 것 외에는 달리 방법이 없을 게다."

"정말 확실한 거야? 다른 사람일 가능성은 없는 거야?" 그러면서 네드가 의심하는 표정으로 형을 바라보았다.

제럴드는 뮤어 양이 보낸 편지를 포함하여 친구에 대해 자신이 추측해온 것, 또 알고 있는 모든 사실을 동생에게 들려주었다. 잠시 생각에 빠져 있던 에드워드는 한결 마음이 놓인 표정으로 솔직하게 이렇게 말했다. "형이 아니라 시드니라서 다행이야. 견디기가 쉬울 거야."

"나라고?" 제럴드가 웃음을 터뜨리며 외쳤다.

"응, 형. 최근에 형이 그녀를 사랑한다는 생각 때문에, 아니면 그녀가 형을 좋아한다는 생각 때문에 마음이 죽 괴로웠어."

"질투에 사로잡힌 이 어리석은 애송이 녀석! 그녀와 나는 만나서 이야기를 나누는 일조차 거의 없는데 어떻게 그런 낯간지러운 감정을 키울 수가 있단 말이냐?"

"그럼 왜 매일 저녁 테라스 주변을 어슬렁거린 거지? 그리고 형 그림자가 오가기 시작하면 왜 그녀가 그렇게도 들뜬 표정을 지었던 거야?" 에드워드가 물었다.

"음악은 좋아하지만 노래하는 이와 어울리고 싶지는 않았으니까, 밖을 거닐었던 거지. 들떴다고 하는 건 순전히 네 공상이고. 뮤어 양은 남자 그림자에 들뜰 그런 여자가 아니야." 그러면서 제럴드는 움직이지 못하는 자신의 팔을 한번 바라보았다.

"그렇다면 고마워. 평소 하던 것처럼 '진 뮤어 그 여자'라고 부르지 않은 것도 고맙고. 어쩌면 내 공상이었는지도 모르지. 하지만 그녀가 이제는 형에 대한 농담을 전혀 하지 않아서, 난 여자들이 흔히 그런 것처럼 그녀도 '젊은 주인나리'에게 마음을 빼앗겼나보다, 그렇게 생각했어."

"그녀가 전에는 내 흉을 보곤 했던 거구나, 그렇지?" 제럴드는 네드의 마지막 말에는 전혀 신경을 쓰지 않으면서 물었다. 그러나 에드워드의 말은 분명한 진실이었다.

"딱히 흉을 본 건 아니야. 그러기엔 너무 반듯한 사람이니까. 하지만 때로 벨라와 내가 형에 대한 농담을 하고 있으면 정말이지 특이하고 재미난 말을 해서 웃지 않을 수가 없었어. 우리는 평소에도 늘 형을 놀려먹곤 했으니까, 신경쓰지 않는 거지? 그건 우리끼리만 하는 말이니까."

"괜찮아. 원하는 만큼 놀려먹으려무나." 제럴드는 이렇게 대답하면서도 사실은 마음이 쓰였고, 뮤어 양이 무슨 말을 했는지 알고 싶어 견딜 수가 없었다. 하지만 물어보기에는 자존심이 너무 강했다. 그는 심란한 듯 돌아누우며 고통의 한숨을 내쉬었다.

"내가 너무 말을 많이 한 것 같은데. 형에게 좋지 않을 거야. 스콧 선생이 조용히 안정을 취해야 한다고 했어. 이제 할 수 있으면 잠을 좀 자도록 해봐."

에드워드는 침대 곁을 떠났지만 방에서 나가지는 않았다. 누구에게도 그 자리를 대신하게 할 마음이 없었던 것이다. 제럴드는 잠들려고 노력해봤지만 도무지 잠들 수가 없었다. 한 시간가량 뒤척인 끝에 그가 동생을 다시 불렀다.

"붕대를 조금 느슨하게 할 수 있으면 팔이 편해져서 잘 수 있을 것도 같은데, 네가 좀 할 수 있겠니, 네드?"

"내가 손대면 안 될 것 같은데. 의사 선생님이 아침에 다시 올 때까지 만지지 말라고 하셨어. 내가 손댔다간 공연히 상태만 악화시킬 거야."

"하지만 붕대가 너무 꽉 묶여 있어. 팔이 부어올라서 통증이 심해. 이대로 두는 게 괜찮을 리가 없지. 스콧 선생이 서둘러 붕대를 감느라고 너무 세게 감은 것 같아. 상식적으로 생각해보면 너도 알 수 있잖아." 제럴드가 참지 못하고 대답했다.

"모리스 부인을 부를게. 어떻게 하는 게 최선일지 그녀가 알 거야." 에드워드가 걱정스러운 얼굴로 문을 향해 다가갔다.

"그 여자는 안 돼. 법석만 떨고 수다로 나를 고문할 거야. 그냥 참는 데까지 참아볼게. 어쩌면 스콧 선생이 오늘밤 오실지도 몰라. 할 수 있으면 그렇게 하신다고 했으니까. 가서 식사를 하렴, 네드. 필요한 게 있으면 닐을 부를게. 혼자 있으면 잘 수 있을지도 모르겠다."

에드워드는 마지못해 그 말에 따랐다. 제럴드는 혼자 남게 되었다. 그러나 도무지 쉴 수가 없었다. 다친 팔의 통증이 점점 더 참을 수 없을 만큼 심해졌기 때문이다. 갑자기 결심한 듯 그가 종을 울려 하인을 불렀다.

"닐, 아가씨 공부방에 가서 혹 뮤어 양이 계시면 이리로 좀 와주십사 부탁을 드려봐. 통증이 심한데, 집안 누구보다 그녀가 상처에 대해 잘 알고 있으니까."

하인이 굉장히 놀란 표정으로 자리를 떴다. 그리고 몇 분 후 방문이 소리 없이 열리더니 뮤어 양이 들어왔다. 굉장히 더운 날이었다. 그녀는 처음으로 단조로운 검은색 드레스가 아닌 다른 옷을 입고 있었다. 새하얀 드레스를 입은 그녀의 유일한 장식은 금발머리와 허리띠의 향기로운 제비꽃 다발이었다. 그녀는 평소 집 여기저기서 보곤 했던 그 유순하고 수녀 같던 여자와는 다른 사람처럼 보였다. 옷만큼이나 얼굴에도 변화가 있었다. 볼에는 부드러운 화색이 돌았고 눈은 수줍게 미소짓고 있었으며 입술 역시 더이상 모든 감정을 억누르는 사람의 엄숙한 분위기를 띠고 있지 않았기 때문이다. 그녀는 신선하고 다정하고 매력적으로 보였다. 제럴드는 그녀가 들어오자 침침하던 방이 갑자기 환하게 밝아지는 것을 느꼈다. 그녀는 곧바로 그에게 다가오더니 무척 위안을 주는 밝고 친절한 표정으로 그저 이렇게 말했다. "불러주셔서 기뻐요. 무엇을 도와드릴까요?"

그가 말을 하자 불평이 채 끝나기도 전에 그녀는 무엇을 해야 할지 알고 있는 사람처럼 자신의 판단을 신뢰하며 단호히 곧 붕대를 풀기 시작했다.

"아, 한결 낫네요. 이제 괜찮아요!" 단단히 감겨 있던 마지막 붕대가 풀리자 제럴드가 외쳤다. "네드는 자기가 손을 대면 혹 내가 출혈 때문에 죽기라도 할까봐 겁을 냈어요. 의사가 우리에게 뭐라고 할까요?"

"알 수도 없고 알고 싶지도 않아요. 이렇게 단단히 묶고 나서 필요하면 풀라는 지시도 주지 않고 가버리다니, 나쁜 의사라고 말씀드려야 할 것 같은데요. 이제 편안해지시도록, 잠드실 수 있도록 도와드릴게요. 휴식이 필요하시니까요. 그렇게 할까요? 그래도 될까요?"

"할 수 있으면 그렇게 해주시면 좋겠군요."

그리고 그녀가 능란하게 다시 붕대를 감는 동안 제럴드는 호기심 어린 눈으로 그녀를 바라보았다. 곧 그가 물었다. "이런 것들을 어떻게 그렇게 잘 아나요?"

"아파서 병원에 있는 동안 주의깊게 살펴볼 기회가 많았어요. 제 몸이 나아졌을 때는 가끔 환자들에게 노래를 불러주었죠."

"저에게도 불러주실 건가요?" 아파서 여자들의 간호를 받을 때면 남자들이 자신도 모르게 나오곤 하는 순종적인 말투로 그가 물었다.

"조용히 책을 읽어드리는 것보다 그게 더 좋으시다면요." 붕대의 마지막 매듭을 지으면서 그녀가 대답했다.

"그 편이 훨씬 더 좋아요." 그가 분명히 대답했다.

"열이 나요. 이마를 적셔드릴게요. 그러면 훨씬 편안해지실 거예요."

그녀가 조용히 방 안을 움직이며 물과 향수를 섞어 준비하는 모습을 지켜보는 것은 즐거운 일이었다. 그리고 그녀는 그가 마치 아이인 것처럼 무심하게 그의 얼굴을 물로 닦아주기 시작했다. 그녀의 조치들은 제럴드를 편하게 해주었을 뿐만 아니라 즐겁게 했다. 그는 마음속으로 지난번에 아팠을 때 자신을 돌보았던, 맥주를 즐기는 뚱뚱한 가정부와 뮤어 양을 비교하고 있었다.

'영리하고 다정한 아가씨야.' 무척 편안해진 그는 이렇게 생각했다. 그녀도 더할 나위 없이 편안하고 자연스럽게 행동했다.

"자, 이제야 평소처럼 보이네요." 얼굴 닦기를 마치고 이제 됐다는 듯 고개를 한번 끄덕인 그녀가 시원하고 부드러운 손으로 그의 이마 위 짙은색 머리카락을 쓸어 넘겨주었다. 그리고 가까이 있던 큰 의자에 앉은 뒤 다음날 아침에 사용하기 위해 남겨둔 새 붕대를 단정하게 말아 감으며 노래를 부르기 시작했다. 제럴드는 방 안에서 희미하게 타고 있던 초의 불빛에 비친 그녀의 모습을 바라보며 누워 있었다. 그녀는 주문처럼 듣는 사람 마음을 편안하게 만들어주는 낮은 톤의 나른한 자장가를 새처럼 자연스럽게 불렀다. 노래의 효과를 살피기 위해 곧 고개를 들어본 그녀는 제럴드가 전혀 졸린 기색 없이 즐거움과 관심, 감탄이 뒤섞인 흥미로운 표정으로 자신을 바라보고 있는 것을 발견했다.

"눈을 감으세요, 코번트리 씨." 꾸짖는 듯 고개를 절레절레 젓고 알 수 없는 미소를 살짝 머금으며 그녀가 말했다.

그는 웃음을 터뜨리고 명령에 복종했다. 하지만 커다란 벨벳 의자에 앉아 있는 가녀린 하얀 인물을 때때로 속눈썹 밑으로 몰래 훔쳐보고 싶은 유혹을 이겨낼 수 없었다. 그녀가 그를 쳐다보고는 인상을 찌푸렸다.

"정말 말을 듣지 않는군요. 왜 주무시지 않는 건가요?"

"잘 수가 없어요. 노래를 듣고 싶어서요. 나이팅게일을 좋아하거든요."

"그럼 노래는 그만 불러야겠군요. 그리고 절대 실패하는 법이 없는 다른 방법을 시도해야겠어요. 손을 이리 좀 주세요."

그가 무척 놀라며 손을 내밀었다. 자신의 작은 두 손 안에 제럴드의 손을 포갠 다음 그녀는 커튼 뒤에 마치 동상처럼 말없이, 움직이지 않고 앉아 있었다. 제럴드는 처음엔 미소를 지으며 누가 먼저 포기할까 생각했다. 하지만 곧 그의 손을 감싼 부드러운 손바닥에서 섬세한 온기가 조용히 전해져왔고 그의 심장이 빠르게 뛰었으며 그의 숨소리가 불규칙해지고 만 가지 공상이 그의 머릿속에서 요동치기 시작했다. 그는 한숨을 내쉬고 고개를 그녀 쪽으로 돌리며 꿈꾸듯이 말했다. "편안하군요." 이렇게 말하며 그는 완벽한 휴식을 취하는 느낌으로 그를 감싸안는 부드러운 구름 속에 빠져드는 것 같은 기분을 느꼈다. 그 이상은 기억나는 것이 없었다. 잠에, 깊고 꿈도 없는 잠에 빠져들었기 때문이었다. 눈을 뜨자 커튼 사이로 햇살이 빛나고 그의 손은 홀로 이불 위에 놓여 있었다. 그의 금발머리 요정은 사라지고 없었다.

4. 발견

며칠 동안 제럴드는 자기 의지와 무관하게 방에 갇혀 있어야 했다. 방에 갇힌 그의 지루함을 덜어주려고 모두가 최선을 다했지만 그를 즐겁게 해줄 수는 없었다. 어머니가 와서 그를 위로해주었고, 벨라는 노래를 불렀으며, 루시아는 책을 읽어주었고, 에드워드는 방을 떠나지 않고 그의 곁을 지켰다. 집안 모든 사람이, 한 명만 제외하고, 젊은 주인의 비위를 맞추기 위해 열심이었다. 진 뮤어는 결코 그에게 오지 않았다. 그러나 뮤어 양만이 그를 즐겁게 할 수 있는 것 같았다. 그는 곧 다른 사람들이 지루해졌고 뭔가 새로운 것을 원하게 되었으며 뮤어 양의 독특한 성품을 떠올리며 그녀가 자신의 이 권태를 덜어줄 수 있을 거라고 생각하게 되었다. 얼마간 망설이던 그는 벨라에게 무심하게 그녀에 대한 이야기를 꺼내보았지만 아무것도 얻어내지 못했다. 벨라는 그저 진이 아주 잘 지내고 있으며 어머니를 놀라게 해드릴 근사한 일을 준비하느라 바쁘다고만 말했기 때문이다. 에드워드는 그녀 코빼기도 볼 수가 없다며 불평했고 루시아는 그녀의 존재를 전적으로 무시했다. 환자로서 그가 얻은 유일한 정보는 옆방에서 일하던 두 하녀의 이야기에서 얻은 것이었다. 그 이야기를 통해 그는 가정교사가 코번트리 씨 방에 들어갔던 것에 대해 보퍼트 양에게 '꾸중'을 들었다는 사실을 알게 되었다. 그들은 또 그녀가 그 꾸중을 매우 온순하게 받아들였다고 속삭였고, 네드 도련님이 그녀에게 몸이 달아 있다는 것이 명백한데도 그녀는 조심스럽게 두 도련님 모두를 피해 다닌다고도 말했다.

하녀들의 이야기를 곰곰이 생각해보느라 마음이 딴 데 가 있던 제럴드는 누이동생을 화나게 하고 말았다.

"오빠, 네드 오빠에게 일을 시작하라는 전갈이 도착한 이야기 들었어요?"

"정말 재미있구나. 계속 읽어보렴, 벨라."

"바보 같으니! 내가 하는 말을 전혀 듣고 있지 않군요." 그러더니 벨라가 책을 내려놓고 조금 전의 소식을 다시 한번 말해주었다.

"다행이구나. 가능한 한 빨리 그애를 내보내야지. ……그러니까 내 말은 그애가 될 수 있는 한 빨리 집을 떠나고 싶어할 거라는 거야." 이렇게 말하며 제럴드는 공상에서 깨어났다.

"숨길 것 없어요. 나도 다 알고 있으니까. 네드 오빠가 정말 바보 같은 짓을 했다고 생각해요. 뮤어 양은 아름답게 처신했다고 생각하고요. 두 사람 사이는 물론 불가능한 일이지만, 가능한 일이었다면 좋겠어요. 저는 연인들을 지켜보는 것이 정말 좋거든요. 오빠랑 루시아 언니는 너무 냉정해서 전혀 재미가 없다고요."

"루시아와 나에 대해 그 말도 안 되는 이야기 좀 그만하면 좋겠구나. 우리는 연인이 아니고, 절대 그렇게 될 일도 없을 거야. 그리고 무엇보다, 이제 지겨우니까 최소한 당분간만이라도 너랑 어머니가 그 이야기는 좀 그만해주었으면 좋겠다."

"아니, 오빠. 엄마는 이미 마음을 정하신 걸 알잖아요. 아빠가 바라셨던 일이기도 하고. 가엾은 루시아 언니는 오빠를 그렇게도 사랑하는데. 어떻게 우리 모두를 행복하게 만들어줄 일을 하고 싶지 않다고 이야기할 수 있어요?"

"나는 행복하지 않을 테니까. 미안하다만, 이건 중요한 일이야. 난 지금 그 무엇에도 매여 있지 않고, 준비가 될 때까진 전혀 그럴 마음이 없단다. 자, 이제 네드에 대한 이야기를 하자꾸나."

벨라는 무척 놀라고 또 슬퍼하며 오빠의 말을 따랐다. 그리고 현명하게도 자신의 운명에 순종하며 몇 달간 집을 떠나 있을 채비를 하는 에드워드를 위해 온전히 자신의 시간을 바쳤다. 한 주 동안 집안 전체가 그의 출발 때문에 떠들썩했고, 진을 제외한 모든 사람이 에드워드의 출발 준비를 돕느라 분주했다. 그녀는 좀처럼 모습을 드러내는 일이 없었다. 매일 아침 그녀는 벨라를 가르쳤고, 오후에는 코번트리 부인을 모시고 바람을 쐬러 나갔으며, 거의 매일 저녁 존 경에게 책을 읽어주기 위해 그의 저택을 방문했다. 존 경은 대체 어떻게 자신의 소원이 성취된 것인지 이유도 짐작하지 못했지만.

집을 떠나던 날 어머니에게 작별인사를 하고 내려온 에드워드는 굉장히 창백했다. 그전에 뮤어 양이 함께 있던 동생의 방 안을 할 수 있는 한 오래 서성였기 때문이다.

"잘 있어, 벨라. 진에게 친절하게 대해주고." 누이동생에게 키스하며 그가 속삭였다.

"그럴게요, 그럴게요." 눈물 젖은 눈으로 벨라가 대답했다.

"엄마를 잘 부탁해요. 그리고 잊지 말아요, 루시아." 사촌의 아름다운 뺨을 만지며 그가 덧붙였다.

"아무 걱정 말아요. 내가 두 사람을 떼어놓을 테니까." 루시아가 속삭이는 목소리로 이렇게 대답했다. 제럴드가 그 말을 들었다.

에드워드는 형에게 손을 내밀며 형의 눈을 바라보고 의미심장하게 이렇게 말했다. "형, 형을 믿어."

"물론이지, 네드."

그리고 네드는 집을 떠났다. 제럴드는 루시아의 말이 대체 무슨 뜻일까 골똘히 생각했다. 며칠 후 그는 그 말의 의미를 이해하게 되었다.

네드가 떠났으니 뮤어 그 여자가 다시 모습을 드러내겠지, 그는 이렇게 혼자 속으로 생각했다. 하지만 '뮤어 그 여자'는 나타나지 않았고 네드에게 했던 것보다 더 조심스럽게 그를 피해 다니는 것처럼 보였다. 음악을 들을 수 있을까 하는 기대에 저녁에 객실로 나가보면 루시아밖에 없었다. 벨라의 방을 두드려보면 벨라가 문을 열기 전에 언제나 잠깐 기다리는 시간이 있었고, 문을 두드릴 때 목소리가 들렸던 진의 모습은 방 안 어디에도 없었다. 서재에 들어가면, 서둘러 방을 빠져나가는 치맛자락 소리와 발걸음 소리가 그가 오는 것을 알아챈 그녀가 방을 떠났다는 사실을 알려주었다. 정원에서도 뮤어 양은 어떻게든 그를 피해 다녔고 복도나 아침 식사를 하는 방에서 우연히 만날 때면 눈을 내리깔고 더할 수 없이 짧고 냉랭한 인사말을 한 다음 그를 지나갔다. 이 모든 행동이 그의 신경에 몹시 거슬렸다. 그녀가 그를 피해 다닐수록 그는 점점 더 그녀가 만나고 싶어졌다. 그는 다른 감정이라고는 전혀 없는 그저 순전한 반발심이라고 생각했다. 약이 올랐지만 재미도 있었다. 뮤어 양의 작은 책략들을 수포로 돌아가게 하는 데서 그는 유유한 즐거움을 찾아냈던 것이다. 그러나 마침내 그의 인내심이 한계에 다다랐다. 그는 이 기이한 행동의 의미가 뭔지 알아내야겠다고 결심했다. 그는 서재의 문을 잠근 다음 열쇠를 숨기고 뮤어 양이 존 삼촌을 위한 책을 가지러올 때까지 기다렸다. 그녀가 벨라에게 이야기하는 것을 엿들었던 것이다. 제럴드는 뮤어 양이 그가 어머니와 함께 있을 거라고 생각한다는 것도 알고 있었다. 그래서 몰래 그녀의 뒤를 따르면서 홀로 미소지었다. 그녀는 책을 꺼내기 위해 의자 위에 서 있었다. 그래서 제럴드는 말을 꺼내기 전에 가느다란 허리와 예쁜 발을 볼 시간을 가질 수 있었다.

"제가 도와드릴까요, 뮤어 양?"

그녀가 깜짝 놀라며 책을 몇 권 떨어뜨렸다. "고맙지만 괜찮습니다. 디딤대를 가져오면 돼요"라고 서둘러 말하는 그녀의 얼굴이 새빨갛게 물들었다.

"팔이 긴 제가 꺼내는 편이 더 간단하겠어요. 쓸 수 있는 팔이 하나밖에 없지만, 일이 없어서 지루한 참이었으니까요. 기꺼이 도와드리죠. 무슨 책이 필요하시죠?"

"저, 저, 놀라서 그만 잊어버리고 말았어요." 진은 긴장한 사람처럼 어색하게 웃으면서 빠져나갈 구멍을 찾는 듯 주위를 둘러보았다.

"기억이 날 때까지 기다려보죠. 그사이 열흘 전 제게 주신 마법 같은 잠에 대해 감사를 드릴 수 있게 해주시고요. 그간 뮤어 양께서 너무 열심히 저를 피해 다녀서 기회를 얻지 못했으니까요."

"정말이지, 무례하게 굴려고 했던 건 아니에요. 하지만……" 그녀가 하려던 말을 삼키고 얼굴을 돌렸다. 그러고는 고통이 담긴 목소리로 이렇게 덧붙였다. "제 잘못이 아니에요, 코번트리 씨, 저는 그저 시키시는 대로 할 뿐입니다."

"누가 시킨 거죠?" 그녀가 도망치지 못하도록 여전히 지키고 선 채로 그가 물었다.

"묻지 마세요. 선생님에 대해서라면 명령을 내릴 권리가 있는 분이에요. 우리 눈에는 바보 같은 일로 보이지만, 그분은 좋은 뜻으로 하신 일이라는 걸 잊지 마시고요. 그리고 제가 그렇게 행동하는 걸 비웃거나 화내지 말아주세요. 이제 부디 나가게 해주세요."

그녀가 돌아서서 젖은 눈으로 그를 바라보았다. 입에는 미소를 머금고 있었다. 반쯤은 슬프고 반쯤은 우습다는 듯 미소지은 그 표정이 그녀를 더욱 매력적으로 보이게 만들었다. 제럴드는 잠시 얼굴을 찌푸렸지만 여전히 진지한 표정으로 단호하게 말했다. "이 집에서 나와 어머니 이외에 명령을 내릴 수 있는 권리를 가진 사람은 없습니다. 내가 무슨 광인이나 전염병 환자라도 되는 듯이 나를 피해 다니라고 말한 사람이 그녀인가요?"

"아, 묻지 말아주세요. 말하지 않겠다고 약속했으니까요. 제가 약속을 깨게 만들지는 않으실 거라는 걸 알아요." 그녀가 여전히 미소지은 채 더이상 대답이 필요 없는 사랑스러운 고발자의 표정으로 그를 바라보았다. 루시아군, 그는 이렇게 생각하며 순간 사촌에게 격렬한 거부감을 느꼈다. 뮤어 양이 내려오려는 듯 몸을 움직였다. 제럴드가 그녀를 만류하며 진심 어린 말투로, 하지만 미소를 띤 얼굴로 이렇게 물어보았다. "나를 이 집의 주인으로 생각하고 있나요?"

"네." 그녀가 존경과 존중, 신뢰의 뜻이 담긴 온순하고 순종적인 말투로 대답했다. 여자들이 자신에게 이런 감정을 느끼고 그것을 표현하면 남자들은 기분이 좋아지는 법이다. 무의식적으로 표정이 부드러워진 제럴드가 전에는 한 번도 보여준 적 없었던 시선으로 그녀를 올려다보았다.

"그렇다면 좋아요. 내가 터무니없거나 독재적인 요구를 하지 않는다면 내 말을 따라줄 건가요?"

"그렇게 할게요."

"좋아요! 사실대로 이야기하자면, 이 모든 일이 나로서는 대단히 불쾌한 것이라는 사실을 말씀드리고 싶군요. 나 때문에 다른 사람이 자유의 제한과 불편을 겪는다는 건 대단히 언짢은 일입니다. 자유롭게 집 안을 돌아다니고 루시아의 이상한 요구에 신경쓰지 않았으면 좋겠어요. 좋은 의도에서 한 일이겠지만 통찰력도 기지도 전혀 찾아볼 수 없는 결정이에요. 내 말대로 하겠다고 약속해주겠어요?"

"아니요."

"왜 아니라는 거죠?"

"지금처럼 지내는 것이 더 좋을 것 같아요."

"하지만 조금 전에는 직접 바보 같은 일이라고 했잖아요."

"네, 그렇긴 하죠. 하지만……" 그녀는 낙담과 혼란을 동시에 드러내는 표정으로 말을 멈추었다.

제럴드가 인내심을 잃고 곧바로 이렇게 대꾸했다. "정말 여자들이란 수수께끼 같아서 절대 이해할 수 없군요! 좋아요, 편안하게 해드리려고 최선을 다했지만 지금처럼 지내는 편이 더 좋으시다면 부디 그렇게 하도록 하세요."

"더 좋은 게 아니에요. 저에게도 괴로운 일이에요. 제 모습 그대로를 드러내고 싶고 자유를 누리고 싶고 제 옆에 있는 사람들에게 신뢰를 받고 싶답니다. 하지만 누군가의 평화를 방해하게 된다면, 그건 좋은 일이 아니니까요. 그래서 시키는 대로 하려고 노력하는 거예요. 벨라에게 남아 있겠다고 약속했지만 보퍼트 양이나 선생님과 또다시 문제가 생기는 것보다는 차라리 떠나는 편을 택하겠어요."

뮤어 양이 그 자리에 선 채 감정을 숨기지 않고 열정적으로 말했다. 그녀의 눈에 순간 불길이 번쩍였다. 그녀의 얼굴과 목소리에 일순 떠오른 열기와 기상이 제럴드를 놀라게 했다. 그녀는 성이 났고 상처를 받았으며 도도해졌는데, 그런 변화들은 그녀를 더 매력적으로 보이게 만들 뿐이었다. 이전의 온순한 그녀 모습은 흔적도 찾아볼 수 없었다. 제럴드는 감전이라도 된 느낌이 들었다. 그리고 그녀가 마치 그를 밀치기라도 할 것 같은 몸짓으로 "그 책 이리 주고 비켜주세요. 가고 싶어요"라고 명령조로 덧붙이자 더더욱 놀랐다.

그는 그녀의 말을 따랐다. 심지어 내려오는 그녀에게 팔을 내밀기까지 했다. 하지만 그녀는 그것을 거절하고 가볍게 의자에서 내려와 문을 향해 걸어갔다. 문 앞에서 돌아선 그녀는 조금 전처럼 이글거리는 눈동자, 붉게 상기된 볼을 하고 성난 목소리로 재빨리 말했다. "이런 식으로 말할 자격이 없다는 걸 알고 있어요. 할 수 있는 한 자제하지만 더이상 참을 수 없을 때는 본래 모습이 드러나고 말죠. 그러면 모든 것에 반항하게 되지요. 냉정하고 조용한 기계처럼 구는 것이 지겨워요. 저처럼 열정적인 성격을 가진 사람에게 그건 불가능한 일이에요. 이제 더이상 노력하지 않으렵니다. 사람들이 저를 사랑하면 어쩔 도리가 없어요. 전 그들의 사랑을 원하지 않습니다. 그저 저를 가만히 내버려두기만을 바랄 뿐이에요. 그런데 제가 왜 이렇게 고통을 받아야 하는 건지 모르겠어요. 저는 예쁘지도 않고, 돈도 없고, 지위도 없어요. 그런데도 바보 같은 남자들은 죄다 저의 솔직한 관심을 더 진지한 감정으로 착각해서 저를 비참하게 만들어버려요. 제 불운이지요. 저에 대해서는 선생님 좋으실 대로 생각하세요. 하지만 할 수 있을 때 저를 경계하시는 편이 좋아요. 그렇지 않으면 제 의지와 무관하게 선생님께 해를 입힐지도 모르니까요."

그녀는 거의 사납기까지 한 말투로 이렇게 말하더니 경고하는 표정과 함께 돌풍이 집을 휩쓸고 지나가기라도 한 것처럼 어안이 벙벙한 제럴드를 남겨두고 방을 떠났다. 몇 분 동안 그는 그녀가 떠난 의자에 앉아 깊이 생각에 잠겼다. 갑자기 일어난 그는 누이동생을 찾아가 평소의 나른한 말투로 이렇게 물었다. "벨라, 네드가 뮤어 양에게 잘해달라고 네게 부탁하지 않았던가?"

"그랬어요. 잘해주려고 노력하는데, 요새 들어 그녀가 좀 이상해요."

"이상하다고! 그게 무슨 소리야?"

"그게, 동상처럼 조용하고 냉정했다가 또 불안해하고 이상해지기도 하고. 내가 듣고 있는데 밤에 울기도 하고, 내가 못 듣는다고 생각할 때는 슬픈 한숨을 내쉬기도 해요. 뭔가 문제가 있는 것 같아요."

"아마, 네드를 그리워하는 거겠지." 제럴드가 대답했다.

"아, 오빠, 그건 아니에요. 네드 오빠가 떠나서 그녀는 대단히 안심하고 있는걸요. 제 생각엔 그녀가 누군가를 무척 사랑하고 있는데 그 사람은 그녀를 좋아하지 않는 것 같아요. 그게 혹 시드니 씨일까요?"

"그녀가 전에 그를 '작위를 가진 바보'라고 부른 적이 있긴 한데, 그게 뭐 의미 있는 말은 아니었을 수도 있지. 그에 대해 혹시 그녀에게 물어본 적이 있니?" 자신의 호기심을 조금 부끄럽게 여기면서, 그러나 아무 의심 없는 벨라에게 묻고 싶은 유혹을 떨치지 못하면서 제럴드가 물었다.

"네, 하지만 예의 그 처연한 표정으로 저를 바라보면서 너무도 애잔하게 그저 이렇게 말하더군요. '나의 작은 벗 벨라, 내가 겪은 것 같은 일을 벨라가 겪는 일은 절대로 없었으면 해요. 그리고 벨라의 평화가 평생 깨어지지 않고 지켜지기를.' 그 말을 들은 후 감히 더 말을 하지 못했어요. 나는 그녀를 무척 좋아해요. 그녀가 행복해졌으면 좋겠는데, 방법을 모르겠어요. 오빠한테 뭐 좋은 생각 없나요?"

"이제 네드가 떠났으니 더 자주 데리고 내려오라고 말하려던 참이란다. 혼자 눈물이나 닦고 있으면 지루할 테니까. 나에게도 틀림없이 좋을 거야. 그녀는 재미있는 사람이고, 나는 그녀의 음악을 무척 좋아하니까 말이다. 명랑한 저녁시간을 보내는 것이 어머니께도 좋은 일이고. 그러니 네가 좀 나서서 가족 모두에게 두루 도움이 될 일을 해보려무나."

"그거 정말 좋은 생각이에요. 그리고 제가 벌써 몇 번이나 그러자고 했는데. 루시아 언니가 제 계획을 다 망쳤어요. 언니는 오빠도 네드 오빠처럼 될까봐 걱정하거든요. 그건 정말 말도 안 되는 생각이에요."

"루시아는…… 아니, 바보라고는 하지 않겠다. 마음만 먹으면 충분히 지각할 수 있는 사람이니까. 하지만 네가 어머니께 말씀드리는 편이 좋겠구나. 루시아가 따를 수밖에 없도록 말이다." 제럴드가 화난 목소리로 대답했다.

"그래볼게요. 하지만 오빠도 알겠지만, 진이 삼촌에게 책을 읽어드리러 가고 삼촌에게 관절통이 생긴 뒤로 그 집에 더 오랫동안 있으니까, 저녁에는 그녀를 거의 만날 수가 없어요. 저기 그녀가 가네요. 진은 청년뿐 아니라 노인도 사로잡고 말 거예요. 그녀는 정말 헌신적인 사람이거든요."

제럴드는 현관을 통해 사라지는 가냘픈 뒷모습을 지켜보았다. 벨라가 무심코 한 말들이 그의 마음에 불편한 생각들을 불러일으켰다. 그는 유유히 걸어나가 자신을 찾고 있던 것처럼 보이는 루시아를 지나 존 삼촌의 저택을 향해 걸어갔다. 거기에서 무슨 일이 벌어지는지 봐야겠다고 혼잣말을 하면서. 그런 일들은 흔히 있는 법이다. 삼촌은 더할 나위 없이 단순한 영혼의 소유자고 그 여자에게 야심이 있다면 삼촌에게 마음먹은 일을 실행할 터였다.

그때 하인 한 명이 그를 뒤따라오더니 편지를 하나 건네주었다. 그는 그 편지를 읽지 않고 주머니에 쑤셔넣었다. 저택에 도착한 그는 조용히 삼촌의 서재를 향해 걸어갔다. 문이 열려 있었다. 안을 들여다보자 평화롭고 아늑하고 아름다운 장면이 펼쳐지고 있었다. 존 경은 한 발을 쿠션 위에 올린 채 안락의자에 기대앉아 있었다. 평소처럼 신경써서 옷을 차려입었고 관절통이 있긴 했지만 건강하게 나이든, 잘생긴 노신사로 보였다. 그 노신사는 책 읽는 소리에 귀를 기울이며 미소 띤 얼굴로 가까운 곳에 앉아 낭랑한 목소리로 책을 읽고 있는 뮤어 양을 만족스러운 표정으로 바라보고 있었다. 햇살이 그녀의 머리카락과 볼의 부드러운 홍조 위에서 반짝였다. 흠잡을 데 없이 책을 읽고 있었지만 제럴드는 그녀의 마음이 다른 데 가 있다고 생각했다. 존 경이 하는 말을 듣느라고 잠시 책 읽기를 멈췄을 때 그녀의 눈동자가 뭔가 다른 생각에 빠져 있는 것처럼 보였기 때문이었다. 그녀는 피곤을 참는 사람처럼 머리를 손에 기대었다.

가엾게도! 정말이지 부당한 의심을 했군. 그녀는 노인을 유혹할 생각이 전혀 없어. 그저 친절한 마음에서 그분을 즐겁게 해드리려고 했던 거야. 피곤해하고 있군. 저 일을 마치게 해줘야겠어. 그러면서 제럴드는 문도 두드리지 않고 서재로 들어갔다.

존 경은 정중한 체념의 빛을 드러내며 그를 맞았다. 뮤어 양은 완벽하게 무표정한 얼굴이었다.

"어머니가 안부를 전하셨어요. 오늘은 좀 어떠세요, 삼촌?"

"괜찮단다. 그저 지루할 뿐이다. 그러니 오늘 저녁 아가씨들을 이리 데려오려무나. 이 늙은이가 즐겁게 말이다. 킹 부인이 옛날

의상들과 소품들을 꺼내두었어. 내가 벨라한테 그것들을 사용하게 해주겠다고 약속했거든. 오늘밤, 네드가 있었을 때처럼 재미있게 놀자꾸나."

"네, 그럴게요, 삼촌. 모두 데리고 올게요. 네드가 떠난 뒤로 다들 기분이 좋지 않았어요. 즐겁게 놀면 좀 나아지겠죠. 뮤어 양, 집으로 돌아갈 건가요?" 제럴드가 물었다.

"아니, 차도 부탁하고, 다른 것들 준비도 부탁할 겸 여기 좀더 있으라고 할 생각이다. 이제 책은 그만 읽고, 가서 그림을 보든지 뭐라도 하고 싶은 걸 하며 쉬도록 해요." 존 경이 말했다. 그러자 그녀는 그 자리를 뜨게 되어 기쁘다는 듯 순종적인 딸처럼 존 경의 말에 복종했다.

"아주 참한 아가씨야, 제럴드." 그녀가 방을 떠나자 존 경이 말했다. "난 그녀가 무척 흥미롭단다. 그녀와 그녀 어머니, 둘 다에 대해서 말이야."

"어머니라고요! 그녀의 어머니에 대해 무엇을 알고 계시기에요?" 무척 놀란 제럴드가 물었다.

"그녀의 어머니는 이십 년 전 가난한 스코틀랜드 출신 목사와 집을 떠난 그레이스 하워드 부인이다. 집안에서 그녀를 내쫓았지. 그후 아주 조용히 살다가 작은 프랑스 하숙집에 고아가 된 딸을 하나 남기고 죽었다는 것 말고는 알려진 바가 거의 없었어. 저 아가씨가 그 딸이란다. 아주 좋은 아가씨야. 네가 그걸 몰랐다니 의외구나."

"저도 놀란걸요. 그 사실을 말하지 않다니, 뮤어 양다운 행동이에요. 그녀는 자존심이 강하고 특이한 사람이에요. 하워드 부인의 딸이라니! 정말이지 그건 굉장한 발견인걸요." 그러면서 제럴드는 이 사실로 인해 누이동생의 가정교사에 대한 자신의 관심이 한층 배가되는 것을 느꼈다. 지체 높은 영국의 다른 신사들처럼 그 역시 자신이 인정하고 싶은 것보다 더 신분이나 귀족의 혈통을 중시했기 때문이다.

"어려운 시절을 보냈던 모양이더구나. 가엾게도. 하지만 용기가 있으니 어디에서든 제 길을 찾을 게다." 존 경이 감탄이 담긴 목소리로 말했다.

"네드도 이걸 알고 있었나요?" 제럴드가 갑자기 물었다.

"아니 나에게도 어제야 말을 했는걸. 내가 귀족 연감을 보고 있다가 우연히 하워드 가문에 대한 이야기를 꺼냈더니 자신도 모르게 그레이스 부인을 어머니라고 부르고 만 거야. 그래서 이야기를 모두 들을 수 있었지. 외롭게 지내다가 비밀을 털어놓을 사람을 만난 걸 기뻐하는 것 같더구나."

"그 말을 들으니 시드니와 네드를 거절한 것이 납득이 가는군요. 자기가 그들과 동등한 신분이라는 걸 알고 있었으니까 본래 자신의 것인 신분을 낚아채듯 손에 넣으려고 하지 않은 거예요. 아니, 그녀는 돈이나 지위를 탐하는 사람이 아니었어요."

"뭐라고 하는 게냐?" 제럴드가 삼촌에게 말한다기보다 혼잣말처럼 중얼거렸으므로 존 경이 물어보았다.

"시드니 부인도 이걸 알고 계셨을까요?" 제럴드는 이렇게만 되물었다.

"아니, 진은 동정을 받고 싶지 않아서 그 어머니에게 아무 말 하지 않았다고 하더구나. 그 댁 아들은 알았을 것 같은데. 하지만 그건 미묘한 문제라서 더는 묻지 않았다."

"시드니 주소를 알아내면 바로 편지를 쓰겠어요. 저와는 무척 가까운 사이였으니 뮤어 양의 이야기가 사실인지 알아내기 위해 그녀에 대해 몇 가지 물어봐도 무방할 겁니다."

"그녀 말을 의심하는 게냐?" 존 경이 화난 목소리로 물었다.

"죄송해요, 삼촌. 하지만 뭔가 본능적인 불신이 일거든요. 부당한 의심인건 알지만 억누를 수가 없어요."

"그렇다면 부디 겉으로 표현해서 나를 불편하게 하지는 말아다오. 나에게도 얼마간은 통찰력과 경험이 있다. 나는 진심으로 뮤어 양을 동정하고 또 존중해. 혹 그녀가 최근 우울해하는 게 그녀에 대한 너의 이런 반감 때문인 거냐?" 의심하는 눈으로 조카를 바라보며 존 경이 물었다.

몰려오는 태풍을 피하려고 몸을 돌리면서 제럴드가 서둘러 대답했다. "지금은 그 문제를 거론할 마음도 없고 시간도 없지만, 삼촌 심경을 거슬리는 일이 없도록 신경쓰겠습니다. 벨라에게 삼촌 말씀을 전할게요. 그럼 곧 다시 오겠습니다, 삼촌."

그런 다음 제럴드는 정원을 통과해 걸으며 속으로 생각했다. 저 노신사도 가엾은 네드처럼 그녀에게 마음을 빼앗겼군. 그 여자는 대체 무슨 수로 그렇게 한 걸까? 하워드 부인의 딸이면서 우리에게는 한마디 말도 하지 않았다니. 나로서는 이해할 수 없는 일이야.

5. 그 여자는 대체 무슨 수로 그렇게 한 걸까?

집에 온 제럴드는 존 경 저택에서 있을 연회에 대한 기대로 반가이 그를 맞는 한 무리의 젊은이들과 마주쳤다. 한 시간 후 이 명랑한 무리는 존 경의 으리으리한 객실로 갔다. 객실에는 벌써 그날 밤을 위한 연극 놀이 준비가 갖추어져 있었다.

존 경은 생기가 넘쳤다. 집 안이 젊은 사람들로 가득차 있는 것처럼 그를 행복하게 하는 것은 없었기 때문이다. 몇 명의 젊은이가 선택되었다. 몇 분 후 커튼이 걷히고 즉흥무대의 첫 장면이 모습을 드러냈다. 어두운색 피부에 수염 무성한 남자 하나가 천막 그늘 밑 호랑이 가죽 위에서 잠을 자고 있었다. 동방의 무기들과 직물들이 그를 둘러싸고 있었다. 테이블 위에는 과일이 쌓여 있는 값비싼 접시와 침침한 빛을 내며 타는 오래된 은제 램프가 있었고 반쯤 비워진 술잔들에 담긴 와인이 붉은빛을 내고 있었다. 잠자는 남자 위로 남국의 화려한 의상을 입은 한 여성이 몸을 숙이고 있었다. 한 손으로 수놓인 소맷자락을 뒤로 젖히자 언월도를 들고 있는 팔이 드러났다. 흰색 튜닉 밑으로 자주색 샌들을 신은 작고 가는 발이 보였다. 눈같이 하얀 어깨 위로 자주색 망토가 드리워 있었고 머리에는 황금 띠를 둘렀으며 팔과 목에는 보석이 반짝였다. 그녀가 어깨 너머로 조용하지만 두려움에 가득찬 시선으로 천막 입구를 바라보는데 그 연기가 얼마나 뛰어났던지, 관객들 역시 지나가는 발소리라도 들은 듯 숨을 멈출 지경이었다.

"누구지?" 처음 보는 얼굴이었기 때문에 루시아가 속삭이는 소리로 물었다.

"진 뮤어." 몰두한 표정으로 제럴드가 대답했다.

"말도 안 돼요! 그 여자는 작고 금발인데." 루시아가 대답했다. 하지만 제럴드가 서둘러 "쉿, 저것 좀 보자고!"라며 사촌의 말을 막았다.

불가능한 일처럼 보였지만 제럴드의 말이 옳았다. 그 여자는 진 뮤어였다. 그녀는 피부를 검게 칠하고 눈썹을 그렸으며 금발 위로 야성적인 검은 머리채를 덮어쓰고 있었다. 너무도 강렬한 감정을 표현하고 있었기 때문에 확장된 그녀의 어두운 눈동자는 그 어떤 남방의 눈동자 못지않은 맹렬한 빛을 발산하고 있었다. 더할 수 없이 깊고 쓰라린 증오가 그녀의 단호하고 아름다운 얼굴 위에 각인되어 있었고 시선은 용기로 빛났으며 긴장한 채 무기를 쥐고 있는 가느다란 손에서는 힘이 느껴졌다. 심지어 호랑이 가죽에 반쯤 가려진 단단히 디딘 작은 발에서조차 꺾을 수 없는 여자의 의지가 표현되고 있었다.

"오! 정말 근사하지 않아요?" 낮은 목소리로 벨라가 소리쳤다.

"때가 되면 검을 제대로 쓸 수 있을 사람처럼 보이는걸." 누군가가 감탄한 목소리로 덧붙였다.

"저렇게 턱수염을 하고 있으니 저 남자, 시드니처럼 보이는데."

"뮤어 양 정말로 저 남자를 증오하는 것처럼 보이지 않아요?"

"정말 그럴지도 모르지."

앞선 두 언급이 진의 놀라운 변화를 설명하는 것처럼 들렸기 때문에 제럴드가 마지막으로 이렇게 덧붙였다. 그건 전적으로 연기인 것만은 아니었다. 증오의 대상이 손아귀에 들어온 순간의 야만적 환희와 뒤섞인 강렬한 분노는, 연기라고 하기에는 너무도 완벽한 것이었다. 그녀 이야기의 일부를 알고 있는 사람으로서 제럴드는 마치 진실의 일부를 엿본 것 같은 기분을 느꼈다. 그러나 그것은 찰나의 목도에 불과했다. 그 낯선 표정의 의미를 반도 채 분석하기 전에 커튼이 드리워졌기 때문이다.

"끔찍하기도 하지! 끝나서 다행이에요." 루시아가 냉담하게 평가했다.

"근사한데! 앙코르! 앙코르!" 제럴드가 열정적으로 소리쳤다.

하지만 그 장면은 끝났고 그 어떤 박수갈채로도 여배우를 다시 불러낼 순 없었다. 두세 편의 우아하고 즐거운 장면들이 뒤이어 연출되었지만 진은 나타나지 않았다. 그리고 이어진 장면들에는 진정한 재능이 있다면 가장 단순한 장면에서도 드러내기 마련인 종류의 매력이 결여되어 있었다.

"코번트리, 자네가 필요하다는데." 누군가가 제럴드를 불렀다. 모두를 놀라게 하며 제럴드가 부름에 응했다. 그때까지 그는 잘생긴 배우가 필요해 연기를 요청받을 때마다 거절해왔기 때문이다.

"내가 맡아 망치게 될 역이 대체 뭐지?" 몇몇 들뜬 청년이 의상을 갖춰 입고 무대로 나갈 준비를 하는 녹색 방에 들어가며 그가 물었다.

"도망중인 기사당원* 역이야. 이 옷을 입게나. 질문을 하며 낭비할 시간 따윈 없네. 뮤어 양이 뭘 해야 하는지 말해줄 거야. 이 장면에는 그녀가 등장하니 아무도 자네에게 신경쓰지 않을 걸세." 임시로 연출을 맡고 있던 청년이 화려한 구식 의장을 제럴드에게 던

* 1642년 영국의 내란 당시 추방중인 찰스 1세를 지지하던 왕당파.

진 후 소년티가 가시지 않은 자신의 얼굴에 턱수염을 다시 그리면서 대답했다.

서둘러 옷을 입고 분장을 하고 나자 제럴드는 용감한 기사로 변신했다. 그가 숙녀들 앞에 모습을 드러내자 감탄의 시선이 일제히 그에게 쏟아졌다.

"이리로 와서 자리에 대기하고 있어요. 진은 벌써 무대에서 준비를 하고 있어요." 벨라가 그에게 달려오며 말하더니 가정교사를 향해 이렇게 소리쳤다. "오빠 여기 왔어요. 아주 근사해요. 하겠다고 하길 잘했죠?"

장식 없는 청교도 처녀의 단정한 옷을 맵시 있게 차려입고 무대 위에 관목을 배치하던 뮤어 양이 갑자기 몸을 돌려 자신을 향해 걸어오는 눈부신 인물을 쳐다보더니 들고 있던 푸른 가지를 떨어뜨렸다.

"당신이!" 곤란한 표정을 지으며 그녀가 이렇게 소리치더니 낮은 소리로 벨라에게 덧붙였다. "왜 오빠에게 부탁한 거예요? 그러지 말라고 당부했잖아요."

"잘생긴 남자가 오빠밖에 없어서요. 그리고 마음만 먹으면 최고의 배우이기도 하고요. 평소에는 무대에 잘 서지 않아요. 그러니까 이 기회를 최대한 활용해야 한다고요."

이렇게 말한 뒤 벨라는 〈당대풍의 결혼〉* 장면을 위해 머리에 분칠을 하려고 그 자리를 떠났다.

"날 부르기에 나왔어요. 다른 사람을 원하나요?" 제럴드는 작은

---

* The Marriage à la Mode. 신분 상승을 꿈꾸는 신흥 부자와 몰락한 귀족들 간의 정략결혼을 신랄하게 묘사한 윌리엄 호가스의 회화작품 시리즈.

모자 밑의 반쯤은 걱정스럽고 반쯤은 갈망하는 듯 보이는 그 표정을 이해할 수 없어 당황해하며 물었다.

"이제 너무 늦었어요. 관목 뒤에 몸을 반 정도 숨기고 여기 무릎 꿇고 앉으세요. 모자를 뒤로 하고…… 제가 해드릴게요, 너무 우아해서 도망자처럼 보이지가 않네요." 이렇게 말하는 그녀의 얼굴은 체념과 곤란이 뒤섞인 표정으로 바뀌었다.

그가 그녀 앞에 무릎을 꿇고 앉자 그녀가 그의 머리를 헝클어뜨렸다. 레이스 칼라를 잡아당겨 비뚤어지게 만들고 그의 장갑과 검을 던져버렸으며 어깨 위에 두르고 있던 망토 끈도 반쯤 풀었다.

"이제 좀 낫네요. 창백한 얼굴이 아주 근사해요. 아니, 얼굴색을 망쳐버리지 말아요. 우린 존 경 댁에 걸려 있는 그림을 연출할 거예요. 더 설명할 필요 없겠죠. 이제, 의회파* 사람들은 자리로 가고 커튼을 올리도록 해요."

제럴드가 미소를 지으며 그녀의 지시에 따랐다. 그 장면은 두 연인을 묘사하는 것이었다. 기사는 무릎을 꿇은 채 팔로 소녀의 허리를 감싸안고 있었고, 자신의 작은 망토 아래 그를 숨기려고 노력하는 소녀는 자신들을 뒤쫓는 추적자를 돌아보며 공포에 사로잡힌 나머지 그의 머리를 자신의 가슴 위로 꽉 누르고 있었다. 그의 손이 몸에 닿자 진은 순간 망설이며 몸을 약간 움츠렸다. 얼굴은 새빨개졌고 그의 눈을 마주보지 못하고 시선을 내리깔았다. 그러나 벨이 울리자 그녀는 갑작스러운 용기를 보이며 자신의 역에 뛰어들었다. 한 손으로는 망토로 그를 반쯤 감싸고 다른 한 손으

* 17세기 영국 청교도혁명 시대의 반국왕파.

로는 가슴 위에 접힌 모슬린 손수건 위로 그의 머리를 받쳐 안았다. 그러고는 너무도 두려운 시선으로 뒤를 돌아보았기 때문에 기사도 정신을 가진 젊은 관객들 중 나가서 당장이라도 그녀를 구출하고 싶은 충동을 느낀 사람이 한둘이 아니었다. 장면은 아주 잠깐밖에 지속되지 않았다. 하지만 그 순간 제럴드는 그동안 몰랐던 새로운 감각에 눈을 떴다. 그간 많은 여자가 그에게 미소를 던졌지만 그가 그런 미소에 넘어간 일은 없었다. 그는 여자들에게 냉담하고 무관심했으며 여자들이 소유한 힘, 그녀들이 남자를 행복하게 혹은 불행하게 하기 위해 어떻게 사용해야 하는지 알고 있는 그 힘을 의식하지 못한 채 살아왔다. 그는 지금 부드러운 팔에 안긴 채, 무릎을 꿇고 앉아 자신의 손에 기대고 있는 가녀린 허리와 자신의 볼에 눌린 채 두근거리는 처녀의 심장을 느끼면서 난생처음 형언할 수 없는 여성의 마력을 체험했고 열렬한 연인의 모습을 완벽하게 연출했다. 그의 얼굴이 이 새로우면서도 근사하게 어울리는 표정을 지은 바로 그 순간 커튼이 내려왔다. 요란한 앙코르 요청 소리를 듣고서야 그는 무의식적으로 너무 꽉 움켜쥔 나머지 아플 지경이 된 자신의 손아귀에서 뮤어 양이 벗어나려 하고 있다는 사실을 깨달았다. 그가 전에 한 번도 지은 적이 없는 표정으로 반쯤 당황한 채 몸을 벌떡 일으켰다.

"한 번 더, 한 번 더!" 존 경이 소리쳤다. 의회파 인물을 연기한 청년들 역시 관객들과 함께 열렬히 박수를 보내며 새로운 옷을 입고 한 번 더 해달라고 간청했다.

"옷자락 소리 때문에 있는 곳이 탄로 나서 우리가 총을 쏘고 용감한 소녀가 그 총에 맞아 쓰러져 죽어가는 그 장면 말입니다. 아주 어울릴 겁니다. 뮤어 양, 한번 해보세요." 청년 중 한 명이 제안했다. 긴 한숨과 함께 진의 승낙이 떨어졌다.

커튼이 올라가자 여전히 무릎을 꿇고 있는 기사당원이 모습을 드러냈다. 그의 어깨를 잡고 있는 추적자들의 손길은 안중에도 없는 모습이었다. 그의 발밑으로 죽어가는 소녀가 누워 있었기 때문이었다. 이번에는 그녀의 머리가 그의 가슴 위에 놓여 있었다. 그의 눈을 마주보는 소녀의 눈동자는 이제 더이상 맹렬한 두려움을 드러내지 않았다. 죽음조차 꺾을 수 없는 사랑의 시선만이 그녀의 마음을 웅변하고 있었다. 이 다정한 시선의 힘에 제럴드는 낯선 희열을 느끼며 몸을 떨었다. 조금 전에 뮤어 양의 심장이 그랬던 것만큼이나 그의 심장 역시 빠르게 요동치기 시작했다. 그녀는 그의 손이 떨리는 것을 느낄 수 있었으며 그의 볼이 붉게 상기되는 것을 보았고 자신이 마침내 그의 마음을 손에 넣었다는 사실을 짐작할 수 있었다. 무대에서 일어나며 그녀는 숨기기 어려운 승리감을 맛보았다. 사람들은 근사한 연기라고 생각했다. 제럴드도 그렇게 생각하려고 노력했다. 하지만 루시아는 이를 악물었다. 그리고 두 번째 장면 위로 커튼이 떨어지자마자 이 위험한 연극을 중단시킬 요량으로 서둘러 자리를 떠나 커튼 뒤로 달려갔다. 몇몇 배우가 가상의 연인에게 찬사의 말을 건네고 있었다. 진은 즐겁게 그 칭찬들을 받아들였다. 하지만 제럴드는 자신도 모르게 칭찬으로 우쭐해진 마음 이상의 뭔가 더 은밀한 것이 자신을 흥분시키고 있다는 사실을 드러내고 있었다.

루시아가 나타나자 흥분했던 모습이 평소의 무관심한 태도로 바뀌었다. 하지만 평소 좀처럼 일어나는 법이 없었던 불길을 눈빛에서 완전히 억누를 수는 없었으며 얼굴에서 그 모든 감정의 흔적을 다 지울 수도 없었다. 그리고 루시아는 쓰린 마음으로 그 변화를 알아차렸다.

"도와드리려고 왔어요. 뮤어 양, 피곤하시겠어요. 이제 그만하시는 게 어떨까요?" 루시아가 서둘러 말했다.

"네, 감사합니다. 남은 부분을 아가씨에게 맡기고 앞자리로 가서 연극을 감상할 수 있어서 기뻐요."

진이 이렇게 말한 후 상냥한 미소를 지으면서 자리를 떠나자 제럴드가 루시아를 절망에 빠뜨리며 그 뒤를 따라갔다.

"제럴드, 당신이 필요해요, 부탁이니 여기 같이 있어줘요." 그녀가 소리쳤다.

"내 맡은 바 역을 다했으니, 오늘밤 비극은 이것으로 족해." 그러면서 그는 그녀가 애원하거나 명령하기도 전에 자리를 떠버렸다.

피해갈 길은 없었다. 거기 남아 자신의 의무를 다하거나 주위의 눈치 빠른 시선들에 자신의 질투심을 들키는 것 이외에 다른 도리는 없었다. 잠시 루시아는 그것을 견뎌냈다. 하지만 자신의 사촌이 자기가 방금까지 앉아 있던 의자 쪽으로 몸을 기울인 채 지금 그 자리에 앉아 있는 가정교사와 대화를 나누고 있는 것을 보자 도저히 더 참을 수가 없었다. 그래서 그녀는 어린 소녀를 시켜 뮤어 양에게 쪽지를 보냈다.

"실례지만, 보퍼트 양께서 뮤어 양이 베스 여왕 역을 해주셨으면 하는데요. 붉은 머리를 가진 분은 뮤어 양밖에 없다고 하시면서요. 와주시겠어요?" 그 전언에 숨겨진 가시를 의식하지 못한 채 소녀가 속삭였다.

"좋아요, 그러도록 하죠. 비록 전 여왕 폐하 역을 할 만큼 아름답지도 위엄이 있지도 않지만 말이에요." 속으로는 여성 특유의 모욕에 분개하면서도 겉으로는 아무렇지도 않은 얼굴로 자리에서 일어나며 진이 대답했다.

"에식스 경이 필요한가요? 그 역을 위한 의상을 다 입고 있는데." 갈망하는 표정으로 문까지 따라온 제럴드의 말이었다.

"아니요, 보퍼트 양께서 나리는 오시면 안 된다고 하셨어요. 두 분이 함께 오시는 걸 바라지 않으십니다." 소녀가 단호한 목소리로 덧붙였다.

진이 어깨를 으쓱하며 그에게 의미심장한 표정을 던지더니 그녀 특유의 독특한 미소를 지으며 그 자리를 떠났다. 그사이 제럴드는 정체를 알 수 없는 흥분에 사로잡힌 채 한 무리의 젊은이들이 저녁을 먹기 위해 즐겁게 몰려나올 때까지 다른 것은 모두 다 잊고 복도를 서성였다.

"이리 와요, 잘생긴 찰리 왕자님. 나를 눕힌 다음 한 시간 전에 그랬던 것처럼 근사하게 연인 역을 해봐요. 오빠한테 그런 열정이 있다고는 한 번도 생각하지 못했는걸요." 벨라가 제럴드의 팔을 잡더니 그의 의지와는 달리 그를 잡아끌며 말했다.

"바보 같은 소리 말아. 어디 있는 거지…… 루시아는?"

그가 왜 진의 이름을 말하려다 말고 다른 이름을 대신 말한 건지, 그 자신도 알 수 없었다. 하지만 진의 이름을 입에 올리려니 갑작스러운 수줍음이 그를 사로잡았다. 어디에서도 그녀의 모습을 찾아볼 수 없었지만 그녀가 어디 있는지 물을 수가 없었다. 고전 의상을 입은, 아름다운 모습의 사촌이 그에게 다가왔다. 하지만 제럴드는 그녀에게 거의 눈길조차 주지 않았다. 그리고 여흥이 최고조에 이르렀을 때 뮤어 양을 찾기 위해, 그녀에게 무슨 일이 있는지 알아보기 위해 조용히 그 자리를 떠났다.

그는 아무도 없는 객실에서 혼자 있는 그녀를 발견했다. 그리고 말을 걸기 전 잠시 그녀를 바라보기 위해 멈춰섰다. 그녀의 태도와 표정에 뭔가 그의 가슴을 움직이는 것이 있었기 때문이었다. 그녀는 옥좌로 사용했던 커다란 의자에 피곤한 듯 기대어 있었다. 왕관을 벗고 금발머리를 온통 어깨 위로 늘어뜨리고 있었지만 여왕 의상은 아직 그대로 입고 있는 상태였다. 흥분과 활동력의 발산이 그녀를 눈부시게 만들었다. 화려한 드레스는 놀랍도록 그녀에게 어울렸으며 호사스러운 나른함은 온순한 가정교사를 매력적인 여성으로 탈바꿈해놓았다. 그녀는 그런 안락에 익숙한 사람처럼 벨벳 쿠션에 몸을 기대고 있었다. 그리고 마치 태어날 때부터 그런 보석을 지니고 나온 사람처럼 무심히 그녀를 장식하고 있는 보석들을 만지작거리고 있었다. 그녀의 태도에는 무심한 우아함이 가득했으며 마치 뭔가 슬프고도 달콤한 생각을 하는 듯 반쯤 도도하고 반쯤 상념에 잠긴 표정을 짓고 있었다.

지금 그녀를 본 사람이라면 누구라도 그녀가 훌륭한 혈통을 지닌 여인이라는 것을 알 수 있을 터였다. 가엾게도, 저렇게 자존심이 강한 사람이 누군가에 의지해 살아가야 한다니 그 얼마나 고단한 일일까! 무슨 생각을 저렇게도 곰곰이 하고 있는지 궁금하군. 이런 생각을 하며 제럴드는 말을 꺼내기 전 다시 한번 그녀를 찬찬히 바라보았다.

"저녁을 가져다드릴까요, 뮤어 양?"

"저녁이요!" 그녀가 깜짝 놀라며 소리쳤다. "누구라도 육신에 대해서는 잊어버리는 법이지요, 영혼이……" 그녀는 이마를 찌푸리고 희미하게 웃음을 터뜨리며 말을 멈추더니 이렇게 덧붙였다. "고맙지만, 괜찮습니다. 조언 말고는 필요한 것이 없는걸요. 그런데 누구에게도 감히 도움을 청할 수가 없어요."

"왜 못한다는 거죠?"

"저에게는 그럴 권리가 없으니까요."

"누구에게나 도움을 청할 권리가 있습니다. 약한 사람이 강한 사람에게 청하는 것이라면 특히 더 말입니다. 제가 도움을 드릴 수 있을까요? 진심입니다. 비록 제 힘이 미미하지만, 할 수 있는 한 진심으로 뮤어 양을 돕고 싶군요."

"아, 잊으셨군요! 잠시 빌려온 이 드레스와 보석들의 눈부심, 이 즐거운 저녁의 자유, 선생님이 연기하신 역할의 낭만, 그런 것들 때문에 현실을 잊으신 거예요. 전 더이상 고용된 사람이 아니네요. 잠시나마 저를 동등한 인간으로 대해주시니까요."

사실이었다. 제럴드는 현실을 잊어버렸다. 그 상냥한, 꾸짖는 시선이 그의 마음을 움직였다. 이 새로운 매혹 앞에서 그의 불신이 녹아 사라졌다. 그는 목소리와 표정에 진심을 담아 이렇게 대답했다. "뮤어 양을 동등하게 대했다면 그건 뮤어 양이 동등한 분이기 때문입니다. 도움을 드리고 싶다고 말씀드렸을 때 단지 제 누이의 가정교사 분께 제안드린 것이 아니라 하워드 부인의 따님께 말씀드린 것이기도 하고요."

"누가 그걸 선생님께 말했나요?" 그녀가 똑바로 몸을 일으켜 앉으며 물어보았다.

"삼촌께 들었습니다. 삼촌을 탓하지는 말아주세요. 원하지 않으신다면 이야기가 더 퍼지는 일은 없을 겁니다. 제가 그 사실을 아는 것이 싫으신가요?"

"네."

"왜죠?"

"동정을 받고 싶진 않으니까요!" 그러더니 반쯤 저항적인 자세를 취하는 그녀의 눈에 불빛이 반짝였다.

"그렇다면, 죄 없는 삶에 떨어진 가혹한 운명을 동정할 수 없다면, 그처럼 당당하게 역경을 마주하고 그 모습으로 모든 사람이 감탄하며 바라보는 존경과 찬사를 얻어내는 용기를 경애해도 되겠습니까?"

뮤어 양이 고개를 돌리고 손을 올리더니 황급히 대답했다. "아니, 아니요, 그러시면 안 돼요! 저한테 친절을 베풀지 말아주세요. 그랬다간 우리 사이에 남아 있는 유일한 장벽마저 무너지고 말 거예요. 전처럼 냉정하게 대해주세요. 제가 누구인지는 잊으세요. 그리고 제가 알려지지 않은 채, 동정도 사랑도 받지 않고 제 식대로 살아가게 해주세요!"

마지막 말을 내뱉을 때 그녀의 목소리는 떨렸으며 목이 메어 말을 맺지도 못했다. 그녀는 손 위로 고개를 숙였다. 그녀 말에 담긴 그 무엇인가가 제럴드의 마음을 불편하게 했고 그가 거의 무례한 태도로 이렇게 대답하게끔 만들었다. "저 때문에 두려워할 필요는 없습니다. 제가 얼마나 얼음 같은 사람인지 루시아가 말해줄 수 있을 거예요."

"그렇다면 루시아 양이 틀린 겁니다. 저에게는 사람의 성격을 파악하는 치명적인 힘이 있어요. 루시아 양보다 선생님을 더 잘 알고 있습니다. 그리고 제 눈에는……" 거기서 뮤어 양은 갑작스레 말을 멈추었다.

"뭐죠? 말을 해서 뮤어 양의 능력을 제게 입증해보세요." 그가 열정적인 목소리로 대답했다.

그녀는 몸을 돌리며 그를 움찔하게 만드는, 꿰뚫는 시선으로 그를 바라보며 천천히 말했다. "저는 얼음 밑에서 불길을 봅니다. 그리고 그 불이 화산이라는 사실이 밝혀지지 않도록 조심하시라고 선생님께 경고하고 싶어요."

잠시 그는 말을 잊은 채 뮤어 양의 통찰력에 감탄하며 멍하니 앉아 있었다. 너무 자존심이 강해 드러낼 수 없었던 자신의 소년 같은 충동이며 그 어떤 강력한 목소리가 깨울 때까지 잠들어 있었던 야망, 숨겨진 그의 뜨거운 본성을 발견한 사람은 그녀가 처음이었기 때문이다. 자신에게서 멀어지라는 그녀의 무뚝뚝한, 거의 엄하기까지 한 경고는 오직 그녀를 더더욱 매력적으로 만들 뿐이었다. 거기에는 그 어떤 잔꾀나 오만도 없었으며 그저 솔직하게 자기 마음을 드러냈다가는 나쁜 일이 생길지도 모른다는 두려움, 과거의 고통으로 인해 더 대담해진 두려움만이 느껴졌기 때문이다. 갑자기 제럴드는 충동적으로 이렇게 대답했다.

"당신의 말이 맞아요! 보이는 모습은 내가 아닙니다. 게으르고 무관심한 태도는 진정한 나 자신을 숨기기 위한 가면에 불과해요. 인생에 어떤 목표라도 생긴다면 나 역시 네드만큼 열정적이고 활기 있고 야심찬 사람이 될 수 있습니다. 나에겐 아무런 목표도 없어요. 그래서 뮤어 양이 말했던 것처럼, 동정과 경멸을 받아 마땅한 존재로 살고 있죠."

"전 결코 그렇게 말한 적이 없는걸요!" 진이 발끈하며 소리쳤다.

"아마 그렇게 말하지는 않으셨겠죠. 하지만 더 부드러운 말로 표현했다고 해도 그렇게 생각했고 또 표정으로 드러내셨습니다. 그래도 마땅하지요. 하지만 더는 그렇게 살진 않겠어요. 수치스러운 나태에서 깨어나기 시작했고 저를 남자로 만들어줄 일을 갈망하게 되었으니까요. 왜 가시는 거죠? 제 고백이 뮤어 양을 불편하게 만들었군요. 용서해주세요. 이런 말을 하는 건 처음이에요. 그리고 마지막이 될 겁니다."

"아니요, 오, 아니에요! 선생님의 신뢰를 받다니 감당할 수 없는 영광이에요. 하지만 그게 현명한 일일까요? 선생님의 희망과 목표를 제게 말씀하시는 게 신의를 지키는 일일까요? 보퍼트 양이 그 이야기의 첫번째 청자가 될 권리가 있는 것 아닌가요?"

제럴드가 무척 동요하는 표정으로 뒤로 물러섰다. 그 이름을 듣는 순간 그날의 신선한 흥분 속에서 기꺼이 잊고 있던 많은 것이 떠올랐기 때문이었다. 자신을 향한 루시아의 사랑과 헤어지던 순간 에드워드가 남긴 당부, 도저히 이해할 수 없이 내팽개쳐버린, 그리고 이제는 좀처럼 다시 취할 수 없는 자신의 냉담하고 무관심한 태도 같은 것들이 말이다. 제럴드는 뭔가 말을 하려 했으나 진이 움직일 때 그녀의 드레스에서 떨어진 반쯤 열린 편지를 보고 하려던 말을 삼켰다. 거의 반사적으로 진에게 돌려주기 위해 떨어진 편지를 집어든 그는 편지 위의 글씨가 시드니의 것이라는 사실을 알아차렸다. 진은 입술까지 창백하게 변하면서 그의 손에서 편지를 잡아채며 소리쳤다. "편지를 읽으셨나요? 뭘 보신 거지요? 선생님의 명예를 걸고 사실대로, 사실대로 말해주세요!"

"제 명예를 걸고 말씀드리지만, '당신을 향한 내 사랑에 걸고 하는 말이니 내 말을 믿도록 해요'라는 문장밖에 보지 못했어요. 그게 전부입니다. 저는 신사니까요. 누구의 글씨체인지 알고 있습니다. 그리고 편지의 요지가 무엇인지 짐작할 수 있고요. 시드니의 친구로서, 할 수만 있다면 진심으로 뮤어 양을 돕고 싶군요. 이게 뮤어 양이 조언을 구하고 싶은 바로 그 일인가요?"

"네."

"그렇다면 제가 도움을 드릴 수 있도록 허락해주시겠습니까?"

"그러실 수 없을 거예요. 그간의 일들을 모두 알지 못하신다면. 그리고 그걸 이야기하는 건 정말 너무 힘든 일이니까요!"

"그렇다면 뮤어 양의 고통을 덜어드리기 위해 제가 정황을 짐작해보도록 하죠. 그래도 되겠습니까?" 여전히 주문에서 깨어나지 못한 제럴드가 갈망하는 표정으로 그녀의 대답을 기다렸다.

그녀는 편지를 단단히 쥔 채 그에게 따라오라는 몸짓을 한 뒤 앞장서서 내실 겸 전시용 온실로 사용되는 외딴 작은방으로 미끄러지듯 걸어들어갔다. 그곳에서 멈춰선 그녀는 그래도 되는지 망설이기라도 하는 것처럼 잠시 가만히 서 있더니 신뢰하는 눈동자로 그를 올려다보며 결심한 듯 말했다. "말씀드릴게요. 이상하긴 하지만, 선생님만이 제 이야기를 들어주실 수 있는 유일한 분이에요. 시드니 경을 알고 계시고, 제가 동등한 혈통의 신분이라는 사실도 알게 되셨으며 또 도움을 주고자 하시니까요. 선생님의 도움을 받아들이겠습니다. 하지만, 오, 제가 정숙하지 못하게 처신하고 있다고는 생각하지 말아주세요! 제가 얼마나 외로운 처지인지, 얼마나 어리고 미숙한지, 그리고 얼마나 선생님의 연민과 진심에 의지하고 있는지 생각해주세요!"

"편하게 말씀하세요. 진심으로 저는 뮤어 양의 벗이니까요." 그렇게 말하고 나서 제럴드는 전적으로 자신을 신뢰하고 의지하는, 부드러운 눈동자의 아가씨 이외에는 모든 것을 잊은 채 그녀 옆에 자리를 잡고 앉았다.

진은 빠르게 이야기를 계속 이어갔다. "시드니 경께서 저를 사랑하신 것, 제가 그분을 거절하고 그 집을 떠나온 사실을 알고 계시죠. 하지만 그분의 끈질긴 구애 때문에 제가 제정신을 잃을 지경이 되었던 것이며 그분이 저의 유일한 자산인 명예를 땅에 떨어뜨리고 말겠다고 협박했던 것, 또 절망에 빠진 나머지 제가 스스로 목숨을 끊으려 했던 것은 모르실 겁니다. 네, 제정신으로는 할 수 없는 사악하기 그지없는 일이지만, 저는 그저 멍에에 불과한, 그리고 그분의 박해 아래서 그저 고문에 불과한 것이 되고 만 제 삶을 진정으로 마감하고 싶었답니다. 놀라셨군요. 하지만 제가 말씀드린 것은 모두 사실이랍니다. 시드니 부인께서 사실을 확인해주실 거예요. 병원의 간호사 역시 제가 열 때문에 그곳에 갔던 것이 아니라는 사실을 털어놓을 거고요. 이곳에서 지내는 동안 밖에 있던 상처는 아물었지만 마음의 상처는 아직 아물지 않았습니다. 그리고 오직 명예를 소중히 여기는 여성만이 느낄 수 있는 분노와 수치심이 여전히 제 마음속에 이글거리고 있답니다."

거기까지 말한 그녀는 과거의 모욕으로 인한 분노가 새롭게 일어나기라도 하는 듯 이글거리는 눈동자에 상기된 볼로 부풀어오른 가슴을 두 손으로 꽉 눌렀다. 제럴드는 아무 말이 없었다. 놀라움과 분노, 설마 하는 생각과 경탄이 모두 뒤섞여 그의 마음을 너무 혼란스럽게 만들었기 때문에 말을 잊고 말았던 것이다. 진이 말을 이어갔다. "제 극단적인 행동을 보고 시드니 경도 그분에 대한 제 마음을 돌이킬 수 없다는 사실을 확인하게 되었습니다. 그분은 제 곁을 떠났죠. 떨어져 있으면 그 격정적인 사랑이 치유될 것이라고 저는 생각했습니다. 하지만 그렇지 않았어요. 저는 여전히 매일 새로운 애원과 또다른 협박으로 인한 공포에 시달리고 있습니다. 시드니 경의 어머니께서는 제가 어디로 갔는지 그분에게 알리지 않겠다고 약속하셨지만, 그래도 그분은 결국 저를 찾아내어 편지를 보내신답니다. 시드니 부인께 전해달라고 부탁드렸던 편지는 제발 저를 내버려둬달라고 애원하는 편지였습니다. 그 편지를 전하지 못하고 돌아오셨죠. 그래서 다행이라고 생각했습니다. 저에게 아무런 답도 없으면 희망을 접을 수도 있을 거라고 생각했으니까요. 하지만 다 소용없는 일이었어요. 이 편지는 그 어느 때보다 더욱 격정적인 구애의 말들을 담고 있습니다. 그리고 경은 제가 다른 남자에게 저를 보호할 권리를 넘겨줄 때까지 결코 구애를 포기하지 않겠다고 맹세했답니다. 그렇게 할 수도 있습니다. 정말 그렇게 하고 싶은 유혹을 느껴요. 하지만 이런 잔인함에 무릎을 꿇고 싶진 않습니다. 전 제 자유를 사랑해요. 그리고 그분을 꺾기 위해 결혼을 하고 싶은 마음은 없습니다. 제가 어떻게 하면 좋을까요? 어떻게 하면 제가 그분의 손아귀를 벗어날 수 있을까요? 부디 제 벗이 되어주세요, 그리고 저를 도와주세요!"

슬픔과 두려움, 간청 속에 모든 것을 잊은 채 애원하듯 두 손을 꼭 쥐고 제럴드를 바라보는 그녀의 볼에는 눈물이 넘쳐흘렀고, 흐느낌으로 목이 메어 말을 다 잇지 못했다. 이런 상황을 경험해보지 못한, 이럴 때 자신이 무슨 역할을 해야 하는지 모르는 제럴드는 많은 말을 하는 그 눈동자를 똑바로 바라보기 어려웠다. 황혼이 깃든 방, 한여름의 열기와 향기, '어리석은 로맨스'의 기억, 또 무엇보다 시련을 겪고 있는 아름다운 여인의 존재가 자신에게 어떤 영향을 미치고 있는지 제대로 의식하지 못한 채, 그는 우스운 옷을 입고 어리석은 로맨스를 연기하는 바람에 이렇게 평소의 자기답지 않은 기분을 느끼는 것이라고만 생각했다. 평소의 통제력은 간데없이, 그는 뮤어 양의 이야기 중 가장 강한 인상을 남긴 말만을 되풀이할 수 있을 뿐이었다.

"그렇게 할 수 있고, 그렇게 하고 싶은 유혹을 느끼신다고요. 그렇다면 뮤어 양을 보호할 수 있는 남자가 네드인가요?"

"아니요." 그녀의 조용한 대답이었다.

"그렇다면 누구죠?"

"묻지 말아주세요. 선량하고 존경받는 분입니다. 저를 소중히 여겨주시고 한평생 저만을 바라보실 분이지요. 이전이라면 그분과 결혼하는 것이 행복할 수도 있었겠지만, 이제는……"

그 대목에서 그녀는 한숨을 쉬며 말을 멈췄다. 마치 빛나는 베일 같은 금빛 머리카락이 그녀의 얼굴 주위로 흘러내렸다.

"왜 이제는 안 된다는 거죠? 고통을 끝낼 수 있는 가장 빠르고 확실한 방법인데요. 불가능한 겁니까?"

그는 자신도 모르게 그녀에게 더 가까이 몸을 기대면서 그녀의 작은 손을 자기 손으로 꽉 움켜쥐고, 급박하고 연민에 가득찬, 아니 거의 연정에 사로잡힌 목소리로 이렇게 물어보았다. 머리카락

베일 뒤에서 무거운 한숨 소리가 흘러나오더니 뮤어 양이 짤막하게 대답했다. "불가능한 일이에요."

"왜죠, 진?"

그녀가 갑작스레 머리를 뒤로 젖히고 그의 손에서 자신의 손을 빼내면서 거의 사납다고 할 만한 목소리로 대답했다. "그분을 사랑하지 않으니까요! 왜 그런 질문으로 저를 괴롭히시나요? 전 지금 궁지에 몰려서 어떻게 하면 좋을지 판단을 할 수가 없어요. 선량한 그분을 속이고 평화를 위해 자유와 진실을 포기해야 할까요? 아니면 시드니 경을 거부하며 공포 속에 삶을 이어가야 할까요? 그분이 제 목숨을 위협하는 건 두렵지 않아요. 하지만 그분은 목숨보다 소중한 것, 제 명예를 위협하고 있어요. 한마디 말이나 표정만으로도 제 명예에 금을 낼 수 있습니다. 경멸적인 미소나 알 법하다는 어깻짓이 그 어떤 폭력보다 저에게 더 큰 상처를 남길 수도 있지요. 저는 친구도 없고, 가난하고, 그의 말 한마디에 운명이 달려 있는 여자니까요. 아, 차라리 죽는 편이 나았을걸. 그랬더라면 지금의 이 쓰라린 고통을 겪지 않을 수 있었을 것을!"

그녀가 벌떡 일어나더니 얼굴 앞으로 두 손을 부여잡고 모든 것을 포기한 사람 같은 분위기로 작은 방을 서성이기 시작했다. 흐느끼지는 않았지만 눈물보다 더욱 절망적인 표정을 지은 채로. 제럴드는 여전히 갑자기 로맨스에 뛰어들기라도 한 것 같은 기분으로, 하지만 자신에게 주어진 역에 날카로운 쾌감을 느끼면서 그 역할에 적극적으로 몸을 던졌다. 그리고 도움이 절실한 그 가엾은 소녀를 위로하기 위해 자신이 할 수 있는 최선을 다했다. 그녀에게 다가가며 그는 네드 못지않은 열정으로 말했다. "뮤어 양…… 아니,

진이라고 부르지요. 그편이 뮤어 양에게 더 위로가 될 수 있다면 말입니다. 내 말을 들어보세요. 그리고 안심하십시오. 내가 뮤어 양을 보호하는 한, 그 어떤 일도 생기지 않을 겁니다. 필요 이상으로 놀라고 걱정을 하고 있는 것 같군요. 분노하는 건 당연하지만, 내 목숨을 걸고 말씀드리건대 뮤어 양이 시드니를 잘못 생각하고 있는 겁니다. 시드니가 거친 것은 사실입니다. 알고 있어요. 하지만 가벼운 말이나 부당한 행동으로 뮤어 양을 상처 입힐 만큼 명예를 모르는 사람은 아니에요. 당신의 마음을 돌려보려고 위협을 했을 뿐입니다. 내가 그를 만나보거나 아니면 편지를 쓰도록 하겠습니다. 내 친구니까요. 내 말을 들을 겁니다. 확신합니다."

"아무것도 확신하시면 안 된답니다. 시드니 씨 같은 분이 사랑에 빠졌을 때 그리고 그 사랑이 뜻대로 되지 않을 때는 무엇으로도 그 완고한 의지를 통제할 수 없는 법이니까요. 그분을 만나거나 편지를 쓰지 않겠다고 약속해주세요. 그분을 향한 제 두려움과 혐오가 아무리 큰 것이라 하더라도 선생님이나 동생 분께 피해가 가는 것보다는 차라리 제가 그분께 굴복하는 편이 낫겠어요. 코번트리 씨, 약속해주세요, 네?"

그는 망설였다. 그러나 그녀가 열렬히, 애원하는 표정으로 간청의 뜻을 숨기지 않고 드러내며 그의 팔에 매달렸기 때문에 도저히 거절할 수 없었다.

"약속하지요. 하지만 그 대신 뮤어 양도 뭐든 내가 드릴 수 있는 도움을 허락한다고 약속을 해야겠습니다. 그리고 진, 친구가 없다는 이야기는 이제 다시 하지 마요."

"진정 다정한 분이시군요! 신의 축복이 그 마음에 함께 하시기를. 하지만 감히 선생님의 우정을 받아들일 수는 없습니다. 그분께서 허락하지 않으실 거예요. 그리고 저에게는 그분의 평화를 깨뜨릴 권리가 없으니까요."

"누가 허락하지 않는다는 겁니까?" 발끈한 목소리로 제럴드가 물었다.

"보퍼트 양께서요."

"보퍼트 양 따위 개한테나 주라지!" 제럴드가 너무도 호기롭게 이렇게 소리쳤기 때문에 진은 자신이 처한 시련에도 불구하고 낭랑한 웃음을 터뜨리고 말았다. 제럴드도 덩달아 웃음을 터뜨렸다. 그리고 한순간, 그들은 마치 그들 사이의 마지막 장벽마저 무너진 듯 그리고 진정 친구가 된 듯 서로를 마주보며 서 있었다. 입술에는 미소가, 뺨에는 여전히 눈물이 남아 있던 진이 갑자기 웃음을 멈추더니 경계하는 몸짓을 해 보였다. 제럴드도 귀를 기울였다. 부르는 소리며 웃음소리와 뒤섞인 발소리로 미루어 짐작컨대 두 사람이 보이지 않아 찾고 있는 것이 분명했다.

"웃음소리 때문에 우리가 있는 곳을 들키고 말았네요. 여기서 저분들을 맞도록 하세요. 저는 그럴 수 없어요." 이렇게 말하면서 진이 잔디밭으로 휙 뛰어들어갔다. 제럴드도 그 뒤를 따랐다. 숱한 시선과 질문을 대면해야 한다고 생각하니 겁이 난 나머지 겁쟁이처럼 도망친 것이었다. 날래게 달려가는 진의 발소리가 그를 이끌었다. 마침내 진이 숨을 돌리기 위해 장미 덤불 뒤에 잠깐 멈춰섰을 때 그가 그녀를 따라잡았다.

"겁쟁이 기사로군요! 거기 남아서 제가 안전히 도망갈 수 있도록 사람들을 속여주셨어야죠. 이런! 사람들이 오고 있어요! 숨으세요! 몸을 숨기세요!" 명랑한 추격자들이 그들을 향해 빠르게 다가오자 그녀가 반쯤은 겁을 먹고 반쯤은 신이 나서 숨이 찬 목소리로 소리쳤다.

"무릎을 꿇으세요. 달이 뜨고 있어요. 옷에 놓인 자수가 반짝여서 사람들에게 들키고 말 거예요." 장미 넝쿨 뒤로 함께 몸을 낮추면서 진이 이렇게 속삭였다.

"그 팔과 머리카락 때문에 사람들에게 들키고 말겠어요. 노래 가사처럼 '내 망토 밑으로 들어와요.'" 제럴드가 이렇게 말하면서 자신의 벨벳 망토로 뮤어 양의 하얀 어깨와 금발 머리카락을 덮으려고 애썼다.

"연극에서 맡았던 역을 이제 현실에서 연기하고 있네요. 벨라에게 말해주면 얼마나 재미있어할까요!" 사람들 소리가 멀어져갈 때 진이 이렇게 말했다.

"그애한테는 말하지 말아요." 제럴드가 속삭였다.

"왜요?" 천진한 시선으로 지나치게 가까이 자기 얼굴 옆에 놓인 얼굴을 올려다보며 뮤어 양이 물었다.

"이유를 모른단 말인가요?"

"아, 너무 자존심이 세서 놀림받는 걸 참지 못하시는 거군요."

"그게 아니에요. 뮤어 양이 멍청한 입방아 때문에 괴로움을 겪는 걸 바라지 않기 때문이에요. 그게 아니라도 이미 충분히 고통을 겪고 있으니까요. 이제 전 뮤어 양의 벗이니까 그 사실을 입증하기 위해 할 수 있는 한 최선을 다하려는 겁니다."

"정말, 진정 다정한 분이시로군요! 어떻게 감사드리면 좋을까요?" 진이 중얼거렸다. 그리고 무의식적으로 둘이 함께 몸을 숨기고 있던 망토 밑으로, 제럴드를 향해 더 가까이 몸을 웅크렸다.

한동안 두 사람 모두 아무 말도 하지 않았다. 정적 속에서 빠르게 뛰는 두 개의 심장박동 소리만이 들려왔다. 그 소리를 덮어볼 생각으로 제럴드가 부드러운 목소리로 물었다. “무서운가요?”

“아니요, 좋은걸요.” 그녀도 그처럼 부드러운 목소리로 대답했다. 그러더니 갑자기 이렇게 덧붙였다. “그런데 우리가 왜 숨어 있는 거죠? 두려워할 것도 없는데. 늦었어요. 가야겠어요. 제 옷자락 위로 무릎을 꿇고 계시는군요. 일어나주시겠어요?”

“왜 그렇게 서두르는 거죠? 이렇게 추격전을 펼친 덕에 오늘밤의 즐거움이 배가되기만 한걸요. 아직 일어나고 싶지 않아요. 진, 장미 한 송이 꺾어드릴까요?”

“아니요, 됐어요. 이제 가게 해주세요, 코번트리 씨, 부탁드립니다. 놀이는 이만하면 됐어요. 자신을 잊으셨군요.”

그녀가 단호한 목소리로 말하면서 그의 몸을 밀어내며 망토 밖으로 나왔다. 갑자기 달콤한 꿈에서 깨어난 사람처럼 제럴드도 “정말 정신을 놓고 있었군요”라고 대꾸하며 즉시 몸을 일으켰다.

그때 그들을 부르는 목소리가 아까보다 더 가까이에서 들려왔다. 집으로 이어지는 으슥한 길을 가리키며 그가 평소의 침착하고 냉정한 목소리로 말했다. “저 길로 가세요. 제가 뒤를 막도록 하겠습니다.” 그러더니 그는 명랑한 추격꾼들을 맞기 위해 몸을 돌려 걸어갔다.

삼십 분 정도가 지난 후, 파티가 끝나자 뮤어 양이 평소의 수수한 드레스로 갈아입고 평소보다 더 창백하고 온순하고 슬퍼 보이는 얼굴로 일행에 합류했다. 그녀를 보지도, 부르지도 않았지만 제럴드는 그녀의 변화를 알아차렸다. 루시아 역시 그 모습을 보았다. 그리고 위험해 보이는 소녀가 본래의 모습으로 돌아갔다는 사실에 안도감을 느꼈다. 그날 저녁 루시아는 적지 않은 고통을 겪었던 것이다. 정원을 가로질러 걸어가면서 그녀는 사촌의 팔을 온전히 점유했다. 하지만 그는 평소 자주 그러듯 통 말이 없었다. 대화를 나눠보려는 그녀의 노력은 모두 수포로 돌아갔다. 황혼 속에 그 뒤를 따라 혼자 걸어가며 뮤어 양은 나지막이 노래를 부르고 있었다. 그 나지막한 노랫소리를 듣느라 제럴드는 그렇게도 말이 없었던 것일까? 루시아는 생각했다. 그리고 그 여자를 향한 반감이 금세 증오로 바뀌는 것을 느꼈다.

젊은이들이 돌아가고 난 뒤 가족들은 서로 잘 자라는 인사를 나누었다. 그때 제럴드가 팔을 내밀었기 때문에 진은 깜짝 놀랐다. 전에는 한 번도 그런 적이 없었기 때문이다. 루시아가 죽 지켜보고 있는 와중에 팔을 내밀며 그가 이렇게 속삭였다. "아직 조언을 드리지 못했으니까요."

"고맙습니다. 하지만 이제 필요하지 않아요. 이미 결정을 내렸거든요."

"어떤 결정을 내리셨는지 여쭤봐도 될까요?"

"적에 용감히 맞서 싸우기로 결심했어요."

"잘하셨어요! 하지만 무엇 때문에 갑자기 그런 결정을 내리시게 된 거죠?"

"친구를 찾게 된 덕분이지요." 그녀는 이렇게 말하고 나서 감사의 시선을 던지며 방으로 물러갔다.

6. 감시

"코번트리 씨, 실례지만 어젯밤에 편지 받으셨나요?" 다음날 아침 방을 나갈 때 '젊은 주인나리'가 처음 받은 아침인사였다.

"무슨 편지 말이지, 딘? 아무 편지도 받지 않은 것 같은데." 하녀의 태도에 뭔가 평소 같지 않은 데가 있던 터라 그가 잠시 멈춰서며 대답했다.

"존 경 댁으로 막 출발하신 다음 편지가 도착했어요. '급전'이라고 쓰여 있어서 벤슨이 편지를 들고 나리를 쫓아갔었는데요. 받지 못하셨나요?" 하녀가 불안한 표정으로 물었다.

"아, 맞아. 완전히 잊어버리고 있었군. 잃어버리지 않았다면 아마 다른 코트 주머니에 들어 있을 거야. 그 어리석은 연극 놀이 때문에 다른 일들을 죄다 잊고 있었군." 제럴드는 하녀에게라기보다 자신에게 말하며 잊고 있던 편지를 찾기 위해 몸을 돌렸다.

딘은 그 자리를 떠나지 않았다. 겉으로는 복도 창문의 커튼을 정리하느라 분주한 것처럼 보였지만 실은 계속해서 평소 좀처럼 볼 수 없는 호기심으로 은밀하게 주인어른을 지켜보고 있었다.

"거기 있을 리가 없지, 그럴 줄 알았어!" 제럴드가 초조하게 이 주머니 저 주머니 뒤져보고 있을 때 그녀가 중얼거렸다. 하지만 그 순간 그녀의 얼굴에 경악하는 표정이 떠올랐다. 갑자기 편지가 등장했기 때문이다.

"거기 있을 리가 없는데! 정말이지 이상한 일이야. 하지만 그 여자 잔꾀가 보통이 아니니까, 아니면 내가 아주 제대로 속은 게지." 이렇게 말하면서 딘이 영문 모르겠다는 듯, 하지만 여전히 믿을 수 없다는 표정으로 고개를 설레설레 저었다.

주소를 힐끗 본 제럴드는 만족스러운 탄성을 한번 지르더니 그 자리에 서서 편지를 뜯었다.

친애하는 C

나는 바덴으로 가네. 그쪽으로 와서 나와 함께하게나. 그러면 위험에서 벗어날 수 있을 걸세. 자네가 만약 J. M.과 사랑에 빠진다면 (그녀와 함께 있는 한은 피할 도리가 없을 텐데) 마치 머리가 폭발하는 것 같은 약간의 불편을 겪어야 할 거야.

자네의 벗 F. R. 시드니

"이 친구가 미쳤군!" 화가 나서 얼굴이 붉어진 채 편지를 뚫어져라 바라보며 제럴드가 소리쳤다. "대체 무슨 생각으로 나한테 이런 식의 편지를 쓴 거지? 자기와 함께하라니—어림없는 소리! 협박이라니 가당치도 않은 수작이군. 가엾은 진! 이 고집 센 바보 녀석이 그녀를 괴롭히려고 작정한 거야. 그런데 딘, 대체 뭘 기다리고 있는 거지?" 갑자기 그녀의 존재를 의식한 듯 제럴드가 물었다.

"아무것도 아닙니다, 나리. 그저 편지를 찾으셨는지 궁금해서 기다리고 있었어요. 실례했습니다."

그러더니 그녀가 자리를 뜨려는데 제럴드가 의심하는 시선으로 물었다. "대체 왜 편지가 없어졌을 거라고 생각한 거지? 오늘따라 평소 같지 않게 내 일에 관심을 갖는 것처럼 보이는군."

"아, 아닙니다, 나리. 그저 약간 불안해서요. 벤슨이 원체 잘 잊어버리니까요. 나리가 나가시는 걸 제가 봤기 때문에 벤슨을 보낸 것도 접니다. 그래서 제 책임이라고 생각했습니다요. 급전이라고 쓰여 있었으니까, 중요한 편지인 것 같아서, 그래서 여쭤본 것뿐입니다."

"알았네. 이제 가봐, 딘. 보다시피 잘 받았으니까."

"전 그렇게 생각하지 않지만요." 하녀는 마치 편지가 발견되지 않기라도 한 것 같은 표정으로 공손히 인사를 하고 물러가며 중얼거렸다.

보퍼트 양의 하녀인 딘은 날카로운 눈매를 하고 다소 음침한 분위기를 풍기는 엄숙한 중년 여성이었다. 오랫동안 코번트리 가에서 일해온 그녀는 충직한 하인, 사랑받는 하인으로서의 특권을 누리고 있었다. 그녀는 거의 선망에 가까운 애정으로 자신의 여주인을 사랑했다. 마치 엄마라도 되는 양 빈틈없이 그녀를 살피고 보살폈으며 누구라도 자신의 역할을 대신하려 하거나 간섭하려 들면 용서하지 않았다. 처음에 그녀는 진 뮤어를 동정하고 좋아했다. 그러나 곧 불신하게 되었고, 지금은 진심으로 그녀를 미워했다. 코번트리 나리가 나날이 그의 사촌에게 무관심해지는 이유가 바로 진 뮤어였기 때문이다. 딘은 루시아가 얼마나 깊이 사촌을 사랑하는지 알고 있었다. 자기 여주인의 짝이 될 만큼 성에 차는 남자는 아무도 없었지만, 딘은 루시아를 생각해서 코번트리를 존경했고 그에게 호감을 가져야 한다고 생각해왔다. 따라서 최근 그의 행동에 나타난 변화는 그녀의 여주인 못지않게 딘의 마음을 심란하게 만들었다. 그녀는 진의 일거수일투족을 면밀히 관찰했다. 하지만 이 상냥한 가정교사는 그 감시를 불쾌하게 여기기는커녕 사뭇 즐겁게 생각하는 눈치였다. 딘의 무디기 짝이 없는 영국식 눈치는 이 가정교사의 섬세한 두뇌에 전혀 대적할 수 없었던 것이다. 전날 밤, 의상을 배달하기 위해 존 경 댁에 가야 했던 딘은 그곳에서 대단히 심란한 광경을 목격했다. 주인 아가씨의 옷을 갈아입히는 동안 딘이 그 일에 대해 이야기를 꺼냈지만 이미 무척 기분이 좋지 않았던 루시아는 그 이야기가 사람들 입에 오르내리는 일이 없도록 입단속을 단단히 하라고 엄하게 명령했고, 그래서 그녀는 잠자코 있을 수밖에 없었다.

이제 그 여자가 어떻게 하는지 두고 볼 테다. 그 얼굴에서 뭘 읽어내기란 당최 어려운 일이지만 말이야. 꼬리나 쳐대는 사기꾼 같으니. 검은 눈썹을 찌푸리고 복도를 걸어내려가면서 딘은 생각했다.

"안녕하세요, 딘 부인. 어젯밤 연회 때문에 마음이 상하지 않으셨으면 좋겠어요. 부인께서 일하시는 동안 저희는 놀았던 일 말이에요." 그녀 뒤에서 명랑한 목소리가 말을 걸어왔다. 몸을 획 돌리자 그 앞에 뮤어 양이 서 있었다. 생기 있는 모습에 미소를 띤 가정교사는 딘이 아니라면 누구도 거부할 수 없을 다정한 태도로 고개를 숙이며 인사를 건넸다.

"괜찮으니 걱정 마요. 생각해줘서 고맙군요." 자기 말의 효과를 확인하려는 듯 날카로운 시선을 가정교사에게 고정한 채 그녀가 차갑게 대꾸했다. "하녀들이 청소를 하고 젊은 신사 숙녀 분들이 식사를 하는 동안 충분히 쉬었지요. '작은 내실'에서요."

"네, 부인이 계신 것을 봤어요. 감기에 걸리실까봐 걱정했지요. 괜찮으시니 다행이에요. 보퍼트 양은 괜찮으신가요? 어젯밤 좀 불편해 보이셨거든요." 가느다란 허리 주위로 작은 주름 장식을 매만져 펴면서 진이 차분한 목소리로 대답했다. 짐짓 태연한 이 질문은 자신이 코번트리 나리와 뮤어 양 사이에 벌어진 일을 지켜볼 수 있는 곳에 있었다는 딘의 암시에 대한 그녀의 반격이었다.

"좀 피곤해하시지요. 그런 저녁을 보낸 이후 양가의 규수라면 누구나 그렇지만 말입니다. 무대에 익숙한 사람들이라면 필시 개의치 않을 테죠. 하지만 보퍼트 양께서는 누구처럼 그렇게 난잡한 놀이를 즐기시지 않는답니다."

특정 단어들을 강조함으로써 딘은 자신이 할 수 있는 한 무례하게 말을 했다. 하지만 진은 그저 웃음을 터뜨릴 뿐이었다. 그리고 그들 뒤로 제럴드의 발소리가 들려오자 그녀는 계단 아래로 달려 내려가며 상냥한 목소리로, 하지만 심술궂은 표정으로 이렇게 덧붙였다. "이제부터는 부인께 감사를 드리기 위해 가던 길을 멈춰서는 안 되겠네요. 그랬다가 코번트리 나리께서 저한테 아침인사라도 건네시면 보퍼트 양의 기분이 더 언짢아지실 테니까요."

분노에 찬 얼굴로 가정교사의 뒷모습을 바라보는 딘의 눈에 불길이 번득였다. 자리를 떠나면서 그녀는 음산한 목소리로 중얼거렸다. "두고 보라지, 내가 저 여자에게 반드시 본때를 보여주고 말테니."

자신이 '지난밤의 몽환'에서 완전히 벗어났다고 생각하면서, 그럼에도 여전히 진이 자신을 어떻게 맞을지 궁금해하는 제럴드가 예의 생기 없고 무표정한 얼굴로 아침식사를 하는 방으로 어슬렁거리며 들어왔다. 자리에 앉아 신문을 집어들며 사촌과 누이동생, 가정교사의 인사에 그가 한 대꾸라곤 귀찮은 듯 고개를 끄덕거리며 몇 마디 중얼거린 것이 전부였다.

"네드 오빠에게 편지가 온 건가요?" 오빠 손에 여전히 쥐여 있는 편지를 바라보며 벨라가 물었다.

"아니." 제럴드가 짧게 대답했다.

"그럼 누구 편지예요? 나쁜 소식이라도 전해들은 얼굴이네요."

아무런 대답도 없었다. 그러자 그의 손을 힐끗 쳐다본 후 인장을 알아본 벨라가 실망한 목소리로 외쳤다. "시드니 댁 문장이군요. 이제 그 편지엔 관심 없어요. 남자들끼리 주고받는 편지는 아무 재미도 없으니까."

뮤어 양은 조용히 에드워드의 개 중 한 마리에게 먹을 것을 주고 있었다. 하지만 그 이름을 듣고 고개를 들어 제럴드와 눈이 마주치자 너무도 슬픈 표정으로 얼굴을 붉혔기 때문에 제럴드는 그녀가 불쌍해졌다. 루시아의 입술이 말려 올라가는 것을 본 제럴드는 대체 왜 뮤어 양의 당황스러움을 숨겨주려 한 건지 스스로도 의아해하면서 불쾌한 빛으로 문득 이렇게 물었다. "딘이 주제넘게 굴고 있는 것 알아? 당신의 총애와 자기 나이를 너무 믿은 나머지 본분을 잊은 것 같더군."

"딘이 뭘 어쨌기에 그러죠?" 루시아가 차갑게 대꾸했다.

"내 일에 쓸데없이 관심을 보이고 벤슨을 자기가 관리하려 들더라고."

그러고 나서 제럴드는 편지와 편지에 대한 딘의 유난스러운 관심에 대해 이야기했다.

"가엾은 딘. 당신이 잊어버린 걸 상기시켜주고도 고맙다는 소리도 못 듣는군요. 다음번에는 편지가 어떻게 되든 그냥 내버려두도록 해야겠어요. 사실 그렇게 당신 기분만 나빠지게 만든다면 편지들은 그냥 버려진 채 있는 편이 더 낫겠군요, 제럴드."

조용한 목소리로 말했지만 일어나 그 방을 떠날 때 그녀의 뺨에는 노기가 어려 있었다. 진의 얼굴에서 희미한 미소, 반쯤의 연민과 반쯤의 조소가 섞인 미소를 포착한 제럴드는 무척이나 동요하는 것처럼 보였다. 알 수 없는 그 미소가 사촌의 빈정거리는 말투보다 훨씬 더 그의 마음을 불편하게 만들었기 때문이었다. 벨라가 한숨을 쉬며 어색한 침묵을 깨뜨렸다. "아, 네드 오빠! 오빠한테 다시 편지가 오기를 엄청 기다리고 있었는데. 우리에게 편지를 보냈다고 생각했거든요. 딘 말이, 어제 현관 테이블 위에서 오빠 필체의 편지 봉투를 하나 봤다고 해서."

"딘이 정말이지 병적으로 편지를 관찰하고 있군. 가만두면 안 되겠어. 벨라, 그 편지는 누구 앞으로 온 거였지?" 신문을 내려놓으며 제럴드가 물었다.

"그건 말하려 하지 않았어요, 아니, 누구한테 온 건지 몰랐을 수도 있고요. 하지만 기분이 무척 나빠 보였고 오빠한테 가서 물어보라고 하던데요."

"거참 이상한 일이군! 난 아무것도 받지 못했는데." 제럴드가 대답했다.

"그렇지만 전 며칠 전에 편지를 받았어요. 그 편지와 그에 대한 저의 답장을 읽어주시겠어요?" 이렇게 말하며 진이 두 통의 편지를 그의 앞에 내밀었다.

"말도 안 돼요. 네드가 뮤어 양 혼자 읽을 거라고 생각하고 보낸 편지를 읽는다는 건 신사답지 못한 행동입니다. 뮤어 양께서는 어떤 일에는 지나칠 정도로 깐깐하시면서 다른 어떤 일에는 또 충분히 신경을 쓰지 않으시는 것 같군요." 이렇게 말하면서 제럴드는 단호한 표정으로 두 통의 편지를 다시 뮤어 양에게 내밀었다. 하지만 그 표정으로도 이면의 놀라움과 관심을 숨길 수는 없었다.

"선생님 말씀이 옳습니다. 에드워드 씨의 편지는 신성하게 관리되어 마땅하지요. 가엾게도 그분은 저에 대한 마음을 있는 그대로 이 편지에 드러내고 계시니까요. 하지만 제 편지는, 제발 부탁이니 읽어주세요. 제가 선생님께 한 약속을 지키기 위해 얼마나 노력하고 있는지 선생님이 아실 수 있도록 말입니다. 제 청을 들어주세요, 코번트리 씨. 저에게는 이 부탁을 드릴 권리가 있는걸요."

그녀의 말투가 너무나 간곡하고 그녀의 표정이 너무도 절실했기 때문에 그는 차마 거절하지 못하고 창가로 걸어가 그 편지를 읽었다. 그것은 분명 젊은 연인으로부터의 열렬한 구애에 대한 답변이었는데 원숙하고 세련된 문체로 쓰여 있었다. 편지를 읽는 동안 제럴드는 사랑하지 않는 사람에게 이런 편지를 쓸 수 있다면 이 아가씨가 정말 사랑하는 사람에게는 얼마나 열정적이고 힘이 넘치는 편지를 쓸 수 있을 것인지 생각하지 않을 수 없었다. 현명한 논박이며 상냥한 꾸지람, 유용한 조언과 다정한 안부의 말들을 눈으로 한 줄 한 줄 읽어가는 동안 이 생각이 계속해서 그의 마음에 떠올랐다. 여기저기에서 어떤 단어들이나 구절들이 그녀가 이미 자신에게 고백한 사실을 드러내고 있었다. 그리하여 제럴드는 진이 사랑하는 사람이 누구일까 생각하느라 편지 돌려주는 것을 잊은 채 서 있었다.

벨라의 목소리를 듣고서야 그는 정신을 차렸다. 벨라가 반쯤은 다정하고 반쯤은 신경질적인 목소리로 이렇게 말했기 때문이다.

"그렇게 슬픈 표정 짓지 말아요, 진. 장담하지만, 네드 오빠는 잘

이겨낼 거예요. 전에 한번, 여자들은 그럴 수 있어도 남자들이 사랑 때문에 죽는 법은 없다고 말했던 것 기억하지요? 나한테 보낸 편지에서 오빠는 진에 대해 대단히 아름다운 말들을 하면서 오빠를 위해서 진에게 다정히 대해달라고 부탁했어요. 난 진심으로 그렇게 하려고 노력하고 있고요. 진이 아닌 다른 누구였다면 사랑하는 오빠를 이렇게 불행하게 만든 사람을 정말 미워했을 테지만 말이에요."

"벨라, 정말 고마워요. 가끔은 차라리 떠나서 벨라의 짐을 덜어주어야겠다고 생각하면서도, 이렇게 남아 있는 것이 위험하고 현명치 못한 처사인데도, 차마 떠날 용기가 나지 않아요. 이곳에서 진정 행복한 시간을 보냈으니까요." 이렇게 말하면서 그녀는 다정하게 자신에게 파고드는 개를 향해 고개를 숙였다.

벨라가 막 입술에 떠오른 다정한 위로의 말을 반도 채 건네기 전, 제럴드가 태도며 얼굴에서 나른함이라고는 찾아볼 수 없는 모습으로 그들에게 다가오더니 편지를 진 앞에 내려놓으며 평소의 감정 없는 목소리 깊숙이 깊은 감정을 담아 이렇게 말했다. "여성으로서의 처신에 어긋남이 없는 유려한 편지로군요. 하지만 이 편지가 잠재우려던 불길을 오히려 더 타오르게 할 것 같아 걱정입니다. 이제 그 어느 때보다 더 동생이 안쓰러운 생각이 드는군요."

"이 편지를 보내야 할까요?" 그의 판단에 전적으로 의지하는 사람처럼 그녀가 그를 똑바로 쳐다보며 물었다.

"네, 자기희생 위에 쓰인 이렇게 달콤한 설교를 차마 그 아이에게서 뺏을 수는 없군요. 제가 뮤어 양을 위해 이 편지를 부치도록 할까요?"

“감사합니다. 그런데 잠시만요.” 감사의 뜻이 담긴 표정으로 이렇게 말하면서 진이 시선을 아래로 내렸다. 작은 지갑을 꺼내 일 페니를 찾아낸 그녀는 종이로 그것을 한 번 싼 다음 편지와 동전을 함께 내밀었는데 그 진지한 모습이 너무도 사랑스러웠기 때문에 제럴드는 참지 못하고 웃음을 터뜨리고 말았다.

“그러니까 제게 일 페니도 신세지지 않으시겠다는 거군요. 뮤어 양, 정말 얼마나 자존심이 센 여성이신지.”

“네, 맞아요. 집안 내력인가봐요.” 이렇게 말하며 그녀는 그에게 자신이 누구인지를 상기시키는 의미심장한 시선을 던졌다. 그는 그녀의 감정을 이해했고 그 때문에 그녀가 더더욱 마음에 들었다. 그녀의 처지에 있었다면 자신 역시 그렇게 했으리라는 것을 알고 있었기 때문이다. 비록 작은 일이었지만 효과를 기대하고 한 행동이었다면 결과는 대단히 만족스러운 것이었다. 그녀가 제럴드의 성격을 날카롭게 간파하고 있다는 사실을 보여주었을 뿐만 아니라, 제럴드가 무엇보다 높이 평가하는 자존심을 그녀가 지니고 있다는 사실을 그에게 입증했기 때문이었다. 그는 그녀가 찻주전자 밑의 알코올램프 불길에 에드워드의 편지를 태우는 것을 지켜보며 잠시 진 옆에 서 있었다.

“왜 그러는 거죠?” 자신도 모르게 그는 묻고 말았다.

“잊는 것이 제 의무니까요.” 그것이 대답의 전부였다.

“의무라면 언제라도 잊을 수가 있나요?”

“그럴 수만 있다면! 그럴 수 있다면 좋겠어요!”

마치 말들이 의지와 상관없이 터져나오기라도 한 듯 열정적으로 소리친 그녀는 그 자리에 계속 있기가 무서운 것처럼 서둘러 일어나 정원으로 나갔다.

"가엾게도, 무엇인가가 진을 몹시도 불행하게 하고 있는데, 그게 뭔지 모르겠어요. 어젯밤에는 장미를 들고 울고 있는 걸 보았는데, 지금은 저렇게 상처 입은 사람처럼 도망을 가버리니. 수업을 하지 않아도 되는 것은 기쁘지만."

"어떤 종류의 장미였지?" 벨라가 잠시 말을 멈췄을 때 신문 뒤에서 제럴드가 물었다.

"사랑스러운 흰색 장미였어요. 틀림없이 존 삼촌 댁에서 온 걸 거예요. 우리 집에는 그런 장미가 없으니까. 내 생각엔 진이 결혼을 할 계획이었는데 연인을 잃은 것이 아닐까 해요. 그래서 그 꽃을 보자 신부의 장미가 떠올라서 슬펐던 것 같아요."

제럴드는 대답하지 않았다. 하지만 장미 울타리 뒤에 숨었던 전날 밤의 일을 떠올리자, 그리고 자신이 진에게 건넨 장미를 거절하던 그녀가 결국 그것을 받아들었던 일을 떠올리자 그 자신의 얼굴색이 달라지는 것을 느꼈다. 곧 그는 신문을 집어던지고 시드니의 편지를 조각조각 찢은 후 놀랄 만한 힘으로 벨을 울려 말을 데려오라고 명령함으로써 벨라를 깜짝 놀라게 했다.

"이런, 오빠, 대체 무슨 일이에요? 누가 보면 기운이 넘쳐나는 네드 오빠의 영혼이 갑자기 오빠에게 들린 것이 아닌가 하겠어요. 뭘 하려고 그러는데요?"

"일을 해야지." 그 잘생긴 얼굴에 좀처럼 떠오르는 일이 없는 표정을 지은 제럴드가 동생을 돌아보며 기대치 않은 대답을 내놓았다.

"대체 뭐가 갑자기 그렇게 오빠를 일으켜 깨운 거죠?" 점점 더 놀라는 표정으로 벨라가 물어보았다.

"네가 그랬단다." 동생을 자기 쪽으로 잡아끌며 그가 대답했다.

"내가요? 언제요? 어떻게요?"

"전에 남자는 잘생긴 것보다 활력이 있는 게 더 매력적이고, 게으름뱅이를 존경하는 사람은 아무도 없다고 말했던 것 기억나니?"

"그 반만큼도 그럴듯한 말을 했을 리가 없는데. 전에 진이 그 비슷한 말을 했던 것 같아요. 하지만 기억이 안 나네요. 오빠는 결국 아무것도 안 하고 있는 게 지겨워진 거군요?"

"그래, 네드에 대한 의무를 게을리하는 바람에 결국 그 아이가 곤란을 겪게 하고 말았지. 뉘우치고 있단다. 너무 늦기 전에 지금이라도 그간 돌보지 않았던 다른 일들을 작심하고 돌아볼까 한다. 아무에게도 이야기는 하지 마라. 나를 비웃지도 말고. 진지하게 하는 말이니까 말이다, 벨."

"진심이라는 것 알아요. 오빠가 그렇게 마음먹은 것을 존경하고, 그래서 오빠를 더 사랑해요." 벨라는 열정적으로 소리치더니 그의 목을 감싸안으며 마음을 다해 키스를 퍼부었다. "제일 먼저 뭘 할 거예요?" 자기 어깨에 기댄 밝은색 머리카락을 쓰다듬으며 여전히 새로운 생기로 분명하고 선명하게 빛나는 얼굴을 하고 곰곰이 생각에 잠긴 채 서 있는 오빠에게 그녀가 물었다.

"말을 타고 영지 전체를 둘러봐야지. 벤트에게만 맡겨둘 것이 아니라 영주로서 해야 할 일들을 점검하고. 벤트의 일처리에 대해 불평들이 많았는데 그동안 너무 늘어져 있느라 알아볼 생각도 하지 않았단다. 삼촌 의견을 여쭙고 생전의 아버지 역할을 다할 수 있도록 노력해봐야겠다. 벨라, 가치 있는 목표라고 생각하니?"

"아, 오빠, 엄마께 말씀드려야겠어요. 엄마가 아시면 얼마나 기빼하실지. 오빠는 엄마의 우상이잖아요. 오빠가 이런 말을 하는 걸 듣고, 오빠가 이렇게 돌아가신 아빠 같은 모습을 하고 있는 걸 보면 엄마는 영국에 있는 모든 의사에게 치료를 받는 것보다 더 기운나실 것이 틀림없어요."

"잠깐, 내 결심이 헛된 것이 아니라는 사실이 입증될 때까지 좀 기다리렴. 정말 뭔가 일을 좀 한 다음 그 결과를 가지고 어머니를 놀라게 해드릴 테니."

"물론, 루시아에게는 말할 거죠?"

"아니, 절대 하지 않을 게다. 이건 너와 나 사이의 작은 비밀이야. 그러니 내가 말을 해도 된다고 허락할 때까지 비밀을 지켜주렴."

"하지만 진은 바로 알아차릴 거예요. 무슨 일이 벌어지고 있는지 진은 전부 다 아는걸요. 정말 머리가 좋고 지혜로워요. 진이 아는 것도 싫은가요?"

"그녀가 그렇게도 뛰어난 재능을 가졌다면 숨길 도리가 없겠지. 알아볼 능력이 있다면 그러도록 내버려두렴, 상관하지 않을 테니. 이제 가봐야겠다." 이렇게 말하며 누이에게 키스를 해준 그는 갑자기 얼굴에 미소를 씩 띠우며 말 위에 뛰어올라, 마부가 깜짝 놀란 나머지 멍하니 그의 뒷모습을 바라보게 만들 만큼 빠르게 말을 몰고 가버렸다.

점심 무렵까지 그는 나타나지 않았다. 활기차게 말을 몰며 분주한 아침을 보낸 덕에 상기되어 돌아온 그는 평소 같은 태도를 유지하기가 어렵다는 사실을 발견했다. 그리고 몇 번이나 그동안 전혀 관심을 보이지 않았던 다양한 주제들에 대해 활발하게 의견을 개진해 가족들을 놀라게 했다. 루시아는 의아해했고 그의 어머니는 기뻐했으며 벨라는 비밀을 폭로하고 싶은 마음을 간신히 억누르고 있었다. 하지만 진은 일체의 동요 없이 그 변화를 받아들였고, 마치 '뭔지 알겠어요. 하지만 곧 싫증을 내고 말 거예요'라고 말하는 사람 같은 분위기를 자아내며 그를 지켜보았다. 그녀의 이런 반응은 인정하기 어려울 정도로 제럴드의 심기를 어지럽혔고 그는 그녀의 예측이 틀렸음을 입증하기 위해 조용히 노력했다.

"시드니 씨 편지에는 답장을 보냈나요?" 식사 후 모두가 거실 여기저기로 흩어졌을 때 벨라가 물었다.

"아니." 아름다운 사촌 근처를 어슬렁거리는 대신 뭔가 생각이 많은 사람처럼 거실을 서성이고 있던 그녀의 오빠가 대답했다.

"왜 물어본 거냐면요, 네드 오빠가 저번에 나한테 편지를 보내면서 시드니 씨에게 전할 편지도 같이 보냈거든요. 아마 오빠가 시드니 씨 주소를 알 거라고 생각한 것 같아요. 여기 있어요. 말에 대한 편지 같던데. 오빠 편지 보낼 때 이것도 넣어주세요." 그러면서 벨라는 가까이 있던 책상에 그 편지를 놓았다.

"지금 바로 보내도록 하지. 더이상 신경쓰지 않도록." 제럴드는 이렇게 중얼거리며 자리에 앉아 급히 몇 줄 적고 편지를 봉한 뒤 보내고 나서 방 안을 다시 계속해서 서성였다. 왔다갔다할 때마다 세 명의 젊은 여성을 세 가지 다른 표정으로 바라보면서. 따로 떨어져 앉은 루시아는 책에 몰두한 척하고 있었다. 도도한 자세로 책을 읽는 그녀의 아름다운 얼굴은 거의 무서울 정도로 단호하고 근엄해 보였다. 마음이 쓰리고 아팠지만 사실을 받아들이기에는 자존심이 너무도 강한 탓이었다. 아이처럼 자신의 아름다움을 의식하지도 못하는 발그레한 벨라는 소파에 누워 반쯤 잠들어 있었다.

뮤어 양은 거실 뒤쪽 창문 밑 움푹 파인 공간에 놓인 나지막한 안락의자에 앉아 자수에 몰두하고 있었는데 우아한 모습으로 부지런히 수를 놓는 모습이 한 편의 그림 같았다. 최근 그녀는 벨라가 자주 선물한 색깔 옷들을 입곤 했는데, 그녀 주위로 부드럽게 물결치며 흘러내리는 연한 하늘색 모슬린 드레스는 그녀의 금발머리와 흰 피부에 대단히 잘 어울렸다. 이제 더는 머리를 단단히 땋지 않았고 예쁜 두상 주위로 숱 많은 곱슬머리 가닥이 여기저기 느슨하게 풀린 채 늘어져 있었다. 섬세한 한쪽 발끝이 치마 밑으로 보였고 흘러내리는 소맷자락을 귀찮다는 듯 이따금 가볍게 흔들어 뒤로 넘길 때마다 둥글고 하얀 팔이 살짝 드러났다. 네드의 커다란 사냥개가 그녀 옆에 누워 있었고 나뭇잎 사이로 쏟아지는 햇살이 그녀 위로 반짝이고 있었다. 솜씨 좋은 손으로 꽃과 나뭇잎을 수놓으며 미소 띤 얼굴로 앉아 있는 그녀의 모습은 가장 여성적이고 매력적인 면면을 모두 모아놓은 아름다운 그림처럼 보였다. 남자라면 누구라도 흐뭇하게 바라보고 싶어할 한 편의 그림처럼.

그녀 옆에는 또다른 의자가 하나 있었는데 방 안을 서성이던 제럴드는 그 의자에 가서 앉고 싶은 강렬한 욕망에 사로잡혔다. 하고 있던 생각에 싫증이 났던 그는 풍부한 표정을 짓는 진의 얼굴에 나타나는 변화들을 바라보고 다양한 어조를 지닌 그녀의 목소리를 들으며, 대체 자신도 모르게 그토록 강렬하게 자신을 사로잡은 그녀의 마력이 무엇인지 발견하려고 애쓰는 즐거움을 느껴보고 싶었던 것이다. 몇 번이나 그는 그 충동을 만족시키기 위해 궤도를 벗어나 움직였다. 하지만 루시아의 존재가 번번이 마음에 걸려 공연히 개에게 말을 걸거나 창문을 한번 바라보고는 서성이기를 계속했다. 사촌 얼굴의 무언가가 그를 나무라고 있었지만 최근 그녀의 태도가 너무도 거슬렸기 때문에 그는 이전의 친분을 회복할 마음이 전혀 없었고, 자신이 그녀에게 묶여 있지 않다는 사실을 보여줄 생각으로 계속해서 냉정한 태도를 유지했다. 실로 그것은 그를 사이에 두고 벌어지는 두 여자 간의 조용한 힘겨루기였다. 두 사람 모두가 본능적으로 그것을 느끼고 있었고, 모두 상대방을 이기려고 애쓰고 있었다. 루시아가 몇 번쯤 말을 꺼냈고 솔직하고 우호적인 태도로 이야기를 해보려고 노력했다. 하지만 그녀의 태도는 경직되어 있었다. 제럴드 역시 예의바르게 대답을 하긴 했지만 이내 다시 침묵으로 돌아갔다. 진은 아무 말도 하지 않았지만 그녀가 만들어낸 사랑스러운 풍경과 혼자가 아니라는 사실을 잊은 듯 부드럽게 부르는 노랫소리로 조용히 그의 눈과 귀에 호소했다. 반쯤은 아련한 갈망을 담고 또 반쯤은 명랑한 눈빛으로 이따금 수줍게 바라보는 그녀의 시선은 우아한 모습이나 달콤한 목소리보다 더욱더 매력적이었다. 이런 식으로 충분히 루시아를 괴롭히고 제럴드를 유혹한 그녀는 그녀의 태생에 대한 비밀을 전혀 알지 못하는 경쟁자를 깜짝 놀라게 하고 그 사실을 알고 있는 청년에게는 더더욱 매력적으로 느껴지는 방식으로 자신의 우위를 조용히 입증했다. 무릎에 놓여 있던 비단실 뭉치를 떨어뜨린 그녀는 그것이 방 안의 산보자를 향해 굴러가는 것을 가만히 지켜보았다. 그러자 그는 대단치 않은 봉사에 우아함을 더하는 기민함으로 그것을 잡아 그녀에게 돌려주었다. 실뭉치를 받아든 그녀는 그의 마음을 얻는 데 결코 실패하는 법이 없는 담백하고 솔직한 태도로 말했다.
"피곤하시겠지만, 혹 운동이 필요하시다면 부디 어머니의 비단실 바구니를 좀 정리해주시겠어요? 뒤죽박죽 섞여 있는데, 동생 분께서 늘 그러셨던 것처럼 선생님께서 바구니를 정리해주셨다는 걸 알면 어머니께서 기뻐하실 거예요."

"실패를 잡은 헤라클레스라." 오랫동안 노리고 있던 의자에 앉으며 제럴드가 즐거운 듯 말했다. 진이 그의 무릎에 바구니를 내려놓더니, 제럴드가 주어진 업무에 겁이라도 먹은 듯 바구니를 바라보는 사이 의자에 등을 기대고 앉으며 듣기에도 사랑스러운 작고 낭랑한 소리로 웃음을 터뜨렸다. 만사에 시큰둥한 사촌이 가정교사의 명령에 따르는 것이며 진심으로 그 일을 즐기는 것처럼 보이는 것에 루시아는 그만 놀라 말문을 잃고 말았다. 십여 분 동안 루시아는 마치 몇 마일 떨어진 곳에 있는 사람처럼 완전히 무시당하고 말았다. 그 언제보다 명랑하고 재치 있는 태도로 '젊은 주인어른'을 친구처럼 대하는 진의 태도에서 이전의 온순하고 소심한 태도는 전혀 찾아볼 수 없었다. 하지만 제럴드가 자신도 모르게 그 작은 비극 장면을 연기했던 동안 그렇게도 다정하게 그를 향해 빛났던 그 눈동자를 빤히 바라볼 때면, 그녀는 때로 눈을 내리깔기도 하고 얼굴을 붉히기도 했으며 신랄하고 재치 있는 말들을 채 끝마치지 못하고 혀끝에서 얼버무리기도 했다. 제럴드는 그 일을 잊을 수 없었다. 아무도 그 일을 입에 담지 않았지만 전날 밤의 기억이 두 사람 모두를 계속해서 따라다니는 것 같았고 지금 이 순간에 은밀한 매력을 더해주는 것만 같았다. 루시아는 더이상 견딜 수 없을 때까지 그 장면을 지켜보고 있다가 모욕당한 공주 같은 분위기를 풍기며 방에서 나가버렸다. 하지만 제럴드는 그녀가 나가는 것을 보지 못했고 진은 보고도 보지 못한 척했다. 벨라는 깊이 잠이 들어 있었고 어떻게 그렇게 된 건지 미처 깨닫기도 전에 제럴드는 그간 진이 살아온 인생 이야기를 듣고 있었다. 진이 너무도 뛰어난 솜씨로 가슴 아픈 사연을 이야기했기 때문에 제럴드는 곧 그 이야기에 완전히 빠져들었다. 알아차리지 못하는 사이 바구니가 그의 무릎에서 미끄러져 떨어졌다. 그는 개를 밀어내고 그녀를 향해 몸을 기울이며 짧은 인생의 슬픔과 외로움, 역경을 이야기하는 그녀의 낮은 목소리에 빠져들듯 몰두했다. 감동적인 한 일화를 이야기하던 중 그녀는 갑자기 흠칫 놀라며 말을 멈추더니 집중하는 얼굴로 앞을 똑바로 바라보았다. 집중하던 얼굴에 곧 강렬한 혐오의 표정이 떠오른 그녀는 제럴드를 바라보며 손가락으로 그의 뒤편에 있는 창문을 가리키며 말했다. "감시를 당하고 있어요."

"누가 그런 짓을?" 성난 모습으로 벌떡 일어서며 그가 물었다.

"쉿, 아무 말도 말아요. 그냥 무시하세요. 전 이런 일에 익숙하답니다."

"하지만 난 아니에요. 이런 일을 가만히 당하고 있지는 않겠어요. 누구죠, 진?" 그가 흥분한 목소리로 대답했다.

그녀는 한 줄기 바람을 타고 테라스를 따라 그들 앞으로 날아온 장미색 리본을 향해 의미심장한 미소를 지어 보였다. 얼굴을 몹시 찡그린 제럴드가 무서운 얼굴로 긴 창문 밖으로 휙 뛰어나가더니 금세 시야에서 사라졌다. 그는 테라스를 따라 빠르게 걸어가며 벽 안쪽으로 조금 들어가 있는 초록색의 작은 공간들을 샅샅이 살폈다. 그의 모습을 지켜보며 진은 조용히 웃음을 터뜨렸다. 그러고는 바람에 펄럭이는 리본에 시선을 고정한 채 조용히 혼잣말을 했다. "이건 뜻하지 않은 행운이자 기분좋은 응원인걸. 그래요, 딘 부인.

첩자 노릇을 하다가는 당신뿐 아니라 당신 아씨마저 곤란한 상황에 처하게 되고 만다는 걸 깨닫게 될 겁니다. 부인처럼 가치 있는 분에게 상처를 입힐 마음은 없지만 경고를 듣지 않았으니 그 결과를 받아들이실 밖에요."

곧 제럴드가 돌아오는 소리가 들렸다. 제럴드 혼자가 아니었기 때문에 그녀는 그의 첫번째 말을 들으려고 숨을 멈추고 귀를 기울였다.

"딘, 아씨와 무관하게 혼자 한 일이라고 하니까, 여전히 의심은 가지만 그냥 지나가도록 하지. 보퍼트 양에게 가서 내가 서재에서 잠시 좀 보고 싶어한다고 해. 이제 가보고, 내 집에 계속 있고 싶다면 앞으로는 조심하도록 해요."

하녀는 그 자리를 떠났고 제럴드는 단호한 얼굴에 노기를 띤 채 거실로 들어왔다.

"아무 말도 하지 말 걸 그랬어요. 하지만 놀라서 저도 모르게 말이 나와버렸지 뭐예요. 그렇게 화가 나셨으니 보퍼트 양에게 새로운 문제를 일으킨 셈이 되고 말았군요. 전 그분을 용서할 테니 선생님도 저를 용서해주세요. 그리고 이 일은 없던 일로 해주세요. 저는 이런 감시를 인내하는 법을 배워왔어요. 그리고 불필요한 그녀의 질투심에 연민을 느껴요." 자책하는 말투로 진이 말했다.

"이런 불명예스러운 행동, 용서는 하겠지만 잊지는 않겠어요. 그리고 같은 일이 두 번 다시 일어나지 않도록 할 겁니다. 이미 한 번 말했지만 나는 사촌과 약혼한 사이가 아니에요. 하지만 진 당신도 다른 모든 사람처럼 내가 그녀와 약혼했다고 믿는 것 같군요. 지금까지는 그 문제를 분명히 할 필요를 별로 느끼지 못했지만 이제 내가 자유롭다는 사실을 한 치의 의심도 없이 분명하게 밝혀둘 생각입니다."

마지막 말을 내뱉으며 던진 제럴드의 시선이 뮤어 양에게 이상한 효과를 불러왔다. 얼굴이 창백해진 그녀는 들고 있던 자수틀을 무릎에 떨어뜨리더니 뭔가를 묻는 듯 간절한 표정으로 눈을 들어 그를 바라보았다. "가엾은 루시아, 누가 그녀를 위로할 수 있을지." 다정하고 슬픈 목소리로 이렇게 중얼거리며 얼굴을 다른 곳으로 돌릴 때 그녀의 표정은 고통과 연민이 뒤섞인 그것으로 천천히 바뀌었다.

운명적인 그 어떤 결심을 저울질하고 있기라도 한 듯 제럴드는 잠시 말없이 서 있었다. 자신도 모르게 내뱉은 것만 같은 진의 연민에 찬 한숨 소리를 듣고 제럴드도 마음속으로 그녀의 외침을 되풀이했다. 자신의 결심을 반쯤 뉘우치기도 했다. 그리고 그는 자기 앞의 소녀를 바라보았다. 다른 이에게 다정한 연민을 보이면서 정작 자신은 너무도 외로워 보이는 그녀에게 그의 마음이 기울었다. 갑자기 그의 눈에 불길이 반짝였다. 차갑고 단호한 얼굴에 갑작스러운 열기가 떠올랐다. 대단히 낮은, 하지만 무척 진심 어린 목소리로 말하는 그의 침착한 목소리가 갑자기 떨리기 시작했다. "진, 그녀를 사랑해보려고 노력했어요. 하지만 그럴 수 없습니다. 내가 그녀를 속이는 것이 옳겠습니까? 가족들을 기쁘게 하기 위해 나 자신을 비참하게 만들어야 하겠습니까?"

"그녀는 아름답고, 선량하고, 당신을 진심으로 사랑해요. 그녀에게 정녕 아무런 희망도 없는 건가요?" 여전히 창백한 얼굴로, 하지만 대단히 침착한 목소리로 진이 물었다. 비록 한 손으로는 빠르게 뛰는 심장을 숨기려는 듯 혹은 진정시켜보기라도 하려는 듯 가슴을 누르고 있었지만.

"없습니다." 제럴드가 대답했다.

"하지만 장차 사랑할 수 있게 되지 않을까요? 코번트리 씨는 의지가 강한 분이시고, 대부분의 남자는 그게 어려운 일이 아니라는 사실을 배우시게 될 텐데요."

"그럴 수 없습니다. 내 의지보다 더 강한 무언가가 나를 지배하고 있으니까요."

"그게 뭐죠?" 순진한 호기심 가득한 얼굴로 눈동자를 그에게 고정한 채 진이 물었다.

그가 시선을 아래로 내리며 서둘러 대답했다. "아직은 당신에게 말할 수 없습니다."

"죄송해요! 물어봐선 안 되는 거였는데. 이 일에 대해서는 제게 의견을 묻지 말아주세요. 저는 선생님께 조언을 드릴 수 있는 사람이 아닙니다. 다만 저는 달리 마음에 품고 있는 분이 없다면 그 어떤 남성이라도 선생님의 사촌 분처럼 아름다운 여성을 연인으로 두고 싶어하실 거라고 말씀드릴 수 있을 것 같아요."

"내 마음은 비어 있지 않습니다." 그녀를 향해 한 걸음 다가가며 열정적인 목소리로 제럴드가 말했다. "진, 말을 할 수밖에 없겠군요. 내 말을 들어요. 나는 사촌을 사랑할 수 없습니다. 왜냐하면 당신을 사랑하니까요."

"그만!" 이렇게 외치면서 진이 명령하는 몸짓으로 자리에서 벌떡 일어났다. "어떤 것이든 약속이 당신을 다른 사람에게 묶고 있는 한은 그 말을 듣지 않겠습니다. 어머니의 기대와 루시아 양의 소망, 에드워드 씨의 마지막 말과 코번트리 씨 자신의 자부심, 그리고 저의 초라한 신세를 기억하세요. 지금 본인이 누구인지를 잊고 계신 겁니다, 코번트리 씨. 말씀하시기 전에 잘 생각해보세요. 그 행동의 대가를 저울질해보세요. 그리고 그 어떤 일시적 열정이나 헛된 맹세로 저를 모욕하시기 전에 제가 누구인지를 다시 한번 생각해주세요."

"이미 생각했습니다. 이 일의 대가 역시 생각하고 있습니다. 그리고 영국 내의 그 어떤 영애에게 구애를 할 때와 마찬가지로 정직하고 겸손하게 뮤어 양에게 내 마음을 고백하고 싶습니다. 나의 자부심에 대해 말했지요. 같은 신분의 여성을 사랑하는 일이 나를 낮추는 일일까요? 당신의 초라한 형편에 대해 말했지만 가난은 부끄러운 것이 아닙니다. 그리고 뮤어 양이 그것을 견뎌내는 용기는 가난마저 아름답게 만듭니다. 말을 하기 전에 루시아와의 관계를 정리해야 했습니다. 하지만 미처 나 자신을 통제할 수 없었어요. 어머니도 뮤어 양을 아끼고 계십니다. 그리고 내가 행복해한다면 기뻐하실 겁니다. 에드워드는 나를 용서해야 할 겁니다. 나는 할 수 있는 최선을 다했으니까요. 하지만 사랑은 통제할 수 있는 것이 아닙니다. 말해봐요 진, 내게 희망이 있는 겁니까?"

제럴드는 열띤 얼굴을 하고 사랑에 빠진 사람의 목소리로 그녀의 손을 붙잡고 열정적으로 물었다. 하지만 아무런 대답도 들을 수 없었다. 진이 소녀다운 수줍음과 조심스러운 애정으로 가득찬, 할 말이 많은 얼굴을 그에게 돌렸을 때 매 같은 딘의 모습이 문간에 나타났기 때문이다. 딘이 거친 목소리로 순간적인 정적을 깨뜨리며 꾸짖듯 말했다. "보퍼트 양께서 기다리고 계십니다."

"가세요, 어서 가세요. 그리고 저를 생각해서 그분께 다정히 대해주세요." 진은 그녀의 얼굴과 목소리 말고는 아무것도 보이지도 들리지도 않는 듯 가만히 서 있던 그에게 속삭였다.

속삭이기 위해 그의 머리를 아래로 끌어당길 때 그녀의 뺨이 그의 뺨을 건드렸다. 그러자 딘이 앞에 있는데도 불구하고 제럴드는 열정적으로 그 볼에 키스하며 되받아 속삭였다. "나의 진! 당신을 위해서라면 난 무엇이라도 될 수 있어요."

"보퍼트 양이 기다리고 계십니다. 오신다고 말씀을 드릴까요?" 분노로 창백하고 무시무시한 얼굴이 된 딘이 물었다.

"그래, 알겠소. 가지. 정원에서 기다려요, 딘." 이렇게 말하더니 제럴드는 그녀를 만나고 싶어서가 아니라 그녀와의 관계를 어서 끝내고 싶은 마음에 서둘러 나가버렸다.

그가 문을 닫고 나가자 딘이 뮤어 양에게 걸어와 묵직한 손을 그녀의 팔에 올리며 분노로 떨리는 목소리로 낮게 말했다. "내가 진작부터 이렇게 될 줄 알고 있었지. 이 영악한 것. 네 수작들을 지켜보았고 막아보려고 최선을 다했지만 내 힘으로는 역부족이었어. 주인어른을 손에 넣었다고 생각하겠지. 착각한 거야. 내 이름이 헤스터 딘인 한, 그런 일은 없을 거야. 내가 막지 못하면 존 경께서 막을 테고."

"그 손 치우고 마땅한 예절을 갖춰 나를 대하도록 해요. 그렇지 않으면 이 집에서 쫓겨나게 될 테니. 내가 누군지 알고나 있나요?" 그러면서 진은 말보다 훨씬 더 상대방을 압도하는 도도한 태도로 그녀에게서 몸을 떼어냈다. "나는 하워드 부인의 딸이자 원하기만 한다면 코번트리 씨의 아내가 될 사람입니다."

딘은 그 말을 믿지는 않았지만 놀라며 뒤로 물러섰다. 신중한 여성이자 잘 훈련된 하녀였기 때문에 그녀는 주제넘게 굴거나 지나친 행동을 해서 자신뿐만 아니라 자신의 여주인을 곤란에 빠뜨리는 일이 생길 것을 걱정했다. 그래서 여전히 진을 의심했고 그 어느 때보다 더 강렬히 적개심을 느꼈으면서도 자신을 억제했다. 허리를 굽혀 절하고 평소의 공손한 태도를 다시 취하면서 딘이 온순한 목소리로 이렇게 대답했다. "실례했습니다. 진작 알았다면 당연히 그런 행동을 하지는 않았을 겁니다. 하지만 가정교사들이 흔히 집안에 너무 많은 문제들을 일으키기 때문에 의심하지 않을 도리가 없답니다. 쓸데없는 참견을 하거나 주제넘게 굴 생각은 없지만, 모시는 아씨를 사랑하는 저로서는 당연히 그분 편에 서서 코번트리 씨께서 신사답지 못한 행동을 하셨다고 말씀드려야 합니다."

"원하는 대로 생각해요, 딘. 하지만 이 집에 남아 있고 싶다면 가능한 한 말을 적게 하는 편이 좋을 거라고 충고해두지요. 난 아직 코번트리 씨의 청을 받아들이지 않았습니다. 만약 가족이 맺어준 약혼을 취소하기로 결심한다면, 코번트리 씨께 그럴 권리가 있다고는 생각해요. 보퍼트 양께서도 그분이 원치 않는 결혼을 하고 싶어하실 리는 없겠지요. 코번트리 씨는 보퍼트 양의 불행한 사랑을 가엾게 생각하고 계시니까요." 뮤어 양은 이렇게 말하더니 조용히 미소를 지으며 그 방을 떠났다.

7. 마지막 기회

“저 여자가 존 경에게 말을 하겠지, 왜 아니겠어? 그렇다면 내가 저 여자보다 빨리 손을 써서 일을 서둘러야겠어. 조금이라도 위험한 일이 생기기 전에 모든 것을 확실하게 해두는 편이 좋겠지. 가엾은 딘, 당신은 내 상대가 아니야. 하지만 그래도 귀찮은 존재라는 사실을 입증할 수는 있을지도 모르지.”

복도를 따라 걸어가다가 낮게 오가는 목소리에 잠시 서재 문 앞에서 멈춰선 뮤어 양은 이런 생각들을 하고 있었다. 대화의 내용은 전혀 들을 수가 없었다. 게다가 곧 딘의 무거운 발걸음 소리가 그녀 뒤를 따라 들려왔기 때문에 아주 잠시 동안만 그 앞에 서 있을 수 있었다. 몸을 돌리며 진은 서재 문 앞으로 의자를 끌어당긴 다음 딘에게 고개 숙여 인사한 후 여전히 미소 띤 얼굴로 말했다. “여기 앉아서 감시인 역을 하도록 하시죠. 원하시면 잠깐 눈이라도 붙이실 수 있도록 저는 벨라 양에게 가보도록 할게요.”

“고맙군요. 아씨를 기다려야겠어요. 고통스러운 시간이 끝나고 나면 제 도움이 필요하실지 모르니까요.” 그러면서 딘은 결연한 얼굴로 의자 위에 앉았다.

진은 웃음을 터뜨리며 가버렸다. 하지만 그녀의 눈동자에 갑작스레 악의가 번득였고 그녀는 불길한 시선으로 이 나이든 충직한 하인을 어깨 너머로 바라보았다.

“네드 오빠에게 편지를 받았는데, 진에게 쓴 작은 쪽지가 들어 있었어요.” 진이 내실로 들어가자 벨라가 소리쳤다. “나한테 쓴 편지는 정말 이상해요. 서둘러 쓴 모양인데, 새로운 소식은 하나도 없고, 시드니 씨를 만난 이야기만 적고 있지 뭐예요. 진에게 쓴 편지는 좀 나았으면 좋겠는데, 아니면 정말 실망이에요."

벨라가 시드니를 언급하자 뮤어 양의 얼굴에서 핏기가 싹 사라졌다. 손이 떨려 쥐고 있던 쪽지도 흔들렸다. 입술도 하얗게 질렸다. 하지만 그녀는 침착하게 대꾸했다. "고마워요. 바쁠 테니 내 편지는 나가서 잔디밭에서 읽을게요." 그러고는 벨라가 미처 대답을 하기도 전에 나가버렸다.

서둘러 조용한 구석을 찾아간 그녀는 편지를 열어 잉크 얼룩과 함께 적혀 있는 몇 줄의 전언을 읽어나갔다.

> 시드니를 만났어요. 그가 모든 것을 다 말했지요. 믿기 어려웠지만 의심은 불가능한 일이었소. 그가 부정할 수 없는 증거들을 찾아냈으니까. 비난을 하거나 자백 또는 보상을 요구할 마음은 전혀 없소. 한때 당신을 사랑했다는 사실을 잊을 수는 없으니까. 사흘간의 여유를 줄 테니 내가 돌아가 가족에게 당신이 누구인지 말하기 전에 새로운 집을 찾도록 해요. 부탁하지만, 즉시 그곳을 떠나요. 내가 당신이 수치스러운 상황에 놓이는 것을 지켜보는 고통을 겪지 않을 수 있도록.

천천히, 동요 없이 편지를 두 번 읽고 난 진은 눈썹을 찌푸리고 깊은 생각에 잠겨 미동도 없이 앉아 있었다. 곧 그녀는 깊게 숨을 들이마시더니 편지를 찢어버린 다음 혼잣말을 하며 천천히 존 경의 저택을 향해 걸어가기 시작했다. "사흘, 고작 사흘이라! 그렇게 짧은 시간 안에 그 일을 해낼 수가 있을까? 지략과 의지로 가능한 일이라면 반드시 성사시켜야 해. 이게 내 마지막 기회니까. 만약 실패한다면 과거의 생활로 돌아가지는 않을 테다. 차라리 단숨에 모든 것을 끝내버리고 말 거야."

과거의 쓰라린 기억이 떠오르기라도 하는 듯 이를 앙다물고 주먹을 꽉 움켜쥔 그녀는 황혼 속을 걸어 존 경을 찾아갔다. 그녀를 기다리고 있던 노신사가 그녀를 진심으로 환영하며 맞이했다.

"피곤해 보이는군요. 오늘 저녁엔 책을 읽지 않아도 되니 좀 쉬도록 해요. 책은 내려두고요." 그녀의 지친 얼굴을 바라보며 그가 다정하게 말했다.

"감사합니다. 피곤하지만 그래도 읽고 싶어요. 그렇지 않으면 떠나기 전에 책을 끝낼 수 없을 테니까요."

"간다고, 이런! 어디로 간다는 거죠?" 자리에 앉는 진을 불안한 시선으로 바라보며 존 경이 물었다.

"천천히 말씀드릴게요." 그러더니 진은 책을 펼쳐 잠시 읽었다.

하지만 평소의 매력은 찾아볼 수 없었다. 읽는 이의 목소리에는 기운이 없었고 듣는 이의 얼굴에서는 아무 흥미도 찾아볼 수 없었다. 곧 그가 갑자기 물었다. "진, 부탁이니 그만둬요! 다른 생각을 하면서는 들을 수가 없으니까. 뭐가 문제인 거죠? 당신을 위로할 수 있도록 이 친구에게 말을 해봐요."

그 친절한 말에 압도되기라도 한 듯 진이 책을 떨어뜨리더니 두 손으로 얼굴을 가리며 너무도 처연하게 울기 시작했기에 존 경은 무척 놀랐다. 평소 늘 명랑하고 미소짓던 사람이 그런 모습을 보이면 마음이 두 배로 움직이게 마련이다. 그녀를 달래려고 노력하는 동안 존 경의 말은 점점 더 다정해졌다. 그의 간청에는 아버지다운 염려 이상의 감정으로 가득했으며 그의 따뜻한 마음에는 흐느끼는 소녀에 대한 애정과 연민이 흘러넘쳤다. 그녀가 조금씩 진정을 찾자 그는 어떤 어려움이나 곤란이든 그녀를 돕고 조언해줄 테니 사실대로 말해보라고 그녀를 설득했다.

"아, 선생님은 너무 친절하세요, 너무도 다정하세요! 제가 어떻게 하나뿐인 벗을 두고 멀리 떠날 수 있을까요?" 눈물을 닦고 감사의 시선으로 그를 올려다보며 진이 한숨 쉬듯 중얼거렸다.

"그러니까 이 늙은이를 조금은 좋아해주는 거지요?" 자신도 모르게 진의 손을 잡고 있던 손에 힘을 주며 존 경이 뜨거운 시선으로 물었다.

진이 고개를 돌리며 기어들어가듯 작은 목소리로 대답했다. "선생님처럼 제게 다정하게 대해주신 분은 지금껏 한 분도 없었던걸요. 제가 어떻게 표현할 수 있는 것 이상으로 선생님을 좋아하지 않을 수가 있겠어요?"

존 경은 가는귀가 먹어 이따금 소리를 잘 듣지 못했지만, 그는 진의 이 말을 들었고 무척 기쁜 것처럼 보였다. 그는 최근 다소 생각에 잠긴 듯 보였고 유난히 신경써서 옷을 차려입었으며 코번트리 가에서 아가씨들이 방문할 때면 특별히 더 신사답고 쾌활한 태도를 보이곤 했다. 그리고 진이 책을 읽다가 뭔가를 묻기 위해 잠시 멈췄을 때 사실은 책 내용을 듣고 있지 않았다고 털어놓은 적도 몇 번이나 있었다. 진도 잘 의식하고 있었던 것처럼 그의 시선은 못 박힌 듯 그녀에게 고정되어 있었지만 말이었다. 그녀의 출생에 대해 알고 난 후 그의 태도는 특히 더 다정해졌고 여러 가지 사소한 행동들로 그녀에 대한 호의와 관심을 드러냈다. 지금, 진으로

부터 떠나겠다는 이야기를 듣자 공포가 그를 사로잡았다. 고독과 적막이 그의 고택을 엄습할 것만 같았다. 평소 같지 않은 그녀의 흔들리는 모습에는 그의 호기심을 자극하는 특별한 뭔가가 있었다. 눈물이 그렁그렁한 눈으로 감히 털어놓지 못하는 아가씨다운 고민을 간직한 채 그의 옆에 앉아 있는 지금처럼 그녀가 그의 호기심을 자극했던 일은 일찍이 없었다.

"다 말해봐요. 그리고 할 수만 있다면 당신의 벗이 당신을 도울 수 있도록 해주어요." 이전에는 자신을 '아버지' 혹은 '노인'이라고 지칭하곤 했지만 근래 들어 그는 항상 자신을 그녀의 '벗'이라고 불렀다.

"말씀드릴게요. 선생님 말고는 의지할 이가 한 명도 없으니까요. 이 집을 떠나야겠어요. 코번트리 씨께서 마음이 나약해지신 나머지 저를 사랑하게 되셨거든요."

"뭐라고, 제럴드가?" 깜짝 놀란 존 경이 이렇게 외쳤다.

"네, 오늘 그렇게 말씀하셨어요. 그리고 루시아 양과의 관계를 정리하겠다며 가버리셨죠. 그래서 이리로 달려온 거예요. 그분이 어머니의 희망과 계획을 수포로 만드는 것을 제가 막을 수 있도록 도와주십사 부탁드리려고요."

존 경이 자리에서 일어나더니 방 안을 서성이기 시작했다. 하지만 진이 말을 멈추자 그녀 쪽으로 몸을 돌리며 조금 전과 달라진 얼굴로 이렇게 물어보았다. "그러면 진은 그를 사랑하지 않는다는 건가요? 그게 가능한 일인가요?"

"네, 그분을 사랑하지 않습니다." 그녀가 바로 대답했다.

"하지만 그애는 여자들이 보통 매력적이라고 생각하는 모든 것을 다 갖추고 있어요. 그런데 진, 당신은 어떻게 그애에게 빠지지 않을 수 있는 거죠?"

"다른 분을 사랑하니까요." 거의 들리지 않는 목소리로 진이 대답했다.

어떻게든 미스터리를 풀고야 말겠다는 사람의 얼굴로 존 경이 다시 자리에 앉았다.

"그 녀석들의 어리석은 짓 때문에 나의 어린 아가씨가 고통을 받는 것은 정당하지 않지요. 네드는 갔고 제럴드는 안전하다고 생각하고 있었는데, 이제 그애가 네드 뒤를 이었으니 어쩌면 좋을지 모르겠군요. 그애를 내보낼 수는 없으니까요."

"아니요, 제가 나가야지요. 하지만 이렇게 안전하고 행복한 집을 떠나 다시 한번 그 춥고 넓은 세계를 떠돌아야 하는 것이 너무도 힘들어서요. 모두 저에게 너무 다정히 대해주셨기 때문에 헤어질 생각을 하니 마음이 너무 아파요."

흐느낌 때문에 그녀는 더이상 말을 잇지 못하고 다시 한번 얼굴을 두 손에 파묻었다. 존 경은 잠시 그녀를 바라보았다. "진, 여기 남아 외로운 늙은이의 딸이 되어주겠어요?" 천천히 이렇게 묻는 그의 보기 좋게 나이든 얼굴에는 진심에서 우러난 감정이 가득했다.

"아니요." 그녀는 뜻밖에도 이렇게 대답했다.

"왜 안 된다는 거죠?" 놀란 얼굴로, 하지만 불쾌하기는커녕 오히려 기뻐하는 것 같은 표정으로 존 경이 이렇게 되물었다.

"전 경의 딸이 될 순 없으니까요. 설사 될 수 있다고 해도 그렇게 하는 건 현명치 못한 일일 테고요. 사람들이 선생님이 저 같은 아가씨의 새아버지가 될 만큼 나이드신 분이 아니라고 숙덕거릴 테니까요. 선생님, 전 비록 어리지만 세상에 대해 많이 알고 있답니다. 그리고 선생님의 친절한 계획이 실현되기 어렵다고 확신해요. 하지만 진심으로 감사드립니다."

"어디로 갈 계획이죠, 진?" 잠시 말이 없던 존 경이 물었다.

"런던으로요. 그리고 제가 위험한 존재가 되지 않을 수 있는 다른 자리를 알아보려고요."

"다른 집을 찾는 건 어려운 일인가요?"

"네, 제 의도와 상관없이 집에 이렇게 문제를 일으켰으니 코번트리 부인께 추천서를 부탁드릴 수는 없어요. 시드니 부인은 집을 떠나 계시고, 그러니 도와줄 친구가 없는걸요."

"존 코번트리는 빼고 말이지요. 내가 다 준비를 해두도록 하지요. 진, 언제 떠날 계획인가요?"

"내일이요."

"그렇게나 빨리!" 이렇게 말하는 노신사의 목소리는 그가 숨겨보려고 노력하던 마음의 동요를 드러내고 말았다.

진은 대단히 침착해졌지만 그건 절망에서 나온 침착함이었다. 그녀는 자신의 첫번째 눈물이 그녀가 기다리던 고백을 불러오기를 고대하고 있었다. 그 바람이 뜻대로 이루어지지 않은 지금 그녀는 자신의 마지막 기회가 사라지고 말까봐 두려움을 느끼기 시작했다. 이 노인은 과연 나를 사랑하는 걸까? 그렇다면 왜 말을 하지 않는 걸까? 순간순간을 최대한 활용하려고 노력하며 그녀는 뭔가 조그마한 희망의 낌새라도 찾아보려고, 그 어떤 상서로운 말, 표정, 행동 하나라도 놓치지 않으려고 신경을 최대한 곤두세웠다.

"진, 내가 질문을 하나 해도 괜찮을까요?" 존 경이 물었다.

"뭐든 물어보세요."

"당신이 사랑하는 그 사람…… 그 사람이 당신을 도울 수는 없나요?"

"만약 아신다면 도울 수 있겠지만, 절대 아시면 안 돼요."

"뭘 안다면 말인가요? 진이 지금 처한 곤경 말인가요?"

"아니요, 제 사랑이요."

"그도 알긴 알고 있는 건가요?"

"아니요, 감사하게도! 그리고 앞으로도 절대 모르실 거예요."

"왜 아니라는 거죠?"

"제 자존심이 마음을 고백하도록 허락하지 않으니까요."

"그도 당신을 사랑하나요, 진?"

"모르겠어요…… 감히 바랄 수도 없는 일인걸요." 진이 중얼거렸다.

"내가 당신을 도울 수는 없을까요? 내 말을 믿어요. 나는 당신이 안전하고 행복한 모습을 보고 싶어요. 내가 할 수 있는 일은 아무것도 없는 건가요?"

"없어요, 아무것도 없어요."

"내가 그 이름을 알 수 있을까요?"

"아니요! 아니에요! 이제 가게 해주세요. 더는 이런 질문을 견딜 수가 없어요!" 진의 슬픔에 찬 얼굴은 그에게 더이상 묻지 말라고 경고하고 있었다.

"용서해줘요, 그리고 내가 할 수 있는 일을 하도록 해줘요. 여기서 조용히 쉬고 있어요. 좋은 친구에게 편지를 쓸 테니. 여길 떠나면 그가 당신에게 집을 찾아줄 겁니다."

존 경이 그녀를 지나 안쪽 서재로 걸어갈 때 진은 절망적인 시선으로 그를 바라보며 두 손을 움켜쥐고 속으로 생각했다. 가장 절실한 순간 내 모든 기술은 나를 저버렸단 말인가? 어떻게 하면 처녀다운 수줍음과 조신함의 선을 넘지 않으면서 그가 알아듣게 할 수가 있단 말인가? 너무 관찰력이 없고 또 너무 소심해서, 아니면 너무 아둔해서 그는 보지 못할 거야, 시간은 속수무책으로 흘러가고 있는데. 어떻게 하면 그의 눈을 뜨게 만들 수 있을까?

생명 없는 것들에서 뭔가 도움을 찾으려고 노력하며 그녀는 방 안을 둘러보았다. 곧 그녀가 뭔가를 찾아냈다. 그녀가 앉아 있던 안락의자 뒤쪽 근처에 존 경의 정교한 작은 초상화가 걸려 있었다. 처음에 그녀는 초상화 속의 고요하고 단정한 모습과 열린 문을 통해 보이는, 책상에 앉아 편지를 쓰려고 노력하는 동시에 밖에 두고 온 소녀 같은 인물에게 은밀한 시선을 던지고 있는, 현실 속 존 경의 평소답지 않은 창백함과 동요를 비교하며 그림을 지켜보고 있었다. 존 경의 시선을 의식하지 못하는 척하면서 진은 그 그림 말고 세상의 다른 모든 것을 잊은 듯 초상화를 응시하더니, 마치 거부할 수 없는 충동에 굴복하고 만 듯 그림을 벽에서 내린 다음 애정 어린 시선으로 한참 동안 바라보았다. 그녀는 마치 자신의 행동을 숨기려는 것처럼 머리를 흔들어 고수머리를 얼굴 주위로 늘어뜨렸다. 그러고는 그림 위에 입을 맞추었고 사랑으로 인한 통제할 수 없는 슬픔의 발작 속에 그림을 안고 흐느끼는 것처럼 보였다. 그때 들려온 소리가 그녀를 깜짝 놀라게 만들었다. 죄지은 사람처럼 그녀는 그림을 원래 자리에 돌려놓으려고 했지만 그림은 바닥에 떨어졌고 그녀는 작은 비명을 지르며 두 손으로 얼굴을 가렸다.

존 경이 도저히 달리 해석할 수 없는 표정으로 그녀 앞에 서 있었기 때문이다.

"진, 무엇 때문에 그런 거죠?" 그가 동요된, 열에 들뜬 목소리로 물었다.

아무런 대답도 없었다. 그녀는 부끄러워 어쩔 줄 모르는 사람처럼 더욱더 고개를 수그렸다. 고개 숙인 머리 위로 자신의 손을 얹고 자신 역시 고개를 숙이면서 존 경이 속삭였다. "말해봐요, 그의 이름이 존 코번트리인가요?"

여전히 아무런 대답이 없었다. 하지만 울음을 참는 것 같은 소리는 그의 말이 정곡을 찔렀음을 입증하고 있었다.

"진, 돌아가서 편지를 마저 써야 할까요, 아니면 여기 남아 당신에게 이 노인이 당신을 딸 이상으로 사랑하고 있다고 말해야 할까요?"

그녀는 아무 말이 없었다. 하지만 마치 그를 잡으려는 듯 늘어진 머리카락 아래로 작은 손을 조용히 내밀었다. 나지막한 외침과 함께 그 손을 잡더니 그는 그녀를 자신의 팔 안에 끌어안았다. 행복한 나머지 말을 잊은 채 그는 자신의 회색머리를 그녀의 금발 위에 내려놓았다. 잠시 동안 진 뮤어는 자신의 성공을 만끽했다. 그러나 갑작스러운 불운이 그것을 망쳐버리지 않도록 그녀는 모든 것을 확실하게 해두고자 서둘렀다. 감쪽같은 수줍음과 반쯤 들키고 만 애정으로 그를 올려다보며 그녀가 조용히 말했다. "제 마음을 잘 숨기지 못한 것을 용서해주세요. 멀리 떠나 결코 입 밖에 내지 않을 생각이었어요. 하지만 너무 다정하게 대해주셨기 때문에 이별이 더욱더 힘들어지고 말았어요. 왜 그렇게 위험한 질문을 하신 건가요? 저를 내보내는 편지를 쓰고 계셔야 할 때 왜 저를 바라보신 거예요?"

"진, 내가 감히 할 수 있는 유일한 제안을 당신이 거절했는데 어떻게 당신이 나를 사랑할 거라고 짐작이라도 할 수 있었겠어요? 나 같은 노인 때문에 젊은 연인들을 거절했다고 생각할 만큼 내가 뻔뻔해질 수 있단 말인가요?" 그녀를 안으며 존 경이 물었다.

"노인이 아니세요, 저에게는, 제가 사랑하고 존경하는 모두인걸요!" 관대하고 고결한 신사가 사기라는 사실을 모르는 채 자신에게 마음과 집 모두를 선사하자, 진은 진심으로 양심의 가책을 느끼며 그의 말을 막았다. "뻔뻔한 사람은 저예요. 감히 저보다 한참 높으신 분을 사랑하다니. 하지만 떠나야 한다는 생각을 하기 전에는 경께서 제게 얼마나 소중한 분인지 미처 알지 못했어요. 저는 이 행복한 청을 수락하지 않아야 합니다. 저는 그럴 자격이 없으니까요. 저처럼 가난하고, 예쁘지도 않고, 신분도 낮은 여자에게 집을 주셨다고 세상이 선생님을 비난하면 친절을 베푸신 걸 후회하실 거예요."

"쉿, 내 사랑. 할 일 없는 세상 사람들이 뭐라고 하든 난 신경쓰지 않아요. 당신이 여기서 행복하다면 사람들이야 말하고 싶은 대로 떠들도록 내버려둡시다. 당신이 내게 주는 햇살을 만끽하느라 너무 바빠서 난 주위에서 벌어지는 일들에는 신경쓸 틈도 없을 거예요. 하지만 진, 정말 나를 사랑하는 게 확실한가요? 나보다 훌륭한 남자들, 젊은이들에게 그렇게도 냉담했던 마음을 내가 얻을 수 있다니 믿을 수가 없군요."

"존 경, 부디 믿어주세요. 경을 진심으로 사랑합니다. 경의 좋은 아내가 되기 위해, 그리고 많은 결점에도 불구하고, 제가 은혜를 아는 덕을 지녔다는 사실을 입증하기 위해 최선을 다하겠습니다."

그녀가 지금 처해 있는 곤경을 알았더라면 존 경도 무엇이 그녀의 말을 갑자기 그렇게 열정적으로 만드는지, 그녀의 얼굴을 그처럼 강렬한 감사의 빛으로 빛나게 하는지, 그리고 그렇게 많은 것을 제공한 관대한 손에 허리 숙여 키스하게 하는 진정한 공손이 어디에서 온 것인지 이해할 수 있었을 것이다. 잠시 동안 그녀는 그 순간의 행복을 만끽했다. 그리고 존 경이 방해받지 않고 그 순간의 행복을 즐기도록 내버려두었다. 하지만 그녀를 사로잡고 있던 불안과 자신을 위협하는 위험이 곧 그녀를 일깨웠고, 그녀가 손에 넣은 이 의심할 줄 모르는 연인을 여전히 더 쥐어짜내도록 강요했다.

"이제 편지는 쓸 필요가 없겠군요." 여름밤의 달빛이 온 방을 환히 축복하듯 밝혀주는 가운데 그녀와 나란히 앉아 존 경이 말했다. "평생 살 집을 찾았으니까요. 부디 그 집이 행복한 것이기를."

"아직은 제 집이 아니에요. 그리고 앞으로도 절대 그렇게 되지 않을 것 같은, 알 수 없는 불길한 느낌이 들어요." 그녀가 슬픈 목소리로 대답했다.

"왜 그런 거죠, 나의 진?"

"제 평화를 깨뜨리고, 경께서 저를 외면하시도록 그 마음에 독을 풀고, 저를 이 낙원에서 추방해 지난해 제가 겪은 그 모든 고통을 다시 겪게 하려 드는 적이 있으니까요."

"나한테 전에 말했던 그 미친 시드니 말인가요?"

"네. 가련하고 힘없는 진에게 이런 행운이 주어졌다는 사실을 듣자마자 그는 서둘러 그걸 망치려고 들 거예요. 그는 제 운명입니다. 그를 피할 도리는 없어요. 그가 나타나기만 하면 친구들은 저를 저버리지요. 그에게는 힘이 있고 그는 저를 파괴하기 위해 그 힘을 사용하니까요. 그가 오기 전에 이 집을 떠나 숨게 해주세요. 선생님의 신뢰와 사랑을 맛본 후에 선생님이 저를 사랑하고 보호해주시는 대신 불신하고 멀리하시는 걸 보면 마음이 찢어질 테니까요."

"가엾게도, 근거 없는 걱정을 하고 있군요. 마음놓아요, 이제 아무도 당신을 해칠 수 없고 아무도 감히 그런 시도조차 하려 하지 않을 테니. 내가 당신을 저버릴까봐 걱정이라면 그것도 곧 내 마음대로 할 수 없는 일이 될 거예요. 지금 내 생각대로 일이 된다면."

"어떻게요, 사랑하는 존 경?" 자신의 앞길이 평탄해져가는 것을 보자 마음 깊이 강렬한 안도감이 파닥이는 것을 느끼면서 진이 물었다.

"가능하면 당신을 곧장 내 아내로 만들려고 해요. 그러면 당신을 제럴드의 사랑으로부터 벗어나게 해주고 시드니의 탄압으로부터 보호할 수 있는, 당신에게 안전한 집을 제공할 수 있게 될 테니까요. 나는 몸과 마음 모두로 당신을 보호하고 사랑할 권리를 갖게 될 테고요. 그렇게 해도 될까요, 나의 진?"

"네. 하지만 오, 제게는 경 말고는 친구가 아무도 없다는 사실을 기억해주세요. 마지막까지 제게 충실하시겠다고, 그 어떤 불운과 결점, 어리석음이 앞을 가로막아도 저를 믿고 신뢰하고 보호하고 사랑해주시겠다고 약속해주세요. 저는 경께 강철처럼 진실할 것이며 경께서 마땅히 누리셔야 할 행복을 누리실 수 있도록 노력하겠습니다. 지금 이것들을 약속하고 그 약속을 끝까지 깨뜨리지 않고 지키고 싶어요."

그녀의 엄숙한 태도가 존 경을 감동시켰다. 다른 사람의 거짓을 의심하기에는 그 자신이 너무도 강직하고 고결한 탓에 그는 진의 부탁을 그저 사랑스러운 소녀의 자연스러운 충동에서 나온 것으로 이해했고, 그녀가 내민 손을 자신의 두 손으로 잡으면서 그녀가 부탁한 모든 것을 약속하고 그 약속을 끝까지 지키겠노라고 대답했다. 정신을 차리려는 듯 그녀는 창백하고 표정 없는 얼굴로 잠시 말없이 있었다. 그러더니 신뢰하는 눈빛으로 자신을 내려다보는 얼굴을 물끄러미 바라보며 장차 그녀가 성실하게 이행할 것들을 약속했다.

"내 사랑, 언제 식을 올리는 것이 좋을까요? 당신에게 모든 것을 맡기겠소. 다만 서두르는 것이 좋겠어요. 그렇지 않으면 젊고 유쾌한 연인이 나타나 당신을 내게서 빼앗아갈지도 모르니." 진의 얼굴에 깃들어 있던 어두운 표정을 지워줄 생각으로 존 경이 장난치듯 말했다.

"비밀을 지켜주실 수 있나요?" 예의 매력적인 모습을 완전히 회복한 진이 그를 올려다보고 웃으며 질문했다.

"한번 시험해봐요."

"그럴게요. 사흘 뒤면 에드워드 씨가 집으로 올 거예요. 그분이 오시기 전에 전 떠나야 해요. 아무에게도 그 사실을 말하지 말아주세요. 가족들을 놀라게 하고 싶어하시니까요. 그리고 저를 사랑하신다면, 누구에게도 경께서 곧 결혼할 거라는 사실을 말하지 말아주세요. 제가 정말로 경의 것이 될 때까지는 저에 대한 마음을 드러내지 않으셔야 해요. 야단법석이 날 테고, 이런저런 고언과 설명과 비난으로 지쳐 그 시련을 벗어날 생각으로 전 모두를 피해 도망치고 말 거예요. 할 수만 있다면 전 내일 조용한 곳으로 가서 선생님이 오실 때까지 기다리고 싶어요. 이런 일들에 대해서는 아는 것이 없어서 우리가 얼마나 빨리 결혼을 할 수 있는지 모르겠어요. 아마도 몇 주 이상은 걸리겠죠."

"마음만 먹으면 내일이라도 할 수 있어요. 사람들이 원하는 곳에서 원하는 날짜에 결혼할 수 있게 해주는 특별한 허가증이 있으니까. 당신 계획보다 내 계획이 더 나을 것 같군요. 들어봐요. 그리고 이 계획이 실현 가능할지 의견을 말해줘요. 내가 내일 런던으로 가서 허가증을 손에 넣은 다음 내 친구 목사 폴 페어팩스를 불러 함께 집으로 돌아오겠소. 그리고 매일 저녁 늘 오던 시간에 이곳으로 와서, 믿을 수 있는 오래된 하인들을 증인 삼아 나를 영국에서 가장 행복한 남자로 만들어줘요. 자, 내 계획이 어떤가요, 사랑스러운 나의 코번트리 부인?"

자신의 목적에 부합하는 계획이며 야심의 정상에 있던 그 이름, 그녀에게 주어진 소중한 안전의 느낌 등이 너무도 강렬한 만족감으로 그녀를 채운 나머지, 진심에서 우러난 눈물이 그녀의 눈에 흘러내렸다. 기꺼운 동의의 말들은 몇 달간 그녀의 입에서 나온 말 중 가장 진실한 것이었다.

"폭풍이 가라앉을 때까지 신혼여행으로 외국이나 스코틀랜드에 가 있도록 합시다." 갑작스러운 결혼이 친척들을 놀라게 하고 또 반발을 불러올 것이라는 사실을 잘 알고 있는 존 경이 진 못지않게 최초의 야단법석을 피하고 싶어하며 제안했다.

"스코틀랜드로 가고 싶어요. 아버지 집을 무척 보고 싶거든요." 유럽에서 시드니를 만날까 두려운 진이 대답했다.

그들은 이런저런 것들을 계획하며 한동안 더 이야기를 나누었다. 존 경이 너무 서둘러 일을 진행하려 했기 때문에 진은 그의 제안들에 선선히 동의하는 것 이외에 달리 할 일이 없었다. 오직 단 하나의 걱정거리가 그녀의 마음을 불안하게 했다. 존 경이 런던에 나갔다가 에드워드를 만나 그의 말을 듣고 그걸 믿을 가능성이 있었던 것이다. 그러면 모든 일이 수포로 돌아갈 터였다. 그러나 결혼이 신속하고 안전하게 치러지려면 그 위험을 감수할 수밖에 없었다. 둘이 만나지 못하게 하는 것만이 진이 할 수 있는 유일한 일이었다. 존 경이 그녀를 집까지 바래다주겠다고 고집했기 때문에 정원을 지나 걸어가며 그녀가 그의 팔에 매달린 채로 말했다.

"사랑하는 존 경, 한 가지만 조심해주세요. 아니면 우리가 대단히 곤란한 상황에 놓이고 우리의 모든 계획이 수포로 돌아갈지 몰라요. 조카들을 피해주세요. 너무 정직하신 탓에 표정에서 속마음이 모두 드러나시거든요. 두 사람 모두가 저를 사랑하는데다 두 사람 모두 쉽게 흥분하잖아요. 그 사실을 알면 처음엔 흥분해서 거친 행동을 할지도 몰라요. 저를 위해 위험하거나 수치스러운 상황이 벌어지지 않도록 해주셔야만 해요. 그러니 우리가 안전할 때까지 두 사람을, 특히 에드워드 씨를 피해주세요. 에드워드 씨는 형이 자신을 속였고 자신이 얻지 못한 것을 경께서 얻었다고 생각할 거예요. 그리고 화가 나서 거친 행동이라도 하실까봐 무서워요. 하루나 이틀 동안 두 사람을 피하시겠다고, 두 사람 말을 듣지 않으신다고, 두 사람을 만나지도 않고 편지를 받거나 보내지도 않겠다고 약속해주세요. 어리석은 걱정이라는 걸 알아요. 하지만 경은 제가 가진 전부인걸요. 그리고 경을 잃을지 모른다는 이상하고 불길한 예감이 계속해서 저를 괴롭혀서요."

그녀의 애정 어린 당부에 으쓱해지기도 하고 감동받기도 한 존경은 그녀의 두려움이 근거 없는 것이라고 웃어넘기면서도 모든 것을 약속했다. 사랑 때문에 눈이 먼 나머지 이 선량한 노신사는 그 요청이 좀 이상하다는 사실을 알아차리지 못했다. 신선함, 로맨스, 비밀스러운 계획들이 그를 매혹시키는 동시에 혼란스럽게 하기도 했던 것이다. 게다가 자신이 세 명의 젊고 열정적인 구애자들을 제쳤다는 사실이 인정하고 싶은 것 이상으로 그의 허영심을 만족시켰다. 정원 문에서 진과 헤어진 그는 다시 한번 소년이 된 기분으로 사랑 노래를 중얼거리며 천천히 집으로 돌아왔다. 저녁의 습기며 관절통, 진의 팔이 그것을 감싸안은 이후에는 어깨 위에 가볍게 얹혀 있을 뿐인 오십오 년의 세월을 모두 다 잊고서.

그녀는 제럴드를 피할 수 있기를 바라면서 서둘러 집으로 돌아갔다. 하지만 그는 그녀를 기다리고 있었고, 그녀는 그를 대면하지 않을 수 없었다.

"어떻게 그렇게 오랫동안 집을 비워 불안 속에 기다리게 할 수 있어요?" 그녀의 손을 잡고 모자 챙 그늘 밑으로 그녀의 얼굴을 보려고 애쓰며 그가 꾸짖듯이 말했다. "이리 와 석실에서 쉬어요. 말할 것, 들을 것, 기뻐해야 할 것 들이 많아요."

"지금은 안 돼요. 너무 피곤한걸요. 가서 자게 해주세요. 내일 이야기해요. 날이 쌀쌀하고 축축한데다 이런저런 걱정들로 머리가 아파요." 지친, 그리고 가벼운 짜증이 담긴 목소리로 진이 말했다. 하지만 자신이 찾으러 가지 않아 그녀가 화난 거라고 생각한 제럴드는 진심 어린 애정이 담긴 목소리로 서둘러 설명을 시작했다.

"가엾은 나의 진, 휴식이 필요하고말고요. 우리가, 모두가 당신을 지치게 하는데도 불평조차 하는 법이 없으니. 당신을 찾으러 갔어야 했겠지만 루시아와 이야기가 길어졌어요. 나와보니 당신은 벌써 삼촌께 가고 없더군요. 삼촌이 너무 당신을 좋아하면 난 노신사를 질투하게 될 겁니다. 헤어지기 전에 하나만 말해줘요. 난 이제 공기처럼 자유롭고 이 질문을 할 권리가 있습니다. 나를 사랑하나요? 내가 당신 마음을 얻은 그 행복한 남자인가요? 난 감히 그렇다고 생각하고, 비밀을 폭로하는 당신의 얼굴이 당신 마음을 보여주었다고 믿으며, 가엾은 네드와 거친 시드니가 얻지 못한 것을 내가 얻었기를 희망하고 있어요."

"대답하기 전에, 루시아 양과 나눈 대화를 먼저 이야기해주세요. 저도 알 권리가 있으니까요." 진이 요구했다.

가엾은 루시아의 슬픔을 떠올리자 연민과 뉘우침으로 마음이 복잡해진 제럴드는 망설였다. 진은 경쟁자의 수치를 꼭 듣고 싶었다. 제럴드가 망설이자 진은 인상을 찌푸리더니 이내 고개를 들고 가장 부드러운 미소를 떠올리며 그의 팔에 손을 얹고 반쯤 수줍고 반쯤 애정 어린 말투로 그의 이름에 더할 나위 없이 효과적인 강세를 주며 이렇게 재촉했다. "부디 말해줘요, 제럴드!"

그는 그 표정이며 손길, 어조에 저항할 수 없었다. 그녀의 작은 손을 자기 손 안에 포개면서 그는 하기 싫은 일을 해치우는 사람처럼 서둘러 말했다. "나는 그녀에게 그녀를 사랑하지도 않고 사랑할 수도 없다고 말했어요. 어머니의 바람대로 했던 거고, 비록 우리 사이에 아무 이야기도 오가지 않았지만 잠시 동안은 암묵적으로 그녀와 약혼한 상태라고 생각하기도 했었다고. 하지만 이제 자유를 요구해야겠다고, 양쪽 모두가 바라는 이별이 아닌 것을 유감스럽게 생각한다고 말했어요."

"그리고 그녀는…… 그녀는 뭐라고 대답했나요? 그녀가 어떻게 그 사실을 받아들이던가요?" 같은 여자로서 그 고백이 루시아에게 얼마나 깊은 상처를 입혔을지 짐작하며 진이 물었다.

"가엾게도! 받아들이기 힘든 사실이었지만 그녀의 자존심이 마지막까지 그녀를 지탱해주었어요. 그녀는 나를 묶어둘 그 어떤 약속도 없다고 인정하고 내 과거 행동이 그녀에게 준 것처럼 보였던 모든 권리를 완전히 포기하겠다고, 그리고 그녀처럼 나를 진심으로, 열렬히 사랑해줄 다른 여자를 만나도록 기도하겠다고 하더군요. 진, 마치 내가 악당이 된 것 같은 기분이었어요. 하지만 나는 한 번도 그녀에게 사랑을 맹세하지 않았고, 정말 그녀를 사랑한 적도 없으며, 원한다면 그녀를 떠날 완벽한 권리를 가지고 있어요."

"그녀가 저에 대한 이야기를 했나요?"

"그래요."

"무슨 말을 하던가요?"

"그걸 당신에게 말해야 하나요?"

"네, 전부 말해주세요. 그녀가 절 미워한다는 걸 알아요. 그리고 그녀를 용서할 수 있어요. 당신이 누군가를 사랑한다면 그게 누구든 저 역시 그 여자를 미워할 테니까요."

"질투하는 건가요, 진?"

"당신을요, 제럴드?" 이렇게 말하며 마치 사랑의 빛인 것만 같은 반짝거림으로 가득찬 아름다운 눈동자가 그를 올려다보았다.

"당신은 벌써 나를 노예로 만들었어요. 대체 어떻게 그렇게 할 수 있는 거죠? 전에는 한 번도 여자 말에 복종해본 적이 없어요. 난 당신이 마녀라고 생각해요. 스코틀랜드는 약하고 불쌍한 영혼을 홀리기 위해 사랑스러운 모습으로 변신해 나타나는 이상하고 기이한 존재들의 고향이잖아요. 당신도 그 아름다운 눈속임 중 하나인가요?"

"아첨에 능하군요." 진이 웃음을 터뜨렸다. "마녀가 맞아요. 어느 날 가면이 벗겨지면, 늙고 추하고 사악하고 타락한 제 모습 그대로를 보시게 될 거예요. 늦기 전에 절 조심하세요. 경고했습니다. 자, 이제 절 사랑할 생각이라면 위험을 감수하셔야 할 거예요."

이야기를 하던 제럴드는 잠시 말을 멈추고 동요하는 표정으로 그녀를 바라보았다. 열정의 대상을 손에 넣었는데도 전혀 행복을 느낄 수 없다는 사실을 의식하며. 열병 같은 그러나 쾌감을 주는 흥분이 그를 사로잡고 있었다. 분별없는 흥분 속에서 그는 열정이 야기한 새로운 경험이며 성급한 행동으로 과거를 다 지워버리고 싶은 충동에 사로잡혀 있었다. 잠시 진은 생각에 잠긴 표정, 슬퍼 보이기까지 하는 표정으로 그를 바라보았다. 그러고 나서 악의적인 조롱의 어조로 말하는 그녀의 얼굴에 기이한 미소가 떠올랐다. 그녀의 말에는 어두운 진실의 씁쓸함이 숨겨져 있었다. 제럴드가 다소 당황한 얼굴로 그녀를 바라보았다. 그의 시선이 파악할 길 없는 진의 얼굴에서 희미한 불빛이 비치는 창문으로 옮겨갔다. 그 창문 커튼 뒤에서 루시아가 아픈 가슴을 숨긴 채 그를 위해 기도를 올리고 있었다. 사랑의 이름으로 모든 것을 용서받는 이들을 위해 기도를 올리는 사랑에 빠진 여인의 모습으로. 죄책감이 밀려들었다. 진을 보자 순간적인 혐오감이 그를 엄습했다. 진은 그 시선을 보았다. 그리고 분노를 느꼈다. 하지만 안도감도 있었다. 자신의 안전이 거의 확보된 지금, 더이상 나쁜 짓을 하고 싶은 마음은 없었다. 오히려 이미 저지른 일들을 원래대로 돌리고 세상 모든 사람과 평화롭게 지내고 싶은 바람이 들었다. 자신에게 충성해야 할 그의 의무를 상기시키기 위해 그녀는 한숨을 쉬고 걸음을 옮기며 부드럽게, 하지만 차갑게 물었다. "그 질문에 답하기 전에 먼저 제가 물어본 것에 답을 주실 수 있나요, 코번트리 씨?"

"루시아가 당신에 대해 뭐라고 했는지 말인가요? 음, 이렇게 말하더군요. '뮤어 양을 조심해요. 그럴 만한 이유가 전혀 없었을 때 우리는 직관적으로 그녀를 의심했어요. 나는 직감을 믿어요. 그리고 내 의견은 그뒤로도 변하지 않았어요. 그녀가 내 눈을 속이려고 애쓰지는 않았으니까요. 그 여자 재주가 보통이 아니에요. 그녀가 꾸민 것이 틀림없는 사건 사고들 말고는 달리 설명하거나 잡아낼 근거가 없지만 난 느낄 수 있어요. 지금껏 행복하던 가정에 그녀는 슬픔과 갈등을 불러왔어요. 우리 모두가 변했어요. 그 여자가 그렇게 만든 거예요. 나에게는 이제 더이상 아무 짓도 하지 못할 거예요. 하지만 당신은, 할 수만 있다면 그녀는 당신을 파멸시킬 거예요. 늦기 전에 그녀를 조심하세요. 그렇지 않으면 눈먼 당신의 열정을 비통하게 후회해야 할 거예요!'"

"그래서 당신은 뭐라고 대답했죠?" 내키지 않아하는 제럴드가 마침내 말을 마치자 진이 물었다.

"나도 모르게 당신을 사랑하게 되었다고, 그리고 모든 반대를 무릅쓰고 당신을 아내로 삼겠다고 말했어요. 이제 진, 당신이 대답할 차례예요."

"생각할 시간을 사흘만 주세요. 편안한 밤 되시기를." 그러더니 그녀는 그를 두고 미끄러지듯 집 안으로 사라져버렸다. 제럴드를 후회와 불안, 진이 옆에서 그것을 물리쳐주지 않을 때면 돌아오곤 하는 오래된 의심으로 괴로워하며 그 밤의 절반을 서성이도록 내버려두고.

8. 일촉즉발

다음날 내내 진은 극도로 불안한 상태에 있었다. 매 순간 위기가 점점 가까워지고 있었고 언제라도 자신의 계획이 수포로 돌아갈 수 있었기 때문이다. 가장 정교한 인간의 기술 역시 예상치 못한 사고로 실패하는 일이 종종 있는 법이니까. 존 경이 출발했는지 확인하고 싶은 마음이 간절했지만 그날은 양가 하인들이 전혀 오가지 않았고, 소식을 알아보기 위해 하인을 보낼 구실도 전혀 생각해낼 수가 없었다. 그녀는 저녁 전에는 결코 존 경의 저택에 가는 법이 없었기 때문에 공연히 안 하던 짓을 해서 의심을 살까 두려워 직접 가볼 수도 없었다. 설사 그렇게 할 마음이 있다 해도 그럴 시간을 낼 수 없었다. 코번트리 부인이 종종 찾아오곤 하는 신경과민 상태에 있었고 그녀를 진정시킬 수 있는 사람은 뮤어 양밖에 없었기 때문이다. 루시아가 아팠기 때문에 진이 하인들에게 명령을 내려야 했고 벨라가 갑작스레 학구열에 불타올랐기 때문에 그녀 역시 도와주어야 했다. 제럴드가 몇 시간째 집 주위를 어슬렁거리고 있었지만 감히 그를 저택에 보낼 수는 없었다. 뭔가 낌새를

챌지도 모르기 때문이었다. 진이 모습을 드러내지 않자 그는 말을 타고 새로운 의무를 수행하기 위해 밖으로 나갔다. 그렇게 그날이 지루하게 흘러갔다. 마침내 저녁이 왔다. 저녁식사를 위해 옷을 차려입을 때 그녀는 거울 앞에 선 자신의 모습을 거의 알아보지 못할 정도였다. 흥분 때문에 그녀의 얼굴에는 놀라운 화색과 활기가 넘쳤다. 그날 밤 치러질 결혼식을 떠올리며 그녀는 단순한 흰색 드레스를 입고 흰색 장미다발로 가슴과 머리를 장식했다. 그녀는 곳곳에 꽃을 꽂았다. 하지만 여느 때처럼 보였으면 하는 바람에도 불구하고 그녀가 거실로 들어서자 벨라는 대뜸 "와, 진, 정말이지 신부처럼 보이는데요. 베일하고 장갑만 있으면 완벽하겠어요!"라고 소리쳤다.

"작은 걸 하나 빼먹었구나, 벨." 뮤어 양을 보고는 시선을 반짝이며 제럴드가 끼어들었다.

"그게 뭔데요?" 여동생이 물었다.

"신랑."

진이 그 말을 어떻게 받아들이는지 보려고 벨라가 그녀를 바라보았다. 하지만 갑자기 미소를 지을 때 나오는 특유의 미소를 지으며 그녀는 침착한 모습으로 이렇게 대답할 뿐이었다. "때가 되면 그 작은 나머지 하나도 틀림없이 찾을 수 있을 테지요. 보퍼트 양은 식사를 못할 정도로 편찮으신 건가요?"

"못 내려온다고 양해를 구했어요. 진이 기꺼이 자기 자리를 대신해줄 거라고 생각한다고 그러던걸요."

아무것도 모르는 벨라가 이 말을 전하자 진이 제럴드를 힐끗 쳐다보았다. 그는 불편한 얼굴로 그녀의 시선을 피했다.

조금 뉘우치는 것도 나쁘지 않을 거야. 대폭로 이후의 후회를 미리 준비하는 셈 치고, 그녀는 속으로 이렇게 생각했다. 제럴드는 이따금 그립기라도 한 듯 루시아의 빈자리를 바라보곤 했지만 진은 식사 내내 평소보다 특별히 더 명랑했다. 식사를 마치자마자 진은 벨라를 어머니에게 보냈다. 제럴드가 와인 앞에서 오랫동안 어정거리지는 않을 것을 알고 있었기 때문에 그녀는 서둘러 존 경의 저택을 향해갔다. 하인 하나가 문 앞에서 어슬렁거리고 있었다. 침착한 척해보려고 노력했지만 동요가 느껴지는 목소리로 그녀는 "존 경이 안에 계신가요?"라고 물었다.

"아니요, 조금 전에 런던에 가셨습니다."

"조금 전이라고요! 조금 전 언제 가셨다는 건가요?" 그가 그렇게 늦게 떠났다는 것에 놀라 존 경이 런던으로 떠났다는 사실로 인한 안도감은 잊은 채 진이 물었다.

"삼십 분 전에 마지막 기차로 가셨는데요."

"오늘 아침 일찍 가신다고 생각했는데, 저에게 오늘 저녁까지는 돌아오실 거라고 하셨거든요."

"일찍 출발하려고 하셨을 거예요. 근데 방문객들이 있어서 늦어졌지요. 일 때문에 집사가 왔었고, 한 무리의 신사 분들이 찾아오셔서 저녁때까지 출발하실 수가 없었어요. 그러고 나서는 완전히 지치셔서 가실 수 있는 상태가 아니었죠. 전혀 가실 수 있는 상태가 아니었어요."

"병이라도 나실 것 같던가요? 그렇게 보였나요?" 진의 마음에 죽음이 그녀의 전리품을 앗아갈지 모른다는 공포로 인한 전율이 일었다.

"그게, 아시겠지만, 서두르는 건 뇌졸중이 일어나기 쉬운 나이 든 어르신들께 언제든 좋은 일이 아니니까요. 존 경께서는 오늘 종일 걱정하시는 것처럼 보였고 평소처럼 보이지 않았어요. 하인을 데려가셨으면 싶었는데 그러지 않겠다고 하시더군요. 그러더니 흥분하신 것 같은 얼굴로 상기된 채 마차를 타고 떠나셨어요. 어르신이 걱정이에요. 그렇게 서둘러 가실 때는 뭔가 문제가 있는 법이니까요."

"랠프, 경께서 언제 돌아오실까요?"

"가능하면 내일 낮, 그리고 밤까지는 틀림없이 오실 거라고, 누구든 찾아오는 분이 있으면 그렇게 답하라고 하셨어요."

"코번트리 양 앞으로, 아니면 가족 분 중 누구에게든 편지나 메시지를 남기시지 않았나요?"

"아니요, 아무것도 없는데요."

"고마워요." 이렇게 말하고 나서 진은 집으로 돌아갔다. 불안한 밤을 보내고 다시 시작되는 긴장을 맞기 위해.

그날 아침은 끝없이 계속되는 것만 같았다. 하지만 마침내 정오가 되었다. 더위를 식히기 위해 석실에 간다는 구실로 진은 조용히 존 경 저택의 정원 문이 보이는 비탈로 가보았다. 두 시간 동안이나 지켜보았지만 아무도 오지 않았다. 집으로 돌아가려고 할 때 말을 탄 사람 하나가 쏜살같이 문을 통과해 저택을 향해 질주하는 것이 보였다. 뭐가 됐든 소식을 좀 듣고 싶은 억제할 수 없는 욕망 때문에 다른 것들에 신경을 쓰고 조심할 마음의 여유가 없었다. 나쁜 소식을 가져온 것이 틀림없다고 생각하며 진은 그를 향해 달려갔다. 그는 역에서 보낸 젊은 남자였다. 그녀를 보자 그는 고삐를 당겼다. 흥분해서 어찌해야 할지 모르는 것처럼 보였다.

"무슨 일이라도 일어났나요?" 그녀가 숨을 헐떡이며 물었다.

"크로이던* 바로 맞은편 철로에서 끔찍한 사고가 일어났어요. 삼십 분 전에 전보로 소식이 왔어요." 얼굴에 맺힌 땀을 닦으며 그 남자가 대답했다.

"정오 기차였나요? 존 경이 그 안에 계셨나요? 어서, 모두 말해 주세요!"

"그 열차였어요. 하지만 차장이 죽었기 때문에 존 경이 타고 계셨는지 아닌지는 몰라요. 모든 것이 뒤죽박죽이라서 아무것도 분명한 게 없어요. 지금 사람들이 죽은 사람들과 부상당한 사람들을 열차에서 옮기고 있어요. 존 경이 돌아오실 예정이었다는 이야기를 들었기 때문에 코번트리 씨를 찾으러 온 겁니다. 현장에 가보고 싶어하실 것 같아서요. 열차가 십오 분 후에 떠나는데 어디서 그분을 찾을 수 있을까요? 존 경 저택에 계시다고 들었습니다만."

"어서 가보세요, 어서요! 그리고 그분이 거기 계신지 찾아보세요. 저는 집으로 가서 거기 계신지 찾아보겠습니다. 지체하지 마세요, 어서 가세요! 어서요!" 이렇게 말한 후 돌아선 진은 사슴처럼 달려 집으로 돌아갔다. 그 남자 역시 이 무서운 소식을 전하기 위해 가로수 길을 가르며 존 경 저택을 향해 말을 몰아갔다.

제럴드는 존 경의 저택에 있었다. 소식을 듣자 그는 충격에 사로잡힌 저택과 자기 집을 뒤로하고 즉시 현장을 향해 떠났다. 자신을 사로잡은 무시무시한 불안이 드러날까 두려워 진은 아무 소식

---

* 런던 남부에 있는 자치도시.

도 없이 날이 저물어가는 동안 방 안에만 틀어박혀, 입 밖에 낼 수 없는 고통을 감내하고 있었다. 어두워질 무렵 갑작스러운 비명이 집 안에 울려퍼졌다. 대체 무슨 일인지 알기 위해 진이 서둘러 아래층으로 내려갔다. 벨라가 편지를 손에 쥐고 거실 복도에 서 있었다. 한 무리의 흥분한 하인들이 그녀 주위에 모여들어 있었다.

"무슨 일이에요?" 제럴드의 필체를 알아보자 심장이 멎는 것만 같았지만 진은 창백한 얼굴로 침착하게 물었다. 벨라가 진에게 편지를 건네주더니 방금 도착한 그 무서운 소식을 다시 한번 듣기 위해 흐느낌을 애써 억눌렀다.

벨라에게

삼촌은 무사하시다. 정오 열차를 타지 않으셨어. 하지만 몇몇 사람이 네드가 틀림없이 그 열차에 있었다고 하는구나. 아직은 그애의 흔적을 찾지 못했어. 하지만 무너진 다리 밑, 강에 빠져 있는 시체도 많으니까 혹 그애도 거기 있을지 몰라 찾으려고 최선을 다하고 있어. 런던에서 그애가 자주 가는 곳들에 모두 사람을 보냈는데 어디에도 그애는 없었단다. 그래서 나는 이것이 잘못된 정보이기를, 그애가 안전하게 연대에 있기를 바라고 있단다. 확실해질 때까지 어머니가 이 일을 아시지 못하도록 해라. 루시아가 아파서 네게 이 편지를 쓴다. 뮤어 양이 너를 돕고 위로해줄 거야. 희망을 가지고 기다려보자.

오빠 제럴드 코번트리

뮤어 양이 편지를 읽는 동안 그녀를 지켜본 사람들은 그녀의 얼굴에 떠오른 알 수 없는 표정을 보고 이상하게 생각했다. 존 경이 무사하다는 소식에 떠올랐던 기쁨의 표정이 가엾은 에드워드에게 닥쳤을지 모를 운명에 대한 공포와 슬픔으로 변하지는 않았기 때문이었다. 입가에서 미소는 사라졌지만, 목소리는 떨리지 않았고 내리깐 눈에서는 뭔가 설명할 수 없는 승리감 같은 것이 반짝이고 있었다. 놀랄 일도 아니었다. 만약 그 소식이 사실이라면 그녀를 위협하던 위험이 잠시 비껴간 셈이며 그렇게 절박하게 서두르지 않고 결혼식을 치를 수 있을 것이기 때문이다. 이 갑작스러운 비보가 그녀에게는 남모를 소원의 비밀스러운 성취처럼 여겨졌다. 놀라긴 했지만 겁을 먹는 대신 그녀는 고무되었다. 운명이 그녀의 계획을 지지하는 것처럼 보였기 때문이다. 그녀는 벨라를 위로하고 흥분한 하인들을 진정시켰으며, 그 공포의 밤 내내 코번트리 부인 귀에 말이 들어가지 못하도록 입들을 단속했다.

새벽녘, 실종된 네드에 대한 새로운 소식 없이 완전히 녹초가 된 제럴드가 집으로 돌아왔다. 연대 본부에 전보를 쳤던 그는 부대에서 에드워드가 귀대하기 전 집에 들를 계획으로 전날 런던으로 떠났다는 답신을 받았다. 그가 런던 역에 있었다는 사실 역시 확인되었다. 하지만 그가 사고 기차를 탔는지 아닌지는 여전히 확실치 않았다. 사고 현장에서 수색이 계속 이어지고 있었기 때문에 네드의 시체가 발견될 가능성은 여전히 남아 있었다.

"존 경은 정오 기차로 돌아오시나요?" 진이 희망이 없는 상태에서 희망을 놓지 않으려고 애쓰며 새벽의 장밋빛 고요 속에 셋이 함께 앉아 있을 때 물었다.

"아니요. 지금 막 런던에서 돌아온 가워 2세에게 들었는데 편찮으셨다는군요. 그래서 일을 다 처리하지 못하셨답니다. 밤까지는 지나다닐 만큼 다리가 복구되지 않을 테니 그때까지 기다리시라고 사람을 보내 말을 전했어요. 이제 가서 좀 쉬어야겠어요. 밤새 일을 해서 녹초가 되었으니까요. 뭐라도 소식이 오면 바로 깨워줘요."

그 말과 함께 제럴드는 자기 방으로 들어갔다. 오빠의 시중을 들기 위해 벨라가 그 뒤를 따라갔다. 진은 좀처럼 진정이 되지 않아 집과 마당을 배회했다. 소식을 전하기 위해 심부름꾼이 왔을 때는 아침이 이미 한참이나 지난 후였다. 진은 여전히 마음속에 숨어 있는 사악한 희망을 품고 소식을 들으러 나갔다.

"그분을 찾았나요?" 서둘러 소식을 전하려는 심부름꾼에게 그녀가 조용히 물었다.

"네, 그렇습니다."

"확실한가요?"

"확실합니다. 코번트리 씨가 직접 와서 보기 전까지 사람들이 단언하지는 않겠지만요."

"살아 계신가요?" 이렇게 묻는 진의 창백한 입술이 바르르 떨렸다.

"아, 아닙니다, 그건 불가능한 일이에요. 물 밑에서 그 돌덩어리들에 깔려 완전히 물에 불고 짓이겨지고 찢어져서는, 제복과 반지를 낀 하얀 손이 아니었다면 아무도 그분을 알아보지 못할 정도였는걸요."

진은 창백한 얼굴로 주저앉았다. 그 남자는 엉망이 된 그 처참한 시체를 어떻게 찾아냈는지 그녀에게 말해주었다. 그가 말을 마칠 때쯤 제럴드가 모습을 드러냈다. 후회와 뉘우침, 슬픔이 뒤섞인 얼굴로 형은 동생을 찾아 데려오기 위해 집을 떠났다. 여성의 타고

난 동정심—이 젊고 용감한 청년의 죽음은 실로 가슴 아픈 것이었기 때문에—과 상충하는 만족감을 숨기려고 노력하며 진은 죄지은 존재처럼 몰래 정원으로 들어갔다.

"기뻐해야 할 때 왜 눈물을 낭비하고 슬픔을 가장한단 말인가?" 테라스를 따라 앞뒤로 서성이며 그녀가 중얼거렸다. "불쌍한 그애는 고통에서 벗어났고 나는 위험에서 벗어났는데."

그러나 거기까지밖에 말할 수 없었다. 혼잣말과 함께 몸을 돌릴 때 에드워드와 얼굴이 딱 마주쳤기 때문이다! 옷에서도 몸에서도 위험한 일을 겪은 사람의 흔적이라곤 일체 찾아볼 수 없었다. 그 어느 때보다 건장하고 힘이 넘치는 모습으로 그는 그 자리에 서서 그녀를 바라보고 있었다. 경멸과 연민이 싸우는 듯한 얼굴로. 그녀는 돌로 변하기라도 한 듯 창백한 얼굴에 숨을 멈춘 채 눈을 부릅뜨고 가만히 서 있었다. 네드 역시 아무 말 없이 마치 그가 정말 에드워드인지 확인해보려는 듯 진이 손을 내밀 때까지 그녀를 가만히 바라보고만 있었다. 진이 손을 내밀자 그가 한 발 뒤로 물러섰다. 그 동작이 말만큼이나 충분한 확신을 주었다는 듯 그녀가 천천히 말했다. "사람들이 당신이 죽었다고 했어요."

"그리고 당신은 그 말을 믿고 기뻐했겠군요. 아니, 그건 내 동료 코트니였어요. 그가 의도치 않게 모두를 속인 셈이죠. 어제 그를 배웅한 후 애스콧으로 가지 않았더라면 나 역시 그랬겠지만, 그가 목숨을 잃은 거지요."

"애스콧에요?" 에드워드가 단호하고 차가운 목소리로 말하며 그녀를 똑바로 바라보자, 진이 움찔하고 물러서며 그의 말을 반복했다.

"네, 당신도 그곳을 알고 있겠죠. 당신에 대해 알아보기 위해 갔던 겁니다. 그리고 만족스러운 결과를 얻었죠. 왜 아직까지 여기에 있는 거죠?"

"사흘이 아직 다 지나지 않았어요. 약속을 지켜주세요. 밤이 되기 전에 떠날 겁니다. 약속을 지킬 정도의 명예를 지니고 계시다면 그때까지는 침묵을 지켜주세요."

"그러죠." 에드워드는 시계를 꺼내 본 다음 다시 제자리에 넣으면서 차갑고 사무적인 말투로 대답했다. "지금이 두시입니다. 여섯시 반에 런던으로 가는 기차가 있어요. 마차가 옆문에서 당신을 기다릴 겁니다. 그때 떠나라는 충고를 드리죠. 저녁식사가 끝나자마자 이야기를 할 생각이니까요." 이 말과 함께 인사를 한 후 그는 여러 가지 상충되는 감정들로 거의 질식할 지경이 된 진을 뒤에 남겨두고 집 안으로 들어갔다.

몇 분 동안 그녀는 마치 마비된 사람처럼 보였다. 하지만 타고난 활동력 덕에 마지막 희망이 모두 사라지기 전까지는 절망하지 않았다. 가냘픈 희망이긴 하지만, 어떤 난관에도 불구하고 이 게임에서 이기고야 말겠다고 결심하며 그 작은 희망에 집요하게 매달렸다. 그녀는 벌떡 몸을 일으켜 방으로 걸어갔다. 몇 안 되는 귀중품들을 싸고 신경써서 옷을 입은 다음 자리에 앉아 시간이 되기를 기다렸다. 아래층에서 기쁨에 넘치는 외침 소리가 들려왔고 제럴드가 서둘러 돌아오는 것이 보였다. 수다스러운 하녀가 그에게 발견된 시체가 코트니의 것이라고 이야기해주었다. 에드워드와 같은 제복을 입고 있었던데다 에드워드가 자신의 반지를 그에게 선물했던 탓에 형태가 일그러진 코트니의 시체를 사람들이 코번트리 집안 차남의 것으로 착각했던 것이라고 말이다. 하녀 말고는 아무도 진에게 오지 않았다. 한 번, 벨라의 목소리가 그녀를 찾았지만 누군가가 벨라를 말렸고 부르는 소리는 다시 들려오지 않았다. 다섯시에 에드워드의 필체로 겉봉이 쓰인 봉투가 하나 그녀에게 배달되었다. 안에는 일 년치 월급보다 더 많은 금액의 수표가 들어 있었다. 선물에 덧붙인 말은 한마디도 없었다. 하지만 그 선물의 관대함이 진을 감동시켰다. 그녀에게도 한때 정직했던 본성의 흔적이 아직 남아 있었고, 거짓된 행실들에도 불구하고 여전히 고귀한 성품을 존경하고 덕을 우러러볼 줄 알았기 때문이었다. 모든 것이 수포로 돌아가더라도 가난을 동정하지 않는 세상에 무일푼으로 내던져지지는 않으리라는 사실을 떠올리자 진심에서 우러난 부끄러움의 눈물이 종이 위에 떨어졌고 진정한 감사가 그녀의 마음을 채웠다.

시계가 여섯시를 알리자 마차가 집 앞으로 오는 소리가 들렸다. 그녀는 마차를 타기 위해 아래로 내려갔다. 하인 하나가 그녀의 짐 가방을 올려주며 "역으로 가주게, 제임스"라고 행선지를 말했다. 그렇게 그녀는 아무도 만나지 않고, 누구에게도 말하지 않고, 또 겉으로 보기에는 아무에게도 떠나는 모습을 들키지 않은 채 마차를 타고 떠나갔다. 지독한 피로감이 그녀를 덮쳐왔다. 그녀는 자리에 누워 만사를 잊을 수 있었으면 하고 바랐다. 하지만 여전히 마지막 기회가 남아 있었고 그마저 실패하기 전까지는 포기하지 않을 생각이었다. 자신이 타야 할 열차를 그냥 보낸 후 그녀는 여섯시 십오분에 도착하는 런던발 열차가 도착하기를 기다리고 있었다. 만약 존 경이 오늘 저녁 온다면 그 열차를 타고 올 것이기 때문이다. 진은 에드워드가 존 경을 만나 그에게 이야기를 했을지도 모른다는 두려움에 떨었다. 존 경의 정직한 얼굴을 한번 보기만 하면 상황을 짐작할 수 있을 터였다. 만약 존 경이 모든 것을 안다면 더 이상 희망은 없었다. 그녀는 혼자 자신의 길을 가야 할 터이다. 만약 그가 아무것도 모른다면 여전히 결혼식을 올릴 수 있는 시간이 있었다. 그리고 일단 그의 아내가 되고 나면 안전하다는 것을 그녀는 알고 있었다. 스스로의 이름과 명예를 지키기 위해 존 경이 그녀를 막고 보호해줄 것이기 때문이다.

기차가 터미널로 들어왔고 존 경이 기차에서 걸어내려왔다. 진은 심장이 멎는 것만 같았다. 창백한 얼굴에 무거운 표정으로 그는 검은 옷을 입은 풍채 좋은 신사의 팔에 푹 기대어 있었다. 페어팩스 목사였다. 만약 비밀이 탄로났다면 무엇 때문에 목사가 왔단 말인가? 존 경의 얼굴에서 그녀의 운명을 읽게 될 것을 두려워하면서 그들을 맞이하기 위해 천천히 걸어가는 동안 진은 생각했다. 존 경이 그녀를 보았다. 친구의 팔을 팽개치고 그는 청년 같은 열정으로 서둘러 그녀에게 다가왔다. 그리고 환히 빛나는 얼굴로 그녀의 손을 잡으며 기쁜 목소리로 이렇게 소리쳤다. "나의 진! 내가 돌아오지 않을 거라고 생각한 건가요?"

그녀는 아무 말도 할 수가 없었다. 그의 반응은 너무도 강렬한 것이었다. 그녀는 시간도 장소도 잊은 채 그에게 매달리며 마지막 희망이 그녀를 저버리지 않았다고 생각했다. 페어팩스 목사는 자신이 그런 일에 적합한 사람임을 입증했다. 아무런 질문도 하지 않고 그는 서둘러 존 경과 진을 마차에 태운 후에 조용히 사과의 말을 건네며 그들을 따라 마차에 올랐다. 진은 곧 본래 모습으로 돌아왔다. 그가 제때 돌아오지 않아 두려웠다고 말한 후에 그녀는 출발을 지연시킨 여러 가지 불행한 사건에 대한 그의 이야기를 열심히 들어주었다.

“에드워드를 만나셨나요?” 이것이 그녀의 첫번째 질문이었다.

“아직 못 만났어요. 하지만 그애가 집에 왔다는 건 알고 있어요. 그리고 사고를 간신히 피한 이야기도 들었고요. 몸이 불편해 출발을 늦추지 않았더라면 나도 그 기차를 탔겠죠. 그때는 원망스럽기만 했던 병이 지금은 고맙기 그지없군요. 준비는 되었나요, 진? 당신의 선택을 후회하나요, 내 사랑?”

“아니, 아니요! 준비됐어요. 존경하는, 관대하신 존 경의 아내가 될 수 있어서 그저 너무 행복할 뿐인걸요.” 진이 일순의 주저 없이 행복한 목소리로 이렇게 대답하자 존 경은 감동을 받았고 성직자 의복 밑으로 소년의 낭만을 숨기고 있던 페어팩스 목사는 그녀의 모습에 매료되었다.

그들은 존 경의 저택에 도착했다. 서둘러 식사를 마친 후 존 경은 아무도 들여보내지 말라고 명령을 내린 다음 나이든 하녀와 집사를 불러 그들에게 자신의 계획을 말하고는 결혼식 증인이 되어줄 것을 부탁했다. 복종은 그들 인생의 법이었다. 그들 눈에 주인 어른이 그릇된 일을 한다는 것은 불가능한 일이었다. 진은 존 경 저택 내 하인들 사이에서 가장 사랑받는 존재였으므로 그들은 기꺼이 자신들의 역할을 수행했다. 입고 있던 옷처럼 창백한 얼굴로, 하지만 조용하고 침착하게, 그녀는 존 경 옆에 서서 또렷한 목소리로 결혼 서약문을 낭독했다. 여느 신부들이 갖는 순종심 이상의 마음으로 그 서약을 지키겠노라 스스로 다짐하며. 반지가 아름답게 그녀의 손에 끼워지자 그녀의 얼굴에 미소가 번졌다. 존 경이 키스한 후 그녀를 '나의 아내'라고 부르자 그녀는 진심 어린 기쁨의 눈물을 한두 방울 흘렸다. 그리고 페어팩스 목사가 그녀를 '부인'이라 칭하자 그녀는 예의 그 낭랑한 웃음을 터뜨린 후 의기양양한 눈으로 제럴드의 초상화를 올려다보았다. 하인들이 방을 떠나자 존 경께 바로 좀 집으로 와주십사 부탁하는 코번트리 부인의 전언이 배달되었다.

"이렇게 금방 저를 두고 떠나지는 않으시겠죠?" 왜 존 경을 찾는지 잘 아는 진이 간청했다.

"내 사랑, 안 갈 수가 없군요." 부드러운 말투였지만 존 경의 태도에는 말릴 수 없는 단호함이 있었다.

"그렇다면 저도 함께 가겠어요." 이 세상 그 어떤 힘도 자신들을 갈라놓지 못하게 하겠다고 결심하며 진이 소리쳤다.

9. 코번트리 부인

에드워드의 귀환으로 북받쳐올랐던 최초의 흥분이 가라앉고 나자, 이렇게 갑자기 연락도 없이 집에 온 이유가 무엇인지 사람들이 미처 물어보기도 전에 에드워드는 저녁식사 후 궁금한 것들을 알게 될 것이라고 말했다. 그리고 뮤어 양이 나쁜 소식을 전해들었으니 그녀를 방해하지 말고 부디 혼자 내버려두라고도 당부했다. 가족들은 물어보고 싶은 걸 간신히 참으면서 초조하게 그 시간을 기다렸다. 제럴드는 진에 대한 자신의 사랑을 고백한 후 신의를 저버린 것에 대해 동생의 용서를 구했다. 불같이 화를 낼 거라고 생각했지만 에드워드는 그저 동정 어린 눈으로 그를 바라보며 슬프게 이렇게 대답할 뿐이었다. "형까지! 형을 비난할 마음은 전혀 없어. 진실이 밝혀지면 형이 얼마나 고통을 겪을지 알고 있으니까."

"그게 무슨 소리지?" 제럴드가 물었다.

"곧 알게 될 거야, 가엾은 제럴드 형. 그러고 나면 우리는 서로 위로해야 할 거예요."

저녁식사를 끝내고 하인들이 자리를 뜬 후 가족만 남게 될 때까지 에드워드에게 더는 아무런 이야기도 들을 수 없었다. 창백하고 무거운 얼굴로, 하지만 대단히 침착하게—시련이 그를 남자로 만들었던 것이다—그는 한 묶음의 편지를 꺼낸 후 형을 향해 이렇게 말을 꺼냈다. "진 뮤어가 우리 모두를 속였어요. 난 그 여자의 비밀을 알고 있어요. 그녀의 편지를 읽기 전에 그 이야기를 먼저 하도록 하지요."

"그만해! 그녀를 비방하는 어떤 거짓 이야기도 듣지 않겠다. 그 가엾은 여자에게는 그녀를 비방하고 다니는 적들이 있으니까!" 제럴드가 벌떡 몸을 일으키며 소리쳤다.

"가족의 명예를 위해 들어야 해. 그리고 그 여자가 어떻게 우리 모두를 바보로 만들었는지 알아야 한다고. 내 말을 입증할 수 있어. 그리고 그녀에게 악마의 재주가 있다는 사실도 확신하게 해줄 수 있고. 십 분만 앉아서 들어줘. 그러고 나서 가고 싶다면 말리지 않을게."

에드워드가 권위 있는 태도로 말했다. 형은 불길한 예감을 느끼면서 동생의 말에 복종했다.

"시드니를 만났어요. 그가 그녀를 조심하라고 신신당부하더군요. 아니, 내 말을 끝까지 들어봐, 제럴드 형! 그녀가 자기 이야기를 했다는 걸, 그리고 형이 그 이야기를 믿는다는 걸 알고 있어. 하지만 그녀가 직접 쓴 편지가 그녀의 죄를 입증해줄 거야. 그 여자는 우리한테 그랬던 것처럼 시드니를 유혹하려고 했어. 그리고 그와 결혼하기 직전까지 가는 데 성공했다는군. 하지만 성급하고 거칠긴 해도 신사인 시드니는 그녀가 무심코 내뱉은 말에 의심이 들었고 그녀를 아내로 삼기를 거절했어. 그러자 아주 대단한 장면이 뒤따랐다고 해. 그녀는 그를 겁주려고 절망에 빠져 그랬다는 듯 자신을 찌르는 척했대. 하지만 목적을 달성하는 데 실패하자 병원으로 가 죽겠다고 고집을 부렸다는군. 선량하고 단순한 성품의 시드니 부인은 그녀의 말을 믿고 자기 아들이 잘못을 저질렀다고 생각한 끝에, 시드니가 집을 떠난 후 진에게 새로운 집을 찾아줌으로써 아들의 잘못을 보상하려고 했지. 제럴드 형은 곧 루시아와 결혼할 테고 나는 집을 떠날 테니 이곳이 그녀에게 안전하고 편안한 은신처가 될 수 있을 거라고 생각한 거야."

"하지만 네드, 정말 그 이야기를 모두 믿는 게냐? 시드니의 말을 신뢰해도 되는 거야?" 여전히 의심스럽다는 듯 제럴드가 물었다.

"형이 확신할 수 있도록 진이 쓴 편지를 읽어줄게. 공범에게 써 보낸 편지인데 시드니가 그녀를 매수해 손에 넣은 거야. 두 여자 사이에 계약이 있었는데 서로 상대방에게 자신의 모든 모험이며 계획, 음모를 알려주고 둘 중 누구에게든 행운이 떨어지면 함께 나누기로 약속이 되어 있었지. 이제 들어보면 알겠지만, 그래서 진은 숨김없이 모든 것을 써 보냈어. 이 편지들은 우리에 대한 내용만을 담고 있는 것들이야. 첫번째 편지는 그녀가 여기 오고 며칠 후에 보낸 거지."

"호텐스에게

또 실패야. 시드니는 내가 생각한 것보다 눈치가 빠르더군. 만사가 순조로웠는데 어느 날 내 오래된 버릇이 되살아나 와인을 너무 많이 마신 끝에 그만 아무 생각 없이 한때 배우였다는 사실을 털어놓고 말았지 뭐야. 그는 충격을 받고 물러섰어. 나는 한바탕 난리법석을 피웠지. 그리고 그를 겁줄 생각으로 나에게 작고 안전한 상처를 입혔어. 그러나 그 짐승 같은 자는 겁먹지 않고 냉정하게 나를 내버려둔 채 떠나버리더군. 그를 괴롭힐 생각이라면, 할 수만 있다면 죽는 게 옳았겠지만, 그러질 못했으니까 이제 살아서 그놈을 괴롭혀줘야지. 지금까지는 기회를 잡지 못했지만, 그를 잊지 않을 거야. 그자의 어머니는 마음 약하고 어리숙한 여자라서 내가 마음먹은 대로 조종할 수 있었어. 그리고 그녀를 통해 근사한 집을 발견했지. 병든 어머니에 멍청한 딸, 혼기가 다 된 두 아들이 있는. 한 명은 인물 좋고 싸늘한 여자와 약혼한 상태야. 하지만 그 때문에 내 눈에는 그가 더욱더 흥미롭게 보여. 경쟁자가 있으면 승리가 훨씬 더 달콤한 법이니까. 음, 호텐스, 그래서 난 그 집으로 갔어. 가련한 인물을 연기할 생각으로 온순한 분위기로 차려입고서. 하지만 그 가족을 만나기 전에 너무 화가 나서 거의 자제심을 잃을 지경이었지. 이 집 젊은 후계자 양반의 게으름 탓에 나를 태울 마차가 마중을 나오지 않았거든. 천천히 그 무례에 대한 값을 그가 치르게 해줄 생각이야. 차남이랑 그의 어머니, 그리고 딸은 퍽이나 위하는 척하며 나를 맞아주더군. 난 이 단순한 인물들을 단박에 파악할 수 있었지. 무슈 (이름을 부르는 건 안전하지 않으니 그를 이렇게 부르도록 하지)는 냉담했고 가정교사에 대한 자신의 거부감을 숨기려고 하지조차 않더군. 그의 사촌은 사랑스러운 여자야. 하지만 그 자존심과 냉정함, 그리고 숨기지 않고 드러내는 무슈에 대한 애정 때문에 아주 꼴불견이야. 무슈는 마치 자기가 무슨 움직임 없는 동상이나 되는 듯이 그녀가 자신을 숭배하도록 내버려두더군. 난 물론 둘 모두를 증오해. 그 오만함에 대한 대가로 그 여자가 질투로 괴로워하게 해줄 거야. 그리고 그 남자 마음이 찢어지게 만들어서 여자한테 어떻게 사랑을 구하는지 배우게 해줘야지. 이들은 아주 자부심이 대단한 가족이야. 하지만 난 아들들을 사로잡은 다음 그들이 완전히 마음을 빼앗기면 내던져버리고, 작위가 내 마음에 쏙 드는 이 집 늙은 삼촌과 결혼함으로써 그들 모두의 코를 납작하게 해줄 수 있을 거라고 생각해."

"그녀가 쓴 편지일 리 없어! 불가능한 일이에요! 여자가 이런 짓을 할 수는 없어!" 루시아가 분노에 찬 목소리로 소리쳤다. 벨라는 얼이 빠진 얼굴로 앉아 있었고, 코번트리 부인은 소금과 부채로 간신히 의식을 잃지 않고 있었다. 제럴드는 동생에게 다가가 편지를 살펴보더니 자리로 돌아와 분노를 억누르는 소리로 이렇게 말했다. "그녀가 쓴 편지가 맞군. 저 편지들 몇 통인가를 내가 직접 부쳐주기도 했어. 계속해, 네드."

"우호적인 식구들에게 나는 유용하고 싹싹한 모습을 보였지. 그리고 연인의 이야기를 엿들었어. 나에게 도움이 되는 이야기가 아니더군. 그 이야기를 중단시키기 위해 난 기절한 척해서 마음에 들지 않는 그 연인이 나에게 관심을 갖도록 만들었지. 성공했다고 생각했지만 무슈는 나를 의심했고 나에게 자신이 나를 의심하고 있다는 사실을 보여주었어. 나는 온순한 인물 역을 잠시 잊고 무대에서 짓는 표정으로 그를 바라보았지. 효과가 좋더군. 나중에 다시 한번 더 해볼 생각이야. 이 남자를 얻는 것도 나쁘진 않겠지만 나는 삼촌의 작위가 더 마음에 들어. 그리고 이 집 삼촌은 늙었어도 정정하고 잘생긴 신사라 죽을 때까지 기다릴 수는 없거든. 고상하게 게으른 무슈가 무척 매력적이긴 하지만 말이야. 그런데 그의 심장은 너무 깊이 잠들어 있어서 아직 어떤 여자도 그 심장을 잠에서 깨울 수 없었지. 내 사연을 그들에게 말했어. 내 말을 믿더군. 대담무쌍하게도 열아홉 살이라고 말하고, 스코틀랜드 말을 쓰고, 수줍어하면서 시드니가 나와 결혼하고 싶어했다고 고백한 것을 말이야. 무슈는 S를 알아. 그래서 분명 뭔가를 의심하는 눈치더군. 그를 잘 지켜봐야겠어. 그리고 가능하면 그가 사실을 모르도록 해야지.

그날 밤 혼자 남겨지자 나는 무척 비참했어. 이 행복한 가족의 분위기에는 뭐가 됐든 지금의 내가 아니었으면 하고 바라도록 만드는 뭔가가 있었으니까. 그렇게 거기 앉아 기운을 내보려고 노력하면서 내가 젊고 사랑스럽고 착하고 명랑하던 시절을 생각해보았지. 가발을 벗고 분장을 지우자 유리잔이 서른 살의 늙은 여자 모습을 비춰주더군. 가면을 벗은 내 얼굴을. 하! 감상 따윈 집어치우라지! 난 네가 준 작은 유리병에서 너의 건강을 따라 마시고 침대로 들어갔지. 여자 타르튀프*를 연기하는 꿈을 꾸기 위해 말이야—사실 난 여자 타르튀프니까. 아듀, 곧 소식을 더 전할게."

에드워드가 읽기를 멈추고 또다른 편지를 집어들 때 아무도 말을 하지 않았다. 그가 계속해서 편지를 읽어갔다.

"친애하는 나의 벗

만사가 잘되어가고 있어. 도착한 다음날 난 바로 일에 착수했지. 각 인물의 성격을 파악한 후 그들에게 행사할 수 있는 내 힘을 시험해보았어. 아침 일찍 삼촌의 저택을 보러 나갔지. 대단히 마음에 들더군. 집주인의 자부심을 부추겨주고 호기심을 자극함으로써 난 그 집 안주인이 되기 위한 첫번째 발걸음을 내디뎠어. 그는 자신의 영지를 우상처럼 섬기고 있어. 영지에 대해 꾸밈없는 몇 마디 찬사의 말을 던졌더니 그는 매료되었지. 이 집 막내아들은 말을 좋아해. 그의 말을 쓰다듬기 위해 목이 부러질 위험을 감수했더니 그도 매료되더군. 어린 딸은 꽃에 대해 낭만적인 태도를 보이기에 꽃다발을 만들어주고 감상적으로 굴었더니 넘어가버렸어. 아름답고 쌀쌀한 그 여자는 돌아가신 자기 엄마를 사랑하거든. 오래된 어머니 초상화 앞에서 감탄하고 있었더니 그 여자도 녹았어. 무슈는 숭앙을 받는 데 익숙해져 있어. 나는 그에게 눈길조차 주지 않았지. 그랬더니 인간 본성의 타고난 기이함 덕에 나에게 관심을 보이더군. 그는 음악을 좋아해. 그래서 나는 노래를 하다가 그가 좀더 듣고 싶어할 만큼 충분히 즐기고 있을 때 중단했지. 그는 아무것도 하지 않고 게

* 몰리에르의 희곡 『타르튀프*Tartuffe, ou l'Impostor*』에 등장하는 사기꾼.

으르게 누군가 자기를 즐겁게 해주는 걸 좋아하거든. 그에게 내 기술을 보여준 다음 그를 위해 그 기술을 쓰기를 거절한 거지. 간단히 말해 그가 잠에서 깨어날 때까지 그를 살살 약 올린 거야. 난 어린애를 제거하기 위해 그를 매혹시켰어. 그래서 그애는 집을 떠나게 되었지. 가엾게도, 나 그애가 조금 마음에 들었는데 말이야. 그애에게 작위를 물려받을 가능성이 조금 더 있었다면 아마 그애랑 결혼했을 거야."

"이렇게 영광스러울 데가 있나." 강렬한 경멸의 빛을 띠며 에드워드가 입술을 비틀어올렸다. 하지만 제럴드는 입을 앙다물고 이글거리는 눈에 찌푸린 눈썹으로 마치 동상처럼 앉아 편지가 끝나기를 기다리고 있었다.

"그 열정적인 애가 형을 거의 죽일 뻔했는데 나는 그 사건을 십분 활용하여 와스디*(그 쌀쌀맞은 여자 말이야)가 끼어들 때까지 무슈를 간호함으로써 그를 사로잡았지. 그다음 난 박해받는 성녀聖女 역을 연기하며 그를 피해 다녔어. 그가 날 그리워할 거라는 걸 알면서 말이야. S 경이 받지 못할 곳으로 편지를 보내면서 그가 S 경에 대해 이런저런 추측들을 하도록 만드는가 하면 그 도도한 인간의 마음을 사로잡기 위해 온갖 종류의 애틋하고 사랑스러운 장면들을 연출하기도 했지. 일은 마음먹은 대로 잘 진행되었어. 그리고 그사

* 페르시아의 왕후이자 크세르크세스 1세의 아내였지만, 연회에 성장하여 나오라는 왕의 명령을 거부했다는 명목으로 폐위된 인물. 그후 새로 왕후가 된 인물이 구약성서에 나오는 에스더이다.

이 나는 존 경에게 딸 같은 태도로 헌신적으로 봉사함으로써 남몰래 그분을 사로잡았어. 그는 왕처럼 관대하고, 대낮처럼 정직하며, 아이처럼 단순한, 존경받는 노신사야. 만약 그분을 손에 넣을 수만 있다면 나는 행복한 여자가 될 수 있을 테고 너는 내 행운의 일부를 나눠 갖게 될 터이지. 그러니 부디 나의 성공을 빌어줘."

"이제 세번째 편지인데 여기엔 형을 놀라게 할 내용이 들어 있어." 또다른 종이를 집어 들며 에드워드가 말했다.

"호텐스,

다음에 써먹으려고 일전에 계획해두었던 일을 실행에 옮겼어. 인물 좋고 방탕한 내 아버지가 귀족 출신 여자를 두번째 부인으로 들였다는 걸 너도 알고 있겠지. 언제나 그 여자 눈에 띄지 않도록 조심해야 했기 때문에 난 딱 한 번밖에 H 부인을 만나보지 못했어. 선량한 존 경이 어린 시절의 부인을 조금 알고 있다는 사실을 알게 된 나는, 또 그녀의 어린 딸이 죽었다는 사실은 모르고 있다는 걸 확신한 후 대담하게도 내가 그 딸이라고 말한 다음 동정심을 불러일으키는 어린 시절 이야기를 해주었지. 마술 같은 효과가 있었어. 존 경이 그 사실을 무슈에게 이야기했고 두 사람 모두 하워드 부인의 딸에게 더할 나위 없는 기사도적 연민을 느꼈으니까. 전에는 나를, 나의 진짜 가난과 낮은 신분을 속으로 무시하고 얕잡아보았으면서 말이지. 이 집 차남은 진심 어린 마음으로 나를 동정해주었어. 내 출신에 대해 알 때까지 기다리지 않고 말이야. 난 그 사실을 잊지 않을 거야. 그리고 할 수만 있다면 보답을 할 거고. 무슈와의 관계에 효과적인 위기를 불러오기 위해 나는 어느 날 저녁 연극 놀이를 할 기회를 만들었지. 그리고 실력을 보여주었어. 너에게 꼭 말해야 할 작은 사건도 하나 있어. 법적으로 처벌받을 수도 있을 죄를 저질렀고 거의 발각될 뻔하기도 했으니까. 나방이 돌아와 양초 주위에서 펄럭거릴 걸 알고 있었기 때문에 나는 자기들끼리 조용히 펄럭거리게 내버려두고 싶었어. 와스디의 질투가 통제 불가능한 상태로 치닫고 있었거든. 남자들 분장실을 통과해 지나가다가 눈썰미 좋은 나는 의상들 사이에 놓여 있던 편지를 하나 발견했지. 그건 무대 소품이 아니었어. S의 필체를 알아보자 이상한 공포감이 나를 휩쓸고 지나가더군. 난 전부터 이 상황을 두려워하고 있었어. 하지만 난 운을 믿어. 편지를 발견한 나는 그 내용을 읽었어. 내가 거의 모든 필체를 다 모방할 수 있다는 걸 너도 알겠지. 편지에는 S와 나 사이에 있었던 일들이 모두 사실대로 적혀 있더군. 또 그는 내 과거를 조사해 진실을 밝혀냈어. 얼마나 화가 나던지. 성공을 코앞에 두고 실패한다는 건 참을 수 없는 일이니까. 그래서 난 모든 위험을 무릅쓰기로 마음먹었지. 난 불에 달군 칼날을 인장 밑으로 넣어 봉투가 전혀 상하지 않도록 편지를 열었어. 그리고 S의 필체를 모방해 급하게 쓴 글씨체로 몇 줄 적었지. 무슈가 답장을 하더라도 그 편지가 그에게 도착할 수 없도록 그가 지금 바덴에 있다고 덧붙이고. 사실 그는 지금 런던에 있는 것 같았지만. 이 편지를 원래 그 안에 들어 있다가 떨어진 것이 틀림없는 코트 주머니에 집어넣고는 막 가까스로 위험을 피한 것을 축하하고 있었는데, 그때 와스디의 하녀 딘이 나를 지켜보고 있었던 것 같은 분위기로 들어오지 뭐야. 그녀는 내가 편지를 가지고 있는 것을 보았고 뭔가를 의심하는 눈치였어. 난 그냥 무시해버렸지만 그녀가 감시하고 있으니 조심해야 할 것 같아. 그뒤, 그날 밤은 오직 나와 무슈만이 배우인 대단히 개인적인 연극으로 마무리되었지. 내 말을 먼저 들어두게 하기 위해 나는 S가 나를 어떻게 괴롭혀왔는지 로맨틱한 이야기를 들려주었는데 무슈는 그 이야기를 믿더군. 그다음 나는 장미덩굴 뒤의 달밤 장면을 연출한 뒤에 이 젊은 신사를 반쯤 얼빠진 상태로 집에 돌려보냈지. 남자들이란 정말 얼마나 바보인지!"

"그녀 말이 옳아!" 그의 어리석음이 공개되고 루시아가 경악한 채 말없이 듣고 있는 가운데 분노와 수치로 얼굴이 시뻘겋게 달아오른 제럴드가 중얼거렸다.

"이제 하나만 더 읽고 나면 나의 이 유쾌하지 않은 업무도 거의 끝이 날 거야." 마지막 쪽지들을 펼치면서 에드워드가 말했다. "이건 편지가 아니라 사흘 전에 쓴 편지의 사본이야. 그녀가 삼촌 댁에 가 있는 동안 딘이 대담하게도 진 뮤어의 책상을 뒤졌어. 편지를 가지고 있다가 자기 행동이 발각될까 두려웠던 딘은 서둘러 편지를 베낀 후, 오늘 나에게 가족을 수치로부터 구해달라고 애원하며 이 편지를 주었어. 이 편지로 고리가 완성될 거야. 가고 싶으면 이제 나가도 돼, 제럴드 형. 이 편지 내용을 듣는 고통에서 형을 기꺼이 구해주고 싶으니까."

"난 나를 구하고 싶지 않아. 고통을 받아 마땅하니까. 읽어보렴." 무슨 이야기가 나올지 마음속으로 짐작하며, 또 그 이야기를 견뎌낼 마음의 준비를 하면서 제럴드가 대답했다. 그의 동생이 내키지 않는 표정으로 다음의 내용을 읽어내려갔다.

"적이 무릎을 꿇었어! 나를 축하해줘, 호텐스. 원하기만 하면 난 이 도도한 무슈의 아내가 될 수 있어. 평판 나쁜 배우와 이혼한 전처에게 얼마나 과분한 영광인지 생각을 좀 해보라고. 난 이 소극을 비웃으며 즐기고 있어. 갖고 싶은 것이 확실히 내 것이 될 때까지 기다렸다가 동생과 연인, 자신의 양심에 진실하지 못했음을 입증한 이 구애자를 간단히 거절하고 돌려보낼 작정이니까. 난 둘 모두에게 복수하겠다고 결심했고 내 약속을 지켰어. 나를 위해 그는 진심으로 자신을 사랑하는 아름다운 여인을 내쳤고, 동생에게 한 약속을 잊었으며, 좋은 남자의 사랑을 받을 가치가 없는 닳아빠진 가슴을 구걸하기 위해 자존심을 팽개친 거지. 아, 그리고 와스디가 도도한 여자가 견딜 수 있는 가장 쓰라린 고통을 겪은 것이며, 내가 성실치 못한 그녀의 연인을 경멸한다고 말하면서 하고 싶은 대로 하라고 그녀에게 그를 돌려줄 때 그녀가 또 한번 고통을 겪게 될 거라는 사실도 만족스러워."

제럴드가 거칠게 소리치며 자리에서 벌떡 일어났다. 하지만 진이 예상한 것보다 고통이 더 쓰리고 뼈아픈 듯 루시아는 두 손에 얼굴을 파묻고 흐느끼고 있었다.

"존 경을 부르러 사람을 보내도록 해. 이 여자, 소름끼치도록 무섭구나. 그녀를 내보내야 해. 그녀에게 뭔가 조치를 취해야만 해. 가엾은 나의 벨라. 그런 여자를 말동무로 두고 있었다니! 즉시 존 경에게 사람을 보내도록 해!" 가족 전체를 말살하기 위해 진 뮤어가 불쑥 들어오기라도 할까봐 두려운 듯 두 팔로 딸을 꽉 움켜쥐며 코번트리 부인이 두서없이 소리쳤다. 에드워드만이 침착함을 유지하고 있었다.

"제가 벌써 사람을 보냈어요. 기다리는 동안 이야기를 마치도록 해주세요. 진이 하워드 부인 남편의 딸인 것은 사실이에요. 그는 성직자인 척했지만 사실은 돈을 보고 그녀와 결혼한 품행 나쁜 남자였죠. 하워드 부인의 친딸은 죽었어요. 하지만 미모와 기지, 대담함을 지닌 이 여자는 제 손으로 운명을 개척해보기로 마음먹고 배우가 되었죠. 배우와 결혼한 그녀는 몇 년간 무분별한 삶을 살다가 남편과 싸운 후 이혼하고 파리로 떠났습니다. 무대를 떠난 그녀는 가정교사와 말동무 일로 연명했죠. 그녀가 어떻게 시드니가를 농락했는지, 어떻게 우리를 속여왔는지는 들으셨고요. 사실을 발견하지 못했다면 존 경마저 속였겠지요. 늦기 전에 막을 수 있게 되었으니 얼마나 다행인지. 그녀는 떠났어요. 시드니와 우리 말고는 아무도 사실을 알지 못해요. 자기 이름을 생각해 그는 아무 말도 하지 않을 거예요. 우리는 우리를 위해 침묵을 지킬 거고요. 이 위험한 여자는 필시 그녀를 덮치고 말 그녀의 운명에 맡겨두면 됩니다."

"고맙군요. 운명이 이미 그녀를 덮쳤어요. 그리고 그녀는 그 운명이 대단히 행복하다는 사실을 발견했답니다."

부드러운 목소리로 말하는 소리가 들려왔다. 그리고 유령 같은 모습이 문에 나타났는데, 그 모습을 보고 모두가 깜짝 놀라 경악하며 몸을 움츠리고 말았다. 진 뮤어가 존 경의 팔에 기댄 채 서 있었기 때문이다.

"감히 어떻게 돌아올 생각을?" 긴 시간 유지해왔던 자제력을 상실하며 에드워드가 말을 꺼냈다. "어떻게 감히 그간 저지른 악행의 결과를 감상하기 위해 돌아오는 것으로 우리를 모욕할 생각을 한 거죠? 삼촌, 삼촌은 저 여자를 모르고 계세요!"

"쉿, 말조심해라. 네가 누구 앞에 있는지 기억하기 전까지 난 한 마디도 듣지 않겠다." 존 경이 명령하는 태도로 말했다.

"제게 한 약속을 기억해주세요. 저를 사랑하고, 용서하고, 보호하고, 저들의 비난을 듣지 않겠다고 하셨던." 재빠른 시선으로 편지들을 발견한 진이 이렇게 속삭였다.

"그럴 겁니다. 두려워 말아요, 내 사랑." 코번트리 부인이 내려올 때면 언제나 밝혀지는 벽난로 앞, 늘 앉던 자리에 앉으면서 존 경이 그녀를 더욱 바짝 끌어당기며 대답했다.

흥분한 채 방 안을 서성이던 제럴드가 루시아를 모욕으로부터 지켜주려는 듯 그녀의 의자 뒤에 가서 섰다. 벨라는 어머니에게 바짝 달라붙었고 에드워드는 안간힘을 써서 스스로를 진정시키며 삼촌에게 편지를 건네면서 짧게 말했다. "이 편지를 읽어보세요, 삼촌. 편지가 모든 걸 말해줄 겁니다."

"난 이 젊은 부인에 대한 나의 존경과 애정을 감소시킬 그 무엇도 보지도, 듣지도, 믿지도 않을 생각이다. 그녀는 이미 이런 일에 대비해 나를 준비시켰어. 나는 그녀를 모함하고 위협할 만큼 사내답지 못한 적을 알고 있어. 너희 둘 모두가 성공하지 못한 구애자라는 사실도 알고 있고. 그것이 지금 너희의 부당하고 신사답지 못한 처신을 설명해주는구나. 모두가 어리석은 짓을 하고 잘못을 저질렀다. 난 기꺼이 진의 잘못과 어리석음을 용서할 생각이야. 그리고 너희 입에서 나오는 그에 대한 어떤 이야기도 들을 생각이 없다. 만약 그녀가 의도치 않게 잘못을 저질렀다면 나를 위해 그녀를 용서하고 과거를 잊어주려무나."

"하지만 삼촌, 저희는 그녀가 겉보기와 다른 사람이라는 증거를 가지고 있어요. 그녀가 직접 쓴 편지가 그 사실을 확인해줄 겁니다. 편지를 읽어보세요. 그렇게 아무것도 보지 못하는 사람처럼 스스로를 속이지 마시고요." 삼촌의 말에 분노한 에드워드가 소리쳤다.

낮은 웃음소리에 그들 모두가 깜짝 놀랐다. 그리고 곧바로 그들은 그 웃음소리의 이유를 알아냈다. 존 경이 말하고 있는 사이 진이 평소 가장 즐겨 하는 자세로 뒷짐을 지고 있던 존 경의 손에서 편지를 가져간 다음 아무도 눈치채지 못하게 벽난로에 던져버렸기 때문이었다. 조롱 어린 웃음소리와 갑작스러운 불길이 그녀가 무슨 짓을 했는지 말해주고 있었다. 두 젊은이 모두 벌떡 몸을 일으켜 앞으로 달려갔지만 이미 모든 것이 끝난 뒤였다. 증거물은 재가 되고 말았다. "물러서요, 신사 분들! 탐정일로 스스로를 비천하게 만드는 건 자유지만, 전 아직 죄수가 아니니까요. 볼 것 없는 진 뮤어에게는 해를 가할 수 있었겠지만 코번트리 부인을 건드릴 수는 없을 겁니다." 경멸적인 몸짓으로 이렇게 말하는 진 뮤어의 대담하고 반짝이는 눈동자가 두 청년에게 도전하고 있었다.

"코번트리 부인!" 경악한 가족들이 설마 하는 의혹과 분노, 놀라움이 모두 뒤섞인 목소리로 그녀의 말을 되풀이했다.

"그래요, 나의 소중하고 명예로운 아내." 자기 옆의 가냘픈 몸을 보호하듯 팔로 감싸안으며 존 경이 말했다. 그의 말과 행동에서 드러나는 다감한 위엄에는 속고 있는 이 남자에게 동정과 연민을 느끼면서도 듣는 사람들을 감동하게 하는 무언가가 있었다. "그녀를 받아들여주고, 나를 위해 이 이상의 모든 비난은 삼가주었으면 좋겠구나." 그가 침착하게 말을 이어갔다. "내가 무슨 일을 했는지 알고 있다. 후회할지 모른다는 두려움은 없다. 내 눈이 멀었다면, 시간이 내 눈을 뜨게 해줄 때까지 나를 그대로 내버려두어다오. 우리는 한동안 집을 떠나 있을 게다. 우리가 돌아오면 다시 예전처럼 살 수 있도록 하자꾸나. 진이 너희뿐만 아니라 나를 위해서도 밝은 햇살이 되어줄 거라는 점을 제외하고는 변한 것 없이 말이다."

아무도 말을 하지 않았다. 누구도 무슨 말을 해야 할지 알지 못했기 때문이다. 진이 아무렇지도 않게 물으며 침묵을 깨뜨렸다. "그 편지들을 어떻게 손에 넣었는지 물어봐도 될까요?"

"당신의 과거를 추적하던 중, 시드니가 당신 친구 호텐스를 찾아냈어요. 그녀는 가난했고 돈에 넘어가 돈을 받자마자 그에게 당신 편지들을 넘겨주었다더군요. 배신자들은 언제나 결국 배신을 당하기 마련인 거죠." 에드워드가 엄한 목소리로 대답했다.

진이 어깨를 으쓱하더니 의미심장한 미소를 지으며 제럴드를 쳐다보고 이렇게 말했다. "무슈, 귀담아들어주세요. 그리고 구애보다는 결혼에서 더 행복을 누리시라고 기원하도록 허락해주시고요. 제 축하를 받아주세요, 보퍼트 양. 그리고 연인을 지키고 싶다면 제 본보기를 따르라고 충고드리도록 해주세요."

여기까지 말한 그녀의 목소리에서 모든 냉소가 사라졌고 눈에서는 도전적인 시선이 지워졌다. 그리고 어머니 옆에 서 있던 벨라와 에드워드를 향해 몸을 돌릴 때 이 여자의 교활한 성품에서 아직까지 망가지지 않고 남아 있던 내면 중 하나가 그녀의 얼굴에 반짝였다.

"여러분은 제게 친절히 대해주셨습니다." 고마움이 담긴 목소리로 그녀가 말했다. "그 점에 감사드리고, 할 수 있다면 은혜를 갚을 생각입니다. 여러분께는 제가 이 훌륭한 신사의 아내가 될 자격이 없는 사람이라는 사실을 인정하려고 합니다. 그리고 이분의 행복을 위해 제 인생을 바치겠다고 엄숙히 맹세하겠습니다. 이분을 위해 저를 용서해주세요. 그리고 저와 화해를 해주세요."

아무런 대답이 없었다. 하지만 에드워드는 그녀 시선 앞에서 자신의 분노한 눈동자를 내리깔았다. 벨라는 반쯤 손을 내밀었고, 코번트리 부인은 분노와 약간의 후회가 뒤섞인 소리로 흐느끼기 시작했다. 진이 우호적인 반응을 기대한 것 같지는 않았다. 그들이 자신이 아니라 존 경을 생각해서 참고 있다는 사실을 이해하고 그들의 경멸을 자신이 받아 마땅한 벌로 인정하고 있는 것처럼 보였다.

"집으로 갑시다, 내 사랑. 그리고 다 잊도록 합시다." 어서 떠날 생각으로 종을 울리며 그녀의 남편이 말했다. "코번트리 부인의 마차를 준비하도록."

그가 이 명령을 내릴 때 그녀의 얼굴에 미소가 번졌다. 그 말이 자신의 승리를 확인해주었기 때문이었다. 그들 눈앞에서 사라지기 전 문턱에서 잠시 멈춰선 그녀는 뒤를 돌아보더니 그가 잘 기억하고 있는 기이한 시선으로 제럴드를 빤히 바라보며 후벼파듯 날카로운 특유의 목소리로 이렇게 물었다. "마지막 장면이 첫번째 장면보다 낫지 않은가요?"

어둠 속의 속삭임

A Whisper in the Dark

마차를 타고 가는 동안 나는 몰래 길동무의 모습을 훑어보며 열일곱 소녀의 흥미를 끄는 여러 가지 것들을 발견했다. 삼촌은 외국 생활을 통해 몸에 밴 세련된 분위기가 여전히 남아 있는 잘생긴 남자였다. 그러나 무엇보다 내 흥미를 끄는 것은 삼촌의 잘생긴 외모도 세련된 권태로움도 아니었다. 경험 없는 내 눈으로도 외적인 매력 아래 숨어 있는 어둡고 가차없는 그 무엇을 일견할 수 있었다. 오랫동안 찬찬히 삼촌을 바라본 나는 더할 수 없이 날카로운 눈과 매우 단호한 입매, 지금껏 본 중 가장 미묘한 미소를 발견했다. 가만히 있을 때면 향락으로 점철된 삶을 산 후 그 허망함을 깨우친 사람의 표정을 짓는 그런 얼굴이었다. 생각 많아 보이는 입매에 팔짱을 끼고 한곳을 응시하며 앉아 있던 삼촌은 어떤 생각에 완전히 몰두한 나머지 한동안 내 존재는 잊고 있었다. 삼촌을 바라보는 내 마음은 그 언제보다 더 심각한 생각들로 가득했다. 반쯤

읽다 만 편지의 문단을 한 단어 한 단어 마음속에 떠올리고 있었기 때문이다.

> 열여덟 살이 되면 시빌은 사촌과 결혼하기로 되어 있습니다. 그 애들이 어릴 때 저와 제 동생이 맺은 약속이지요. 제 아들은 지금 나와 함께 있습니다만 저는 이후 몇 달간 그 두 사람이 함께 지내기를 바라고 있습니다. 그러니 제가 처음 생각했던 것보다 빨리 제 조카가 부인 곁을 떠나야 하겠지요. 그애가 곧장 완전히 그곳을 떠날 수 있도록 준비해주세요. 하지만 지금은 그애가 그 사실을 모르고 있었으면 하니, 그 이야기는 제가 직접 하도록 하겠습니다.

마음에 들지 않았다. 내가 왜 그렇게 중요한 일을 모르고 있어야 한단 말인가? 그러고 나서 나는 혼자 미소를 지었다. 포기를 모르는 호기심 덕분에 버나드 부인이 그렇게도 근심스러운 얼굴로 뚫어져라 쳐다보고 있던 편지를 훔쳐볼 수 있었다는 사실이 떠올랐기 때문이었다. 그러나 한 문단밖에 읽지 못했다. 거기 쓰인 내 이름이 시선을 붙잡았기 때문이다. 전부 다 읽고 싶은 마음이 간절했지만 그 까먹기 잘하는 노부인이 의자 팔걸이에 걸어둔 채 그냥 가버린 망사 핸드백에 편지를 다시 넣어두기에는 시간이 충분치 않았다. 그러나 그것만으로도 아직 어린 여자애인 내 머릿속은 충분히 혼란스러웠다. 나는 내 미래가 이제 그의 손에 놓여 있다는 사실을 의식하며 이런저런 공상과 함께 삼촌을 바라보는 것을 멈출 수가 없었다. 나에게는 부모님이 없었고 삼촌은 나의 후견인이기 때문이었다. 여섯 살 난 아이였을 때 버나드 부인에게 위탁되었기 때문에 그를 만난 것은 몇 번 되지 않았지만.

곧 삼촌이 계속 자신을 바라보는 내 시선을 의식하고 나 못지않게 빤한 눈으로 나를 잠시 마주보더니 입가에 보일 듯 말 듯 어려 있는 냉소적인 미소와 어울리지 않는 낮고 부드러운 목소리로 말했다. "어린 조카에겐 내가 지루한 길동무구나. 어떻게 하면 내 주름을 세거나 내 마음속 생각을 짐작해보는 것보다 재미있는 놀잇거리를 제공해줄 수 있을까?"

난 솔직하고 겁이 없는데다 느끼고 말하고 행동하는 데 주저함이 없는 성격이었다. 그래서 나는 망설임 없이 이렇게 대답했다. "사촌인 기에 대해 말해주세요. 버나드 부인께서 기의 아버지가 젊은 시절 그랬다고 하던데, 기도 그만큼 잘생겼고 용감하고 영리한가요?"

삼촌이 조롱 섞인 짧은 웃음을 터뜨렸다. 삼촌은 표정을 읽기 어려운 사람이었기 때문에 그 조롱이 버나드 부인을 향한 것인지 자신을 향한 것인지, 아니면 나를 향한 것인지는 알 수 없었지만.

"여자애다운 질문이로구나. 영리한 질문을 던졌어. 하지만 그 질문엔 대답하지 않겠다. 너 스스로 판단하게 내버려두도록 하지."

"하지만 삼촌, 삼촌이 말씀해주시면 절 즐겁게 해주실 수 있을 테고 가는 길도 지루하지 않을 거예요. 부인을 떠나서 기분이 좀 이상하고 외로운데 새집과 친구들에 대해 이야기를 하다보면 더 금방 새집과 친구들을 좋아할 수 있을지도 몰라요. 제발 말해주세요. 저는 지금껏 늘 하고 싶은 대로 해왔기 때문에 뜻대로 되지 않는 것을 참을 수가 없는걸요."

삼촌은 내 어리광이 재미있는 눈치였다. 그리고 나는 삼촌이 조금 전까지의 나 못지않게 날카로운 시선으로 나를 면밀히 관찰하는 것을 의식할 수 있었다. 나는 미소 띤 얼굴로 그 시선을 견뎌냈다. 삼촌의 눈빛이 드러내는 인정이 내 허영심을 만족시켰기 때문이다. 내가 하는 모든 말과 행동에 대한 삼촌의 명백한 관심은 자신의 매력을 느끼고 그 힘을 시험해보고 싶어 안달하는 어린 여자애의 허영심을 충족시키기에 충분했다.

"나 역시, 한평생 내 뜻대로 살아왔단다. 너보다 두 배는 더 오래 살았으니 고집도 두 배는 더 세지. 다시 한번 말하지만, 안 된다. 다음은 뭐지, 마드무아젤?"

이렇게 말하는 삼촌의 말투는 그 언제보다도 상냥했지만 나는 약이 올랐기에 삼촌을 매혹시켜 내 청을 들어주게 해야겠다고 결심했다. 너무 빨리 굴복하면 이후의 내 자유가 위협받을지도 모르는 일이니까.

"하지만 그건 신사답지 못해요, 삼촌. 전 여전히 좀더 친절한 대답에 대한 희망을 간직하고 있어요. 삼촌은 '어린 조카'의 작은 부탁을 거절하기엔 너무 친절한 분이시기도 하고 어린 조카는 마음만 먹으면 아주 매력적으로 조르는 법을 알고 있기도 하니까요. 이래도 그래, 라고 대답하시지 않을 건가요?" 나 자신의 대담함을 만족스러워하면서 나는 한 팔을 삼촌 목 부근에 올려놓고 그에게 고상하게 키스한 후 더할 수 없이 자연스러운 태도로 대담하게 그의 무릎에 올라가 앉았다.

삼촌은 잠시 말없이 나를 보았다. 그러더니 나를 꽉 껴안으며 내 입술과 볼, 이마에 일부러 대단히 열정적으로 키스를 되돌려주는 바람에 나는 얼굴이 새빨갛게 달아올라 삼촌에게서 벗어나려고 발버둥쳤다. 그동안 삼촌은 내 수치심이 분노로 바뀌고 내가 단호하게 놓으라고 명령할 때까지 어둡고 음산한 웃음을 터뜨렸다.

"아직 안 돼, 아가씨. 올 때는 자신의 즐거움을 위해 왔지만 이젠 내 즐거움을 위해 머물러야 할 거야. 내가 너를 길들일 때까지 말이야. 길을 들여야만 할 것 같으니. 나하고라면 오래 걸리지 않아. 그쪽으로는 경험이 있거든. 본성이 매처럼 거친 기도 내 부름에 비둘기처럼 날아오는 법을 배웠지. 이런! 이런 작은 악귀를 보았나!"

나는 정말이지 작은 악귀와도 같았다. 삼촌의 태연함에 격노해 제정신을 잃은 나머지, 갑자기 허리를 숙여 내 두 손을 잡고 있던 삼촌의 잘생긴 하얀 손을 물어버렸던 것이다. 삼촌에게 순종하는 편이 나았을 것이다. 별것 아닌 어리석은 행동에 불과했다 하더라도 다른 많은 사소한 어리석은 행동처럼 그것 역시 내 이후의 삶에 영향을 주었기 때문이다. 삼촌은 웃음을 멈추었다. 쥐고 있던 손에 더 단단한 힘이 들어갔다. 잠시 삼촌의 차가운 눈동자가 번득이고 입 주위가 매서워지며, 얼굴 전체를 완전히 달라 보이게 만드는 가차없는 표정을 지었다. 나는 전적인 무력감을 경험했다. 내 모든 작은 재주는 실패했고 나는 처음으로 정복되고 말았다. 그러나 그건 오직 육체적인 굴복이었다. 내 정신은 여전히 삼촌에게 반항하고 있었다. 아이 같은 분노 이상의 무언가를 느끼며 창백한 얼굴로 꼿꼿이 앉아 그의 눈을 마주보는 내 시선에서 삼촌은 그것을 읽어냈다. 그것이 삼촌의 마음에 든 것 같았다. 삼촌 얼굴에서 어두운 표정이 나타났을 때처럼 빠르고 조용히 사라졌고 마치 우리가 제일 가까운 친구이기라도 한 것처럼 삼촌이 특유의 낭랑한 목소리로 생생한 이야기에 매력을 더하면서 외국에서 겪었던 흥미로운 모험담을 들려주기 시작했기 때문이다. 그 목소리에 나는 나도 모르게 화를 풀고 조금 전의 일을 잊은 채 이야기에 완전히 빠져들고 말았다. 삼촌이 이야기를 멈췄을 때 나는 삼촌의 어깨에 편안히 기댄 채 이야기를 더 해달라고 졸랐다. 그러나 마음속으로는 이렇게도 금방 나에게 두려움을 가르친, 그러면서도 동시에 매력적인 이 남자에 대한 본능적인 불신을 느꼈다.

조금 전의 일이 기억난 나는 삼촌에게서 벗어나려고 애썼다. 하지만 그는 여전히 나를 놓아주지 않았다. 그러더니 알 수 없는 표정을 지으며 작은 갑을 하나 꺼냈는데, 그 문양이 너무도 특이하여 나는 경탄의 소리를 내지르고 말았다. 그사이 삼촌은 재료로 쓰인 약초의 부드러운 향이 풍기는 시가 두 대를 고르더니 불을 붙여 하나를 나에게 건네고는, 창문을 내린 채 뒤로 기대더니 몹시 재미있다는 표정으로 다음에는 무슨 못된 짓을 하게 될까 궁금해하며 얌전히 담배를 빠끔거리는 내 모습을 관찰했다. 약초의 최면 효과가 아늑한 아지랑이처럼 천천히 내 감각들로 퍼져나갔다. 더할 나위 없이 달콤한 졸음이 눈꺼풀 위로 내려앉았다. 기억나는 마지막 장면은 향기로운 연기 구름 사이로 삼촌이 꿈처럼 나를 바라보고 있던 모습이었다. 깨어났을 때는 황혼의 그림자가 우리를 감싸안고 있었다. 이마 위로 저녁 바람이 불어왔고 귀에는 마차 바퀴 구르는 소리가 둔탁하게 들려왔으며 볼은 삼촌 팔에 기대고 있었다. 삼촌은 "사랑, 포도주, 그리고 내일의 센 강!" 운운하는 상송을 콧노래로 부르고 있었는데 나는 음을 파악할 때까지 기다렸다가 곧 플루트 소리 같은 삼촌의 테너 목소리에 소녀다운 내 고음을 섞어 넣으며 따라 부르기 시작했다. 그는 즉시 노래를 멈추더니 이전에 몇 번 만났을 때마다 들었던 예의바르고 감정 없는 목소리로 조명 있는 곳에 가도 되겠는지, 집을 볼 준비가 되었는지 물었다.

"도착한 건가요?" 내가 소리쳤다. 밖을 내다보자 마차가 어두워지는 가장자리부터 하나둘 별이 반짝이기 시작하는 하늘 위로 높고 어둡게 솟아 있는 일련의 저택들을 향해 있는 가파른 진입로를 달려오르고 있는 것이 보였다.

"마침내 집이군, 고맙게도!" 이렇게 말하면서 젊은이처럼 날렵하게 마차에서 뛰어내린 삼촌은 나를 환하고 따뜻한 테라스, 긴 복도로 연이어진 테라스로 인도했다. 긴 복도는 여기저기 우아하게 무리지어 피어나는 꽃들이 내뿜는 향기로 가득했다. 공손한 중년의 하녀가 나를 맞아 내 방으로 데려갔다. 세심한 배려로 꾸며진 아늑한 공간이었다. 장식품들을 모두 삼촌이 직접 골랐다는 것과 배치도 직접 감독했다는 사실을 알고 나자 놀라움은 더욱 커졌다. "삼촌은 여자 마음을 이해하는 사람이군." 나는 화장용 소품들을 만져보고, 사치스러운 의자며 안락의자에 앉아보고, 마지막으로 진홍색과 흰색의 터키식 슬리퍼에 발을 밀어넣어 교태를 부리듯 발끝을 불 앞에 세우면서 생각했다. 잠시 방을 둘러보고 만족을 표현한 나에게 하녀가 '주인어른'께서는 누구도 저녁식사에 늦는 것을 허락하지 않으신다면서 옷을 입겠느냐고 물었다. 그 말을 듣자 나는 바로 식사 자리에서 틀림없이 미래의 남편을 만나게 되리라고 생각했다. 순식간에 온몸의 모든 기관이 이 첫번째 만남을 위해 근사한 단장을 해야겠다는 한 가지 목적에 집중했다. 하녀는 훌륭한 취향과 기술을 지니고 있었고, 나에게는 최근 삼촌이 파리에서 사다준 선물들로 채워진 옷가방이 있었다. 삼촌에 대한 예의 차원에서라도 나는 그것들을 어서 입어보고 싶었다.

준비를 마친 나는 긴 거울 앞에 서서 이전에는 한 번도 해본 적 없는 방식으로 내 모습을 살펴보았다. 거울 속에는 가냘프지만 당당한 모습의 작은 인물이 서 있었다. 이국풍 드레스를 입고 레이스와 카네이션으로 목과 팔의 창백함을 보완했으며 물결치는 금발은 뒤로 모아 고전적인 곱슬머리 매듭으로 묶은 다음 카네이션 머리띠로 장식했다. 그 아래로 검은 눈동자와 이제 막 피어오르는 얼굴이 보였다. 아직 소녀다운 허영과 열정, 희망으로 반짝이는.

"내 모습이 아름다워서 기뻐."

"나도 그렇단다, 시빌."

아마 내가 의식하지도 못한 채 소리내어 말을 한 모양이었다. 그 대답은 신경써 옷을 차려입고 어느 때보다 더 차갑고 근사해 보이는 모습으로 문간에 서 있던 삼촌이 한 것이었다. 그렇게 말하는 삼촌의 입술 위로 기분 나쁜 미소가 스치듯 지나갔다. 나는 깜짝 놀랐다. 당황한 나는 삼촌이 나를 부를 때까지 그 자리에 가만히 서 있었다. 삼촌은 더할 나위 없이 공손한 태도로 말했다. "네가 자신의 매력적인 모습을 감상하는 데 너무 몰두하고 있어서 재닛이 내 부름에 응하기 위해 살짝 방을 떠났단다. 오늘 저녁 식탁의 안주인은 너란다. 식탁을 다 차렸는데, 내려가겠니?"

말을 잘 듣지 않는 머리카락을 마지막으로 한 번 더 매만지고 최종적으로 전체 모습을 살피면서 한 번 고개를 흔든 후, 나는 삼촌이 내민 팔을 잡고 치맛자락 소리를 내며 넓은 계단을 걸어내려갔다. 내 인생의 로맨스가 이제 막 시작되고 있다고 생각하면서.

세 개의 접시가 놓여 있었고, 세 개의 의자가 준비되어 있었지만 사용한 것은 두 개뿐이었다. 기가 나타나지 않았기 때문이다. 나는 아무런 질문도 하지 않고 놀라는 기색도 보이지 않았으며 분한 마음을 저녁과 함께 삼키려고 애쓰면서, 삼촌을 즐겁게 해서 내가 사촌을 잊었다고 믿도록 만들려고 노력했다. 하지만 부질없는 짓이었다. 그 빈자리는 나에게 저항할 수 없는 매혹적인 힘을 발휘해, 몇 번이고 은밀히 그 자리의 냅킨과 접시, 색깔 있는 세 종류의 유리잔을 뚫어지듯 살펴보다 돌아오던 내 시선이 삼촌의 눈과 마주쳤고, 그 꿰뚫어보는 듯한 시선 앞에서 그만 아래로 떨구고 말았기 때문이다. 남아 있으라고 권하지 않았기 때문에 나는 삼촌이 혼자 와인을 들도록 남겨두고 안도감을 느끼며 자리에서 일어났다. 그때 삼촌 역시 일어나 나를 위해 문을 잡아주며 이렇게 말했다. "사촌에 대해 말해달라고 부탁했지. 오늘 저녁에 그애 성격의 한 면을 본 거란다. 어때, 마음에 드니?"

나는 삼촌이 기의 식사 불참 때문에 나만큼이나 당황했다는 사실을 알고 있었다. 그래서 삼촌의 표현을 인용하며 도도한 태도로 대답했다. "네, 저는 길들여져 삼촌의 부름에 순응하는 매보다 자유롭게 나는 매를 보고 싶으니까요."

그렇게 하고 싶은 말을 다 하는 태도에 익숙하지 않은 듯 삼촌이 가볍게 얼굴을 찡그렸다. 하지만 그러면서도 삼촌은 삼촌도 나만큼 기에게 화가 난 것인지 궁금해하며 기품 있는 태도로 가볍게 절하고 객실로 미끄러지듯 걸어들어가는 나에게 고개 숙여 답인사를 건넸다. 고독한 위엄 속에서 나는 이제부터 내가 지낼 공간인 잘 꾸며진 일련의 방들을 거닐어보는가 하면, 모든 여자가 잘 차려입고 혼자 있을 때 흔히 그러듯 긴 거울에 비친 자신의 모습을 바라보기도 하며 시간을 보냈다. 이끼 같은 카펫 위에서 춤을 추기도 하고, 그랜드피아노의 건반도 눌러보고, 꽃향기를 맡아보고, 테이블과 선반 위의 장식물들을 만지작거리고, 금줄 세공 플라스크에 금세 사로잡혀 기분이 상쾌해지는 향수를 두번째로 손수건에 막 뿌리려는 그때, 현관문이 활짝 열리더니 누군가 서둘러 계단을 올라오는 소리가 들렸다. 장화 신은 발이 쿵쿵 바닥을 울리는 소리가 들렸고 서둘러 서랍 문이 열렸다가 닫히는 것 같았으며 활기 넘치는 명랑한 목소리가 삼촌의 그것과 너무도 비슷한 목소리로 사냥 노래를 부르기 시작했기 때문에, 나는 "기가 왔구나!"라고 소리치며 나도 모르게 문간으로 달려나갔다.

다행히도 아무도 내 목소리를 듣지 못했기 때문에 나는 체면을 구기지 않고 다시 서둘러 제자리로 돌아가 언제든 바로 의자로 쏙 들어가 점잖은 모습으로 앉을 준비를 한 채 그 자리에 대기하고 서 있을 수 있었다. 그동안에도 나는 이 조용한 집에 갑자기 활력을 불러일으키는 듯한, 그리고 그 집에 필요한 단 한 가지 매력, 즉 명랑한 말동무의 존재가 들어왔다고 느끼게 하는 그의 새로운 영향력을 의식하고 있었다. '그는 어떻게 나를 맞을까? 나는 어떻게 그를 맞아야 하는 걸까?' 초상화 속 명랑한 얼굴의 소년을 바라보며 나는 생각했다. 그림 속 기는 꽉 다문 입가 굴곡에 아버지의 경멸 섞인 미소의 흔적을, 그리고 채색된 눈동자에 유쾌한 빛을 드러낸 채 나를 마주보고 있었다. 곧 빠른 발걸음 소리가 다시 아래층을 향하더니 문을 지나 곧바로 반대편 식당으로 들어가는 소리가 들렸다. 이상한 심장의 요동 소리를 들으면서 그 자리에 서 있던 내게 겁 없는 젊은이가 빠르게 말하는 목소리가 들려왔다. "죄송해요, 어쩔 수 없는 사정 때문에 늦었어요. 그녀가 왔나요? 봐줄 만한 사람인가요?"

"난 그렇다고 생각한다만. 저녁은 끝났고 와인 말고는 네게 권할 것이 없구나."

삼촌의 말투는 얼음장처럼 차고 예의발랐다. 그것은 단 한 명을 제외한 모든 이를 호령하고 그들의 복종을 얻어내는 데 익숙한 듯 거침없고 솔직한 상대의 목소리와 기이한 대조를 이루었다.

"저녁은 신경쓰지 마세요! 안 먹어도 되어 기쁘니까요. 그럼 아버지의 건강을 위해서 건배를 들고, 그다음에 저희의 새로운 장식품을 보러가도록 하죠."

"무례하기 짝이 없군!" 나는 이렇게 중얼거렸다. 하지만 동시에 그가 사용한 호칭에 어울리는 모습을 보여주기로 결심하고 즉시 할 수 있는 한 효과적으로 나 자신을 치장했다. 그런 짓을 하는 나 자신의 어리석음을 비웃으면서. 나는 발이 예뻤다. 그래서 작은 슬리퍼 한쪽은 자연스럽게 드레스의 제일 밑단 주름장식 밑으로 모습을 드러내도록 했다. 팔찌는 마치 레이스와 카네이션 다발 속에서 나타난 것처럼 팔 위에서 반짝였다. 그 팔로 머리를 받쳤다. 나는 옆모습이 아름다웠고 속눈썹이 길었다. 그래서 문에서 고개를 반쯤 돌린 자세로 책을 읽었다. 불빛이 쏟아져내리며 내 머리카락을 황금빛으로 물들였다. 그래서 나는 곱슬머리를 매만지고 머리끈도 다시 묶었다. 만족스러운 기분으로 내 모습을 살펴본 후 책에 몰두한 표정으로 가슴을 두근거리며 신사들이 도착하기를 기다렸다.

곧 그들이 도착했다. 나는 그들이 문 앞에서 멈춰선 것을 알았지만, 젊은 쪽에서 기운 넘치는 목소리로 "아버지 말씀이 맞아요!"

라고 자신도 모르게 내뱉듯 외칠 때까지 꼼짝도 하지 않았다.

그다음 나는 할 수 있는 한 쌀쌀맞게 인사할 작정으로 자리에서 일어났다. 하지만 그럴 수가 없었다. 내가 무의식적으로 예상한 것은 초상화 속의 소년다운 얼굴과 체형이었지만 눈앞에 있는 것은 잘생기고 키 큰 청년이었기 때문이었다. 짙은색 콧수염이 그의 당당한 입술을 반쯤 감추고 있었다. 아버지의 그것만큼 예리하지만 훨씬 더 다정하게 보이는 눈동자에는 명랑한 기운이 가득했고 손상되지 않은 젊음의 생기가 그에게 더 나이 많은 쪽이 영원히 잃어버린 매력을 더해주고 있었다. 만족스러운 놀라움이 담긴 기의 시선은 내 기분을 우쭐하게 해줄 만큼 정직한 것이었으며 그의 미소는 너무도 다정했고 "환영해요, 사촌!"이라고 말하는 목소리는 너무나 따뜻하고 진심 어린 것이었다. 그 때문에 준비했던 나의 냉정함은 한순간에 녹아내렸고 자존심 같은 것은 모두 잊고 말았으며 미처 스스로를 제어하기도 전에 나는 "기, 난 이곳을 무척 좋아하게 될 줄 알고 있었어요! 내가 와서 기쁜가요?"라고 충동적으로 소리치며 두 손을 모두 내밀고 말았다.

"11월의 안개 뒤에 해를 볼 때만큼이나 기뻐요."

그러더니 키가 큰 그는 고개를 숙여 외국에서 배운 우아하고 이국적인 방식으로 내 손에 키스했다. 다감하면서도 예의바른 인사였기 때문에 그의 키스는 내 마음을 무척 기쁘게 만들었다. 나도 모르게 나는 그것을 삼촌의 태도와 비교했다. 그러면서 의미심장한 시선으로 삼촌을 힐끗 쳐다보았다. 삼촌은 내 시선의 의미를 이해했지만 내가 끔찍이 싫어하는 냉소적인 표정으로 고개를 한번 끄덕하더니 신문을 턴 다음 읽기 시작했다. 나는 다시 자리에 앉았다. 이번에는 모양새 같은 것은 신경쓰지 않으면서. 기는 바닥깔개 위에 선 채 내 자존심을 약간 불편하게 하는 놀란 표정으로 나를 찬찬히 살펴보았다.

'결국은 사내애에 불과해. 그러니 키나 허세에 기죽을 필요 없어. 내가 자기 아내가 될 것이라는 사실을 기가 알고 있는지, 그 사실을 마음에 들어하는지 알고 싶군.'

이런 생각을 하자 나는 이마가 붉어졌고 시선은 떨구어졌으며 투지 넘치는 결심과는 다르게 잘생긴 사촌 앞에서 수줍은 아이처럼 앉아 있었다. 볕에 탄 가느다란 손가락을 불에 녹이는 한편 아버지의 보조의자에 앉으면서 기가 소년 같은 웃음을 터뜨리고 이렇게 말했다. "미안해요, 시빌.(우리 편하게 이름을 부를 거죠, 그렇지 않아요?) 한 달 동안 귀부인은 만난 적이 없어서, 비단 드레스에 기품 넘치는 얼굴을 한 여인을 마주하자 촌뜨기처럼 그렇게 빤히 쳐다본 거예요. 그 사람들 올 건가요, 아버지?"

"시빌이 원한다면. 그애에게 물어보렴."

"시빌, 당신을 즐겁게 하기 위해 사람들을 한 무리 부르는 게 좋을까요, 아니면 우리가 평소에 지내듯이 조용하게 지내는 편이 좋겠어요? 말도 타고, 마차로 드라이브도 가고, 어슬렁거리기도 하고 각자 좋을 대로 소일하면서 말이에요. 이제부터 이런 문제는 당신 원하는 대로 하도록 하지요."

"두 분이 해오던 대로 지내면 좋겠어요. 저는 파티를 좋아하지도 않고 낯선 사람들을 만나는 것을 즐거워하지도 않아요. 자유로운 것이 좋으니까요. 제 생각엔 당신도 그럴 것 같군요."

"아, 물론이죠!"

미소 띤 그의 얼굴에 구름이 스치듯 지나갔다. 그러더니 그가 불을 한번 들쑤셨다. 자신의 검은 눈썹을 찡그리게 만든 갑작스러운 불만의 폭발을 해소할 출구가 간절히 필요하다는 듯. 그러자 그의 아버지가 방을 뜨기 위해 자리에서 일어나며 그의 어깨를 툭툭 치면서 감정이 섞이지 않은 건조한 목소리로 말했다. "그림첩을 가져와서 사촌을 즐겁게 해주렴. 나는 편지 쓸 것이 좀 있다. 그리고 음악을 즐기기엔 오늘밤 시빌이 너무 피곤할 거야."

기는 아버지가 친 어깨를 한번 으쓱하더니 그의 지시에 따랐다. 하지만 삼촌이 나에게 양해를 구한 후 방을 떠날 때까지는 방 한쪽 벽감*에서 계속 서성였다. 삼촌이 방을 떠나자 기는 내가 처음 보았던 그 다정한 모습으로 다시 나에게 왔다. 무엇인지 모르게 삼가던 태도가 눈에 띄게 사라졌고 본래 그 자신의 모습, 대단히 매력적인 모습이 드러났다. 공손하고 명랑하고 솔직하며, 내가 예상하지 못했던 이면의 깊은 감정까지 가지고 있는. 나는 그의 모습을 은밀히 바라보았다. 그리고 곧 모든 소녀가 낭만적인 공상을 할 때면 그려보곤 하는 이상적인 남자 주인공이 지닌, 내가 가장 멋지다고 생각하는 모든 요소를 기가 갖추었음을 스스로 인정하게 되었다. 이제 더는 이 청년을 사촌으로 보지 않고 연인으로 바라보게 되었던 것이다. 이후 우리의 모든 관계에서 이 생각은 결코 그 힘을 잃지 않는 마력으로 내 마음을 지배했다.

저녁이 다 가기 전에 기는 내 옆 바닥깔개 위에 무릎을 꿇고 앉아 있었다. 그가 우리 앞에 펼쳐진 커다란 그림첩을 하나씩 넘기며

---

* 벽 한쪽에 움푹 파인 공간.

내용에 대해 설명하고 나는 그의 이야기를 듣는 동안, 우리 둘은 머리를 가까이 마주하고 종종 편안히 서로의 얼굴을 바라보았다. 눈앞의 그림이 묘사하고 있는, 그가 여행중에 직접 겪은 기이한 모험이나 우스꽝스러운 사고 같은 것들에 대해 종종 함께 와락 웃음을 터뜨리기도 하면서. 기는 무척 매력적이었고 나는 그 언제보다 더 명랑하고 다정다감한 상태였다. 늦은 시간 헤어질 때 계단에서 나를 올려다보던 기는 내 모습과 내 이름 모두가 그를 기쁘게 하기라도 하는 듯 다시 한번 "잘 자요, 시빌"이라고 인사했다.

"그게 당신 말 술탄인가요?" 다음날 아침 일찍부터 황무지를 질주한 후 진입로를 달려 돌아오는 사촌을 내려다보며 창문에서 내가 물었다.

"그래요, 귀여운 시빌. 이리 와서 술탄을 보고 좀 감탄해주지그래요." 모자를 손에 든 그가 한순간 얼굴에 미소를 가득 담으며 대답했다.

나는 테라스로 걸어가 서서 그 근사한 생명체를 안았다. 아직 열리지 않은 아버지 방의 커튼을 힐끗 올려다보며 기가 말했다. "당신 안장이 도착했더라면 '주인어른'께서 아침을 들 준비가 되기 전에 한 바퀴 돌고 올 수 있었을 텐데. 이 가을 공기야말로 당신 같은 여자들에게 필요한 와인이니까 말이에요."

나는 꼭 가고 싶었다. 그리고 내가 뭔가를 바랄 때면 방법은 곧 나타나기 마련이었다. 모자를 쓰지 않은 머리며 삼베로 만든 드레스를 입고 있다는 사실 같은 건 전혀 개의치 않고 나는 그에게 손을 내밀며 대담하게 말했다. "기, 로친바르* 역을 해봐요. 나는 작고 가벼우니까. 나를 당신 앞에 태우고 가서 바다를 보여줘요."

그는 나의 대담한 제안에 기뻐하며 손을 내밀었다. 나는 그의 장화 발끝을 밟고 말 위로 뛰어올랐다. 우리는 함께 드넓은 황야로 달려나갔다. 구름 없는 하늘에서 태양이 빛나고 발밑의 푸른 잔디에서는 종달새가 노래하며 하늘로 날아올랐으며 바다에서는 9월의 상쾌한 바람이 불어오고 있었다. 몇 마일이나 막힌 데 없이 펼쳐진 시골 풍경을 바라볼 수 있는 고지의 언덕에 멈춰섰을 때, 기가 말에서 내려 자리에 불안하게 앉아 있는 나를 보호하기 위해 안장 주위를 팔로 안으며 선 채로 이야기를 시작했다.

"새집이 마음에 드나요, 시빌?"

"말로 다 할 수 없을 만큼요!"

"그리고 내 아버지도요?"

"그 질문에는 그렇다고도 할 수 있고 아니라고도 할 수 있어요, 기. 나는 삼촌을 거의 모르는걸요."

"그래요. 하지만 당신 같은 사람에게 대부분의 후견인이 보여주기 마련인 관대함이나 다정함을 아버지에게 기대해선 안 돼요. 아버지는 그런 성격이 아니에요. 하지만 복종하면 아버지 마음을 얻을 수 있죠. 그리고 곧 아버지와 꽤 편하게 지낼 수 있게 될 거고요."

"고맙게도! 난 벌써 그런 사이가 된걸요. 난 아무도 무서워하지 않으니까요. 사실, 어제 난 삼촌 무릎에 앉아서 삼촌이 직접 건넨 담배를 피우기까지 했어요. 부인께서 나를 봤다면 아마 기절했겠

* 월터 스콧의 서사시 「마미언Marmion」에 나오는 낭만적인 구혼자.

지만요. 그러고는 삼촌 팔에서 한 시간쯤 잠을 잤죠. 내가 모기처럼 삼촌을 귀찮게 했는데도 삼촌은 아버지처럼 다정했어요."

"과연 그러기도 했겠지!"

격렬하게 감정을 드러낸 기는 풍경을 향해 인상을 쓰며 풀을 뜯으려는 술탄의 시도를 거칠게 제지했다. 나는 아버지와 아들 간에 대체 무슨 문제가 있는 걸까 의아해하며 알아내기로 결심했다. 하지만 곧 대화가 중단되고 말았기에 질문을 던져 대화를 계속 이어가려고 해보았다. "이 지역, 이 일대에 내 소유가 조금이라도 있나요, 기? 나 자신의 일들에 대해 난 아기처럼 아무것도 모르거든요. 하고 싶은 건 뭐든 할 수 있었고 지갑은 언제나 가득차 있었지만, 나머지는 모두 부인과 삼촌이 맡고 있었으니까요. 부인은 판단력이라곤 전혀 없는 사람이었고, 삼촌에 대해서는 거의 아는 바가 없었는데도 말이지요. 전에는 한 번도 묻고 싶은 생각이 없었지만 이제 내 상황이 어떤지 정말 알고 싶어요."

"당신이 보고 있는 모든 것이 당신 것이에요, 시빌." 기가 짧게 대답했다.

"뭐라고요, 저 근사한 저택이며 사랑스러운 정원, 이 황야와 바다까지 펼쳐진 저 숲이 말이에요? 근사한데요! 정말 기뻐요! 하지만, 그렇다면 당신 집은 어디인가요, 기?"

"없어요."

그 말에 내가 너무 놀란 표정을 지었기 때문에 그가 웃음을 터뜨리며 한순간에 조금 전의 우울한 표정을 날려버리더니 설명을 해주었다. 하지만 이 주제 역시 조금 전의 그것 못지않게 즐겁지 않다는 듯 짤막하게. "당신 아버지의 유언에 따라 당신은 열여덟 살에 옛 영지를 물려받게 되어 있어요. 당신은 곧 열여덟 살이 될 거고 그래서 내 아버지가 후견인으로서 당신을 위한 일들을 준비해두었지요. 그리고 당신이 결혼할 때까지 당신 집에 함께 살 계획이고요."

"그게 언제쯤일까요?" 이렇게 물으며 나는 눈썹 밑으로 슬쩍 그를 훔쳐보았다. 기가 부모들 사이의 약속에 대해 알고 있는지, 그리고 기꺼이 그 약속의 일부가 될 마음인지 몹시 궁금했기 때문이다.

그는 나에게서 반쯤 얼굴을 돌리고 있었지만, 한 줌의 헤더*를 꺾기 위해 허리를 굽히며 대답하는 그의 어두운 뺨 아래로 짙은 홍조가 떠오르는 것이 보였다. "멀지 않은 미래에요. 그랬으면 좋겠어요. 그렇지 않으면 저기 밑에서 자고 있는 신사가 당신을 '나의 친애하는 부인'으로 계속 무릎에 앉혀두고 싶어할 테니까요. 아버지는 당신의 진짜 삼촌이 아니에요, 당신도 알겠지만."

그 생각에 나는 미소를 지었다. 하지만 기는 내가 웃는 것을 보지 못했다. 주인을 쪼고 싶은 것처럼 보이는 매를 다루는 내 기술을 시험해보고 싶은 충동에 사로잡혀 나는 짐짓 진지하게 대꾸했다. "음, 안 될 이유가 뭐예요? 삼촌을 사랑하는 법을 배울 수 있다면, 사실 그래야 하기도 하겠지만, 무척 행복해질지도 모르죠. 삼촌이 언제나 지금처럼 그렇게 다정한 분이기만 하다면 말이에요. 내가 당신의 어린 엄마가 된다면 어떨 것 같아요, 기?"

"절대 안 돼요!" 권총에서 총알이 발사되는 소리처럼 짧고 날카로운 대답이었다.

---

* 스코틀랜드 등지에 자생하는 종 모양의 연보라색 꽃.

"그러면 당신은 결혼해서 당신 집을 가져야 할 거예요, 나의 아드님."

"그러지 말아요, 시빌! 화난 모습을 당신에게 보여주고 싶지는 않으니까요. 장담하지만, 보기 좋은 모습이 아니에요. 만약 계속하면 결국 그런 모습을 보여주게 될지도 몰라요. 난 일찍 어머니를 잃었어요. 어머니를 진심으로 사랑했죠. 아버지에게는 별로 정이 없어요. 엄마가 살아 계셨더라면 난 틀림없이 지금의 나와는 다른 사람이었을 거예요."

그의 목소리는 비통했고 얼굴은 어두웠으며 밝은 햇살은 한순간 모두 사라지고 말았다. 나는 그를 내려다보고 후회와 연민을 동시에 느끼면서 수줍은 손길로 그의 검은 머리카락을 매만졌다.

"기, 당신 마음을 아프게 했다면 나를 용서해줘요. 난 사려 깊지 못한 사람이지만 악의는 없어요. 친절하게 말하기만 한다면, 한마디 말만으로도 나를 제어할 수 있답니다. 내 집은 언제나 당신의 것이에요. 그리고 내 재산이 내 소유인 한 당신이 부족함을 겪는 일은 절대 없을 거예요. 당신이 친척에게 도움을 받지 못할 만큼 자존심이 센 사람이 아니라면 말이에요. 하지만 당신은 자존심을 좀 내세우는 사람이죠, 그렇지 않나요?"

"루시퍼 못지않게요, 대부분의 사람에게는. 당신에게는 그렇지 않을 거라고 생각해요. 당신은 나를 이해하니까요, 시빌. 당신 덕분에 내가 더 좋은 사람이 될 수 있었으면 좋겠어요."

그러더니 그가 몸을 돌렸다. 아버지에게 물려받은 외모 너머로 어머니의 것임이 틀림없는 표정을 엿볼 수 있었다. 언제나 다감하긴 하지만 그때 특히 더 온화한 빛을 띠고 있던 그 검은 눈동자에 새로운 아름다움을 던져주는, 다정하고 부드러운 그 표정은 여성의 것이었기 때문이다. 그는 말을 너무 많이 했다고 생각하는 것처럼 갑자기 말을 멈추었다. 그리고 내 얼굴을 휙 한번 바라보더니 그를 사로잡은 평소 같지 않은 감정을 숨기려는 듯 고개를 땅 쪽으로 숙였다. 그러나 잠깐뿐이었다. 그는 곧 평소의 태도로 돌아와 명랑하게 말했다. "저기 당신 슬리퍼가 떨어지네요. 슬리퍼 안에 뭐가 있나 궁금했는데. 발이 예쁘기도 하군요! 사람들 말로는 그런 발이 남자들의 가슴을 가장 자주 짓밟는다고들 하던데. 연인들에게 잔인한가요, 시빌?"

"한 번도 연인이 있었던 일이 없는걸요. 부인이 용처럼 나를 지켰고 전 수녀처럼 살았거든요. 하지만 애인을 만나게 되면 내 자유를 포기하기 전에 그의 성격을 충분히 시험해볼 거예요."

"시인들은 사랑을 위해 자유를 포기하는 것이 달콤하다고들 하지요. 그리고 사람들이 그 사실을 알아야 한다고 말하고요." 기가 곁눈질로 나를 보며 대답했다.

나는 그의 소박한 연설이 마음에 들었다. 그가 나에게 던졌던 갈망하는 표정이며 자신도 모르게 내뱉은 의미심장한 말들, 하나에서 다른 하나로 계속해서 이어지는 다양한 어조와 태도를 떠올리며 나는 내 사촌 역시 가족 간의 약속에 대해 알고 있다고, 그러나 어떻게 구애해야 할지 모르는 젊은 연인의 수줍음으로 그 사실을 받아들이고 있는 것이라고 확신하게 되었다. 그 사실이 나를 기쁘게 했다. 오전에 있었던 일들에 퍽 만족한 나는 마음속으로 천천히 사촌을 사로잡으리라고, 그리고 어떤 여성의 삶도 그것 없이는 완성될 수 없는, 적어도 완성된 것으로 보일 수 없을 진정한 구애의 낭만을 누려보리라 결심했다. 그는 자주색 헤더를 모아 다발을 만든 후 나에게 건넸다. 그가 내게 꽃을 줄 때 나는 내가 지을 수 있는 가장 달콤한 미소를 지으면서 말했다. “내게 꽃다발을 바치는 임무를 당신에게 맡기겠어요. 당신은 취향이 훌륭하고 난 야생화를 무척 좋아하니까요. 준 사람에게 감사를 표하기 위해 저녁에 이걸 꽂고 나갈 거예요. 이제 집으로 데려가줘요. 나의 황무지는, 아름답긴 하지만 추우니까요. 그리고 저한테는 이 작디작은 손수건 말고는 덮을 것이 아무것도 없고요.”

그가 바로 승마용 외투를 벗어주었다. 나는 반쯤 덮이듯 그 외투에 파묻혔다. 다음엔 모자가 따라왔다. 그리고 그가 내 뒷자리로 뛰어올랐다. 나는 고삐를 잡았다. 강인한 팔에 안긴 나는 내가 기댄 그 가슴이 장차 나를 사랑하게 될 것이라는 행복한 희망을 느끼며, 재갈을 당겨대는 혈기 넘치는 말을 타고 비탈길을 질주해내려가는 짜릿한 기쁨을 맛보았다.

그렇게 시작된 하루는 집과 정원 여기저기를 사촌과 함께 거닐고, 내 짐들을 제자리에 정리하고, 신실한 벗이었던 부인에게 편지를 쓰기도 하면서 유쾌하게 흘러갔다. 황혼녘이 되자 나는 할 수 있는 한 가장 대담하게 차려입고 기가 준 헤더를 머리에 꽂은 채, 달려가 그를 맞이하고 싶은 마음을 꾹 참으며 내 방으로 오는 그의 발걸음 소리를 들었다. 일 초도 어김없는 제시간에 그가 모습을 드러냈다. 오늘 저녁은 어제저녁과는 완전히 달랐다. 아버지와 아들 모두 대단히 명랑하고 더할 나위 없이 신사적인 분위기와 태도를 유지했기 때문이다. 나는 진심으로 그 시간을 즐겼다. 이제 세상 모든 것이 조화로워 보였다. 객실로 간 나는 두 명의 신사 중 적어도 하나를 내가 있는 곳으로 불러들일 작정으로 내가 아는 가장 신나는 행진곡을 연주하고 제일 즐거운 노래를 불러야겠다고 생각했다. 내 음악은 두 사람 모두를 객실로 불러들였다. 첫눈에 나는 두 사람 각각의 얼굴에서 이상한 변화를 발견했다. 삼촌은 귀찮으면서도 즐거운 눈치였지만 기는 침울한 얼굴이었고 은밀한 시선을 남몰래 아버지에게 던지곤 했던 것이다.

그날 아침의 대화가 문득 떠올랐다. "기가 벌써 질투를 하는 걸까?" 나는 의문이 들었다. 조금 그런 것처럼 보였다. 삼촌이 나에게 끝까지 불러달라고 부탁했던 노래를 들으며 겉보기에는 깊이 생각에 잠긴 채 앞뒤로 서성이는 동안, 기는 소파에 몸을 던진 채 말없이 뚱한 얼굴로 누워만 있었기 때문이다. 나는 노래를 마쳤다. 그리고 나를 사로잡은 충동에 몸을 맡겼다. 두 사람에 대한 내 힘을 시험해보고 싶었던 것이다. 나는 내가 삼촌을 더 상냥할 때의 모습으로 돌아가게 할 수 있는지 보고 싶었고, 내가 제일 다정하게 대하는 것이 자신인지 아닌지에 기가 신경을 쓰는지 확인하고 싶었다.

"삼촌, 이리 와서 저와 노래를 불러주세요. 저는 삼촌 목소리가 좋아요."

"이런, 나는 그런 걸 하기에는 너무 늙었단다. 대신 이 건방진 젊은 녀석을 데려가려무나. 이애 목소리는 젊고 생기 넘치니, 네 목소리와 잘 어울릴 게다."

"기, '사랑과 포도주, 내일의 센 강'에 대한 그 사랑스러운 샹송을 아나요?" 은밀한 시선으로 슬쩍 삼촌을 훔쳐보며 내가 물었다.

"누가 당신에게 그 노래를 가르쳐주었죠?" 기는 나를 무척 즐겁게 하는 깜짝 놀란 표정을 지으며, 소파 등 위로 고개를 들어 나를 바라보았다.

"아무도 가르쳐주지 않았어요. 삼촌이 어제 마차에서 조금 부르셨을 뿐이에요. 난 그 곡조가 마음에 들어요. 이리 와서 나에게 나머지를 가르쳐줘요."

"그건 당신이 부를 노래가 아니에요, 시빌. 아버지께서 젊은 아가씨의 여흥으로 기이한 곡을 고르셨군요."

아들의 눈에는 명백한 경멸의 빛이 어려 있었고 아버지의 눈에는 잠시 불쾌함이 스쳐지나갔다. 하지만 여전히 동요 없이 방을 서성이면서 대답하는 그의 목소리에는 전혀 그런 감정이 드러나지 않았다. "그애가 자고 있다고 생각했다. 그래서 조용한 여행길의 지루함을 달래보려고 무심결에 불렀던 거야. 시빌, 노래를 부르렴. 향락적인 노래 소절 하나가 너를 어떻게 하지는 않을 테니까."

하지만 그들이 벌써 온 이상 나는 딱히 더 노래를 부를 마음이 없었다. 그래서 나는 삼촌에게 다가가 팔짱을 끼고는 곁에서 따라 걸으면서 할 수 있는 가장 매력적인 태도로 말을 걸었다. "파리에 대해 이야기해주세요, 삼촌. 삼촌이 허락해주신다면 성년이 되자마자 그곳에 갈 생각이니까요. 제가 성년이 된 이후에도 삼촌이 계속 후견인을 맡아주시는 건가요?"

"네가 결혼할 때까지만."

"그럼 전 서두르지 않을 거예요. 여기서 삼촌하고 지내는 것이 행복하고 이곳이 집처럼 느껴지기 시작했으니까요. 다른 친구 없이도 전 이대로 좋을 것 같아요. 하지만 삼촌은 곧 저를 지겨워하시게 되겠죠. 그리고 지겨운 가정교사에게 저를 맡겨둔 채 기와 함께 재미난 일을 찾으러 나가버리실 테고요."

"그런 걱정은 할 것 없다, 시빌. 더 젊은 후견인이 나타나 나에게서 이 명랑한 피후견인을 훔쳐가버릴 때까지 널 단단히 잡고 있을 테니까."

이렇게 말하면서 삼촌이 팔 위에 놓인 내 손을 세게 움켜쥐며 대단히 날카로운 시선으로 나를 돌아보았기 때문에 나는 눈동자 속 비밀을 들킬까 두려워 나도 모르게 시선을 내리깔고 말았다. 어떻게든 화제를 바꿔볼 요량으로 나는 기의 초상화 아래에 걸려 있던, 삼촌이 잠시 멈춰섰던 작은 초상화를 가리키며 물었다. "저분이 기의 어머니인가요, 삼촌?"

"아니, 네 어머니란다."

나는 다시 한번 초상화를 보았다. 검은 눈에 열정적인 입, 나처럼 숱 많은 금발이 덮고 있는 머리, 섬세하면서도 활기가 느껴지는 얼굴이었다. 하지만 그림 전체는 세월 때문에 흐릿해져 있었고 상아로 된 액자틀에는 얼룩이 져 있었으며 유리에는 금이 가 있고 액자가 걸려 있는 리본의 색도 바래 있었다. 그림을 바라보고 있던 내 눈에 눈물이 차올랐다. 내가 전혀 알지 못하는 엄마의 이 작은 초상화가 이렇게 상하고 만 이유를 알고 싶은 강렬한 충동이 나를 사로잡았다.

"엄마에 대해 말씀해주세요, 삼촌. 저는 거의 아는 것이 없거든요. 자주 엄마를 무척 그리워했어요. 제가 엄마를 닮았나요, 삼촌?"

대체 왜 삼촌은 대답을 하며 내 시선을 피해 얼굴을 돌렸던 것일까? "넌 그녀가 젊었을 때의 모습 그대로란다, 시빌."

"계속해주세요, 삼촌. 제발, 더 말씀해주세요. 이 초상화가 왜 이렇게 낡고 얼룩지게 된 건지, 삼촌은 전부 아시죠? 전 이제 고통과 상실에 대한 그 어떤 이야기라도 들을 수 있을 만큼 충분히 나이가 들었어요."

무엇인가가 삼촌의 눈썹을 찌푸리게 만들었다. 하지만 내 손에 그 그림을 올려놓으며 짧게 설명하는 삼촌의 감정 없는 목소리는 아무런 변화도 드러내지 않았다.

"네가 태어나기 바로 전, 네 아버지는 죽어가는 친구의 마지막 청을 들어주기 위해 해협을 건너야 했다. 사고가 있었어. 배가 전복되었고 많은 사람이 목숨을 잃었지. 그는 죽음을 모면했지만 뭔가 착오 때문에 그의 이름이 행방불명된 사람들의 명단에 올랐단다. 네 엄마가 그것을 보았지. 충격 때문에 그녀는 건강을 잃고 말았어. 돌아온 네 아버지는 엄마 없는 어린 딸만이 자신을 기다리고 있는 것을 보았단다. 이 작은 초상화는 그가 늘 지니고 다니던 것인데, 마지막 순간 서류와 함께 난파선에서 구해낸 거야. 바닷물 때문에 그림이 망가졌는데도 그는 절대 다시 그리거나 손보려고 하지 않았어. 그리고 그를 위해 나 역시 사랑했던 그 여인을 추모하면서, 세상을 떠날 때 내게 이 그림을 남겨주었단다. 자, 아가, 이 그림은 이제 너의 것이다, 가지도록 해라. 그리고 내가 있는 한 절대 아버지나 어머니가 없다고 생각하지 말고."

말도 행동도 친절했지만 그 무엇도 나를 감동시키지 않았다. 뭔가가 결핍되어 있었기 때문이다. 느낄 수는 있었지만 무엇인지 뚜렷하게 밝힐 수는 없었다. 나는 그때까지만 해도 내가 만나는 모든 사람의 진실함을 믿고 있었기 때문이다.

"엄마의 무덤은 어디에 있죠, 삼촌? 어리석은 생각일지 모르지만 어머니 무덤을 보고 싶어요."

"언젠간 보게 될 거다, 시빌." 이렇게 대답하며 고개를 돌릴 때 삼촌의 얼굴 위로 미묘한 변화가 스쳐지나갔다.

"기의 어머니와 내 어머니 이야기를 꺼내서 삼촌을 우울하게 만들었어. 이제 할 수만 있으면 다시 삼촌을 명랑하게 만들어야지. 그리고 나에게 신경쓰지 않는 저 사내애의 약을 좀 올려줘야겠어." 이렇게 생각한 나는 삼촌을 안락의자로 끌고 갔다. 안락의자 팔걸이에 앉은 나는 내가 아는 가장 유쾌한 잡담들로 삼촌을 웃게 만들었다. 우리 둘 모두 겉으로는 반대편에 늘어져 잠자는 척하면서 사실은 반쯤 감은 눈꺼풀 사이로 우리를 보고 있는, 그리고 성의 없는 "잘 자요"라는 내 인사에 조용히 고개를 끄덕여 답례한 것을 빼고는 꼼짝도 하지 않고 누워만 있던 키가 크고 음울한 인물을 의식하지 못하는 것처럼 굴었다.

계단을 다 올라왔을 때 나는 부인에게 보내려고 쓴, 사람들이며 이런저런 다른 것들에 대한 굉장히 솔직한 의견들로 가득 채운 편지를 삼촌이 내게 내실로 쓰라고 마련해준 작은 방 테이블 위에 봉인도 하지 않은 채 올려놓고 왔다는 사실을 깨달았다. 하인들의 눈과 입이 두려워 나는 편지를 가져올 생각으로 다시 계단을 조용히 내려갔다. 객실로 이어져 있는 그 방을 복도 램프에서 새어나오는 불빛만이 밝히고 있었다.

편지를 손에 넣고 막 돌아오려는데 기가 반항적이면서도 복종하는 목소리로 화를 내며 말하는 소리가 들려왔다. "그냥 내버려두시면 공손하게 굴 수 있어요. 그녀와 결혼하는 것에 동의한다고요. 하지만 제 방식대로 하겠어요. 그렇지 않으면 절대 서두르지도, 구애를 시작하지도 않을 거예요. 아버지도 제가 그 거래를 절대 좋아하지 않는다는 걸 아시잖아요. 그건 거래 이상도 이하도 아니니까요. 하지만 그래서 아버지를 구할 수 있다면, 그리고 우리 둘 모두가 살 집을 얻을 수 있다면 기꺼이 팔려가도록 할게요. 하지만 아버지, 이 사실을 기억하세요. 아버지께서 저를 저 여자애 허리띠에 너무 단단히 묶으려고 하시면 전 다 그만두고 말 거예요. 그럼 우리는 어떻게 될까요?"

"나는 감옥에 가고 너는 집 없는 부랑자가 되겠지. 나를 믿어라, 아들아. 그리고 네가 요람에 있을 때 내가 준비해둔 좋은 운을 손에 넣도록 해. 시빌의 사랑스러운 얼굴을 보면 결심하기가 더 쉬워질 게다. 하지만 시간이 촉박하다는 것, 그리고 이것만이 우리의 마지막 희망이라는 사실을 기억해야 해. 그리고 부디 조심하도록 해라. 그애는 고집 세고 제멋대로인 아이야. 만약 자기가 원치 않을 땐 강제로 이 계약을 이행할 수 없다는 사실을 알게 된다면 제 역할을 하지 않겠다고 나올지도 모르니까."

"거절하지 않을 거예요, 아버지. 벌써 저를 좋아하니까요. 그녀의 눈에서 그걸 읽을 수 있어요. 그애는 한 번도 연인이 있었던 적이 없대요. 아버지 말에 따르면 소녀들은 처음으로 사랑에 빠진 사람과 가장 잘 지내는 법이라면서요. 게다가 그녀는 이곳을 좋아해요. 아버지가 시킨 대로 제가 이곳이 그녀의 것이라고 말해주었거든요. 그녀는 아버지가 항상 다정하기만 하다면 이곳에서 대단히 행복할 수 있을 것 같다고 그랬어요."

"그녀가 그런 말을 했다고? 작은 위선자 같으니! 자, 아버지를 생각해서 기억을 더듬어봐라. 그리고 너희가 나눈 그 설익은 둘만의 대화에서 또 무슨 이야기가 나왔는지 말해봐."

"아버지는 여자들처럼 호기심이 많으시군요. 그리고 언제나 저에게 제가 한 일이나 한 말들을 다 이야기하게 만드시죠. 반대로 제게는 이 일에 대해서가 아니면 아무것도 말씀해주지 않으시면서요. 하지만 전 이 일이 끔찍하게 싫어요. 제 자유를 희생해야 할 뿐만 아니라 가엾은 제 사촌이 진실을 모르는 채 속고 있으니까요. 아버지, 전 그녀와 결혼하기 전에 모든 사실을 밝힐 거예요."

"네 좋을 대로 하려무나, 이 성급한 녀석. 난 지금 사랑의 첫 단계 진행 상황을 들으려고 기다리는 중이야. 그러니 수줍음은 시빌에게나 맡겨두고 이야기를 해봐라."

나는 다음에 무슨 이야기가 나올지 알고 있었다. 그래서 부자의 모습을 힐끗 바라보고 나서 그 자리를 떠났다. 기는 말하기를 주저하며 반쯤은 찡그리고 반쯤은 웃는 모습으로 제일 좋아하는 자리인 바닥깔개 위에 꼿꼿한 자세로 서 있었고 삼촌은 소파에서 조용히 담배를 피우고 있었다. 나는 얼른 내 방으로 돌아갔다. 격정에 휩싸여 자리에 앉으며 생각했다. "그래, 그러니까 그는 우리가 어릴 때 이루어진 혼담에 대해 알고 있었고, 그걸 싫어하면서도 내 재산을 탐내는 아버지—돈 밝히는 속물 같으니!—를 기쁘게 하기 위해 그의 뜻에 승복했다 그거군. 내가 그 계약을 무효로 돌릴 수 있다는 거고, 그렇지? 그 사실을 알게 되어 다행이야. 그 덕에 두 명 모두를 손에 쥐고 흔들 수 있게 되었으니. 내가 당신을 벌써 좋아하게 됐고, 그래, 그리고 내 눈에서 그 사실을 읽어낼 수 있다고? 이런 바보! 그 대가로 이제 더 쌀쌀맞게 굴어줄 테야. 하지만 난 정말 그가 좋아. 그리고 진심으로 그가 나를 좋아하기를 바라고. 이 세상에서 난 너무 외롭고, 그이는 나에게 무척 다정한 사람이 될 수 있을 테니까."

조금 울고 나서 한참 동안 머리를 빗은 다음 침대로 가면서 나는 내가 언제 어디서 어떻게 그를 기쁘게 할 수 있는지, 힘닿는 데까지 발견하리라고 결심했다. 나 자신을 가능한 한 매력적이고 가치 있는 존재로 만들기 위해, 그래서 기가 설사 원하지 않았더라도 나를 사랑하지 않을 수 없게 만든 뒤 내 마음 가는 대로 그를 받아들이거나 거절할 수 있도록 하기 위해서 말이다.

다음날 나는 이후 계속된 날들의 단적인 예라고 할 만한 하루를 보냈다. 변덕스러운 기분의 지배를 받은 나는 한번은 기를 기쁘게 만들었다가 한번은 불쾌하게 만들기를 반복했던 것이다. 삼촌을 남몰래 의심하기는 했지만 일단 삼촌이 내게 영향력을 행사하려고 마음먹으면 나는 삼촌 태도의 매력적인 힘을 도저히 거부할 수 없었다. 그러나 이것이 내 계획을 실천에 옮기는 데는 더 유리한 조건이 되어주었다. 고집 센 사촌을 굴복시키는 데 질투처럼 효과적인 수단은 없어 보였기 때문이다. 이런 생각에 사로잡힌 나는 일부러 그와 함께 있는 것이 지루한 척했고 찔레나무 가시처럼 그에게 쌀쌀맞게 굴었으며 반대로 삼촌에게는 딸처럼 다정하고 살갑게 대했다. 삼촌은 그 꿰뚫어볼 수 없는 시선으로 우리 둘 모두를 관찰했고 내 목적을 짐작한 양, 그리고 그것을 도울 생각인 양 천천히 내가 두 사람을 대하는 방식에 따라주었다. 기는 차갑고 어둡게 변해갔지만, 누그러진 표정이나 말 한마디에라도 돌아올 준비가 된 사람처럼 여전히 내 근처를 서성였다. 나는 그게 마음에 들었다. 그래서 사랑했으면서도 너무 오랫동안 적절한 대우를 하지 못했고, 그의 다정한 마음이 느낄 괴로움과 수치를 연장하며 무자비한 즐거움을 만끽했다.

어느 지루한 11월의 저녁, 나는 겉으로는 꽃을 감상하는 척하면서, 사실은 종일 나를 혼자 내버려둔 기를 기다리며 복도를 서성이고 있었다. 그때 삼촌이 방에서 나왔다. 그날 삼촌은 외국에서 편지가 올 때면 언제나 떠올리곤 하는 걱정 가득한 표정으로 자기 방에 몇 시간이나 앉아 있었다.

"시빌, 너에게 보여주고 말해줄 것이 있다." 내가 그 느림보를 위해 준비한, 그라면 의미를 이해할 거라고 생각한, 그리고 그 의미를 알아차려주기를 기대한 헬리오트로프* 가지로 기의 단춧구멍을 장식하고 있을 때 삼촌이 말했다. 나를 객실로 데리고 간 삼촌은 내 손에 종이를 하나 쥐여주며 말했다. "네 아버지의 유언장 사본이다. 읽어보렴."

내가 가장 중요한 문단에 이를 때까지 조바심을 억누르며 유언장의 건조한 세부사항들을 간신히 읽어나가고 있을 동안, 삼촌은 나의 침착함을 의아하게 여기는 것이 분명한 태도로 나를 바라보고 있었다. 문제의 문단이 나왔다. 하지만 바라기만 하면 약혼을 파기할 수 있는 내 권리에 대해서는 한마디도 없었다. 그 사실을 깨닫자 갑작스러운 당혹감과 무력감이 나를 덮쳤다. 낯선 법률 용어들은 처음 보는 부친들 간의 그 명령을 거역할 수 없는 것처럼 보이게 만들었다. 나는 짐짓 연기하고 있던 침착한 모습을 잊고 흥분하며 질문을 던졌다.

---

* 페루 원산의 허브. 잎이 태양을 따라 움직인다고 하여 '영원한 사랑', '사랑이여 영원하라' 등의 꽃말을 지니고 있다.

"삼촌, 제 아버지가 정말 저희가 서로 사랑하든 말든 제가 기와 결혼해야 한다고 하셨나요?"

"거기, 네 아버지가 바라는 바가 무엇인지 적어두지 않았니. 그래서 내가 너희가 함께 지낼 수 있도록 조치를 취해두었던 거야. 젊고 아름답고 비슷한 기질을 지닌 사촌들이 석 달 동안 함께 머물면서 서로의 짝이 되고 싶어지는 것이 대개는 자연스러운 일이니까. 복종해야 마땅한, 돌아가신 혹은 살아 있는 아버지를 위해서가 아니라면 자기 자신을 위해서라도 말이다."

"제가 원하지 않으면 안 해도 된다고 말씀하셨잖아요. 그 이야기는 왜 여기 없는 거죠?"

"내가 그런 말을 했다고? 시빌, 그런 말도 안 되는!" 삼촌이 너무 놀라고 믿을 수 없다는 표정을 지었기 때문에 나는 내가 잘못 들었나 하는 생각마저 들었다. 하지만 삼촌의 반응은 나를 더욱 흥분시키기도 했다. 결과는 개의치 않고 나는 곧바로 이렇게 대꾸했다.

"제가 도착한 다음날 밤 삼촌이 말씀하시는 걸 들었어요. 제가 원하지 않을 땐 그 계약이 효력이 없다는 사실을 제가 알게 된다면 약혼을 거절할지 모르니까 조심하라고 기에게 말씀하시는 것을요."

내가 그 이야기를 엿들었다는 사실이 어떤 계획을 망가뜨린 것이 분명했다. 한순간 삼촌은 통제력을 완전히 잃었다. 손에 쥐고 있던 종이를 구기면서 무서운 목소리로 삼촌이 물었다. "빨리도 도청꾼이 되었구나. 그때 이후 얼마나 자주 엿들은 거지?"

"절대 그런 게 아니에요, 삼촌. 일부러 그런 게 아니에요. 어두운 방에 편지를 가지러가다가, 두 분 목소리가 들리기에 잠깐 서서 들은 거예요. 점잖은 짓은 아니지만 듣지 않을 수가 없었어요. 그리고 삼촌께서 기에게 비밀을 강요하신다면 제가 그 비밀을 훔쳐선 안 될 이유가 없잖아요? 전쟁중에는 모든 행동이 정당화되니까요. 하지만 저를 용서해주시길 바라는 마음으로 저도 두 분을 용서할게요."

"영리하군. 그렇게 솔직한 태도에서 보게 되리라고는 기대하지 않았던 삼가는 자세도 있고. 그래, 그렇다면 이 몇 달 동안 내내 이후의 네 운명에 대해 알고 있었다는 거구나. 그리고 나와 네 사촌을 향한 그 태도에도 의도한 뭔가가 있었고?"

"네, 삼촌."

"너의 대답이 뭔지 물어봐도 되겠니?"

대답하기가 부끄러웠다. 대답을 하기 전 잠깐 멈칫한 사이 나를 두고 오지 않는 기에 대한 원망이 그동안 품어온 자랑스러울 것 없는 자신의 희망을 부정하는 삼촌의 거짓말에 대한 분노 때문에 배가되었다. 삼촌을 곤란하게 하고 그의 계획을 좌절시키고 싶은 강렬한 욕망이 나를 사로잡았다. 눌러 감추려 애쓰고 있었지만 이 대화의 성공 여부에 대한 삼촌의 불안함을 선명히 볼 수 있었기 때문이다. 할 수 있는 가장 냉정한 표정을 지으면서 내가 대답했다.

"아니요, 삼촌. 안 돼요. 지금으로서는 제 작은 꾀가 삼촌의 계획보다 더 성공적이었다는 사실만을 말씀드릴 수 있겠어요."

"하지만 시빌, 바라건대 아버지의 뜻에는 복종할 생각이겠지, 그리고 그 계약에서 네가 맡은 역할을 이행하고?"

"제가 왜 그래야 하죠? 삼촌도 아시겠지만 그 계약은 강제적인 것이 아니잖아요. 그리고 저는 벌써 자유를 잃기에는 너무나 어린 걸요. 그런 계약은 공정하지도 않고, 현명하지도 못해요. 아버지가 무슨 권리로 요람에 있는 저의 짝을 결정하실 수 있단 말이에요? 제가 어떤 사람이 될지, 기가 어떤 사람이 될지 아버지가 어떻게 아실 수 있어요? 아버지가 어떻게 제가 좋아하는 사람을 사랑하면 안 된다고 하실 수 있느냐고요? 아니요! 전 그렇게 물건처럼 거래되진 않을 거예요. 제가 원할 때 사랑하고 결혼할 거라고요!"

이 독립 선언에 삼촌의 얼굴은 불길하게 어두워졌다. 새로운 의심이 그의 눈에 떠올랐고 새로운 불안이 그를 덮쳤다. 하지만 그의 태도는 침착했고, 질문하는 그의 목소리는 그 어느 때보다 더 조용하고 기복이 없었다. "사랑하는 다른 사람이 있는 게냐? 나에게 털어놓아라, 아가."

"만약 그렇다면요, 그렇다면 어떻게 되는 건가요?"

"한순간에 모든 게 바뀌겠지, 시빌. 하지만 그게 누구지? 부인댁에 남겨두고 온 젊은 청년이라도 있는 게냐?"

"아니요, 삼촌."

"그럼 누구지? 너는 여기서 은둔자처럼 지내왔어. 기를 찾아온 친구도 없었고 내 친구들은 모두 늙었지. 그런데 넌 누군가를 사랑한다고 하고 있으니."

"온 마음을 다해서요, 삼촌."

"시빌, 그 사람도 너를 사랑하느냐?"

"그런 것 같아요."

"그런데 그게 기는 아니라는 거지?"

나는 내 단호한 대답에 삼촌이 숨기지 못하고 드러낸 쓰라린 실망의 빛을 즐길 만큼 충분히 사악했다. 그 정도 잠깐의 고통은 느껴 마땅하다고 생각했기 때문이다. 하지만 그 마지막 질문에는 조금 전처럼 단호한 태도로 대답할 수 없었다. 거짓말을 하고 싶지는 않았지만 그렇다고 해서 벌써부터 고백을 하고 싶지도 않았기 때문이다. 그래서 더는 이야기하고 싶지 않다는 듯 조용히 몸을 돌렸다. 삼촌이 내 볼에 떠오른, 내 속마음을 드러내는 홍조를 보지 못하게 하기 위해서. 삼촌은 잠시 깊은 생각에 빠져 있었다. 그의 입에 천천히 미소가 떠올랐고 얼굴에는 만족스러운 표정이 돌아왔으며 승리의 빛 같은 것이 순간적으로 그의 눈에 잠시 번득이더니 그의 얼굴에 숨김없이 드러난 기대감을 남겨두고 사라졌다. 이런 변화도 나를 놀라게 만들었지만 그의 말은 그보다 훨씬 더 경악스러웠다. 삼촌이 자기 손으로 내 양손을 잡으며 정색을 하고 이렇게 말했기 때문이다. "시빌, 내가 친삼촌이 아니라 입양을 통해 삼촌이 된 거라는 사실을 알고 있니?"

"네, 삼촌. 그렇게 들었어요. 하지만 그 사실을 잊고 있었어요." 나는 너무 놀라 분노도 잊고 그를 올려다보았다.

"그렇다면 내 이야기를 하겠다. 네 할아버지는 오랫동안 자식이 없었어. 내 어머니는 네 할아버지의 어린 시절 벗이었지. 내 어머니가 돌아가시고 나서 내가 고아가 되자, 그분은 나를 아들이자 후계자로 입양했다. 하지만 그로부터 이 년 후, 네 아버지가 태어났지. 나는 그것이 내 인생에 가져온 전적인 변화를 깨닫기에는 너무 어렸다. 그 노인은 너무도 공정하고 관대한 어른이라 내가 그런 변화를 느끼지 않도록 해주셨지. 그래서 우리 둘은 형제처럼 함께 자랐다. 둘 다 일찍 결혼을 했고 내 아들보다 몇 년 늦게 네가 태어났을 때, 네 아버지가 나에게 말하더구나. '형님 아들이 제 딸의 짝이 되었으면 합니다. 그러면 제가 아무것도 모르고 형에게서 빼앗은 재산이 우리 아이들 대에 가서 행복하게 합쳐질 수 있을 테니까요.' 그렇게 가족 간의 약속을 맺었고, 네 아버지가 죽을 때 다시 한번 확인했지. 그리고 이제 그 딸에 의해서 파괴되었고. 만약…… 시빌, 난 마흔다섯이다. 넌 아직 열여덟이 되지 않았고. 하지만 언젠가 넌 내가 언제나 너에게 다정하기만 하다면 나와 함께 행복할 수 있을 거라고 말했지. 그러겠다고 약속할 수 있단다. 난 너를 사랑하니까. 아가, 아들을 거절한다면 그 아버지를 받아들여주겠니?"

차라리 삼촌이 나를 때렸더라면 그보다 덜 놀라고 덜 당황했을 것이다. 나는 깜짝 놀라며 내 손을 삼촌 손에서 낚아채듯 빼내 그 속에 얼굴을 감추었다. 최초의 놀라움이 지나가고 나자 웃음을 터뜨리고 싶은, 거의 참을 수 없는 욕망이 나를 사로잡았기 때문이었다. 하지만 감히 그럴 수는 없었다. 삼촌은 부드러운 목소리로 진지하게 이야기를 이어갔다.

"이런 이야기를 꺼내다니, 난 대담한 사람임이 틀림없다. 하지만 난 진심으로 하는 말이다. 네가 응답해줄 거라고 생각지 못했던 내 사랑을 드러낼 생각은 전혀 없었단다. 어리석은 생각이라고 비웃을 뿐이었어. 하지만 네가 그간 보여준 행동이며 지금 너의 말이 나에게 내 피후견인을 영원히 내 것으로 만들고 싶은 바람을 고백하게 하는구나. 그렇게 될 수 있겠니?"

그는 놀라움 때문에 보인 내 행동을 아가씨다운 수줍음으로 잘못 이해했음에 틀림없었다. 게다가 나는 예기치 못한 이 재난이 너무 갑작스러워 말문이 막힌 듯 아무 말도 꺼낼 수가 없었다. 그간 놀려먹으며 재미있어했던 일은 죄의식 속에 다 잊고 말았다. 설사 삼촌이 보여준 애정이 꾸며낸 것이라 하더라도 그의 연기는 훌륭했고 나는 그때 그의 진심을 믿었기 때문이다. 속마음을 반만 보여준 고백이며 그런 행동의 어리석음에 대한 걷잡을 수 없는 후회와 부끄러움이 내 마음을 짓눌렀다. 내 마음은 절망적인 혼란 상태에 빠져 있었지만 그 절대적 혼란으로부터 빠르게 "아니요"라는 대답이 떠올랐다. 하지만 나는 그 대답을 소리내어 말하지 못했다. 바로 그 결정적인 순간, 삼촌이 다시 내 손을 잡고, 자신의 팔로 나를 감싸안고는 대답을 듣기 위해 내 위로 고개를 숙이고 있던 그때, 기가 명랑한 모습으로 방 안에 뛰어들어왔다.

한번 보는 것만으로도 무슨 상황인지 그는 모두 이해한 것 같았다. 일순 그의 얼굴에 더할 나위 없이 거칠게 분을 터뜨리는 것보다 더 무서운 창백한 분노의 표정이 떠올랐다. 눈은 불타는 듯했으며 목소리에는 쓰라린 냉소가 가득했다. "아, 알겠어요. 연극은 계속되지만, 배우가 역을 바꾸었군요. 아버지의 성공과 시빌의 선택을 축하해드리죠. 이제부터 저는 거치적거리는 방해물이 되겠군요. 하지만 가기 전에 결혼 선물을 드리도록 해주세요. 아버지께서 신부를 손에 넣으셨으니, 제가 반지를 제공해드리죠."

그가 내 심장을 멎게 만드는 것 같은 부자연스러우리만큼 침착한 목소리로 이렇게 덧붙이며 탁자 위로 보석 상자를 던졌다.

"조금만 더 솔직했더라면 나를 이렇게 고통스럽게 만들지 않을 수 있었을 텐데요, 시빌. 하지만 내가 그 끈에서 해방되며 느끼는 것만큼 당신도 그 끈으로부터 행복을 얻기를 진심으로 기원합니다. 아버지, 조금만 더 저를 신뢰하셨다면 경쟁자가 아니라 아버지의 조력자가 되어드렸을 텐데요. 저에게는 아버지와 같은 재주는 없어요. 그래서 제가 지고 아버지가 이기셨지요. 그 사실을 인정하겠어요. 그 덕에 부랑자가 되는 편이 팔려가는 것보다 전 더 좋으니까요. 아버지는 이제 아버지와 제 재산을 노름으로 날려버렸던 것처럼 이 소녀의 재산도 노름으로 탕진하실 수 있겠군요. 결혼식에 저를 부르실 필요는 없어요. 저는 오지 않을 겁니다. 오, 시빌, 나는 당신을 그렇게도 사랑하고, 그렇게도 믿었는데!"

그는 비탄에 잠긴 외침을 남긴 채 떠나버렸다.

폭풍 같은 이 상황이 순식간에 지나갔기 때문에, 너무 뜻밖이고 갑작스러웠기 때문에, 기의 분노가 너무도 경멸적이고 갑작스러웠기 때문에 나는 상황을 파악할 수 없었다. 그리고 내가 마치 저항할 수 없는 어떤 힘에 의해 조종되는 꼭두각시 인형처럼 느껴졌다. 하지만 사랑하는 사람이 방을 떠나자 나는 나를 사로잡고 있던 어리둥절함에서 벗어나 기에게 가지 말고 내 이야기를 들어달라고 애원하기 시작했다.

하지만 이미 너무 늦은 뒤였다. 그는 가버렸고 집 앞 진입로를 가로질러 달려가는 술탄의 말발굽 소리가 들려왔다. 나는 더 들리지 않을 때까지 그 소리를 듣고 있었다. 그러고 나자 나의 불같은 성격이 걷잡을 수 없이 폭발해 여자들 특유의 격정과 달변으로 그 모습을 드러냈다. 나는 삼촌에게, 사촌에게, 그리고 나 자신에게 분노했고, 몇 분 동안 오직 격정적인 여자애만이 가능한 방식으로 설명과 꾸지람, 후회의 말들을 마구 쏟아냈다.

소용없는 외침과 함께 문으로 달려가는 동안 삼촌은 내가 떠나온 그 자리에 그대로 서 있었다. 삼촌은 당황한 것 같았지만 동시에 결심을 굳힌 것처럼 보였고, 내가 숨을 쉬기 위해 잠시 말을 멈춘 사이 이렇게 대꾸하기만 했다. "시빌, 그 고집 센 아이를 다시 데려와달라고 부탁했지. 그럴 수는 없다. 그애는 절대 돌아오지 않을 거야. 그애는 이 결혼을 달가워하지 않았다. 하지만 나를 위해 받아들이기로 했던 거야. 나는 운이 나빴고 우리는 돈이 없었으니까. 그를 가게 내버려두어라. 그리고 과거는 잊고 나에게 와서 내가 원하는 사람이 되어다오. 나는 네 아버지를 사랑했고 그 딸에게 한평생 신실한 보호자가 될 생각이니까. 자, 아가, 그렇게 되어야 한단다. 이리 오너라. 부탁이야, 명령이다."

삼촌은 나를 제압하려는 듯 고압적인 고갯짓으로 나를 불렀고 유혹하려는 것처럼 반짝이는 결혼반지를 들어 보였다. 그 말투와 행동, 표정이 나로 하여금 자제심을 완전히 잃게 만들었다. 나는 삼촌 못지않게 단호한 목소리로 이렇게 말하면서 그에게 다가가 반지를 쥐었다. "기는 나를 거절했어요. 제 사랑은 그것으로 끝났어요. 삼촌, 삼촌은 저를 속이고 삼촌의 이기적인 목적을 위한 수단으로 저를 이용하려고 했지요. 전 삼촌도 삼촌의 선물도 받아들이지 않겠어요. 이제 전 삼촌도, 삼촌의 명령도 모두 경멸하니까요." 나는 이렇게 말하면서 내 거부의 의지를 최대한 강렬하게 전하기 위해 그 반지를 반지갑까지 함께 방 건너로 집어던졌다. 커다란 거울 한가운데에 딱 맞춰 부딪친 반지는 거울을 산산조각으로 깨뜨렸다. 떨어진 조각 몇 개가 바닥에 부딪혔다.

"세상에! 이 젊은 아가씨가 미치기라도 한 건가요?" 우리 뒤에서 외치는 목소리가 들려왔다. 삼촌과 나 둘 다 몸을 돌렸다. 누르스름한 얼굴에 뭔가 음흉한 빛을 띤, 스페인 출신 의사 카르나크가 서 있었다. 나는 늘 그에게 억누를 수 없는 반감을 가지고 있었다. 삼촌의 주치의였던 그는 아픈 하인을 보기 위해 위층에 와 있던 참이었다. 그런데 나에게 불리한 운명은, 바로 그때 그가 불길한 한마디를 외치며 문간에 모습을 드러내도록 했던 것이다.

"뭐라고 했죠?"

삼촌은 의사의 말을 반복하며 몸을 돌려 방에 새로 등장한 인물을 빤히 바라보았다. 나는 내 모습이 미친 사람처럼 보였을 것이라고 확신한다. 참을 수 없을 만큼 화가 나 있었고 창백했으며 흥분해 몸을 떨고 있었기 때문이다. 그들이 이상한 경계의 표정을 지으며 나를 마주하고 서자, 이 상황이 얼마나 우스꽝스럽고 말도 되지 않는 것인가 하는 생각이 갑자기 나를 사로잡았다. 나는 잠시 신경질적으로 웃음을 터뜨린 후 기가 떠나버렸다는 사실이 떠올라 격렬한 후회의 눈물을 흘리기 시작했다. 두 손으로 얼굴을 가리고 흐느낄 동안 그 둘은 뭔가 나에 대한 이야기를 쑥덕거렸다. 하지만 난 그들에게 신경쓰지 않았다. 울음으로 마음이 좀 진정되자 희망적인 생각이 떠올랐기 때문이었다. 기는 그렇게 멀리 가지 못했을 터였다. 술탄은 그날 온종일 나가 있었다. 기는 자신에 대해서는 무분별한 행동을 서슴지 않았지만 사람처럼 사랑하는 술탄에 대해서는 그렇지 않았다. 그러므로 가까이에 있는 가난한 친구 집에 가 있을 것이 틀림없었다. 두 사람 몰래 조용히 빠져나갈 수만 있다면 내 어리석기 짝이 없는 행동으로 인한 상황을 원래대로 돌려놓을 수 있을지도 몰랐다. 적어도 그가 넓은 세상으로 가 다시는 돌아오지 않기 전에 다시 한번 그의 얼굴을 볼 수 있을 터였다. 이 희망이 나에게 무엇이든 할 수 있는 용기를 주었다. 서둘러 눈물을 닦으면서 나는 조용히 주위를 둘러보았다. 카르나크 박사와 삼촌은 여전히 불 앞에 서서 낮은 목소리로 대화에 열중해 있었다. 돌아서 있는 그들의 등을 바라보며 나는 드레스 자락 소리를 죽이고 발소리도 없이 조용히 현관 복도로 빠져나왔다. 기의 격자무늬 천 망토를 움켜쥔 나는 아무도 모르게 커다란 문을 열고 집 앞 진입로를 따라 달려내려가기 시작했다.

그러나 멀리 가지는 못했다. 바람이 나를 앞뒤로 흔들어댔고 비 때문에 앞이 보이지도 않았으며 진흙이 발에 엉겨붙어 곧 신발 한 짝이 벗겨졌기 때문이다. 절망하며 신발을 움켜쥔 나는 캄캄한 바깥쪽을 향해 쏟아지는 손전등 불빛을 보았고 나를 부르는 목소리를 들었다. 곧 재빠른 발걸음 소리가 내 뒤로 들려왔다. 사냥꾼에게 쫓기는 암사슴처럼 나는 달려 도망쳤다. 하지만 십 미터도 채 가기 전 신발이 벗겨진 발이 날카로운 돌에 부딪히는 바람에 나는 길가 둑 위의 젖은 풀 위로 반쯤 정신을 잃은 채 쓰러지고 말았다. 카르나크 선생이 제일 먼저 도착해 말썽꾸러기 아이라도 되는 듯 나를 들쳐 안고는 구경거리라도 생긴 양 바라보고 있는 한 무리의 하인들을 지나쳐 다시 거실로 데리고 갔다. 삼촌이 전혀 삼촌답지 않은 호들갑스러운 태도로 제발 좀 진정하라고 숨 가쁘게 애원하며 그 뒤를 따라왔다.

나는 너무도 수치스러웠다. 넘어질 때의 충격으로 머리가 아팠고 발에서는 피가 흘렀으며 심장은 불규칙하게 뛰고 있었다. 카르나크 박사가 나를 내려놓았을 때 위기가 닥쳤다. 삼촌이 내 위로 몸을 숙이며 "가엾게도. 아가, 나를 알아보겠니?"라고 이해할 수 없는 질문을 던졌기 때문이다. 도저히 억제할 수 없는 충동으로 나는 삼촌을 밀쳐내며 격정적으로 소리쳤다. "네, 알죠. 그리고 삼촌을 증오해요. 가게 해주세요! 가게 해달라고요, 아니면 너무 늦고 말 거예요!" 이렇게 소리친 후 그전 한 시간 동안의 여러 가지 감정들로 인해 완전히 탈진한 나는 평생 처음으로 정신을 잃고 말았다.

정신이 들어보니 나는 내 방에 누워 있었다. 삼촌과 카르나크 박사, 재닛과 가정부 베스트 부인이 내 주위에 모여 있었다. 베스트 부인이 내 이마를 물로 적셔주며 말했다. "가엾은 아가씨, 딱하게도. 이렇게 젊고, 이렇게 아름다운데 어떻게 그런 불운이 닥칠 수가. 재닛, 아가씨가 전에도 그러는 걸 본 적 있니?"

"아니요. 천만에요, 부인. 저녁식사를 위해 옷을 입혀드릴 때는 전혀 그런 발작의 기미가 없었어요."

"대체 무슨 소리를 하는 거야? 사람이 화내는 걸 한 번도 본 적이 없다는 거야?" 몽롱한 상태로 나는 생각했다. 그리고 여전히 나를 사로잡고 있던, 하지만 빠르게 사라져가던 몽롱함 속에서 곧 카르나크 박사의 낮은 목소리가 또렷하게 들려왔다. "이런 상태가 계속된다면 그렇게 하시는 것이 전적으로 타당하지요."

"뭘 한다는 거죠?" 카르나크 박사의 목소리에 정신이 돌아오고 분노도 되살아난 내가 날 선 목소리로 물었다. 나는 그 의사를 무척이나 혐오했던 것이다.

"아무것도 아니에요, 아가씨. 아무것도." 기운이 없고 어지러웠지만 무슨 일이 벌어지고 있는 건지 알고야 말겠다는 생각에 몸을 일으키는 나를 베스트 부인이 부축하며 달래는 목소리로 말했다. 나는 그야말로 '가엾은' 모습이었다. 젖은 머리는 어깨 위에 늘어져 있었고 드레스는 주름 자락을 따라 진흙물이 들어 있었으며 신발이 벗겨진 한쪽 발은 피로 붉게 물든 한편 다른 쪽 신발은 진흙과 빗물로 얼룩덜룩한 상태였기 때문이다. 거기에 더해 창백한 얼굴과 불안한 눈동자가 내 맞은편 거울에 비친 황폐한 모습을 완성했다. 모든 것이 흐릿하고 이상하게 보였고 열에 들뜬 불안과 동요가 나를 사로잡고 있었다. 나는 그런 정신적 폭풍을 겪은 후에 쉽게 진정되는 사람이 아니었기 때문이다. 팔로 몸을 지탱하며 나는 끌어모을 수 있는 모든 침착함을 동원하여 방과 그 안에 있는 사람들을 둘러보았다. 두 명의 하녀가 호기심 어린, 그러나 동정적인 시선으로 나를 바라보고 있었다. 카르나크 박사는 자신의 손에 있는 상처를 보여주고 스페인어로 빠르게 무엇인가를 말하는 삼촌의 이야기를 들으면서 수상한 시선으로 나를 힐끗 쳐다보았다.

그 모습이 방금 처방된 강장제보다 더 내 기운을 북돋았다. 나는 벌떡 몸을 일으키며 불쑥 이렇게 소리쳤다. "제발 부탁이니, 모두 나가줘요. 머리도 아프고, 혼자 있고 싶어요."

"재닛이 남아서 아가씨를 보살피는 것이 좋겠어요. 아가씨는 지금 정상이 아니셔요." 베스트 부인이 말을 시작했지만 나는 단호하게 그녀의 말을 끊었다.

"아니요, 부인부터 나가주세요. 재닛도 데리고 가시고요. 거울이 깨지고 여자애가 소리 좀 지르는 정도로 이렇게 야단법석을 떠는 것엔 이제 질렸어요."

"시빌 양, 제가 나가기 전에 이 진정제를 얌전히 드실 수는 있겠지요."

"그런 건 조금도 먹지 않겠어요. 그냥 좀 혼자 있다가 자고 나면 아무렇지도 않을 거예요." 이렇게 말한 다음 나는 카르나크 박사가 내게 내민 유리잔 속 내용물을 벽난로 불속으로 쏟아버렸다.

그는 역겨운 미소를 지으며 어깨를 으쓱하더니 진정제를 한 잔 더 조용히 준비했다. "이해를 못하시는 것 같군요, 시빌 양. 지금 도움이 무척 필요하신 상태랍니다. 그러니 시키는 대로 따르도록 하세요. 삼촌에게 더이상 심려를 끼치지 않도록 말입니다."

자신의 권위를 내세우려 드는 이런 태도에 내 인내심은 그만 한계를 드러내고 말았다. 나는 좀더 고압적인 태도로 문제를 처리해야겠다고 결심했다. 모두가 무례하기 짝이 없는 호기심 어린 시선으로 나를 바라보고 있었기 때문이다.

"저 사람은 내 삼촌이 아니에요! 삼촌이었던 적도 없고, 나에게 그 어떤 존경과 복종을 기대할 자격도 없는 사람이라고요! 내 건강에 대해서는 내가 제일 잘 알고 있어요. 내가 원하지 않는 일을 시키거나 불필요한 야단법석으로 나를 도울 수는 없을 겁니다. 여긴 내 집이에요. 그러니 이제 내 명에 따라 이 집을 떠나주시죠, 카르나크 박사님. 여긴 제 방입니다. 전 지금 당장 방해받지 않고 혼자 있어야겠으니까요."

나는 이렇게 말하면서 문을 가리켰다. 여자들은 겁먹은 표정으로 서둘러 방을 떠났다. 카르나크 박사도 고개 숙여 인사하고 나서 그 뒤를 따라갔다. 하지만 삼촌이 내게 다가와 여전히 문 근처에서 서성이고 있던 사람들에게는 들리지 않는 목소리로 "시빌, 내 청을 거절하겠다는 마음에 변함이 없는 게냐?"라고 물어볼 때 박사가 문간에 멈춰섰다.

"어떻게 감히 그 질문을 다시 던질 수 있는 거죠? 삼촌과 결혼할 바에는 차라리 죽는 편이 낫겠어요!"

"세상에나, 주님의 자비가 있기를! 아가씨가 이제 주인어른과 결혼하니 마니 하는 이야기를 하는 걸 좀 들어봐. 제인, 정말 무서운 일 아니니?" 베스트 부인이 마지막으로 한 번 더 보기 위해 고개를 재빨리 뒤로 돌리면서 소리쳤다.

"그 입 다물도록 해요, 무례하기 짝이 없는 여자 같으니!" 내가 소리쳤다. 그러자 이 뚱뚱한 노파가 너무나 우스꽝스러운 모습으로 서둘러 도망쳤기 때문에, 나는 기운도 없고 분한 상황인데도 웃음을 터뜨리고 말았다.

삼촌도 내 곁을 떠났다. 그리고 나는 삼촌이 카르나크 박사 옆을 지나가며 "상태가 어떤지 보셨겠죠"라고 말하는 소리를 들을 수 있었다.

"흔히 볼 수 있는 증상입니다. 하지만 저런 악의는 좋지 않은 신호인데요." 스페인 출신 의사는 이렇게 대답하며 문을 잠그더니 솜씨 좋게 열쇠를 방 안쪽에서 빼낸 다음 방문을 닫아버렸다.

나는 한 번도 이런 식의 구속을 당해본 적이 없었다. 그것은 즉시 나를 폭발하게 만들었다. 이 마지막 모욕은 절대로 견딜 수 없는 것이었기 때문이다.

"이 문 당장 열어요!" 나는 문을 흔들면서 명령했다. 아무도 대답하지 않았다. 문고리를 부숴보려는 몇 번의 성과 없는 시도 끝에 나는 문 앞을 떠나 창문을 열고 밖을 내다보았다. 뛰어내리기에는 너무 높았다. 하지만 여름철 포도나무 덩굴줄기가 매달려 있던 격자 울타리는 높고 튼튼해 보였다. 한번 훌쩍 뛰기만 하면 그 격자 울타리에 닿을 수 있을 터였고, 찰나의 민첩함을 발휘한다면 그 아래의 테라스에 도달할 수 있을 것 같았다. 강장제가 힘을 북돋아주기도 했고 흥분하게도 만들었기 때문에 나는 이제 그 어떤 무모한 시도라도 서슴지 않을 수 있는 상태였다. 발에는 붕대가 감겨 있었고 옷은 여전히 젖어 있는 채였다. 새로이 더 잃을 것도 없으니 약간의 위험을 무릅쓴다면 내 뜻대로 하지 못할 이유가 없었다. 나는 창밖으로 기어나가 안전하게 땅으로 내려가는 데 성공했다. 그리고 처음 의도했던 대로 기의 친구가 사는 오두막집을 향해 출발했다. 하지만 기는 그곳에 없었다. 집으로 돌아온 나는 대범하게 현관문으로 들어간 후 곧바로 삼촌과 카르나크 박사가 여전히 이야기를 나누고 있던 방으로 들어갔다.

"내 방 열쇠 이리 주세요." 나는 거두절미하고 이렇게 요청했다.

두 사람 모두 내가 마치 유령이라도 되는 듯 깜짝 놀라 나를 바라보았다. 삼촌이 소리쳤다. "어떻게 여기를! 아니, 대체 어떻게 방을 빠져나온 거지?"

"창문으로요. 전 화를 참지 못했다는 이유로 방에 가둬둘 수 있는 어린아이가 아니에요. 그런 처분은 받아들일 수 없어요. 내일 부인에게 돌아가겠어요. 제가 제 집의 주인으로 다시 돌아오기 전까지 그곳에 있겠어요. 이제 열쇠를 제게 주세요."

"열쇠를 드려도 될까요?" 카르나크 박사가 삼촌에게 물어보았다. 삼촌이 고개를 끄덕이며 소곤거리는 소리로 대답했다. "네, 그렇게 하세요. 저애를 다시 흥분시켜서는 안 되니까요."

나는 열쇠를 받아들었다. 그리고 더는 아무 말도 하지 않고 도도한 태도로 내 방으로 올라와 방문을 잠근 다음 불안하고 비참하기 짝이 없는 밤을 보냈다. 아침이 오자 나는 이층에서 아침식사를 한 뒤 가방을 싸고 편지와 기록들을 태우는가 하면 기가 나에게 주었던 잡다한 물건들을 정리하기도 하면서 분주하게 시간을 보냈다. 아무도 나를 방해하거나 귀찮게 하지 않았다. 얼굴을 본 사람이라곤 재닛뿐이었는데, 그녀는 분명 공손한 태도를 유지하고 아무 말도 하지 말라는 모종의 명령을 받은 것이 틀림없었다. 하지만 그녀의 얼굴은 여전히 전날 밤 보여주었던 그 호기심과 동정어린 관심을 표정으로 드러내고 있었다. 점심이 올라왔지만 먹을 수가 없었다. 전날 밤 비를 맞고 넘어지고 흥분한 탓에 신경이 쇠약해지고 기력이 약해졌다는 생각이 들었고, 그래서 부인에게 돌아가는 것을 다음날로 미루기로 했다. 날이 어두워지자 잠을 청해보려고 애썼지만 도저히 잠이 오질 않았다. 기가 자주 가는 몇몇 장소로 제발 나를 좀 만나달라고 애원하는 쪽지를 들려 사람을 보냈지만, 심부름꾼은 기가 거기 오지 않았다는 답변만을 가지고 돌아왔기 때문에 마음이 너무도 무거워 휴식을 취할 수 없었던 것이다.

저녁식사를 위해 내려오라는 소리를 들었을 때도 나는 여전히 내려가기를 거부했다. 카르나크 박사의 목소리가 들렸기 때문이다. 나는 그를 만나고 싶지 않았다. 그래서 나는 내일 아침 일찍 마차를 준비해달라고, 그리고 그전까지는 나를 혼자 내버려두었으면 좋겠다고 전갈을 보냈다. 몇 분 후 재닛이 와인 잔을 은쟁반에 받쳐들고 돌아왔다. 쟁반 위에는 카드가 놓여 있었고 거기에는 "아버지를 생각해서라도 이제 다 잊고 나를 용서해주려무나. 그리고 '과거를 잊기 위해' 나와 건배를 들도록 하자"라는 말이 적혀 있었다.

그 말이 내 마음을 움직였고 분노를 누그러뜨렸다. 나는 삼촌의 자존심을 잘 알고 있었다. 카드에 적힌 문구는 내가 그렇게도 경박하게 삼촌의 마음에 불러일으켰던 희망들을 삼촌이 완전히 접었다는 사실을 보여주고 있었다. 나는 충동적이긴 했지만 악의가 있는 사람은 아니었다. 삼촌은 내게 친절하고 다정했는데 나는 삼촌에게 대단히 괴팍하고 고집스럽게 굴었던 것이 사실이다. 삼촌의 오해는 자연스러운 것이었는데도 나는 삼촌에게 관대하지 못했다. 집을 떠나겠다는 결심에는 변함이 없었지만, 나는 이런 상황을 불러온 나 자신의 행동을 반성하고 후회했다. 그리고 나 때문에 삼촌이 아들을 잃게 되었다는 사실을 떠올리며 나는 삼촌의 사과를 받아들이고 삼촌이 보낸 와인을 마신 후, 삼촌에게 공손히 밤인사를 보냈다.

나는 와인에 익숙하지 않았다. 내가 마신 와인은 숙성하면서 강해진 것이 틀림없었다. 혀에는 따뜻하고 향긋했지만 나에게는 너무 독하다는 것이 드러났다. 여전히 불 앞에 앉은 채 나는 배를 타고 기를 찾아헤매는 희미한 꿈에 사로잡혀 천천히 불길한 잠 속으로 빠져들기 시작했다. 조금씩 마침내 나를 완전한 무의식의 상태로 이끄는 배의 움직임에 몸을 맡기면서.

잠에서 깨어난 나는 침대에 누워 있는 나 자신을 발견하고 깜짝 놀랐다. 창문 사이로 대낮의 햇살이 스며들어오고 있었다. 아침 일찍 떠나려고 했던 것이 떠올라 벌떡 일어난 나는 한 걸음을 뗀 후에 당황하여 그 자리에 못 박힌 듯 멈춰서고 말았다. 내 방이 아니었기 때문이다! 시선이 가 닿는 모든 것이 전부 완전히 낯설었다. 방은 작았고 약간의 기본적인 가구들이 갖춰져 있었지만 오랫동안 사용되지 않았던 것처럼 모두 닫혀 있었다. 내 여행가방이 벽에 기댄 채 놓여 있었고 옷은 의자에 걸려 있었으며 내가 방금 일어난 침대 위에는 종종 삼촌이 어깨에 걸치고 있는 걸 본 적이 있는, 테두리를 모피로 두른 망토가 늘어져 있었다. 어리둥절하여 잠시 주위를 두리번거리던 나는 서둘러 창문으로 가보았다. 창문에는 쇠창살이 달려 있었다!

창밖으로 시들고 젖은 잔디밭이 보였다. 음산한 전나무 한 열이 음침하기 짝이 없는 마당을 둘러싼 높은 벽 너머의 풍경을 가로막고 있었다. 점점 더 불안해진 나는 문으로 달려가봤지만 문도 잠겨 있었다. 벨은 보이지 않았고 아무 소리도 들리지 않았다. 가까이에 인기척이라고는 전혀 없었다. 불길한 예감이 얼음송곳처럼 서늘하게 온몸의 신경과 혈관을 뚫고 지나가는 것이 느껴졌다. 난생처음으로 온몸을 마비시키는 공포의 전율을 느꼈다. 그러나 오랫동안은 아니었다. 타고난 용기가 곧 돌아왔고 분노가 공포를 대신했으며 흥분이 힘을 불러모았다. 관자놀이께에 욱신욱신 무지근한 통증이 느껴졌다. 눈꺼풀이 무거웠고 평소 느껴보지 못한 나른함으로 팔다리가 축 처졌으며 기억이 이상하게 혼란스러웠다. 하지만 하나만은 분명했다. 누군가를 찾아서 상황이 어떻게 된 것인지 물어보고, 설명을 요구하고, 지체 없이 바로 부인에게로 돌아가야 한다는 것.

떨리는 손으로 옷을 입던 나는 갑자기 비명을 지르며 멈춰서고 말았다. 머리로 손을 올렸지만 내 머리, 아름답고 숱 많은 내 머리카락이 잡히지 않았기 때문이다! 방에는 거울이 없었다. 하지만 손으로 만져보아 머리카락이 목선 위 얼굴 가까이까지 짧게 잘린 것을 알 수 있었다. 이것은 내가 견딜 수 있는 것 이상의 모욕이었다. 상실한 내 아름다움을 생각하며 나는 최초의 눈물을 흘렸다. 나약한 반응이었지만 눈물을 흘린 덕에 기분이 좀 나아졌고 정신이 더 맑아졌으며 그것이 무엇이든 간에 내 앞에 기다리고 있는 것을 좀더 잘 대면할 마음의 준비를 갖추게 되었다. 나는 방문을 두드리고 사람을 불렀다. 그다음엔 인내심을 잃고 문을 흔들며 소리를 질러도 보았다. 하지만 아무도 오지 않았고, 내 부름에 응하는 사람 역시 없었다. 마침내 지친 나는 주저앉아 무기력한 절망감에 사로잡힌 채 다시 한번 울음을 터뜨렸다.

한 시간쯤 지난 후 발걸음 소리가 방을 향해 다가왔다. 열쇠가 돌아가는 소리가 들리고 무표정한 얼굴의 여자 하나가 손에 쟁반을 들고 방 안으로 들어왔다. 비록 분노로 눈이 이글거리고 목소리는 떨리고 있었지만 나는 할 수만 있다면 인내심을 발휘해 침착하게 질문을 해야겠다고 결심했다. "여기는 어디죠? 그리고 내가 왜 내 의지와 상관없이 여기에 와 있는 거죠?"

"자, 여기 아침이 있어요. 무척 배가 고플 겁니다." 그게 내가 들은 대답의 전부였다.

"제 질문에 대답하기 전에는 절대 먹지 않겠어요."

"대답을 해드린다면 조용히 제 지시에 따르시겠어요?"

"내게 복종을 강요할 권리는 없어요. 하지만 노력해보지요."

"좋아요. 제가 아는 사실은 아가씨가 지금 댁에서 이십여 마일 떨어진 곳에 계신다는 것, 그리고 병이 나서 여기에 오셨다는 것뿐이에요. 커피에 설탕을 넣어드릴까요?"

"제가 언제 이곳으로 온 거죠? 기억이 나지 않아요."

"오늘 아침 일찍이요. 소란을 피하기 위해 이리로 모셔오기 전에 수면제를 드셨기 때문에 기억을 못 하시는 거예요."

"아, 그 와인! 누가 나를 이곳으로 데리고 왔죠?"

"카르나크 박사님이요."

"혼자서요?"

"네, 아가씨. 깨어 있을 때보다 잠들어 있을 때 다루기가 낫다고 말씀하시더군요."

나는 분노로 몸을 떨었다. 하지만 지난밤의 여행을 둘러싼 미스터리에 대해 좀더 알아내기 위해 자신을 억제했다.

"부인 이름을 여쭤봐도 될까요?" 온순한 태도로 내가 물었다.

"해나라고 부르시면 됩니다."

"네, 해나. 뭔가 이해할 수 없는 착오가 있었던 거예요. 저는 아프지 않아요. 부인도 저를 보면 아실 수 있잖아요. 저는 지금 당장 오늘 만나기로 되어 있는 친구가 있는 곳으로 출발해야겠어요. 마차를 불러주시고, 제 짐을 밖으로 좀 가지고 나갈 수 있게 해주세요."

"그건 안 되는 일입니다. 우리는 시내에서 일 마일이나 떨어져 있고 여기엔 마차가 없습니다. 게다가 설사 열두 대의 마차가 있다 해도 여기를 떠나실 수는 없어요. 전 명령을 받았고, 그 명령에 따라야 하니까요."

"하지만 카르나크 박사에게는 나를 이리로 데려오거나 여기 가둬둘 권리가 없어요."

"아가씨의 삼촌께서 이리 보내신 겁니다. 카르나크 박사님은 아가씨를 맡고 계신 거고요. 그게 제가 아는 전부예요. 이제 제 약속을 지켰으니 아가씨도 약속을 지키셔야죠. 아침식사를 들도록 하세요. 그렇지 않으면 이다음엔 아가씨 말을 믿지 않을 겁니다."

"하지만 대체 내가 어디가 어떻게 아프다는 거죠? 내가 아프다면 어떻게 그걸 알지도 느끼지도 못할 수가 있느냐고요?" 점점 더 영문을 알 수 없어 답답해진 내가 물었다.

"아파 보이세요. 그리고 그것만으로도 충분한 이유가 되지요. 그분들은 이런 일에 대해서라면 전문가이시니까요. 제때 의사 선생님께 보이지 않았다면 열병을 앓았을지 몰라요."

"누가 내 머리카락을 자른 거죠?"

"제가 잘랐어요. 박사님께서 그렇게 하라고 지시하셔서요."

"어떻게 감히 그자가! 난 박사를 증오해요. 그리고 절대 박사의 말에 따르는 일은 없을 거예요."

"쉬, 아가씨, 그렇게 주먹을 쥐고 그런 표정을 짓지 마세요. 아가씨의 말과 행동을 모두 박사님께 보고해야 하니까요. 그런 말과 행동을 전하는 건 즐거운 일이 아니랍니다."

그 여자는 공손했지만 냉정하고 가차없었다. 눈에서는 아무런 연민이나 동정심을 읽을 수 없었고 태도는 사무적이었으며 고집 센 아이를 다룰 때처럼 반쯤은 달래고 반쯤은 겁주는 말투를 사용했다. 나는 즉시 그녀가 싫어졌으며 어떤 위험을 감수하고라도 탈출하고야 말겠다고 결심했다. 삼촌의 설명할 수 없는 행동들 때문에 정말 불안해졌기 때문이다. 해나는 방문을 연 채 그냥 내버려두었다. 재빨리 힐끗 밖을 내다본 나는 넓은 복도 끝의 또다른 문 하나도 약간 열려 있는 것을 발견했다. 그 뒤로 살짝 푸른빛과 대문이 보였다. 내 계획은 무모할 정도로 단순했고 나는 그것을 일순의 지체 없이 이행에 옮겼다. 음식을 먹는 척하던 나는 곧 해나에게 침대에서 손수건을 좀 가져다달라고 부탁했다. 그녀가 내 부탁을 들어주려고 방을 가로질러 걸어가는 동안 나는 밖으로 뛰어나가 복도를 내달린 후 보도를 따라 대문까지 가서는 대문의 거대한 빗장을 힘차게 잡아당겼다. 하지만 그 문 역시 잠겨 있었다. 낙담한 나는 정원으로 달려갔다. 하지만 높은 벽이 마당을 다 둘러싸고 있었다. 내가 헛되이 출구를 찾으며 정원을 돌고 있는 동안 해나가 그녀 못지않게 음산하고 무자비해 보이는 한 남자를 대동하고 천천히 나를 향해 다가오는 것이 보였다. 당황한 기색도 기분 나쁜 기색도 전혀 찾아볼 수 없었다. 저 안으로 돌아갈 수는 없었다. 갑자기 마음에 떠오른 희망에 고무되어 나는 담 가까이 자라고 있던 전나무 중 하나로 몸을 날렸다. 아래쪽 가지들이 부러졌다. 가느다란 나무가 위험스럽게 흔들렸다. 하지만 나는 마침내 평평한 담장 윗부분에 닿을 때까지 포기하지 않고 매달렸다. 그곳에서 나는 잠시 멈춰 뒤를 돌아보았다. 해나가 내가 다른 쪽으로 뛰어내리는 걸 막기 위해 서둘러 달려오고 있었고, 남자는 내 바로 밑에서 단호한 목소리로 그만두라고 소리치고 있었다. 반대쪽 아래를 내려다보았다. 바위가 많은 개울이 있었다. 하지만 순순히 자유를 내주기보다는 차라리 목숨을 거는 편이 나았다. 나는 개울둑 위로 떨어지기를 바라면서 훌쩍 몸을 던졌지만 실패하고 바위에 세게 부딪히며 떨어졌다. 끔찍한 충격이 느껴졌다. 그리고 완벽한 암전이 찾아왔다.

여러 주 동안 나는 고열에 시달리며 침대에 누워 있었다. 열에 들뜬 상태에서 간간이 카르나크 박사와 해나의 존재를 느낄 수 있었다. 한 번인가 삼촌을 본 것 같은 생각도 들지만 확신할 수는 없었다. 그리고 마침내 정신적으로도 육체적으로도 비참할 정도로 기가 꺾인 채 과거의 내 그림자 같은 무엇이 되살아났다. 나는 이전보다 좋은 방에 누워 있었다. 창밖으로 겨울바람이 무섭게 불어대고 있었지만 높게 세워진 벽난로 울 뒤로 장작불이 이글거리고 있었고 탁자 위에는 책들이 놓여 있었다.

해나 이외에는 아무도 볼 수 없었지만 전에 이미 말해준 것 이상의 그 어떤 정보도 그녀에게서 얻어낼 수 없었다. 바깥세상에서는 아무런 전갈도 없었다. 나는 완전히 홀로 버려진 것 같았다. 용기는 무참히 꺾여버렸고 기운은 소진되었으며 자유는 상실되고 말았다. 한동안 나는 절망에 굴복한 채 아무 희망도 기운도 없이 하루하루를 보냈다. 열의를 느낄 만한 대상 없이 산다는 건 고통스러운 일이었다. 특히 여전히 젊음의 축복이 남아 있는 상태라면. 그리고 그 감옥에서조차 나는 곧 나를 둘러싼 알 수 없는 상황과 썩 잘 어울리는 몰두의 대상을 발견해냈다.

낮에 책을 읽으며 앉아 있거나 밤에 잠들지 않고 깨어 있을 때면 나는 내 윗방에 내가 한 번도 본 적 없는 누군가가 살고 있다는 것을 감지할 수 있었다. 특이한 사람인 것 같았다. 몇 시간이고 지치지도 않고 앞뒤로 서성이는 발걸음 소리가 들려왔기 때문이다. 단조롭게 지속되는 그 소리는 그보다 더 거친 소리 이상으로 내 신경을 곤두세웠다. 설명을 해달라고 해나를 조르거나 그녀를 경계하게 만들 수는 없었다. 마침내 귀를 막고 그 알 수 없는 산보자에게 제발 좀 멈추라고 애원하고 싶어질 때까지 나는 매일매일 그 소리를 들었다. 신경을 곤두서게 하는 다른 소리들도 들려왔다. 마치 자장가라도 부르는 듯 낮고 단조롭게 중얼거리는 소리, 양탄자가 깔리지 않은 바닥 위에서 흔들리는 요람이 내는 것 같은 발작적인 부딪힘 소리, 그리고 그사이로 이따금 들려오는 고통스러운, 간신히 억누르는 듯 날카롭지만 짧은 울음소리. 그 소리들과 고독, 감금 상태, 내가 읽고 있던 책들—기이한 이야기들, 귀신 이야기 모음집들—따위가 결합하여 마침내 나는 극도의 신경과민 증세를 보였다. 그로 말미암아 눈에 띄게 건강이 악화되었기 때문에 나는 마침내 방을 나가도 된다는 허락을 받았다.

집 전체가 삼엄한 경계 아래 있었기 때문에 나는 곧 탈출에 대한 모든 희망을 접고 가구가 놓이지 않은 방들이며 소리가 울려퍼지는 복도들을 정처 없이 서성이며 무료함을 달랬다. 하지만 해나의 영역에 들어가는 일은 거의 없었다. 그곳에는 온갖 화학기구로 둘러싸인 채 가마며 증류기에 무엇인가를 쏟아붓고 있는 그녀의 남편이 앉아 있었기 때문이었다. 그는 결코 나에게 말을 거는 법이 없었다. 그리고 나는 차가운 눈동자로 쏘아보는 그의 시선이 두려웠다. 그의 차가운 얼굴은 모든 희망을 상실한 채 유령처럼 창백하고 기운 없이 그의 방 문턱 앞에 멈춰선 조그마한 인물을 마주하고도 한 줄기 연민의 빛으로 누그러지는 기색을 보이지 않았기 때문이다.

이 고독하고 단조로운 산책을 하며 관심을 쏟았던 것은 주로 내 윗방 문 앞이었다. 문 앞에는 커다란 사냥개가 누워 있었는데, 그 개는 접근을 전혀 허락하지 않는 사나운 눈으로 나를 바라보면서 내가 너무 가까이 다가가면 낮은 소리로 으르렁거리곤 했다. 나는 그 방에 거부할 수 없는 매혹을 느꼈다. 단 하루도 그 방을 그냥 비켜갈 수 없었고, 밤이면 그 방에 대한 꿈을 꾸었다. 나는 계속 그 방에 대한 생각에 사로잡혀 있었고 곧 일종의 편집증적 상태에 빠져들었다. 나는 그 상태를 저주했지만 통제할 수는 없었다. 그리고 내 머리 위의 방에서 서성이는 보이지 않는 두 발처럼, 마침내 앞뒤로 서성이고 있는 나 자신을 깨달았다. 해나가 와서 그만두라고 말했다. 몇 시간 후 카르나크 박사가 나타났다. 그사이 나는 너무도 변해서 그를 몹시 두려워하게 되었고 그는 그 사실을 즐기는 것 같았다. 젊음과 아름다움이 준 자신감 속에서 나는 그에게는 경멸을, 삼촌에게는 반항을 드러내 보여왔기 때문이다. 이제 그는 자신의 힘을 과시해 나를 괴롭힘으로써 잔인한 만족감을 느끼는 것 같았다. 그는 결코 내 질문이나 애원에 대답하는 법이 없었고 나를 의지도 판단력도 없는 존재로 취급했다. 그리고 여러 가지가 섞인 약물이나 실험적인 식이요법을 강요하는가 하면 기이한 책들을 주면서 읽으라고 하기도 했다. 그리고 매주 해나에게 그 모든 것을 보고받았다. 그날 방에 와서 나를 본 카르나크 박사는 "걷게 놔둬"라고 말하고 특유의 소름 끼치는 미소를 지은 뒤 나갔다.

그 일이 있고 난 후 곧 나는 잠이 든 채 걸어다니는 증상이 생겼고, 한밤중에 몇 번이나 그 귀신 붙은 집 여기저기를 램프도 없이 헤매고 있는 나 자신을 깨닫게 되었다. 나는 한동안 잠결에 집 안을 배회한다는 사실을 숨겼다. 하지만 마침내 불길한 사건이 하나 일어나 그들을 깨우는 바람에, 해나에게 그 사실을 발각당하고 말았다.

어느 날 나는 몇 시간이고 내 방을 서성이고 있었다. 위에서 들려오는 소리에 맞춰 아래에서 걸음을 옮기면서. 나는 그 알 수 없는 방을 두서없는 상상력이 만들어낼 수 있는 여러 형태의 구슬픈 인물들로 채워보기도 하고, 그 방에 관련된 비극적 사랑 이야기를 그려보기도 하고, 비정상적인 내 생활을 사로잡은 단 하나의 대상, 알 수 없는 위력으로 위험할 정도로 빠르고 강렬하게 마음을 뒤흔드는 그 인물에 대해 곰곰이 생각해보기도 했다. 어느 날 한밤중에 일어난 나는 한 번도 문간을 넘어보지 못한 바로 그 방문 앞에서 한 줄기 달빛을 받으며 서 있는 나 자신을 발견했다. 4월의 밤은 따뜻했다. 공기를 들이기 위해서이기라도 한 것처럼 닫힌 방문 위 높은 곳에 달려 있는 한 장짜리 유리창이 젖힌 채 열려 있었다. 잠에 취한 감각들을 불러일으키며 그 자리에 서 있을 때 유령 같은 손이 그 구멍에서 나타나 나를 부르기라도 하는 듯 손짓하는 것이 보였다. 그 모습에 나는 완전히 잠에서 깨어 희미한 비명을 지르며 머리부터 발끝까지 떨었다. 구름 하나가 달 위로 미끄러져 지나갔다. 구름이 지나가는 사이 그 손도 사라져버리고 말았다. 하지만 열쇠 구멍으로 골수까지 얼어붙게 만드는, 너무도 또렷하고 간절하게 속삭이는 소리가 들려왔다.

"찾아야 해! 제발, 너무 늦기 전에 찾아야 해."

사냥개가 성난 소리로 으르렁거리며 자리에서 일어났다. 해나가 침대에서 일어나는 소리가 가까이서 들렸다. 나는 그 순간만큼 기이한 영감에 의지해 행복했던 시절, 다정한 부인이 극장에 데리고 가 보여주었던 〈아미나〉라는 연극에서 보았던 것처럼 눈을 뜨고 입을 벌린 채 천천히 걷기 시작했다. 이렇게 실제적인 공포에 비하면 연극 속의 꾸며낸 공포는 실로 아무것도 아니었지만. 해나가 램프를 들고 그녀의 방문 앞에 나타났지만 나는 공포로 넋이 나간 상태에서 계속 걸어갔다. 그 귀신 같은 목소리와 손에서 도망치고 싶다는 맹목적인 바람만이 내가 정신을 잃고 쓰러지는 것을 막아주었다. 나는 해나를 지나쳐 앞으로 걸어갔다. 그녀가 내 뒤를 따랐다. 천천히 침대로 들어가 누우면서 나는 그녀가 남편에게 이렇게 말하는 소리를 들었다. "몽유병이에요, 존. 박사가 예견했던 대로 상태가 점점 더 나빠지는군요. 곧 그 여자처럼 되겠어요. 어쨌든 밤에는 문을 잠가야겠어요. 아니면 개한테 물릴지도 모르니까요."

그녀의 남편이 하품을 하고 나서 투덜거렸다. 그런 다음 그들은 나를 두고 가버렸다. 내가 말로 다 할 수 없는 고통에, 나를 하룻밤 사이에 늙게 만든 그런 고통에 몇 시간이고 시달리도록 내버려두고. 무엇을 찾아야 한다는 거지? 어디를 찾아봐야 하는 거야? 언제가 되면 너무 늦고 만 것일까? 이런 질문들이 나를 괴롭혔다. 답을 찾을 수도, 의미를 추측할 수도, 어떻게 답을 찾아낼 수 있는지도 알 수 없었기 때문이었다. 대체 내가 왜 여기에 있는 걸까? 삼촌은 대체 무슨 이유로 이런 짓을 하는 걸까? 대체 언제 이곳을 벗어날 수 있는 걸까? 이런 질문들 역시 앞의 질문들만큼 답을 알 수 없는 것이었고 앞의 질문들처럼 똑같이 고통스러웠다. 이 질문들은 유령처럼 나를 쫓아다녔고 나에게는 그들을 몰아내거나 잊어버릴 능력이 없었다. 그 이후 나는 더이상 잠을 자며 걷지 않았다. 도무지 잠을 잘 수 없었기 때문이다. 두려움이 잠을 쫓아버린 것만 같았다. 무시무시한 꿈에서 깨어나면 공포가 온몸을 사로잡았다. 램프 사용이 허락되지 않았기 때문에 매일 밤 나는 칠흑 같은 어둠 속에서 방 안을 서성였다. 나는 고통에서 비롯된 쓰라린 눈물을, 무엇이라고 불러야 할지 알 수도 없는 비통한 눈물을 흘렸다. 매일 밤, 내 발소리에 맞춰 걷는 위층의 발걸음 소리가 들려왔다. 내 고통을 달래주고 나를 위로하기라도 하려는 듯, 희미한 자장가 소리가 내 방으로 흘러내려왔다. 건강은 나빠졌고, 정신은 점점 혼란스럽고 나약해졌으며, 뚜렷하지 않은 생각들이 두서없이 산만하게 떠올랐다 사라지곤 하는데다 기억도 점점 희미해졌다. 이대로라면 바보가 되거나 미치는 것만이 피할 수 없는 내 운명이 될 것이 틀림없었다. 하지만 이런 시간 중에도 내 마음은 내내 기를 향해 있었으며 채워지지 않는 허기로 그를 갈망했다.

아주 가끔 나는 가꾸지 않고 내버려진 정원을 산책해도 좋다는 허락을 받았다. 그곳에는 꽃도 피어 있지 않았고 노래하는 새도 없었으며, 책이나 파이프를 들고 나를 따라오는 무뚝뚝한 존 이외에는 아무도 없었다. 존은 내가 멈추면 멈췄다가 내가 걸음을 옮기면 경계하는 눈빛을 늦추는 일 없이 다시 나를 따라 걸었다. 그러나 내 질문에 답하기를 거절할 때가 아니면 입을 여는 일은 거의 없었다. 이런 산책은 내 몸에 아무런 도움도 되지 않았다. 습지에서 불어오는 바람 때문에 공기가 무겁고 습했기 때문이다. 이 집은 반쯤 말라버린 호수 가까이에 있었을 뿐만 아니라 사방이 언덕으로 가로막혀 있었다. 고지의 초원이나 멀리 바다에서 상쾌한 바람 한 줄기가 그 좁은 계곡들 사이로 불어오는 일은 결코 없었다. 이곳을 찾는 사람 역시 아무도 없었다. 오직 생일이 되면 무엇인가 변화가 생길지도 모른다는, 도움의 손길이 찾아올지도 모른다는 막연한 희망만이 나를 간신히 지탱해주고 있었다. 그리고 과연 내 생일이 도움의 손길을 불러왔다. 이후 평생 내 삶에 영향을 미치게 될, 실로 기대하지 않았던 방식으로 말이다.

생일이 되었고, 생일과 함께 삼촌이 방문했다. 나는 초조하게 방 안을 서성이고 있었다. 그것은 이제 완전히 습관이 되어버렸던 것이다. 문이 열리고 해나와 카르나크 박사, 삼촌, 그리고 내가 삼촌의 변호사로 알고 있던 한 신사가 내 방으로 들어오더니 구경거리라도 되는 듯 찬찬히 나를 살펴보았다. 삼촌이 흠칫 놀라며 창백해지는 것을 볼 수 있었다. 여기에 온 후로 나는 한 번도 내 모습을 본 적이 없었다. 그러나 혹 그동안 의식하지 못하고 있었다 하더라도, 이전의 나와 비교할 수 없을 정도로 내가 처참하게 상해 있다는 사실을 그 순간 짐작할 수 있었다. 갑작스러운 고통과 연민의 빛이 한순간 삼촌의 무자비한 얼굴을 누그러뜨렸기 때문이다. 카르나크 박사의 시선은 나에게 마치 자석과 같은 힘을 행사했다. 나는 이전에도 언제나 그것을 느낄 수 있었다. 하지만 지금 나는 아무런 힘도 없었기 때문에 그 시선에 두려워 떨며 저항할 수 없는 공포감과 함께 굴복했다. 그 역시 내 공포를 감지한 것이 틀림없었다. 바로 그 순간 그 눈이 나를 바라보았다. 저항할 수 없었으므로 나는 그 혐오스러우면서도 강력한 힘을 지닌 시선에 홀린 듯 꼼짝하지 못하고 그 자리에 서 있었다.

고독한 나의 서성임으로 올이 풀릴 정도로 닳아버린 카펫과 끝없이 긴 시간을 보내기 위해 벽에 그린 기이하고 이상스러운 비극적인 형상들, 그리고 마지막으로 겁먹은 채 꼼짝도 하지 못하고 말없이 서 있는 나를 가리키며 해나가 이미 분명한 사실을 다시 한 번 확인이라도 하듯 말했다. "보시죠. 이미 말씀드렸듯이, 조용하긴 하지만 이 여자는 거의 아무런 희망이 없습니다."

나는 해나가 나를 대변해서 그렇게 말해주는 것이라고 생각했다. 그래서 나를 사로잡고 있던 공포와 당혹감을 뿌리치며 그들을 향해 손을 내밀고는 울부짖는 소리로 이렇게 애원했다. "네, 저 얌전해요! 저는 아무런 희망도 없어요! 아, 제발 이 끔찍한 생활이 저를 죽음으로 몰아넣거나 미치게 하기 전에 저를 가엾게 여겨주세요!"

그 순간 카르나크 박사가 무섭게 인상을 쓰며 내게 한 걸음 다가왔다. 박사의 얼굴을 볼 수 있는 사람은 나밖에 없었다. 나는 박사를 피해 해나에게 매달리며 계속해서 미친 듯 울부짖었다. 이게 마지막 기회라고 생각했기 때문이다. "삼촌, 저를 나가게 해주세요! 제가 가진 걸 모두 삼촌께 드릴게요. 다시는 기를 찾지 않을게요. 부인에게 가도록 해주시면, 이 무서운 방에서 그 끔찍한 모습들을 보지 않고 그 발걸음 소리를 다시 듣지 않을 수 있게 해주시면 온순하게 삼촌 말에 복종할게요. 저를 나가게 해주세요! 기를 생각해서라도 저를 나가게 해주세요!"

삼촌은 내 말에 대답하지 않고 낙담한 모습으로 두 손으로 얼굴을 감싸며 서둘러 방 밖으로 나가버렸다. 변호사도 동정적인 목소리로 "가엾게도, 가엾게도!"라고 중얼거리며 그 뒤를 따랐다. 카르나크 박사가 해나에게 매달려 있던 내 손을 잡아떼어내 나를 혼자 방 안에 가두면서 웃음을 터뜨렸다. 처음으로 듣는 카르나크 박사의 웃음소리였다. 나의 유일한 희망은 사라지고 말았다. 나는 다시 또 한 달 동안 이 생활을 견디느니 차라리 죽고 말겠다고 결심했다. 그들이 나를 미쳤다고 생각하는 것이 이제 분명해졌기 때문이었다. 마음의 죽음보다는 육체의 죽음을 겪는 편이 훨씬 나았다. 그땐 정말이지 약간 제정신을 잃었다고도 생각하지만, 나는 옷들을 찢어 만든 천 조각을 땋아 긴 끈으로 만들고 그것을 침대 매트 밑에 숨긴 다음, 고요한 마음으로 밤이 오기를 기다리던 순간의 그 평화를 똑똑히 기억한다. 이 불행한 세상의 마지막 황혼 속에 앉아 있던 나는 오늘 종일 그 발소리를 듣지 못했다는 사실을 불현듯 깨닫고 대체 왜 항상 들리던 그 소리가 들리지 않았던 걸까 생각했다. 그러나 발걸음 소리는 들리지 않았지만 사람의 목소리가 들려왔다. 잠시 동안, 지속적으로 낮게 중얼거리는 대화 소리가 들려왔던 것이다. 한 사람의 발작적인 목소리는 갈라져 있었고 다른 사람의 목소리는 낮지만 낭랑하고 울림이 있었다. 나는 그것이 삼촌의 목소리라고 확신했다. 삼촌은 누구에게 이야기를 하고 있는 걸까? 저 사람들은 대체 무엇에 대해서 이야기하고 있는 것일까? 내가 이 질문들의 답을 알게 되는 날이 오기는 할까? 죽음을 앞두고 있던 그 순간에도 비밀을 밝히고 싶은 강렬한 욕망이 익숙한 동요와 함께 나를 사로잡았다.

마침내 밤이 왔다. 시계가 한시를 알리는 소리가 들렸다. 존이 아직도 잠들지 않고 돌아다니는지 알기 위해 깊은 정적 속에 귀를 기울인 나는 이층에서 무엇인가를 가는 나지막한 소리가 들려오는 것을 알아챘다. 나처럼 비정상적으로 신경을 곤두세우고 귀를 기울이는 사람이 아니라면 듣지 못했을 비밀스러운 소리였다. "누군가 자물쇠를 열거나 창살을 자르려 하고 있어, 얼굴 모를 저 이웃이 나를 기억하고 나도 같이 도망갈 수 있게 도와줄까?" 이런 생각들이 섬광처럼 머리를 스쳐지나갔다. 치명적인 올가미가 준비되어 걸려 있었지만 나는 이제 그것을 사용할 마음이 없었다. 새로운 희망이 잃었던 용기와 기운을 북돋아주었기 때문이었다. 숨을 멈춘 채 나는 그 소리를 들었다. 소리는 한동안 계속되다가 멈추었다. 죽음 같은 정적만이 사방에 가득했다. 그다음 문가에서 무엇인가 부스럭 하는 소리가 들리더니 전기충격이라도 받은 것처럼 나를 머리끝에서 발끝까지 전율케 한 예기치 못한 속삭임이 열쇠 구멍을 통해 들려왔다. 일전에 들었던 바로 그 절박하게 애원하는, 알 수 없는 속삭임이. "찾아야 해! 제발, 너무 늦기 전에 찾아야 해!" 그러더니 숨을 제대로 쉬지 못하는 것처럼 더 희미하고 끊어지는 소리로 그녀가 "개…… 머리 타래…… 아직 시간이 있어"라고 중얼거렸다.

알고 싶은 열망이 이 장면을 들켜서는 안 된다는 사실을 잊게 하고 말았다. 나는 외치듯 물었다. "뭘 찾아야 한다는 거죠? 어딜 찾아봐야 하는 거예요?" 두려움으로 높아진 내 목소리가 집 전체에 날카롭게 울려퍼졌다. 해나의 빠른 발걸음 소리가 복도에서 들려왔다. 무엇인가가 넘어지는 소리가 들렸고 곧 커다랗게 울부짖는 소리가 길게 울려퍼지며 심장을 얼어붙게 만들었다. 너무나도 절박하고, 너무나도 처절하게 울부짖는 광인의 소리였다. 나는 나 때문에 자유를 잃게 된 그 다정한 영혼을 배신했을 뿐만 아니라 그녀를 구해줄 수도 위로할 수도 없었다. 나는 미친 사람처럼 밖으로 나가려고 해보았다. 발작이라도 하는 것처럼 마구 문을 두드려보았지만 아무도 오지 않았다. 밤새 이층에서는 무시무시한 비명, 마치 몸과 영혼이 갈가리 찢겨나가는 듯 고통에 찬 비명이 계속해서 들려왔다. 새벽이 올 때까지 나는 이제 새로운 공포가 더해진 그 방에 갇힌 채 그 소리를 듣고 있었다. 나는 연민과 공포, 후회가 뒤섞인 마음으로 사람을 불러도 보고, 울기도 하고 기도도 해보았다. 그 알 수 없는 이웃의 고통에 찬 신음은 새벽이 올 때까지 잦아들지 않고 계속되었다. 나는 존이 서둘러 이리저리 움직이는 소리며 해나가 예의 그 냉정하지만 인간적인 연민이 느껴지는 목소리로 이런저런 지시를 내리는 소리를 들었다. 카르나크 박사도 내 방문 앞을 몇 번이고 지나다녔다. 놀라고 당황한 사람들의 소리가 평소 조용하기만 하던 집 안을 가득 채웠다. 날이 밝자 모든 것이 다시 고요해졌다. 소란보다 더 섬뜩한 정적이었다. 너무도 갑자기 시작된 그 정적은 조금의 방해도 받지 않고 계속되었기 때문이었다. 죽음이라는 무서운 단어 이외에 그 정적을 설명할 수 있는 다른 말은 없을 것만 같았다.

정오에 해나가 평소보다 창백한, 그러나 어느 때보다도 더 무자비한 얼굴로 음식을 가지고 들어와 아침식사를 가져오는 것을 잊었다고 말했다. 내가 식사를 거부하면서도 아무것도 묻지 않자, 해나는 내게 정원으로 가라고 하면서 지난밤의 소동에 대해서는 쓸데없는 신경을 쓰지 말라고 말했다. 방을 나가 복도를 따라 걸어가던 나는 바라볼 때마다 전율을 느끼곤 했던 그 방문을 힐끗 쳐다보았다. 그 순간 전에 느꼈던 것과는 다른 새로운 감각이 나를 사로잡았다. 사냥개가 사라지고 없었기 때문이다. 문이 열려 있었다. 통제할 수 없는 충동에 몸을 맡긴 채 나는 방 안으로 들어가 주위를 둘러보았다. 내 것과 똑같은 방이었다. 내 방과 똑같이 카펫이 닳아 있었고, 내 방과 똑같이 창문에는 창살이 달려 있었다. 그러나 닮은 것은 거기까지였다. 침대 옆에 빈 요람이 놓여 있었고 침대를 완전히 덮고 있는 이불 밑에는 생명을 잃은 몸이 고요히 누워 있었기 때문이다. 나는 이제 공포에 익숙해져 있었다. 마치 지금까지의 공포가 새로운 공포에 대한 갈망을 키우기라도 한 것만 같았다. 저항할 수 없는 유혹이 나를 침대 더 가까이로 이끌어 감히 이불을 들추고 그 아래를 보도록 만들었다. 나는 단 한 번의 응시 후 그날 밤 정적을 깼던 바로 그 소리처럼 공포에 사로잡힌 비명을 지르며 뒤로 물러섰다. 내가 본 것은 창백한 나 자신의 모습이었기 때문이다. 고통으로 인해 여위고 죽음으로 인해 핏기를 잃었지만 그 모습은 내가 거울에서 보곤 했던 낯익은 특징들을 지니고 있었다. 머리카락, 내 것처럼 아름다운 금발이 뛰지 않는 가슴 위로 길게 늘어져 있었고 마지막 순간 움켜쥔 그대로의 손에는 아버지가 남겨주신 반지, 내가 끼고 있던 반지와 비슷한 반지가 반짝이고 있었다. 누워 있는 사람이 바로 나라는 무시무시한 상상이 나를 덮쳤다. 실제로 죽을 생각으로 준비하고 있었으니까. 조각난 마음의 두서없는 생각 속에서 나는 자신이 떠난 몸을 바라보기 위해 돌아오는 영혼들에 대한 전설을 떠올렸다.

정원으로 갈 수 있다는 사실에 안도하며 나는 서둘러 복도를 따라 내려가다가 날카로운 권총의 찰칵 소리에 중앙현관 문간에 멈춰서고 말았다. 한 줌의 연기가 흩어지자 존이 무기를 떨어뜨리고 피범벅이 된 잔디 위에서 꿈틀거리는 사냥개에게 다가가는 것이 보였다. 긴 시간의 성실한 감시에 대해 그토록 잔인한 보상을 받은 그 충직한 짐승에게 연민을 느낀 나는, 그에게 다가가 무릎을 꿇고 전에는 한 번도 내 손길에 굴복하지 않았던 사냥개의 커다란 머리를 어루만졌다. 존이 즉시 경계하는 태세를 취했다. 나무에 기댄 그는 내가 죽어가는 짐승을 보며 소일해야 한다는 사실에 만족해하며 권총을 닦아냈다. 사냥개는 거의 인간의 그것 같은 비탄과 원망의 눈길로 내 얼굴을 바라보았다. 동으로 만들어진 목줄이 마지막 숨을 몰아쉬려는 그 개의 목을 조르고 있는 것처럼 보였다. 줄을 풀어주려고 더 가까이 다가가 몸을 기댄 나는 사냥개의 검은 털에 반쯤 숨겨진, 목줄 주위로 단단히 감긴 금발 머리카락 한 가닥을 발견했다. 아주 가까이에서 보지 않으면 눈에 띄지 않을 만큼 목줄에 바짝 붙어서. 그 머리카락이 우연히 거기 매여 있을 가능성은 없었다. 이 집에 나 말고 이런 밝은 황금색 머리카락을 가진 사람은 아무도 없었다…… 아, 한 명이 더 있었다. 움직임 없던 가슴 위에 빛나고 있던 머리카락을 떠올리자 순간 심장이 쿵 하고 뛰었다.

"찾아야 해…… 개…… 머리 타래." 그녀의 말이 내 귀에 울렸다. 그리고 마치 빛처럼, 무엇인지 알 수 없었던 그 도움을 마침내 찾아냈다는 확신이 순간 떠올랐다. 그 짧은 머리카락 가닥은 단단히 매여 있었다. 칼은 없었다. 하지만 이때를 놓치면 다시는 기회가 없을 터였다. 나는 흐느끼기라도 하는 것처럼 가엾은 짐승 위로 고개를 숙이고는 이로 매듭을 끊어 접힌 종이를 꺼냈다. 몸을 일으켜 세운 후 좀더 따뜻해질 때까지는 산책할 생각이 없다고 말하고 천천히 내 방으로 걸어 돌아왔다. 간절한 눈빛으로 나는 이 기이하고 소중한 획득물을 살펴보았다. 그것은 수신인도 서명도 없는, 매우 얇은 종이 두 조각이었다. 하나는 글씨를 거의 알아보기 어려웠고 가장자리는 닳은데다 동으로 만든 목줄의 푸른 녹 때문에 얼룩져 있었다. 다른 종이는 좀더 깨끗했지만 글씨가 앞의 것보다 더 희미했다. 두 편지 모두가 두서없고 맥락도 없었지만 내게는 무섭도록 의미 있는 내용을 담고 있었다. 첫번째 편지는 아래와 같았다.

한 번도 얼굴을 보지 못했고 이름도 듣지 못했지만, 젊고 고통받고 있다는 사실을 알 수 있어요. 미미하나마 내가 할 수 있는 식으로 당신을 도우려고 합니다. 당신은 아직 내가 자주 그러는 것처럼 제정신을 잃지는 않았다고 생각해요. 목소리에 분별이 있고 서글픈 노랫소리도 내가 부르는 것과는 다르며 걷는 습관은, 바라건대, 나를 따라 하는 것에 불과하니까요. 나는 한 번도 보지 못한 아가에게 자장가를 불러주는 거랍니다. 그리고 잃어버린 남편에게 나를 데려가줄 머나먼 여행길을 조금이라도 단축하기 위해 걷고 있죠…… 이제 그만! 이런 생각을 해서는 안 돼요, 그러다간 모두 잊고 말 거예요. 아직 미치지 않았더라도, 곧 그렇게 될 거예요. 아마 그렇게 만들기 위해 당신을 여기로 보냈을 거라고 생각해요. 이곳의 공기는 독이고, 고독은 치명적이며, 인간 마음의 신비를 들춰보려는 카르나크 박사의 광적인 집착은 무자비하기 짝이 없으니까요. 어떤 악마가 당신을 이리 보냈는지 나는 결코 알 수 없지만, 간절한 마음으로 당신에게 경고하고 싶어요. 이것 이외에는 달리 방법을 생각할 수 없었어요. 개가 가끔 내 방에 들어오고 당신이 가끔 내 방문 앞에 서서 개에게 말을 거는 것을 알고 있으니까요. 이제 개 목줄에 달아두려고 하는 이 종이를 당신이 언젠가 발견할 수도 있겠지요. 읽고, 없애버려요. 하지만 내 말을 따라야 해요. 간청하건대, 너무 늦기 전에 이 집을 떠나야 합니다.

다른 편지의 내용은 아래와 같다.

당신을 지켜보아왔어요. 그리고 어디를 찾아봐야 할지 알려주려고 했죠. 자주 그 종이를 개의 목에 매어두고 기다렸지만 당신은 아직 내 경고 편지를 찾지 못했으니까요. 아마 개를 두려워하는 것 같군요. 그렇다면 내 계획은 실패예요. 하지만 당신의 달라진 걸음걸이며 목소리를 들으면 당신이 빠르게 나의 불행한 상태에 가까워지고 있다는 걸 알 수 있습니다. 나는 발작적으로 제정신을 잃곤 하는데, 이 상태는 죽을 때까지 계속될 거예요. 오늘 익숙한 얼굴을 보았지요. 그 만남 덕분에 정신이 맑아지고 용기가 생긴 것 같아요. 그는 당신을 돕지 않을 테지만 나는 마지막으로 한 번 더 절박한 시도를 해보려고 합니다. 당신을 찾지 못할 수도 있으니 내 경고의 편지는 사냥개에게 묶어두렵니다. 잠 못 이루는 당신의 귀에 당신이 누려 마땅한 행복한 세계로 당신을 다시 보내줄 한마디 말을 전할 수 있기를 희망하면서. 아이인가요! 아니면 성숙한 여성인가요! 당신이 누구든 간에, 아직 힘이 남아 있을 때 이 저주받은 집을 떠나도록 해요.

편지는 여기까지였다. 나는 편지들을 없애버리지 않았다. 하지만 그녀의 충고는 받아들였다. 그리고 한 주 동안 주의깊게 기회를 엿보며 기다렸다. 삼촌과 의사, 또다른 두 사람이 호수 옆 무덤까지 가엾은 그녀의 시체를 따라가는 것이 보였다. 카르나크 박사를 제외한 모든 사람이 나서는 것을 보자 어린 여자애의 실수에 이렇게도 잔인한 복수로 답하는 남자들에 대한 증오와 혐오가 한층 강렬하게 치밀어올랐다. 이레째 되던 날, 매일의 산책을 하기 위해 내려가던 나는 존과 카르나크 박사가 뭔가 기이한 실험에 너무도 열중한 나머지 내가 지나가는 것도 알아차리지 못하는 것을 보았다. 이 예상치 못한 기회를 이용해 무엇인가 할 수 있기를 바라면서 나는 계단을 뛰어내려갔다. 하지만 바로 다음 순간 반쯤 얼어붙은 채 잔디 위에 멈춰서고 말았다. 뒤에서 굉음과 비명이 들리고 갑자기 불길이 치솟더니, 연기와 불꽃으로 이루어진 구름과 요란한 소리를 내는 증기가 뿜어져나오며 불길이 사방으로 번져가기 시작했기 때문이다.

몹시 놀라 하얗게 질린 내가 막 정신을 수습하고 있는데 해나가 의식을 잃고 피를 흘리는 남편을 질질 끌고 집 밖으로 나오는 것이 보였다. 그녀의 얼굴 역시 공포로 잿빛이 되어 있었다. 그녀는 핏기 잃은 입술에 도움을 청하는 눈길로, 실은 아무런 도움을 받을 수 없는데도, 끌고 온 남편을 내 옆에 털썩 내려놓더니 이렇게 말했다. "두 사람이 작업하던 무엇인가가 폭발했어요. 박사님은 죽었고 집에 불이 났어요! 도와줄 사람을 구해올 때까지 존을 좀 보고 있어요, 위험한 상황이 되면 그냥 내버려두고 몸을 피하도록 하세요." 그러더니 해나는 문을 활짝 열고 달려갔다.

"지금이야." 이렇게 생각한 나는 해나의 모습이 더이상 보이지 않을 때까지 그 자리에서 기다리고 있다가 대담하게 그녀가 그랬던 것처럼 문밖으로 달려나갔다. 그리고 모자를 쓰지 않은 머리며 떨리는 팔다리는 신경도 쓰지 않고 오직 그 감옥에서 조금이라도 더 멀어지는 것만을 목적으로 해나가 떠난 쪽 반대 방향 길로 계속 달려갔다. 몇 시간 동안 나는 인적 없는 길을 부지런히 걸어갔다. 봄 햇살이 반짝였고 꽃이 핀 관목들 사이에서 새들이 노래를 불렀으며, 아늑해 보이는 구석의 푸른 풀밭이 잠시 멈춰 쉬고 가라고 나를 불렀지만, 나는 발이 너무 아프고 기진맥진하여 잠시 길가 우물 옆에 멈춰 설 수밖에 없을 때까지 아무데도 한눈팔지 않고 부지런히 걸음을 재촉했다. 물을 마시려고 몸을 숙였을 때 나는 여러 달 만에 처음으로 내 얼굴을 보았다. 그리고 세월과 고통 속에서도 그 얼굴을 아름답게 만들었던 영원한 평화만을 제외하면 내 얼굴이 그간 얼마나 그녀의 얼굴과 똑같이 보이게 변했는지 발견하고 화들짝 놀랐다. 그렇게 서서 기가 나를 알아볼 수 있을까, 우리가 언젠가는 다시 만날 수 있을까 생각하고 있는데 마차 바퀴 소리가 내 공상을 깨뜨렸다. 도망쳐나온 곳에서 온 마차라고 생각한 나는 필사적으로 언덕길 아래로 달려내려가 갑자기 확 꺾어지는 모퉁이를 돌았다. 그러고는 미처 멈춰서거나 몸을 숨길 겨를도 없이 천천히 올라오고 있는 마차 한 대를 지나쳤다. 마차 창문에서 얼굴이 하나 나오더니 "세워!"라고 소리치는 것이 들렸다. 하지만 나는 그 여행자가 나를 쫓아오지 않기를 바라면서 계속 달렸다. 그러나 내가 바라는 대로 되지 않았다. 곧 빠른 발걸음 소리가 내 뒤를 쫓는 것이 들렸다. 발소리가 점점 더 빨라지더니 누군가의 손이 나를 붙잡고 내 귀에 뭐라고 외치는 소리가 들려왔다. 나는 나를 잡은 사람의 품 안에서 숨을 헐떡이면서 감히 얼굴을 들어 그 무자비한 눈을 마주볼 용기조차 내지 못했고, 벗어나기 위해 계속해서 소용도 없는 발버둥을 쳤다. 하지만 나를 붙잡은 그 손은 다정하게 나를 좀더 가까이 끌어안았다. 나를 놀라 도망치게 만들었던 그 목소리가 기쁨에 넘쳐 이렇게 외쳤다. "시빌, 기예요. 진정해요. 가엾게도, 이제 안전해요."

그제야 나는 내가 가장 믿을 수 있는 피난처에 도착했다는 사실을 깨달았다. 아무런 말도 할 수 없을 만큼 기진한 나머지 나는 지고한 행복 속에 그에게 매달려 몸을 맡겼다. 이런 내 모습에 기의 다정한 눈에서 내가 흘릴 수 없었던 눈물이 흘러내렸다.

마차가 돌아왔다. 기가 나를 태웠다. 그리고 마차를 타고 집을 향해 가는 동안 그는 오로지 자신의 존재라는 강장제로 내 지친 몸과 마음을 위로하고 부축하는 데 몰두했다. 마차가 달려가는 길가 사방에 꽃들이, 내가 전에는 한 번도 그 아름다움을 진정으로 느껴본 적 없었던 꽃들이 만발해 있었다. 처음의 격정이 가라앉고 난 후 나는 기에게 내가 어떻게 감금되었고 또 도주했는지 설명한 다음 제발 삼촌에게 나를 돌려보내지 말아달라는 간절한 애원으로 이야기를 마쳤다. 삼촌과 나 사이에는 이제 더이상 그 어떤 애정이나 존경도 존재할 수 없었기 때문이다.

"아무 걱정 말아요, 시빌. 황야 지대의 저택에서 부인이 당신을 기다리고 있어요. 내 아버지의 부정한 후견인 노릇은 그의 목숨과 함께 끝났습니다."

고개를 돌리더니 기는 이따금 끊어지는 목소리로 자기 아버지의 계획이며 어떤 경위로 우리가 이렇게 뜻하지 않게 만나게 된 것인지 설명해주었다. 간단히 말하자면 이런 내용이었다. 내 아버지가 태어나는 바람에 자신이 받게 되어 있던 막대한 유산을 받을 수 없게 되었다는 사실은 삼촌이 소년 시절부터 품어왔던 야심에 찬물을 끼얹었고, 그 때문에 몹시 괴로워했다. 삼촌은 부질없는 원망과 회한을 달래기 위해 쾌락을 좇으며 젊음을 탕진했고, 이 사실을 눈치챈 나의 아버지는 의도치 않게 형에게 준 상처를 보상하기 위해 가족 간 결혼을 계획했다. 아빠의 약속이 삼촌의 분노를 얼마간 달래준 것처럼 보였고 세월이 지나면 자신의 아들을 통해 상당한 재산이 자기 것이 될 거라는 사실을 확인받은 삼촌은 느긋하게 인생을 즐겼다. 방탕하고 사치스러운 생활에 갖가지 쾌락들을 탐닉하면서 삼촌은 이곳으로 돌아오기 몇 달 전까지 앞날에 대해서는 아무런 생각도 하지 않았다. 그러나 파리에서의 유쾌한 겨울은 여자들이 잘 알지 못하는 궁핍으로 그를 몰아넣었다. 빚쟁이들은 인정사정없었으며 형편 좋은 시절의 친구들은 그를 나 몰라라 외면했다. 노름빚이 그의 목을 조였고, 아들 역시 그를 질책했다. 남은 방법은 하나밖에 없었다. 기를 기억에서 반쯤 사라진 동생의 상속녀와 하루빨리 결혼시키는 것이었다. 그의 아들은 이를 거부할 수 없는 자신의 운명으로 알고 받아들이도록 교육받고 자라왔다. 먼 미래의 일이라고 생각하면서. 하지만 아버지의 갑작스러운 명령을 받은 기는 사랑보다 자유를 원하면서 아버지의 명령에 반항했다. 삼촌은 내 유산으로 할 수 있는 여러 가지 것들을 약속함으로써 그를 달랬으며, 이제 피할 수 없는 일이 되고 만 것처럼 보이는 결혼을 성사시키기 위해 서둘러 집으로 돌아왔다. 나 역시 내 미래의 집으로 보내졌으며 삼촌에게는 인정을, 사촌에게는 사랑을 받게 되었다. 그리고 나 자신의 어리석음만 아니었더라면 과거의 약속에 대해 엿들었던 바로 그 5월의 아침 행복한 아내가 되었을 터였다. 내 엄마는 아빠가 죽었다는 불행한 소식을 들은 이후 슬픔으로 인해 제정신을 잃고 말았다고 했다. 그리고 쉽게 흥분하는 내 성격에 나쁜 영향을 미칠까 두려워, 또 비슷한 운명이 내게 닥칠 것이 걱정되어 이 사실을 나에게 철저히 숨겼다고 했다. 나는 엄마가 죽었다고 믿고 있었지만 엄마를 만났고, 엄마의 외로운 무덤이 어디에 만들어졌는지 알고 있었으며, 엄마의 마음속에 깃든 틀림없는 직감에 의해 내게 전달된 엄마의 경고를 여전히 가슴속에 품고 있었다. 나와 기의 결혼을 약속한 항목 바로 밑에는 또다른 항목 하나가 덧붙여져 있었다. 혹 엄마의 병이 내게 유전된 것으로 밝혀진 경우, 유산은 사촌에게 남겨질 것이며 나 역시 그의 아내로든 아니든 소중히 보살펴져야 할 가슴 아픈 유산의 일부가 될 거라는 항목이었다. 삼촌이 내게 보여주었던 유언장의 복사본에는 이 구절과 결혼을 거부할 수 있는 내 권리에 관련된 항목이 생략되어 있었다. 내가 짐짓 기를 거부하는 척했던 그날 밤, 그래서 삼촌으로 하여금 내가 삼촌을 사랑한다고 믿게 만들었던 그날 밤, 유산을 잃지 않기 위한 마지막 방편으로 삼촌이 자신을 남편감으로 제시했던, 그리고 그마저도 실패하자 나의 어설픈 희극을 지금까지 내가 서술한 비극적 경험으로 바꾸어버리는 계획을 세웠던 바로 그날 밤, 삼촌이 내게 보여준 그 유언장의 복사본 말이다.

카르나크 박사의 외침을 들은 삼촌의 마음에는 내가 정신병을 앓게 될 경우에 대한 유언장의 구절이 섬광처럼 떠올랐다. 삼촌은 그 구절의 함의를 재빨리 떠올렸을 뿐만 아니라 거침없이 실행에 옮겼다. 나는 의식하지 못한 채 삼촌의 계획을 도운 셈이 되었고, 카르나크 박사는 그 계획의 파렴치한 동조자 역을 맡았다. 물질적 대가에 대한 사랑이 과학에 대한 사랑만큼이나 강력했던 것이다. 박사의 두 가지 욕심은 모두 부족함 없이 충족되었고 가련한 희생물이 된 나는 박사의 손에 넘겨졌다. 눈치채기 어려운 방법들로 내가 미칠 때까지, 그래서 삼촌이 내 재산과 운명에 대해 전적인 지배권을 갖게 될 때까지 박사가 내게 하고 싶은 실험들을 할 수 있도록 말이다. 그들의 음모가 어떻게 성공적으로 진행되었는지는 이제까지 이미 이야기한 대로이다. 하지만 죄에 대한 응징이 곧 두 사람 모두에게 찾아왔다. 카르나크 박사는 갑작스러운 죽음으로 죗값을 치렀고 그 끔찍한 집의 검은 폐허 속에 재가 되어 묻혔다. 삼촌은 카르나크 박사보다 먼저 세상을 떠났다. 상속인을 변경하기 전에 내 엄마가 죽었고 건강에 해로운 늪지에서 몇 시간 머무는 사이 그의 핏속에 보이지 않는 늪지의 독이 스며들었던 것이다. 긴 세월 쾌락을 탐닉하며 산 탓에 그에게는 열병과 싸워 이길 기력이 거의 남아 있지 않았고 일주일 동안 앓은 끝에 그는 비뚤어져버린 관대한 성품과 낭비되어버린 훌륭한 자질들, 그리고 기회를 영원히 상실해버린 생을 마감하고 말았다. 죽음이 가까워졌을 때 삼촌은 기를 찾고자 사람을 보냈고(기는 가난과 정직한 노동이 주는 고난의 담금질을 통해 더욱더 남자다운 남자로 성장해가는 중이었다), 기에게 모든 것을 고백한 다음 너무 늦기 전에 나를 구출하라고 부탁했다. 그리고 기는 나를 구해냈다. 모든 사연을 다 이야기하고 난 뒤 우리는 이 기이하고도 슬픈 경험을 배경으로 서로를 바라보았다. 기는 다시 가난해져 있었고 나는 자유로워졌으며, 이전의 감정은 아직 남아 있는 반면 오해의 장벽은 사라지고 없었다. 서로의 입장을 이해하고 받아들이고 용서하고 잊자, 이 모든 구름이 한동안 어둡게 만들었던 인생을 새롭게 다시 시작하는 것이 더 쉽게 느껴졌다.

집이 나를 반겨주었다. 다정한 부인이 나를 맞아주었고 나는 기와 결혼했으며 행복해졌다. 하지만 몹시도 평화롭고 모든 것이 순조로웠던 지금까지의 그 모든 세월에도, 과거의 그림자는 여전히 나를 따라다니고 죽은 엄마의 모습은 여전히 눈앞에 떠오르며, 어둠 속에서 들려오던 유령 같은 속삭임이 아직도 귓가에 울리곤 한다.

수수께끼

Enigmas

나는 초라한 하숙집 근처에서 빵가게를 운영하는 조용한 여자에게서 둥근 빵을 샀다. 나는 그녀의 태도가 마음에 들었다. 그녀는 언제나 내가 산 빵을 작은 종이로 싼 다음 가볍게 고개를 숙이고 부드러운 목소리로 "감사합니다"라고 말하면서 내가 건네는 삼 센트를 받았는데, 그 공손한 태도가 초라한 거래를 위엄 있는 것으로 만들었고 그 덕에 나는 자존심을 다치지 않을 수 있었기 때문이다. 길모퉁이에 잠시 멈춰선 나는 어디에서 식사를 할지 고민했다. 간단한 식사인데, 라고 생각할 수도 있을 것이다. 먹을거리라고는 방금 산 빵뿐이었으니 말이다. 하지만 나는 프랭클린이 아닌지라 거리에서 빵을 먹고 싶지는 않았다.* 공짜로 앉아 빵을 먹을 수 있는 장소는 두 군데로, 날이 좋을 때는 공원, 비바람이 몰아칠

* 벤자민 프랭클린의 자서전에 나오는 일화 중 그가 롤빵 세 덩어리를 사서 양쪽 옆구리에 하나씩 끼고 나머지 하나는 먹으면서 길을 걷는 장면을 빗댄 것이다.

때는 도서관을 선택할 수 있었다. 빗방울이 똑똑 떨어져 결정을 도와주었다. 아직 참을 수 없을 정도로 배가 고프지는 않았기 때문에 나는 천천히 도서관을 향해 걸어갔다.

도서관 열람실에는 사서와 한 묶음의 외국 신문을 검토하고 있는 늙은 신사 말고는 아무도 없었다. 나는 움푹 파인 한구석으로 미끄러지듯 들어가 책 뒤에서 빵을 먹어치운 다음 우울한 마음으로 절박한 나의 현 재정상태와 앞날의 전망을 생각하고 있었다. 단돈 일 달러, 천천히 굶어죽거나 막노동이라도 하는 것이 향후의 전망이었다. 그럴 마음을 먹을 수나 있다면 말이지만. 노신사의 갑작스러운 외침에 나는 우울한 몽상에서 깨어났다. 그의 목소리에 희망과 기대 같은 것이 담겨 있었기 때문이었다.

"페이지, 이걸 베껴 쓴 사람이 누구지? 이런 필경사가 있다면 내가 일을 좀 시키고 싶은데."

"누군지 알 수 없을 겁니다." 페이지가 대답했다. "서기가 너무 많아서요, 누군지 알 수 없어요. 알고 싶으시면 물어보겠습니다."

"아니, 됐네. 알아본다 한들 고용할 수도 없을 테니. 하지만 페이지, 적당한 금액에 일할 좋은 필경사를 알게 되면 부디 나에게 알려주게나."

"그렇게 하겠습니다."

노신사는 방금까지 읽고 있던 신간 목록을 내려놓더니 장갑을 꼈다. 그가 내가 앉아 있던 구석자리로 다가왔을 때, 나는 충동적으로 걸어나가 그를 불렀다.

"실례합니다만, 본의 아니게 선생님의 말씀을 엿듣고 말았습니다. 감히 제가 그 자리에 지원해보고 싶습니다만."

“내게 보여줄 증명서나 추천서 같은 것이 있는가?” 노신사가 멈춰서며 물었다.

내게는 아주 훌륭한 추천서가 있었다. 지난 한 달 동안 숱한 사람들에게 부질없이 제출했던 추천서였다. 노신사는 내가 일 년간 비서로 일했던 유명한 학자가 작성해준, 과분한 칭찬의 말이 잔뜩 쓰여 있는 추천서를 읽더니 나를 한번 시험해보고 싶은 눈치를 보였다.

“흠, 아주 정확하군, 아주 좋아. 여기 펜과 종이가 있으니 글씨체를 좀 보여주겠나.”

나는 노신사의 청에 따라 펼쳐 읽고 있던 책 위에 종이를 한 장 올려놓고는 여러 가지 다른 필체로 내 서명을 써 보였다.

“아주 좋군. 나에게는 제일 단순한 필체가 가장 적합하겠네. 이건 뭐지? 그러니까 이탈리아어를 이해할 수 있는 겐가? 그래?”

“네, 그렇습니다. 완벽하게 이해할 수 있다고 생각합니다.”

노신사는 곰곰이 무엇인가를 생각하며 날카로운 눈으로 내 얼굴을 찬찬히 살펴보았다. 그 시선에서 호기심 이외의 다른 것은 발견할 수 없었다. 그래서 나는 짧게 대답함으로써 그의 호기심을 충족시켰다.

“흔히 있는 그런 경우입니다. 귀족의 아들이지만, 지금은 가난하고 자존심은 세고 친구는 없는. 일자리를 찾고 있으며 매일의 양식을 위해 무엇이라도 할 준비가 되어 있는 사람이지요.”

“무엇이라도, 라고 했나, 젊은이?” 노신사가 나를 깜짝 놀라게 한 기운으로 ‘무엇이라도’라는 단어에 힘을 주며 이렇게 물었다.

“범죄만 아니라면 무엇이든 할 생각입니다. 저는 지금 몹시 어려운 상황에 처해 있습니다. 이런 상황에서는 어떤 수치라도 감수할 각오를 하는 것과 전적인 궁핍을 감수하는 것 사이에서 오래 망설일 수 없는 법이죠."

나는 노신사 못지않게 힘을 주어 대답했다. 노신사는 그것이 마음에 든 것 같았다. 돌처럼 아무런 표정 없던 그의 얼굴이 누그러지면서 알 수 없는 만족감이 번졌기 때문이다.

"내일 열시에 나에게 찾아오게. 이게 내 주소라네."

노신사는 이렇게 말하며 내 손에 명함을 쥐여준 뒤 가버렸다.

다음날 열시 정각에 나는 노스 씨 사무실 문 앞에 도착했고, 굉장히 안락한 그의 사무실에서 곧바로 일에 착수했다. 상황 전체가 다소 특이했지만 그 때문에 나는 더욱더 마음에 들었고, 필사라는 일 자체는 흥미롭지 않았지만 그 늙은 변호사가 기이해 보일수록 더더욱 그의 곁에 남고 싶은 마음이 커졌다. 그도 내가 마음에 드는 눈치였다. 그는 일주일간 나를 고용했고 토요일 저녁까지 분주하게 일을 시켰다. 그러더니 내가 그다음에 맡을 비밀스러운 임무에 대해 이야기해 나를 깜짝 놀라게 했다.

시계가 다섯시를 알리자 노스 씨는 자기 펜을 닦은 뒤 의자에 앉은 채 몸을 돌리고는 내가 마지막 페이지의 필사를 마칠 때까지 그대로 기다렸다.

"클라이드 씨, 제안을 하나 하고 싶소만." 내가 고개를 들자 그가 말을 시작했다. "뜻밖의 제안이겠지만 나로서는 아무런 설명도 해줄 수 없소. 또 거절하는 것은 전적으로 클라이드 씨의 자유예요. 처음부터 당신을 계속 내 곁에 둘 생각은 아니었소. 더 좋은 자리를 소개하기 전에 능력을 시험해보려고 했을 뿐이지. 어떤 사람이 필경사를 구하고 있는데 선생이 그 자리에 가장 적합하다고 생각합니다. 당신은 경제적 자립과 점잖은 일거리, 신사에게 걸맞은 환경을 찾고 있었지요. 이 자리는 선생에게 그 모든 것을 제공할 겁니다. 보수는 후하고, 일도 힘들지 않으며, 같이 일할 사람들은 더 바랄 나위가 없을 테니까 말이오. 그러나 이 제안을 받아들이기 전에 한 가지 조건이 있습니다. 이 청을 받아들이든 거절하든 비밀을 지키겠다고 맹세하면, 그게 무슨 일인지 말하지요."

"맹세하겠습니다."

"몇 가지 이유로, 내가 사실대로 말할 수만 있다면 선생 역시 인정할 수밖에 없을 중요하고 정의로운 이유들 때문에, 나는 한 사람 집에서 일어나는 일들에 대해 신뢰할 수 있는 보고서를 받고자 합니다. 선생은 이 자리에 적합한 인물이에요. 일주일 전에 범죄만 아니라면 양식을 벌기 위해 무엇이라도 할 준비가 되어 있다고 말했었죠. 이 일은 범죄와는 아무런 관련이 없어요. 그 자리와 조건을 받아들일 생각이 있습니까?"

"그러니까 첩자 노릇을 해야 하는 겁니까?"

"바로 그렇소. 선생의 이익과 기민함, 용기가 허락하는 선에서 말이오. 적어도 다음 한 달 동안, 혹은 그보다 더 오래, 그 집에서 일어나는 일들에 대한 매일의 보고서를 내가 받아 볼 수 있어야 합니다. 내가 지금 제안하는 일이 이상하고도 어려운 일이라는 걸 알고 있어요. 하지만 인생에서 더이상 욕심낼 것이 없는 늙은이의 말을 믿어준다면, 여기에는 그 어떤 나쁜 의도도 없으며 이 일에 개입된 것을 결코 후회하지 않을 것이라고 내 장담하리다. 그리고 덧붙이자면, 기간이 길든 짧든 간에 일을 마치고 나면 오백 달러를 받게 될 것이고 그 어떤 질문이나 구속, 위험이나 의심에 시달리게 되는 일도 없을 것이오."

"하지만 전혀 아무것도 모르는 상태로 일해야 하는 건가요?"

"전적으로 아무것도 몰라야 하오."

"무엇을 위해 일하는 것인지 앞으로도 결코 알 수 없는 겁니까?"

"결코 알 수 없을 게요."

"그렇게까지 아무것도 모른 채로 지시를 따를 수 있을까요? 그렇게 해야 하는 건가요?"

"그럴 수 있고 또 그래야 합니다. 그러나 할지 말지에 대한 최종 결정은 클라이드 씨에게 달려 있소."

예의 그 표정 없이 고요한 노신사의 얼굴에는 어떤 변화도 일어나지 않았다. 이야기를 하는 내내 그의 날카로운 눈이 나를 관찰하고 있었다. 말을 멈춘 그는 자신이 제안한 기이한 계약에 대해 내가 재빨리 머리를 굴리는 동안 초조한 기색도 미동도 없이 앉아 있었다. 신사답지 못하다는 사실이 마음에 걸렸지만 기이한 임무에 따라올 은밀한 이익과 즐거움을 생각하지 않을 수 없었다. 일자리는 매력적이었으며 대가로 받을 돈은 거금이었고 안전 문제 역시 걱정하지 않아도 될 터이다. 나의 안전이 노스 씨의 수중에 놓이는 만큼 그의 안전 역시 내 수중에 놓여 있게 될 것이기 때문이다. 내가 유혹과 회의 사이에서 망설이고 있는 것을 눈치챈 듯 그가 갑자기 입을 열었다.

"클라이드 씨는 좋은 집안 출신에 가정교육도 잘 받았고 인물이 좋고 신중한데다 머리도 좋습니다. 가난을 감수하기에는 너무 자존심이 높고 까다롭게 굴기에는 너무 가난하지요. 그 자리에 딱 맞는 사람입니다. 물론 클라이드 씨만큼 유능하고 양심에 대해서는 좀더 관대하며 모험과 보수 모두에 더 열의를 보이는 다른 사람이 없지는 않겠지만 말입니다."

"아닙니다. 제가 하겠습니다."

그가 보인 유일한 만족의 표현은 무릎 위로 느슨하게 잡고 있던 가늘고 긴 손을 조금 더 바짝 당겨 쥔 것뿐이었다.

"좋아요. 이제 내 말을 잘 듣고 유의사항들을 마음에 새겨두도록 해요. 그 집은 여기에서 십 마일 떨어진 곳에 있어요. 여기 주소가 있으니 월요일 저녁에 그곳으로 가서 버나드 노엘 씨를 찾아요. 그리고 당신이 가지고 있는 추천서를 그에게 주도록 해요. 어떤 경우에도 내 이름을 말해서는 안 되고, 어떤 식으로든 나를 알고 있다는 사실을 드러내서는 안 됩니다. 또하나 명심해야 할 것이 있어요. 다른 사람들이 말할 때는 선생의 이탈리아어 이해력을 최대한 발휘하되 만약 질문을 받으면 그런 능력을 가지고 있다는 사실을 부정해야 합니다."

"그 자리에 고용이 되는 것은 확실한 건가요?"

"그렇소. 지난주 『타임스』에 실린 광고를 보고 왔다고만 말하면 됩니다. 그런 구인광고가 났으니까. 잠깐, 그 광고란을 선생 추천서 안에 넣도록 해요. 이제 잠깐 이걸 좀 보겠소."

그가 책상으로 몸을 돌리더니 자물쇠가 잠긴 작은 손가방을 하나 꺼낸 후 옆에 서 있던 내게 가방의 용도를 설명했다. 유난히 얇고 매끈한 종이로 만든 노트 몇 권이 누구의 것인지 알 수 없는 필체로 'A. Z. 클라이드'를 수신인으로 적은 한 묶음의 봉투 안에 들어 있었다. 해골 모양 인장과 쇳빛 봉랍이 그 가방의 내용물을 완성하고 있었다.

"월요일의 첫 면접을 시작으로 이 종이에 주요한 사건들, 인상들, 매일 새롭게 발견한 사실들 따위를 기록하게 될 겁니다. 매주 토요일, 실제로는 존재하지 않는 클라이드 씨의 친척 이름이 적혀진 이 봉투에 그 주의 기록을 담아 보내도록 해요. 매번 이 봉랍과 인장을 사용해 조심해서 편지를 봉하고 가능한 직접 보내도록 하세요. 너무 조심해서 주의를 끄는 일은 없도록 해야 하겠지만."

"기억해두겠습니다."

"아무런 질문도 하지 말고, 주위에서 벌어지는 일에 그 어떤 특별한 관심도 보이지 말도록 하세요. 그리고 어떤 경우에도 선생이 이런 보고서를 작성하고 있다는 사실을 들켜서는 안 됩니다. 선생은 머리가 좋고 담대한데다 표정 관리가 대단히 뛰어나요. 곧 이 물건들을 어떻게 사용해야 하는지 알게 될 겁니다. 보상 대신 파멸을 원하는 것이 아니라면 어떤 일에도 놀라거나 당황하지 말고 나를 믿어야 합니다. 이제 가보도록 해요. 그리고 내가 토요일에 선생에게 소식을 받도록 해주시오."

그가 일어나더니 나에게 수표와 손가방, 그리고 자신의 손을 내밀었다. 나는 세 가지를 모두 받아들였다. 우리는 평소대로 짧지만 예의바르게 작별인사를 나누고 헤어졌다. 나이든 쪽은 십중팔구 자신의 기이한 비밀에 대해 곰곰이 생각하며, 그리고 젊은 쪽은 아직 가보지 못한 그 집에서 이 첫번째 수수께끼에 대한 모종의 답을 찾을 수 있기를 기대하면서.

6월 1일. 어떤 형식으로 보고서를 써야 하는지에 대해 아무런 지시도 들은 바 없기 때문에 나는 간단한 일기 형식을 선택했다. 나에게 가장 쉬운 형식일 뿐만 아니라 이 글을 읽을 사람들에게 아마도 가장 흥미로운 형식일 터이기 때문이다.

오는 길에 사고가 나 조금 늦어지긴 했지만, 미리 계획한 대로 나는 오늘밤 아홉시에 이곳으로 왔다. 근엄한 군인 같은 분위기의 하인이 나를 매력적인 방으로 안내했다. 바람이 잘 통하고 조명이 아늑한 방으로, 대단히 우아하고 고상하게 꾸며져 있었는데 그 고상한 단순함에 어쩐지 이국적인 인상이 배어 있었다. 방은 비어 있었다. 기다리는 동안 잠시 방을 서성이던 나는 이어진 방에 있는 한 여인을 발견했다. 그녀는 내 존재를 의식하지 못하는 것 같았다. 나는 날카로운 시선으로 그녀를 관찰해나갔다. 그러나 깊은 안락의자에 몸을 파묻고 있는 그녀의 윤곽선밖에는 다른 아무것도 볼 수 없었다. 환자라도 되는 듯, 그래서 부드러운 밤공기조차 피해야 하는 것처럼 은회색 드레스 위로 커다란 흰색 캐시미어 망토를 두르고 있었기 때문이다. 이마 위까지 늘어져 있는 섬세한 레이스 캡 밑으로 회색머리가 창백한 뺨 양쪽으로 풀어져 있었다. 짙은 녹색 베일이 그녀의 두 눈을 가려 오직 둥그스름한 턱과 여성적인 입술의 윤곽만을 알아볼 수 있었다. 그녀는 뜨개질을 하고 있었다. 나는 그녀의 작은 손이 아주 옛날 숙녀들이 끼던 것 같은 기이한 검은색 비단 벙어리장갑 안에 거의 손가락 끝까지 싸여 있는 것을 발견했다. 그녀에게는 우수 어리면서도 매력적인 무엇인가가 있었다. 그녀는 매우 섬세하고 여성스럽고 너무도 가슴 아픈 시련을 겪고 있는 것처럼 보였다. 나는 그녀가 맹인일 거라는 생각이 들었다.

그녀를 관찰하는 데 몰두해 있던 나는 내 뒤의 프랑스식 창 주변에 심어져 있는 관목들 사이에서 들려오는 부스럭 소리에 흠칫 놀라고 말았다. 뒤를 돌아보자 정원에서 한 젊은 남자가 들어오는 것이 보였다. 엿보는 모습을 들킨 것에 조금 당황스러워진 나는 그 청년이 버나드 노엘 씨의 아들이라고 황급히 추측하며 다소 어색하게 자기소개를 했다.

"『타임스』에 난 구인광고를 보고 왔습니다. 제 이름을 노엘 씨께 써 보내긴 했는데, 시간이 좀 늦어서 아버님께서는 아마 지금 나오시기 어렵겠지요?"

조사라도 하는 것 같은 눈빛으로 내 얼굴을 찬찬히 살피고 있던 검은 두 눈동자에 스쳐가는 그 수수께끼 같은 표정이라니. 그는 수수께끼 같은 미소를 띠며 대답했다.

"제가 버나드 노엘입니다."

나는 사과의 말을 웅얼거리며 추천서를 그에게 건넸다. 그가 추천서를 읽는 동안 나는 앉아서 저렇게 어린 소년에게 대체 왜 필경사가 필요한 걸까 궁금해하며 나를 고용하게 될 사람을 관찰했다. 소년이라고 했던 건, 첫눈에 보기에 그는 열여덟 살 남짓으로 보였기 때문이다. 그러나 다시 보자 그보다는 조금 더 나이가 많을 것이라는 생각이 들었다. 어디로 보나 완벽한 신사였다. 고귀한 혈통은 한눈에 알아차리지 않을 수 없도록 만면에 드러나는 법이다. 중간 정도 되는 키에 몸이 가늘고 체형은 아직 소년 같았다. 그러나 말투나 행동에 배어 있는 그 자연스러운 우아함을 망가뜨리는 소년 특유의 어색함은 어디에도 없었다. 불빛이 순간 그의 얼굴 전체를 환히 비추었다. 그 잠깐의 시간 동안 나는 그의 얼굴을 관찰했다. 어두운 곱슬머리가 넓고 균형 잡힌 둥근 이마를 덮고 있었다. 지금은 짙은 속눈썹 아래 가려져 있는 그의 남부 출신 눈동자 위로 검은 눈썹이 반듯하게 자리잡고 있었다. 콧날은 반듯하고 도도한 분위기를 풍겼으며 입매는 단호하고 진중했다. 어쩌면 입술 위로 그늘을 만든 약간의 콧수염 때문에 더 그렇게 보이는 것 같았다. 그보다 더 단순하고 적당히 그에게 어울릴 수는 없었던 그의 옷차림마저 눈길을 끌었다. 마치 내가 여자라도 된 것만 같았다. 검은색 벨벳 팰토*에 짙은색 바지, 보타이 위로 접힌 셔츠 깃, 완벽한 신발 속의 귀족적인 작은 발, 편지를 쥔 모양 좋은 손에 낀 단 하나의 반지. 이 청년이 보이는 것보다 나이가 많고, 자기 나이보다 더 현명할 것이라는 거의 즉각적인 인상이 나를 사로잡았다. 뭔가 깊이 있는 경험이 그를 성숙하게 한 것인지 아니면 내면의 천재성이 드러나고 있는 것인지는 금방 규정할 수 없었다. 그러나 나는 거의 본능적으로 내가 보고 있다는 사실을 의식하지 못하는 이 청년에게, 장차 내 관찰과 감시의 대상이 될 이 인물에게 흥미와 매력을 느꼈다.

그가 곧 지적이고 명료한 목소리로 말하며 고개를 들었다. "전적으로 만족스러운 추천서군요, 클라이드 씨. 조건이 선생님 마음에도 들었으면 좋겠습니다만. 로드 씨께서 저에게 '훌륭한 학자이자 교양을 갖춘 신사'의 도움을 얻을 수 있는 영예를 주셨으니 말입니다."

그는 추천서의 인용문을 칭찬으로 만드는 시선과 함께 가볍게

* 무릎 위까지 오는 일종의 외투.

허리 숙여 정식 인사를 건네며, 대단히 매력적인 우아하고 침착한 말투로 이야기를 이어갔다. 그 매력은 소년 같은 외모의 이 집안 가장에게 그토록 우아하게 대비적으로 공존하고 있는 타고난 권위와 젊음에서 나오는 것이었다.

"돌아가는 기차를 타기엔 너무 늦었으니, 오늘밤은 여기에서 묵으시고 내일 사람을 보내 짐을 가져오면 어떨까 싶습니다만. 시간이 촉박해 하루라도 빨리 일을 시작하고 싶어서 말입니다."

"전적으로 선생님 의견에 따르도록 하겠습니다."

"고맙습니다. 저희 집은 조용한 곳입니다. 지금은 어떤 교류도 하지 않고 있습니다. 사촌이 병을 앓고 있고 현재 제 작업은 고독이 필요한 일이라서 말입니다. 혼자서 일을 마치고 싶었지만 제 건강이 그렇게까지 폐쇄된 상태를 허락하질 않는군요. 그래서 쓰는 일을 선생님께 부탁하고 저는 휴식을 취하려고 합니다."

내가 맡을 일이 무엇인지 알고 싶은 마음에 나는 추측하는 내용의 질문을 던졌다.

"어쩐지 그렇지 않을까 싶었습니다만, 무엇인가 데뷔작을 옮기는 일이라면 더더욱 기쁜 마음으로 일을 할 수 있을 것 같은데요."

조금 전까지 색깔 없던 청년의 뺨에 가벼운 홍조가 떠올랐다. 수줍은 아가씨처럼 시선을 내리깔더니 갑자기 그의 입에 미소가 떠올랐다. 그러나 의도치 않았던 미소임이 분명했다. 그가 인상을 쓰며 미소를 지우고 즐거움과 자부심, 삼가는 태도가 묘하게 섞인 말투로 이렇게 대답했기 때문이다.

"네, 저의 첫 작품입니다. 하지만 일을 마치기까지 우리 둘 다 그 작품을 물리도록 볼 터이니 괜찮으시다면 이제 그 이야기는 그만

하도록 하지요."

'다른 젊은 저자들처럼 예민하고 부끄러움을 타는군.' 이렇게 생각하며 나는 후회하는 표정으로 사과했다. 살짝 손을 흔들어 그 화제를 옆으로 밀어내며 노엘 씨가 좀더 편안한 목소리로 말을 이었다.

"방은 동관에 있습니다. 마음에 드셨으면 좋겠군요. 에스테반 부인의 건강이며 멋대로인 제 생활습관 때문에 저희 일상은 별로 규칙적이지 않습니다만, 거기에 구애받으실 필요는 없습니다. 저희는 저희 방에서 아침을 먹고, 저희가 원할 때 점심을 먹은 다음 다섯시에 저녁을 먹습니다. 언제든 원하실 때, 그리고 편하실 때 앞의 두 번의 식사를 주문해 드시고 저녁에는 저희와 함께 식사를 하셨으면 합니다. 이렇게 작은 집에서 의식을 갖출 필요는 없겠지만 서로 어울리는 시간이 있는 편이 우리 모두에게 두루 이로울 테니까요."

"일하는 시간은 언제가 좋으시겠습니까, 선생님?" 나는 선생님이라는 호칭을 쓰는 데 전혀 어색함을 느끼지 않으면서 물었다. 그는 아직 십대를 벗어나지 못한 것이 틀림없었지만, 이 청년 앞에서 스물여섯이라는 내 나이는 나에게 아무런 우위도 점하지 못하는 것 같았기 때문이다.

"요즘 같은 여름철에는 아침 일찍 서재에서 시간을 보냅니다. 오전 중 한두 시간이 오후시간보다 더 능률적인 것 같아서요. 여덟시부터 네시 또는 네시 반까지로 하면 어떨까요. 열두시에 다과를 하면서 휴식을 취하고요. 정원과 서관은 부인 전용입니다만, 집 안이나 영지 내 다른 곳은 어디든 자유롭게 다니셔도 됩니다. 저녁시간도 원하는 대로 보내시면 되고요. 그 시간에도 일을 하고 싶으신 것이 아니라면 말입니다. 혹 저희와 함께 시간을 보내고 싶으시다면 말이지만, 별다른 일이 없을 때는 저녁식사 후에 저희는 보통 거실에 있습니다."

바로 그때 또 한번 알 수 없는 표정이 그의 얼굴을 스치고 지나갔다. 주저, 후회, 대담함, 번민 같은 것들이 모두 한데 섞여 있는 얼굴이었다. 그러나 어떤 것이 지배적인 감정인지 미처 밝혀내기 전에 그 표정은 사라져버렸다. 그는 다시 차갑고 창백한 가면 같은 표정으로 돌아갔다.

나는 조건에 만족한다는 뜻을 표시했다. 내가 대답을 하는 동안 그가 나를 강렬한, 대단히 강렬한 눈빛으로 바라보았다. 나는 얼굴이 붉어지는 것을 느꼈다. 평소 결코 일어나지 않는 일이었을 뿐만 아니라, 비밀스러운 임무로 인한 일종의 죄의식이 계속 나를 쫓아다니며 냉정과 침착함을 유지하게 해주는 지금 같은 때, 꿰뚫어보는 것만 같은 시선이 나를 향해 있을 때 이런 일이 일어나다니 더더욱 어처구니없는 일이었다. 그러나 결과적으로는 얼굴이 붉어진 것이 내게 도움이 되었다고 생각한다. 뭔가 의심이 일어 마음이 흔들리는 것 같았던 그가 얼굴을 붉히는 내 모습을 보고 안심을 하는 눈치였기 때문이다. 그는 아무 말도 하지 않았다. 하지만 이마에 가볍게 잡혀 있던 주름이 사라졌고 안도의 표정이 만면에 대단히 선명히 퍼졌기 때문에, 나는 마음속에 그 사실을 잘 새긴 다음 알 만큼 아는 세속적 인물이 아니라 순진하고 숫기 없는 서생書生 역을 계속 연기하기로 했다. 그렇지 않다면 놓치게 될 것이 틀림없는 여러 기회를 그런 연기 덕분에 확보할 수 있다는 것이 분명해 보였기 때문이다.

그때 부인이 "버나드!"라고 부르는 소리가 들리자 그는 그녀에게 건너갔다. 내 자리에서 나는 그가 사촌이라기보다 아들 같은 자세로 그녀에게 몸을 숙이는 것을 보았고, 그녀가 낮은 목소리로 던지는 몇 가지 질문에 그가 대답하는 소리를 들었다. 그 대답에 그녀는 여느 아가씨들 못지않게 명랑한 소리로, 마치 은방울이 구르는 것 같은 작은 웃음을 터뜨렸다. 그러더니 그녀가 상냥한 목소리로 천천히 명랑하고 큰소리로 이렇게 말했다. "나를 데려가서 신사 분께 소개해줘요, 그리고 피에르를 부르죠, 커피를 들게 말이에요."

노엘 씨가 그녀의 팔에 자신의 팔을 끼고 그녀를 더 큰 방으로 이끌었다. 안락의자에 그녀를 앉히고 그녀에게 나를 소개하는 그의 얼굴에 다시 한번 불안의 빛이 얼굴에 역력히 드러났다. 부인은 대단히 프랑스적이었다. 우수에 젖은 듯 정중했고 너무도 우아하게 나른한 태도를 보였기 때문에 나는 곧 그녀의 사촌 못지않게 열정적으로 그녀를 보살피는 나를 발견했다. 그는 수수께끼 같은 미소를 띤 채 그런 내 모습을 바라보고 있었다. 군인 같은 분위기의 하인이 커피를 가져왔다. 우리 사이에 존재하던 불가피한 약간의 조심스러움이 슬슬 엷어져가던 시점에 그날의 면접을 실질적으로 끝내게 만든 사건이 하나 벌어졌다.

나는 그녀의 무릎에서 굴러떨어진 실타래를 주워 그녀에게 가져다주었다. 그때 그녀 옆에 서 있던 노엘 씨가 갑자기 앞으로 몸을 구부렸다. 뭔가에 놀란 것처럼 보였다. 컵을 떨어뜨리면서 어떤 단어를 하나 내뱉더니 부인이 덮고 있던 망토를 그녀 얼굴 위로 덮었기 때문이다. '연기' 혹은 '기절'처럼 들리는 단어였는데 아마도 후자였을 것이다. 부인은 가벼운 비명, 고통 때문이라기보다 놀라서 내는 것 같은 비명을 지르면서 그의 팔에 쓰러졌다. 그는 한마디 설명도 없이 너무 놀라 그 자리에 얼어붙은 나를 내버려둔 채 그녀를 데리고 밖으로 나갔다.

곧 그는 무척 침착한 표정으로 방으로 돌아와 부인이 가끔 그런 증상을 보인다고 간단히 설명해주었다. 그리고 바로 내일 아침 일찍 사람을 보낼 수 있도록 짐을 보내달라는 편지를 써두겠느냐고 물었다. 그의 말에 담긴 뜻을 알아차린 나는 작별인사를 건넨 후 나이든 하인의 안내를 받아 서관 일층에 있는 매력적인 두 개의 방으로 이동했다.* 그리고 지금 여기에 앉아 첫번째 보고서를 마무리하는 중이다.

6월 2일. 내 방에서 아침을 먹은 후, 여덟시 정각에 지난밤 피에르가 '주인님 서재'라고 알려주었던 문을 두드렸다. 노엘 씨가 들어오라고 말했다. 그가 시키는 대로 방 안에 들어간 나는 다마스크로 만든 커튼을 드리워 공간을 분리한 방 안쪽 한구석에서 열심히 뭔가를 하고 있는 그를 발견했다. 커튼이 살짝 젖혀 있었기에 정원으로 난 넓은 창문과 책상, 의자, 높은 책장과 안락의자, 책과 원고, 두꺼운 사전 들과 서류철 같은 일련의 문구류가 여기저기 흩어져 있는 것이 보였다. 방 자체는 장식이랄 것 없이 단순하게 꾸며져 있었고, 조용하고 서늘했으며 해가 들지 않아 그늘져 있었다. 그러나 집 안 다른 곳에서도 느낄 수 있었던 세련미와 차분함, 세월이

---

* 앞서 노엘이 클라이드에게 동관의 방들을 제공한 것에 비추어보면, 여기에서 서관이라고 한 것은 저자의 오류일 수 있다. 또는 이날 밤만 임시로 서관에 묵었던 것이라고 추측해볼 수도 있다.

나 취향의 결과라기보다는 집주인의 독특한 매력에서 나오는 것처럼 보였던 품격과 고요가 이 방 역시 지배하고 있었다. 노엘 씨가 차가우면서도 예의바른 태도로 아침인사를 건넸다. 그 인사 덕분에 나는 하마터면 잊을 뻔했던 그와 나의 관계를 즉각적으로 떠올렸다. 그는 필요한 모든 도구가 이미 준비되어 있는 또다른 책상을 손으로 가리키며 나에게 한 묶음의 원고를 건네주었다. 반쯤 망설이는 것 같은 태도로 원고를 손에서 내려놓으며 그가 말했다.

"아시겠지만 젊은 저자들에게는 여러 가지 기행이며 변덕이 허락되는 법이죠. 클라이드 씨, 제 기벽 중 하나는 활자로 조판될 준비가 될 때까지 책에 제목을 붙이지 않는 것입니다. 첫 장章을 드리지는 않을 거고요, 제 인내심이 끝나는 곳에서 선생님이 작업을 시작하시면 되겠습니다. 견본 삼아 몇 장 필사해주세요, 제가 곧 돌아와서 보겠습니다."

그가 구석의 자기 자리로 돌아가 소리를 전혀 내지 않고 자기 일에 몰두했기 때문에 나는 곧 그의 존재를 잊어버렸다. 그가 등을 돌리자마자 나는 눈앞의 원고를 읽어내려갔다. 단 한 장의 원고만으로 나는 이미 놀라고 말았다. 이렇게 젊은 작가에게서 나온 것이라고는 도저히 믿기 어려운 힘과 통찰력, 그리고 교양의 증거를 발견했던 것이다. 낭만적 이야기도, 시도, 풍자나 수필도 아니었다. 그것은 이탈리아의 역사와 정치에 대한 더할 나위 없이 훌륭한 저작이었다. 저 나이의 청년이 흔히 다룰 법한 주제도 아니었지만, 그 주제를 다루는 방식은 더더욱 놀라울 따름이었다. 그 식견과 방대한 연구량, 잘 짜인 문단들을 이루는 수려한 문장들을 읽어나가며 나는 거의 현기증을 느낄 지경이었다. 그렇게 젊은 두뇌에서 이런 문장들을 짜냈으니 그의 볼이 창백하고 눈에는 열기가 가득하며 도도한 동시에 기운 없어 보였던 것도 이상한 일이 아니었다. 이런 재능을 부여받았다는 사실, 또 그 재능을 활용할 수 있는 능력을 가지고 있다는 사실을 알고 있으니 그렇게 자부심이 대단한 것도 놀랄 일이 아니었다. 이 원고는 그가 지닌 매혹적인 힘, 그가 보이는 태도 특유의 매력, 주위 사람의 시선과 관심을 잡아끌면서도 동시에 '처음에는 성스러워 보이기'까지 한 그 자질에 대한 반사적인 존경심 때문에 호기심을 억누르게 만드는, 정체를 알 수 없었던 그 무엇인가를 설명해주고 있었다.

그가 시키고 간 일이 떠올라 할 수 있는 한 최대한 공을 들여 민첩하게 글씨를 써내려가긴 했지만 하마터면 나는 놀라움과 경탄에 사로잡힌 나머지 계속해서 원고를 읽고 있기만 할 뻔했다. 그러나 곧 나는 모든 것을 잊고 유려하게 흐르는 말들에 완전히 빠져들고 말았다. 단어들이 마치 내 펜으로부터 흘러나가 음악이 되는 것만 같았다. 글의 주제는 자유로, 작가는 애국자이자 철학가일 뿐만 아니라 시인이기도 했기 때문이다. 긴 숨을 내쉬기 위해 글쓰기를 멈춘 나는 노엘 씨가 옆에 서 있는 것을 알아차렸다. 그는 상기된 내 얼굴을 바라보고 놀라움을 마음껏 표현하고 싶은 내 분명한 욕망을 읽었다. 내 모습이 그의 마음을 움직이고 또 기쁘게 한 것 같았다. 좀더 가까이 다가오더니 기대가 담긴, 그러나 수줍은 목소리로 이렇게 물었기 때문이다.

"마음에 드시는지요?"

"감탄을 다 표현할 말을 찾을 수 없을 정도입니다. 제 입에 재갈을 물리시는 편이 나을 겁니다. 그렇지 않으면 결코 찬사를 멈출 수가 없을 테니까요."

그의 얼굴이 반짝였고 눈에서는 빛이 났다. 그가 예의 그 매혹적인 미소를 지으며 내게 손을 내밀었다.

"감사합니다. 기억하겠습니다." 그렇게 말하더니 그는 나와 자신을 모두 자제시키려는 듯 서둘러 자신의 원고를 옮겨 쓴 나의 필사본을 검토했다.

"단정하고 아름답군요. 제게는 너무도 익숙해진 잉크 얼룩이며 실수들이 보이지 않으니 제 원고인지 알아보지도 못할 정도네요. 일이 많이 힘드셨는지요?"

"천만에요. 더할 나위 없이 즐거웠습니다. 그러나 무척 갈증나는 일이기도 했지요. 쓰는 데 몰두해야 하는데 빨리 원고를 더 읽고 싶은 마음뿐이었으니까요. 노엘 씨, 이런 책이 이렇게 젊은 작가에게서 나올 수 있다니 다만 놀라울 뿐입니다."

"제가 쓴 것이 아니라고 말해도 무방합니다. 아버지의 정신을 제가 물려받았을 뿐이니까요. 이 원고가 진실과 웅변, 또는 아름다움을 내포하고 있다면 그것은 제가 아니라 제 아버지께 속한 것들이지요."

부드럽게, 그러나 거의 엄숙한 목소리로 그가 말했다. 어떤 혼란이나 교만도 없는, 순수한 자긍심만이 느껴지는 목소리였다. 일말의 허영을 드러내 그 자긍심을 퇴색시킬 수도 있었을 터였다. 그러나 그는 작업 속에서 자신을 완전히 잃어버린 것만 같았고, 작품에 대해서가 아니면 어떤 찬사도 받을 마음이 없는 것만 같았다. 그는 잠시 상념에 빠져든 것처럼 보였다. 나는 조용히 앉아 있었다. 그는 선 채로 탁자에 손을 기대고 있었고 내 눈은 그의 잘생긴 손 위에 고정되어 있었다. 그것에 대해 무슨 생각을 한 것은 아니었다. 그러나 내 시선이 그를 불편하게 만든 것 같았다. 거의 신경질적인 태도로 자신이 들고 있던 원고를 휙 내리치더니, 두 손을 외투 깊숙이 밀어넣고는 날 선 태도로 발꿈치를 돌려 구석의 자기 자리로 가버렸기 때문이다. 원고들을 금고에 넣고 열쇠와 자물쇠로 잠그기라도 하는 듯 몇 분 동안 부스럭거리는 소리가 들리더니 그가 곧 다시 나타나 무게 있는 목소리로 말했다.

"언제든 원하실 때 식당에서 점심을 드시면 됩니다. 저는 이제 부인을 모시고 드라이브를 가야 해서요. 저녁 때 뵙기로 하지요."

그가 나가고 잠시 후 조랑말이 끄는 마차가 가로수를 따라 천천히 달려가는 것이 보였다. 나는 정오까지 필사를 한 뒤, 배가 고파지기 시작하자 탐사를 시작하기 위해 자리에서 일어섰다. 노엘 씨가 식당이 어디인지 말해주는 것을 잊었기 때문이다. 종을 울려 하인을 부르고 싶지는 않았다. 넓은 복도가 집 안 전체를 가로지르며 집 뒤쪽 정원으로 연결되어 있었다. 문 네 개가 나타났다. 마주 보고 있는 두 개의 문이 열려 있었는데 그건 거실로 들어가는 문이었다. 나는 세번째 방문 앞에 섰다. 네번째 문은 틀림없이 식당으로 연결된 것이었다. 그러나 나는 그 사실을 무시하고 다른 방을 돌아보며 호기심을 채우기로 결심했다. 이렇게 좋은 기회는 다시 생기지 않을지도 몰랐다. 주인과 안주인 모두가 집을 떠나고 없었고 처음 보는 나를 의심할 사람은 아무도 없을 터였다. 혹 하인이라도 만나게 된다면 길을 몰랐다는 것이 그럴듯한 변명이 되어줄 것이다. 스파이 노릇을 하기로 했으니 이왕이면 잘하고 싶었다. 사람들에게는 아무런 질문도 하지 말라는 명령을 받았으니 할 수만 있다면 생명 없는 방들에서라도 정보를 얻어내야 할 것이다.

중앙 복도에서 갈라진 두 개의 작은 복도가 서로 교차하면서 하나는 내 방들로 다른 하나는 서관으로 이어져 있었다. 나는 당연히 서관으로 이어지는 복도로 들어가 거기에서 마주친 첫번째 문을 조심스럽게 열었다. 부인의 방이라는 걸 알 수 있었다. 회색 비단 드레스와 흰색 숄이 의자에 걸려 있었기 때문이었다. 재빨리 주위를 살펴 호기심을 충족한 나는 옆방으로 건너갔다. 노엘 씨의 방이었다. 그러나 긴 의자 위의 모자와 침대 옆의 권총들, 그리고 화장대 위의 신사용 화장가방이 아니었다면 누구 방인지 짐작하는 것이 거의 불가능했을 터였다. 창문에는 두꺼운 커튼이 드리워져 있었고 가구들은 대단히 고급스러웠으며 거의 여성적이기까지 한 우아함이 방 안을 가득 채우고 있었다. 두 가지 물건이 내 눈을 사로잡았다. 하나는 안락의자 위에 놓인 섬세한 뜨게 바구니였다. 나는 바로 그 옆에 서 있었기 때문에 바구니 안의 팔찌, 너무도 정교하게 수놓인 팔찌를 볼 수 있었다. 부인은 맹인이다. 집 안에 다른 여자는 없었다. 그럼 누가 저 수를 놓은 걸까? 두번째 발견은 더 의미심장했다. 내가 서 있던 문 맞은편에 또다른 문 하나가 있었는데, 반쯤 열린 그 문 뒤로 두꺼운 카펫이 깔린 나선형 계단이 이층으로 이어져 있는 것이 보였던 것이다. 6월의 눈부신 햇살이 계단 위로 흘러넘치고 있었고 부드러운 바람을 타고 꽃향기가 내게 날아왔다. 위에 무엇이 있는지 보기 위해 조용히 앞으로 향해 걸어가던 나는 이탈리아어로 외치는 부드러운 소리에 발길을 멈추고 말았다.

"아, 정말이지 너무 지겨워. 뭔가 새로운 놀잇거리를 좀 생각해봐요. 아니면 난 지루해서 죽어버리고 말 거야."

"나도 그래." 더 낮은 목소리가 대답했다. "하지만 그 덕에 우리가 얻게 될 걸 생각하면 난 참을 수 있어. 이리로 와봐, 다음번 편지에 대해 생각해보게. 오늘이 보내야 하는 날이니까."

"싫어. 그 생각을 하면 슬퍼지는걸. 꼭 해야 하는 게 아니라면 안 할래요. 내가 지닌 용기와 쾌활함을 다 써도 부족한 마당이니."

"가엾게도, 네 말이 옳아. 내가 쓸 동안 노래라도 불러주렴. 이렇게 갇혀 있는 일이며 근심걱정들은 잊어버리고."

"지금은 그것만이 내 유일한 즐거움이긴 하지. 하지만 목이 말라요. 와인을 한 모금 마시고 싶은데, 피에르는 나를 잊은 모양이네." 여자 목소리가 중얼거렸다.

"내 사랑, 아니야. 피에르가 잊다니 그럴 리 없지. 내가 피에르를 세인트 마이클 댁에 보냈어. 그 사람이 집에 와 있다는 사실을 알리려고. 두 배로 신중하게 일들을 처리할 수 있도록 말이야." 남자 목소리가 대답했다.

"가엾은 피에르! 이제 집사에, 정원사에, 심부름꾼에, 보초 노릇까지 해야 하다니. 피에르도 나 못지않게 지루할 것이 틀림없어." 상대 쪽이 한숨을 쉬며 대답했다.

"다시 슬퍼지는 것 같은데. 클래리스, 나에게 키스를 해줘, 그리고 내가 돌아왔을 땐 더 행복한 얼굴을 보여주고. 와인을 한 잔 가져올게."

부스럭거리는 소리와 작은 말소리, 그리고 잠깐 멈춰서는 소리가 들렸다. 그러나 더 듣지는 못했다. 나는 그림자처럼 조용히 복도를 따라 내려와 식당으로 들어간 다음 첫번째로 손에 잡히는 음식을 들고 집어삼키기 시작했기 때문이다. 이건 발견이었다! 내가 들은 낮고 깊은 목소리는 노엘 씨의 것이었다. 그러나 더 부드러운 목소리는 부인의 것이 아니었다. 여자의 목소리는 느리고 사랑스러웠으며, 남자의 목소리는 젊고 활기에 넘쳤다가, 애수에 젖었다가 성마른 짜증이 느껴지기도 하는 목소리로 차례로 변해갔다. 열정적이고 우수에 찬 목소리에서 그 마법 같은 힘으로 어떤 여자의 마음이라도 녹여 얻어낼 수 있을 것 같은 무한히 다정다감한 목소리까지 다양하게 변하기는 했지만, 남자의 목소리가 노엘 씨의 것이라는 데는 의심의 여지가 없었다. 미처 정신을 가다듬기도 전에 그가 식당에 들어와 나를 바라보더니 웃음을 터뜨리며 설명했다.

"죄송합니다! 너무 오랫동안 손님 없이 지냈더니 한동안 저희 집에 한 분이 더 계신다는 사실을 잊었군요. 제가 잔을 채워드리지요."

막 대답을 하려는데 창문에서 노랫가락이 흘러들어왔다. 나는 나도 모르게 말을 멈추고 음악 소리에 귀를 기울였다.

"아! 〈카스타 디바〉* 로군. 정말이지 아름답게 부르는데."

내 말을 들은 노엘 씨가 와인 병을 들고 있던 손에 힘을 꽉 주는 것이 보였다. 다시 한번 나를 바라보는 그의 눈에 알 수 없는 빛이 반짝 스치고 지나갔다. 그가 물었다.

"그럼, 이탈리아어를 할 줄 아시는 건가요?"

하마터면 거의 '네'라고 대답할 뻔했지만 지시사항이 떠올라 정신을 차리고 안타깝다는 목소리로 이렇게 대답했다. "그럴 수 있다면 좋겠습니다."

---

* Casta Diva. '정결한 여인'이라는 뜻의 유명한 아리아로, 이탈리아의 오페라 작곡가 벨리니의 곡.

노엘 씨가 입술에 떠오른 미소를, 의심의 여지 없이 '저로서는 모르시는 편이 좋습니다만'이라는 의미를 담고 있을 미소를 감추기라도 하려는 듯 들고 있던 잔을 입술로 가져갔다. 그리고 큰소리로 이렇게 말했다. "그러니까 가사가 아니라 곡을 듣고 아신 거군요."

"네, 부인은 아름다운 목소리를 가지셨군요."

"부인은 재능 있는 분이시지요."

이렇게 갈증나는 대답을 한 뒤 그는 손에 쟁반을 들고 창가로 걸어가 그 자리에 서서 노래를 들었다. 나는 말없이 식사를 계속하면서 한편으로 은밀히 그의 모습을 지켜보고 있었다. 조금 전 엿들었던 대화를 떠올리면서, 그리고 그의 모습에서 내 마음에 떠오른 의심을 더 분명한 확신으로 바꿔주는 증거들을 찾아내면서. 그는 딱 한 번 내 시선을 마주했다. 그 순간 그의 볼에 홍조가 떠올랐다. 여름날의 열기로 상기된 것이 아니었다. 그가 청해 받은 키스의 흔적이 아직도 입술에 남아 있기라도 한 듯, 진지한 그의 입매에 부드러운 미소가 어려 있었다. 영어보다 달콤한 언어의 음악이 여전히 그의 목소리에 남아 있는 것도 같았다. 그는 누군가의 연인처럼 보였다. 나는 그가 사랑에 빠졌다고 생각했다. 천재들은 관습이나 나이, 인종 등에 구속되는 법 없이 마음과 정신 모두가 빠르게 성장하는 법이니까. 그렇지 않다면 그가 오누이 이상의 애정으로 그토록 다정하게 이름을 불렀던 이 정체 모를 가수의 존재를 어떻게 설명할 것인가. 고백하지만, 그 상상은 즐겁고 달콤했다. 사랑 없는 내 삶에 로맨스라곤 한 번도 존재했던 적이 없어서인지 다른 남성의 경험에 흥미를 느끼고 거기에서 즐거움을 발견하게 되는 것 같았다. 게다가 이 수수께끼 같은 청년을 둘러싼 미스터리와 내가 그와 맺고 있는 관계가 이런 상상을 더욱더 매력적인 것으로 만들었다.

자리에서 일어나 작업실로 돌아가려고 움직이자 그도 다시 현실로 돌아온 것처럼 보였다. 식탁으로 가 조심스럽게 케이크 한 조각과 과일을 고르고 차가운 포도주를 한 잔 따라 은쟁반에 벌여둔 그는, 가까운 데 있던 화병에서 꽃도 한 줌 골라 쟁반에 올린 후 반쯤은 슬프고 반쯤은 행복한 얼굴로 이렇게 말하며 방을 떠났다.

"부인은 제가 시중드는 것을 좋아하시죠, 소녀처럼 세심한 보살핌을 받고 싶어하신답니다."

거의 다섯시가 될 때까지 원고를 옮겨 쓴 다음 나는 저녁식사를 위해 옷을 갈아입었다. 식사를 하러 오라는 말에 내려가보니 노엘 씨와 부인이 나를 기다리고 있었다. 상차림은 흠잡을 데가 없었고 차려진 음식들은 훌륭했다. 저녁을 마칠 즈음 일어난 작은 사건은 저녁식사와 관련해 기록할 만한 일의 전부라 할 수 있다. 노엘은 사촌 옆에 앉아 보기에도 아름다운 정성으로 그녀의 식사 시중을 들고 있었다. 피에르는 공손한 태도로 보호라도 하듯 두 사람 주위를 배회하고 있었는데, 이 성실한 하인은 혹 내가 젊은 주인의 신망을 빼앗아가는 경쟁자가 될까 걱정이라도 하는 듯 질투 어린 시선으로 나를 주시하는 것 같았다. 조용한 식사였다. 노엘 씨는 말이 많은 사람이 아니었고 부인은 기분이 가라앉아 있었기 때문이다. 나는 나름 최선을 다했지만 내가 연기하고 있는 역할 때문에 많은 말을 건넬 수는 없었다. 그래서 짧은 대화 뒤에 긴 침묵이 이어지곤 했다.

피에르가 온실에서 재배한 꽃을 담은 바구니를 들고 들어왔을 때 우리는 막 자리에서 일어나려던 참이었다. 피에르가 이런 말을 전하며 바구니를 주인 손에 건넸다.

"부인 앞으로 온 꽃입니다. 마이클 부인께서 안부도 함께 전하셨습니다."

부인은 감사의 말을 하지도 않고 그 어떤 기쁨의 표시도 보이지 않았다. 그러나 사촌의 답을 듣고 있는 그녀의 얼굴에서 핏기란 핏기는 모두 사라진 듯했다. 노엘 씨의 얼굴 역시 더 창백해졌고, 바구니를 받기 위해 내미는 그의 손은 겉으로 알아챌 수 있을 만큼 떨렸다. 그러나 그는 평소답지 않게 활기찬 목소리로 대답했다.

"감사하게도. 부인, 제가 부인을 위해 꽃을 부인 방으로 가져가겠습니다. 클라이드 씨, 전 오늘 저녁에 약속이 있습니다. 거실이든 서재든 정원이든 내키는 데서 시간을 보내도록 하시죠."

"정원이 좋겠군요. 감사합니다. 그러면 저는 바깥에 나가 석양을 즐기겠습니다."

그렇게 말하고 나는 식당을 나왔다. 피에르가 내 뒤에서 문을 닫았다. 내 방으로 이어지는 복도들로 몸을 돌릴 때 딸각 하고 문을 잠그는 소리가 들리는 듯도 했다. 나는 모자를 들고 내 작은 응접실의 긴 창 중 하나를 열어둔 후 밖으로 나와 집 앞쪽의 테라스를 따라 정원으로 천천히 걸어갔다. 잔디밭이라 발소리도 나지 않았다. 객실 창 옆을 지날 때 나는 재빨리 안을 힐끗 쳐다보았다. 꽃바구니가 바닥에 뒤집어져 있었고 부인은 베일을 발치에 떨어뜨린 채 얼굴을 손에 파묻고 있었다. 노엘 씨가 소리내어 편지를 읽고 있었고, 피에르는 여전히 냅킨을 팔에 걸친 채 진지한 얼굴로 편지 내용에 귀를 기울이고 있었다.

그들은 완전히 몰두하여 나를 보지 못했다. 호기심만 더 자극받은 나는 이미 이토록 관심을 끄는 거주자들이 살고 있는 이 집의 외관을 관찰하며 시간을 보냈다.

신록 한가운데 펼쳐진 영국식 별장이었다. 앞에는 길까지 이어지는 경사진 잔디밭이 있었고 뒤로는 정원이 있었으며, 오른쪽으로는 정원 울타리에 나란하게 오솔길이 나 있었고 왼쪽으로는 하늘을 찌를 듯 기개 좋게 자라난 작은 소나무숲이 있었다. 수수께끼 같은 인물의 방이 어디였는지 찾아내기 위해 나는 서관을 꼼꼼히 관찰하며 오솔길을 따라 걸었다. 놀랍게도 위층 창문은 전혀 찾아볼 수 없었다. 오래된 포도나무 덩굴이 서관 벽을 덮고 있었던 것이다. 아래층 창을 가리지 못하도록 그 부근의 덩굴들은 손을 봐두었지만, 그 위로는 덩굴이 완전히 건물 외벽을 덮으며 자라 지붕의 절반가량을 가리고 있었다. 더 가까이에서 살펴본 나는 덩굴 잎사귀로 절반쯤 가려져 있는, 지붕 위의 열려 있는 넓은 공간을 발견할 수 있었다. 창문이 있어 안쪽에서 열어둔 것이 분명했다. 너무도 올라가보고 싶은 그 계단으로 어떻게 그렇게 환한 햇살과 향기로운 바람이 흘러내려왔는지 이제 이해되었다. 나는 눈이 아플 때까지 그곳을 바라보다가 외로이 홀로 서 있는 별장과 마을 사이에 놓인 들판을 향해 걸어가기 시작했다.

집으로 돌아오는 길, 별장 진입로에서 마차를 탄 노엘 씨가 재빨리 내 옆을 지나갔다. 모자를 이마 위로 깊이 눌러 쓰고 있었던 그는 나를 보지 못했다. 뭔가 중요한 일이 있는 사람처럼 긴장한 그는 몸 전체를 꼿꼿이 세우고 있었으며 입매에는 무거운 표정이 어려 있었다. 나는 그가 더이상 보이지 않을 때까지 바라보다가 집으로 들어가 한 시간가량 책을 읽은 뒤 내 방과 비밀일기로 돌아갔다. 자정이 지나도록 노엘 씨는 돌아오지 않았다.

6월 3일. 오늘 아침 서재로 들어갔을 때 예의 구석 자리에서 젊은 신사를 발견했다. 내가 할 일이 이미 준비되어 있었다. 그는 내가 방에 들어가자 고개를 들어 인사에 답하더니 커튼 뒤에 자리잡고 앉았다. 그리고 한 시간 넘게 그를 전혀 볼 수 없었다. 한 시간이 지날 무렵 그가 있는 구석 자리의 완벽한 침묵이 내 관심을 끌었고, 혹 그가 창문을 통해 밖으로 나간 것이 아닐까 하는 의심이 일었다. 슬쩍 한번 들여다볼까 생각하고 있을 때 꾸며낸 것이 아니라 진짜로 안을 들여다볼 구실을 제공한 일이 일어났다. 정원에서 한 줄기 바람이 불어들어오더니 노엘 씨 책상의 종이들을 날려 그중 하나가 커튼 너머 내 발 있는 곳까지 날아왔던 것이다. 나는 그가 종이를 찾으러 올 때까지 잠시 기다렸다. 하지만 아무런 기척이 없었다. 그가 나간 것이 틀림없다고 생각하며 나는 그 종이를 읽어보았다. 빽빽하게 종이를 덮고 있는 글자는 이탈리아어였다. 잠깐 훑어본 것만으로도 나는 그것이 내가 필사하고 있는 바로 그 원고의 일부라는 것을 알 수 있었다. 비록 노엘 씨의 글씨와는 다른, 더 대담한 글씨체로 작성된 것이기는 했지만. 제자리에 가져다 두려고 커튼 뒤쪽 자리로 들어가던 나는 노엘 씨가 의자에서 잠들어 있는 것을 발견하고 화들짝 놀랐다. 잠든 모습이 그 어느 때보다 더 앳돼 보이긴 했지만 그는 대단히 피곤하고 지쳐 보였다. 책상 위에 놓인 원고 위에는 눈물처럼 보이는 물방울이 남아 있었다. 그가 깊이 잠들어 있는 것을 본 나는 대담하게 주위를 둘러보았다. 졸음에 겨운 그의 손에서 굴러떨어지기라도 한 것처럼 반쯤 쓰인 원고 위에 여전히 펜이 놓여 있었다. 내가 들고 있는 바로 그 면의 번역 원고였다. 나머지 원고들이 책상 위에 놓여 있었고 열려 있는 서랍장 안에 세 묶음의 원고가 들어 있는 것을 힐끗 훔쳐볼 수 있었다. 재빠른 시선으로 훑어본 나는 한 묶음은 노엘 씨의 우아한 글씨로 정리된 원고의 일부, 내가 읽지 못한 바로 그 장들이라는 것 그리고 다른 한 묶음은 급한 글씨로 잉크 얼룩을 남기며 옮겨 적은 번역 원고라는 것 그리고 마지막 하나는 나에게 날아온 말썽꾸러기 페이지와 같은 언어, 같은 대담한 글씨체로 쓰인 낡고 얼룩진 원고라는 것을 확인할 수 있었다. 감히 더이상 훔쳐볼 용기를 내지 못하고 자리로 돌아온 나는 이 청년이 왜 이탈리아어로 책을 쓴 다음 다른 누구도 아닌 자기 자신이 그 원고를 번역하느라 저렇게 애를 쓰고 있는 것인지 생각하기 시작했다. 만약 그가 자신의 정체를 숨기고 있는 것이라면 그가 다른 사람의 작품을 표절하거나 자신의 것이 아닌 작품으로 부정한 일을 하려고 하는 것은 아닌지 의심해야 하는 것이 아닐까. 그러나 버나드 노엘은 거짓말을 할 사람처럼 보이지 않았다. 게다가 작품을 논할 때 그가 보여준 표정이며 태도를 떠올려볼 때 나는 무슨 이유에서 그가 이렇게 수고스러운 절차를 밟고 있는 것이든 간에 그가 원고의 정당한 주인이라는 사실을 확신할 수밖에 없었다. 그가 일어나 내가 자리에 있는지를 보기 위해 커튼을 젖히는 소리가 들리는 바람에 내 공상은 중단되고 말았다. 그는 잠에서 완전히 깨지 않은 표정이기는 했지만 원고를 모아 조심스럽게 서랍장 안에 넣고 나서 열쇠로 잠그더니 정원으로 걸어나갔다. 그가 깊은 생각에 잠겨 삼십여 분

동안 정원을 서성이는 것이 보였다. 그리고 그것이 내가 오늘 본 그의 마지막 모습이었다. 다섯시가 되어 식당으로 가자 잘 차려진 음식을 먹을 사람이라곤 나 하나뿐이었고, 피에르가 노엘 씨와 부인은 세인트 마이클 댁에서 저녁을 드실 것이라고 말해주었다. 그들은 아홉시에 돌아왔다. 그리고 얼굴을 볼 수 없는 가수의 노랫소리가 한 시간 동안 들려왔다.

6월 6일. 나흘 동안 기록할 만한 일이라곤 전혀 일어나지 않았다. 나는 거의 대부분의 시간을 혼자서 보냈다. 노엘 씨는 아침마다 한 장 혹은 두 장 분량의 원고를 내게 주고 나서 저녁에는 내가 옮겨 적은 원고를 받았으며, 우리는 꼭 필요한 사항만을 주고받았다. 부인의 모습은 볼 수 없었다. 아프다고 했다. 그러나 사촌의 얼굴은 평온했다. 내가 아는 한 의사나 간호사의 방문 역시 없었다. 저녁식사 시간 동안 우리는 아주 짧은 대화를 주고받거나 침묵을 유지했다. 저녁 이후 객실을 이용하는 일도 전혀 없었다. 집을 찾아오는 사람은 전혀 없었다. 그러나 노엘 씨는 자주 마차를 몰고 나갔으며 늦게 돌아오는 일도 잦았다. 나는 낮시간은 서재 책상에서 보냈고 저녁시간은 방에 있거나 홀로 주변을 외로이 산책하면서 보냈다. 저녁 산책에서 돌아오던 어느 날, 나는 덩굴 아래 눈부시게 불이 밝혀진 창문을 발견했다. 나는 달이 뜨지 않는 첫번째 밤에 내 호기심을 채우고야 말겠다고 결심했다. 이것으로 내 첫 주의 보고서를 마친다. 성실한 기록이라고, 그리고 나 자신은 아무것도 알지 못하지만, 그 어둠 속에서 무엇인가 실마리를 비추는 빛을 만들었으리라고 믿는다.

6월 7일. 오늘은 일요일이었기에, 점심시간에 노엘 씨를 만났을 때 나는 언덕 너머 있는 교회 세 군데 중 어디를 가는지 물어보았다.

"아무 데도 가지 않습니다. 지금은 교회에 나가지 않아요. 사촌이 갈 수 없으니까요. 집에서 간단히 그녀와 함께 예배를 드립니다." 그가 천천히 대답했다. 그리고 마치 내가 그 가족 예배에 동참하겠다고 할까봐 걱정이라도 되는 듯 곧바로 이렇게 덧붙였다. "제벗 세인트 마이클 부인께서 남편 분 교회에 기꺼이 선생님을 모셔다주실 겁니다. 제가 이미 말씀을 드려두었습니다. 기다리고 계실 거예요."

나는 고맙다고 인사를 하고 교회로 갔다. 목사는 대단히 경건하고 훌륭한 신사처럼 보였지만 설교는 지루했다. 그의 아내는 근엄하면서도 자상한 분위기의 귀부인이었는데 깍듯한 태도로 나를 맞은 후 날카로운 눈으로 관찰했다. 예배가 끝난 뒤 함께 나오면서 그녀는 주변이 마음에 드는지 물었다.

"노엘 씨는 특이하지만 더할 나위 없이 매력적인 젊은이고, 부인은 믿을 수 없을 만큼 명랑하게 고통을 감수하고 계시지요." 내가 대답했다.

"천재는 여러 가지 특권을 누리는 법이지요. 아시겠지만, 그중 하나는 기벽이고요." 이렇게 대답하고 나서 부인이 다소 조심스러운 말투로 덧붙였다. "에스테반 부인은 보이는 것보다 젊은 분입니다. 겹겹의 시련들도 그녀의 명랑한 성격을 완전히 어둡게 만들지는 못했지요. 괜찮으시다면 부인께 안부를 전해주세요. 노엘 씨에게는 내일 만나 뵙겠다고 전해주시고요."

저녁시간에 나는 마이클 부인의 뜻을 전했다. 노엘 씨는 자기 앞으로 전달된 소식에 전보다 얼굴이 무거워졌고 부인은 명랑해졌다. 나는 그녀의 얼굴이 밝아지는 것이 기뻤다. 그래서 그녀를 즐겁게 해주려고 최선을 다했다. 그러나 나는 그녀의 사촌이 자주 무엇인가를 말하려는 그녀를 가로막곤 한다는 사실, 그리고 평소 표정 없는 피에르의 얼굴에 불안한 빛이 어려 있다는 사실을 발견했다. 손수건을 꺼내려던 부인이 흑단으로 만들어진 묵주를 떨어뜨렸다. 부인의 드레스 자락을 따라 소리 없이 미끄러져 떨어졌기 때문에 아무도 묵주 떨어지는 소리를 듣지 못했다. 나 외에는 아무도 본 사람이 없었다. 피에르는 찬장 앞에서 무엇인가를 하느라 분주했다. 나는 몸을 구부려 묵주를 주워 그녀에게 돌려주었다. 그녀는 놀라 소리치며 묵주를 받았다.

"세상에! 내 정신 좀 봐! 미사 뒤에 넣어두었다고 생각했는데."

"부인께서는 가톨릭을 믿으시는 모양이군요."

나는 무의식적으로 이렇게 말했다. 부인의 대답 역시 나와 마찬가지로 무의식적으로 튀어나온 것 같았다.

"아, 네. 사실 그래요. 그리고……"

묵직한 은제 포크가 노엘 씨의 접시 위로 달칵 소리를 내면서 떨어졌다. 그 소리에 부인이 화들짝 놀라면서 말을 멈췄다.

"이런, 죄송합니다, 부인. 잊으셨을지 모르지만, 제가 이렇게 서투르답니다. 그런데 '피에르도 그렇다'라고 말씀하시려던 참이었나요."

노엘 씨의 말투는 매우 자연스러웠지만 부인은 그의 어조에서 어떤 경고의 뜻을 읽어낸 것처럼 보였다. 황급히 동의를 표하는 그녀의 이마 위로 홍조가 떠올랐기 때문이다.

"물론이죠, 네. 달리 누가 있겠어요? 당신도 아니고. 버나드 당신이야 누구도 부정할 수 없는 신교도 영국인이잖아요."

딱하게도. 안타깝게도 부인의 반응은 너무 과한 것이었다. 그녀가 불안하게 강조한 '신교도'와 '영국인', 두 단어를 듣고 나는 노엘 씨가 신교도도, 영국인도 아니라는 사실을 확신했다. 그녀가 그렇게 말하지만 않았더라도 결코 그 사실을 의심하지 않았을 테지만. 내 관심에서 그 주제를 몰아내려는 듯 노엘 씨가 객실로 우리를 이끌었다. 부인은 명랑함을 모두 잃고 말았기 때문에 노엘 씨가 우리 둘 모두를 즐겁게 해주려고 노력했다. 대화를 나누며 나는 그가 재치 있고 진실하며 솔직한 사람이라는 사실을 깨달았다. 그러나 활기차게 외국 생활을 묘사하던 그는 조심스럽게 말을 멈추더니 그랜드피아노 쪽으로 걸어갔다. 그가 너무도 편안한 태도로 위대한 음악가들의 교회음악 일부를 아름답게 연주했기 때문에 나는 그의 연주에 마음을 빼앗기고 말았다. 완전히 몰두하여 연주를 즐기고 있던 그때, 부인이 마치 극적인 장면을 연출할 운명을 타고나기라도 한 것처럼 큰소리로 비명을 지르며 정원으로 달려나가더니 소리쳤다.

"오셨어! 몽 페르! 몽 페르!*"

노엘 씨는 깜짝 놀라 잠시 그녀를 보더니 그녀 못지않게 흥분한 얼굴로 그 뒤를 따라 달려나갔다. 뒤이어 테라스로 간 나는 그 자리에 서서 부인이 흐느끼는 소리와 그녀를 꾸짖는 사촌의 목소리를 석양의 정적 속에서 들을 수 있었다. 그는 이탈리아어로 말하고

---

* mon père. '나의 아버지'라는 뜻의 프랑스어.

있었다. 낮은 목소리로 빠르게 이야기했지만 그의 말 일부를 띄엄띄엄 알아들을 수는 있었다.

"안심할 수가 없어. 얼굴도, 목소리도, 생각도, 태도도 전혀 통제하지 못하고 있잖아. 있을 수 없는 일이라는 걸 알고 있었으면서도 말이야. 앞으로도 몇 주 동안은 오실 수가 없다고. 다시는 이런 일이 있어서는 안 돼."

"용서해줘요. 이 생활이 내 정신을 망가뜨리고 있어요. 이건 정상적인 생활이 아니야. 더이상은 못 참겠어. 나를 위해서 이제 끝을 내줘요." 부인이 흐느꼈다.

"곧 끝날 거야." 그가 단호한 목소리로 대답했다. "걱정 마. 더이상은 아무것도 시키지 않을 테니까. 이기적이고 현명하지 못한 처사였어. 나 혼자 견뎌내며 완수할 수 있어. 당신은 이미 충분히 고통을 받았으니까."

"그런 게 아니야. 난 이 긴장과 거짓말, 그리고 위험이 힘든 거라고요. 나는 더이상 연기할 수 없어요. 잠시 나를 어디로 보내줘요. 내가 없으면 더 자유롭고 행복하고 안전하게 행동할 수 있을 거예요. 잘 알잖아요."

"그럴게. 당신도 마찬가지일 테니. 내일 세인트 마이클 씨 댁으로 가도록 해. 몇 주면 모든 일이 끝날 테니까. 이제 진정하고 방으로 가. 당신이 집을 떠난 것에 대해서는 내가 클라이드 씨에게 설명할게."

나는 조용히 복도로 이어진 문 쪽으로 걸어갔다. 그리고 그와 마주친 나는 그럴듯한 연기로 걱정스러움을 표현했다. 부인이 이렇게 중얼거리며 내 옆을 지나갔다.

"선생님, 저는 소중한 것을 잃었답니다. 그 기억이 저를 언제나 괴롭히지요. 상처 입은 자가 앓는 마음의 병을 부디 용서해주세요."

노엘이 그녀를 근엄한 표정의 나이든 여성의 손에 넘겨주었다. 피에르와 함께 서둘러 우리를 향해 걸어온 그녀는 처음 보는 여자였다. 부인이 자리를 뜨고 나자 나이든 하인이 서둘러 바깥에서 객실을 쳐다봐 부인을 놀라게 한 것이 자신이었다고 설명했다.

"부인이 완전히 앞을 못 보시는 건 아닌가요?" 내가 얼른 되물었다. 내 질문에 그는 당황한 표정으로 잠시 말이 없었다. 노엘 씨가 침착하게 대답했다.

"완전히 못 보시는 건 아닙니다. 피에르, 그만 가봐요. 문제삼지 않을 테니까. 하지만 부인을 위해 더는 이런 일이 없도록 해줘요."

늙은 하인은 안심한 듯 자리에서 물러났다. 내가 저녁인사를 고할 때 집주인이 덧붙였다.

"사촌에게는 변화가 필요합니다. 내일 그녀를 시내로 데려갈 생각입니다. 그곳에 친구들이 있어서요. 부인에게는 제가 할 수 있는 것보다 더 적극적인 간호가 필요한 것 같군요. 아침 일찍 떠날 생각입니다만, 선생님께서 일을 하실 수 있도록 준비를 해두겠습니다. 저녁 늦게까지 돌아오지 못할 테니까요."

돌아서는 그에게서 길게 내쉬는 안도의 한숨 소리가 들렸다. 속으로 나는 그에게 연민을 느꼈다. 부인이 제정신을 약간 잃었을 뿐만 아니라 노엘 씨의 보호를 받고 있는 일종의 망명자인 것이 틀림없다고 생각했기 때문이다. 감사하는 마음이 들긴 했겠지만 그녀는 필시 이렇게 매력적인 청년의 아름답고 가녀린 연인과 같은 지붕 밑에 숨어 사는 것이 쉽지 않다는 사실을 깨달았을 것이다.

6월 8일. 집 안이 무덤처럼 적막했다. 새벽녘 나를 반쯤 잠에서 깨운 마차 바퀴 소리가 불쌍한 부인의 유일한 작별인사였을 것이라는 생각이 들었다. 길고 조용한 날이었다. 황혼녘이 되어 돌아온 노엘 씨는 곧장 자기 방으로 들어갔다. 모자를 집어든 나는 오솔길에 몸을 숨기고 무성한 잎으로 뒤덮인 창을 바라보았다. 곧 방 창문으로 불빛이 환하게 비쳤다. 정원에 피에르가 모습을 드러내지만 않았다면 나는 결심을 즉각 실행에 옮기고 싶은 유혹을 느꼈을 터였다. 현관문을 거는 사슬이 찰칵거리는 소리를 들으면서 나는 들판에서 오솔길로 이어지는 보도로 풀쩍 뛰어들었다. 나를 만난 피에르는 조금 놀라는 눈치였다. 그러나 들판은 내가 제일 즐겨 찾는 산책 코스였을 뿐만 아니라 내가 아무것도 모르는 순진한 표정을 지어 보였기 때문에 나이든 감시견은 아무것도 눈치채지 못했다. 그가 뭐라고 설명할지 몹시 궁금해하면서 나는 마치 지금 막 창문을 발견한 것처럼 그에게 물어보았다.

"덩굴 사이로 보이는 저 빛이 뭐죠? 지붕에 불이라도 난 거 아닌가요?"

"아, 아닙니다. 주인어른의 작업실이에요. 주인어른께서 그림을 그리시거든요. 하시는 다른 모든 것처럼, 그림 솜씨도 아주 훌륭하시지요. 그 방 때문에 이 별장을 구입하신 거랍니다. 예술가가 이 집을 지었거든요. 요새는 좀처럼 그리시는 일이 없지만 가끔 여전히 밤에 작업실을 서성이신답니다."

대답이 너무 쉽게 나왔을 뿐만 아니라 자연스럽게 들렸기 때문에 그 말을 믿지 않을 도리가 없었다. 가서 책을 읽어야겠다고 말하고 나는 그를 떠났다. 내 방 창에서 현관 진입로 저쪽 멀리 서 있는 피에르가 보였다. 그와 하녀들이 관목숲 옆에 서서 잡담을 나누고 있었다. 저녁시간에 피에르에게 부인을 간병하는 하녀도 그녀와 함께 떠났다는 이야기를 들었기 때문에 나는 때가 왔다고 생각했다. 달 없는 저녁이 빠르게 밤으로 바뀌었다. 가벼운 바람이 바스락거리는 소리와 함께 공기를 가득 채웠다. 집은 얼마간 완전히 비어 있는 것이나 다름없었다. 나는 아무런 두려움도 느끼지 않았다. 흥분은 내 본래 기질 중 하나였고 나는 대담한 도전에서 기쁨을 느꼈다. 나는 이 불명예스럽지만 매력적인 노동에 대한 내 나름의 보상을 얻어내고 싶었다.

모자는 방에 남겨두고 온몸의 감각을 곤두세운 채 나는 서관으로 기어올라갔다. 덩굴가지 대신 가느다란 노르웨이 소나무를 타고 이층으로 올라갔다. 그 노르웨이 소나무는 땅에서 한참 위쪽까지 가지가 전혀 없어서 타고 오를 목적으로 사용하는 것은 불가능해 보이는 나무였다. 그러나 평소 연습 덕분에 몸이 유연한 나는 곧 지붕으로 이어지는 첫번째 가지에 닿을 수 있었다. 나는 고양이 같은 걸음으로 몸을 낮추고 낮은 바람 소리 이상의 큰소리는 전혀 내지 않으면서 조심스레 몸을 움직였다. 창문은 닫혀 있었다. 낮게 중얼거리는 목소리들 말고는 아무런 소리도 들리지 않았다. 그러나 그늘진 한쪽 구석에서 지붕에 바짝 달라붙은 나는 덩굴잎을 한쪽으로 치운 다음 아래를 바라보았다.

아래로 길고 천장 높은 방이 보였다. 방 안 가득 불빛이 환히 빛나고 있었다. 부드러운 색상이며 아기자기한 장식들이 보였지만 가구들은 제대로 볼 수 없었다. 방 안에 있는 사람들이 즉시 나의 시선을 사로잡았기 때문이다. 안락의자에 길게 누워 있는 것은 노엘 씌였다. 진홍색 실내용 가운에 터키식 슬리퍼를 신은 그는 게으르고 호사스러운 젊은 술탄처럼 보였다. 그는 소리내어 웃고 있었다. 그때까지 나는 한 번도 그의 진정한 아름다움을 본 적이 없었다. 그는 상념, 불신, 수줍음의 구름이 베일처럼 그의 아름다움을 내 앞에서 감추고 있었기 때문이었다. 하지만 나는 마침내 이 청년의 진정한 모습을 보게 되었다. 이런 사람에게 불가능한 일이란 아무것도 없을 것이라는 느낌이 들었다. 하얀 목덜미가 드러나 있었으며 검은색 곱슬머리가 출렁거렸다. 두 손은 머리 위로 올려잡고 있었고 웃을 때는 생기 넘치는 콧노래로 소리를 냈다. 더 부드러운 목소리가 때때로 그의 목소리에 섞여들었다.

처음에는 그밖에 보이지 않았다. 그러나 곧 긴 방 저쪽에서 한 여성이 마치 요정처럼 춤을 추며 다가오는 것이 보였다. 세상에! 정말 아름다운 여자였다! 그녀는 강렬하고 아름다운 이국풍 드레스를 입고 있었다. 황금색과 주황색 상의를 배경으로 그녀의 사랑스러운 목과 팔이 빛나고 있었다. 아무것도 신지 않은 장밋빛 발은 양탄자를 밟고 있지도 않은 것만 같았다. 물결치는 금발의 머리카락 사이로 검은 눈동자가 반짝였고 사랑스러운 붉은 입술은 미소 짓고 있었다. 춤을 출 때마다 그녀의 볼 위로 그 어떤 예술로도 만들 수 없는 홍조가 더 진한 색으로 아름답게 물들었다.

그녀는 허리를 깊이 숙여 절하며 은구슬이 굴러가는 것 같은 소리로 웃음을 터뜨리더니 사랑스러운 힌두교 무희의 역할을 마치고 안락의자 옆 방석 위로 몸을 던졌다. 머리카락을 묶으며 그녀가 활기찬 목소리로 이야기를 시작했다. 곧 그의 베개에 기대는 그녀의 밝은색 머리를 노엘이 껴안았다. 생각에 잠긴 시선으로 그녀가 조심스레 그의 얼굴을 마주보자 그의 얼굴에 차츰 진지한 표정이 돌아왔다. 클래리스—그녀가 클래리스라는 것은 의심할 여지가 없었다—는 그를 나무라는 것처럼 보였다. 그리고 쾌활하고 즐거운 기분을 다시 불러일으키려고 노력하는 것 같았다. 그러나 소용없는 일이었다. 팔꿈치로 몸을 일으키며 그가 진지하게, 너무도 진지하게 말했기 때문에 그의 말동무 역시 곧 그 못지않게 진지한 표정을 지었다. 한마디라도 엿들을 수 있다면 세상을 다 준대도 아깝지 않을 것만 같았다. 하지만 한마디도 들리지 않았다. 두 사람의 강렬한 몸짓이 아니라면 대체 무슨 이야기가 오가는 것인지 짐작조차 할 수 없었을 것이다. 그녀가 하고 싶어하지 않는 무언가를 노엘 씨가 강요하고 있는 것 같았다. 그러나 그녀는 결국 호소하는 슬픈 눈빛으로 눈물을 흘리며 그에게 동의했다. 노엘 씨는 만족한 것처럼 보였다. 그는 더할 나위 없이 다정한 태도로 그녀의 눈물을 닦아주고 슬픔을 위로해주며 그녀의 마음을 달래주기 위해 노력했다. 몸이 쑥 들어가는 깊은 안락의자가 이젤 앞에 놓여 있었고 이젤에는 이 아름다운 목소리의 소녀 모습이 빛나고 있었다. 약간의 멋진 식사가 안락의자 옆에 차려져 있었다. 자신의 모델—틀림없이 클래리스라고 생각되는—을 자기 옆의 아늑한 벨벳 의자로 잡아당기며 노엘 씨가 만족한 사람처럼, 그러나 완전히 편안해 보이지는 않는 태도로 명랑하게 그림에 대해 이야기하기 시작했다.

그것은 그가 장차 그리게 될 그 어떤 그림보다 아름다운 장면이었다. 두 사람 모두 젊고 대단히 생기 넘치고 아름다웠으며 지극히 사랑하고 또 사랑받고 있었다. 자유로울 뿐만 아니라 생을 유쾌하게 만드는 그 모든 것이 그들에게 넘쳐나고 있었다. 몸을 바싹 붙인 채, 같은 잔을 마시고 같은 접시의 음식을 나누며 두 사람 이외의 세상 모든 것을 다 잊고 굉장히 아름다운 애정으로 서로를 보살피는 이 한 쌍을 어두운 밤 그늘 속에 몸을 낮추고 바라보며, 나는 마치 달콤한 낙원에서 쫓겨난 사람 같은 기분이 들었다.

바깥세상 일을 완전히 잊어버린 나머지 나는 너무도 갑자기 정적을 깨뜨리는 피에르의 목소리에 하마터면 숨어 있던 내 모습을 드러내고 말 뻔했다.

"캐서린, 클라이드 씨 들어오셨나?"

"네, 한참 전에요. 방에 불이 꺼져 있는데요."

두 사람은 정원에서 대화를 나누고 있었다. 두 사람이 문을 닫을 때까지 기다린 후 나는 소나무로 다시 기어올라갔다. 그런 후 서두른 나머지 반쯤은 미끄러지고 반쯤은 떨어지다시피 해서 안전하게 내 방으로 돌아왔다.

6월 9일. 세인트 마이클 부인이 방문하여 마당에서 노엘 씨와 짧게 대화를 나누었다. 두 사람에게는 신중한 행동이었지만 나로서는 갈증나는 상황이었다. 아무런 정보도 얻어낼 수 없었기 때문이다. 저녁때까지 그의 모습을 더 볼 수 없었다. 저녁시간에 나타난 그는 그날 저녁을 바깥에서 보낼 예정이라고 말했다. 여덟시에 마차를 타고 그가 집을 떠났다. 나는 그가 언제 돌아오는지 알고 싶어서 자정이 다 되도록 책을 읽으며 소일하다가 지치고 지루해진 나머지 불을 끄고 어둠 속에서 공상을 하고 있었다. 덥고 답답한, 구름 낀 밤이었다. 주위가 온통 고요한 것을 확인한 후 나는 클래리스 역시 그가 돌아오기를 기다리며 밖을 내다보고 있을지 궁금해하며 곧 오솔길로 걸어나갔다. 창문에 불빛은 없었다. 창문에서 고개를 돌리는 순간 들려온 마차 바퀴 소리에 나는 흠칫 놀랐다. 잔디 때문에 소리가 죽긴 했지만 조랑말이 끄는 마차의 낮은 바퀴 소리를 들을 수 있었다. 몰래 집으로 들어가려는 것처럼 보일까 두려웠던 나는 울타리 뒤로 뛰어들어 숨을 죽이고 마차가 정원을 둘러싼 담장 문 앞에 멈춰서는 것을 지켜보았다. 한 남자가 마차에서 훌쩍 내리더니 무엇인가에 귀를 기울이는 것처럼 보였다. 그다음 그는 정원으로, 조심스럽게 창문 올리는 소리로 미루어 짐작하건대, 집 안으로 들어갔다. 호기심에 사로잡힌 나는 거의 숨을 멈추다시피 한 채 그 자리에 서서 기다렸다. 그 남자는 내가 예상한 것보다 더 빨리 다시 모습을 드러냈다. 그러나 이번에는 혼자가 아니었다. 가냘픈 한 여성이 그에게 매달려 있었다. 보이는 것이라고는 두 사람의 윤곽선과 어렴풋한 얼굴의 하얀 빛뿐이었지만 나는 두 사람이 이탈리아어로 빠르게 주고받는 몇 마디 말을 듣고 곧바로 누구인지 알 수 있었다.

"조용하기도 하지. 무섭지 않았어요?"

"두려움 같은 건 이게 느끼지 않아, 클래리스."

"그리고 난 더이상 포로생활을 하지 않아도 되고요, 얼마나 다행인지!"

"정말 보고 싶을 거야."

"조금만 참으면 돼요. 당신의 아내가 당신을 위로해줄 테니까요."

그 말이 끝나자 작은 웃음소리가 뒤따랐다. 그리고 마치 밤의 유령들처럼 집과 마차, 남자와 여자 모두가 어둠 속으로 사라졌다.

마침내 실마리를 찾았다. 노엘 씨는 결혼할 예정이다. 그리고 그 때문에 결혼에 방해가 되는 것들을 모두 제거하고 있는 것이다. 가엾은 부인과 사랑스러운 그림 속 모델 모두 그가 원치 않는 결혼—그의 표정과 태도를 믿어도 된다면—을 하게 될 어떤 여자에게 자리를 내어줘야 하는 것이다. 그가 왜 그런 결혼을 하는지 그 이유는 노엘 씨 자신처럼 미스터리였다. 그러나 나는 두 이유 모두를 더 파헤쳐볼 생각이다.

6월 10일. 정보를 미리 확보한 것은 현명한 일이었다. 그렇지 않았더라면 오늘 저녁 그의 결혼 발표에 놀라 어찌할 바를 몰랐을 것이다. 노엘 씨는 종일 조용히 쓰기만 했고 저녁시간에는 평소보다 유난히 말이 없었으며 식사를 마친 후에는 황혼 무렵까지 피아노를 치면서 시간을 보냈다. 나는 그의 연주를 들으면서 복도를 서성였다. 갑자기 그가 연주를 멈추더니 밖으로 나와 서성이던 나와 함께했다. 객실에서 들어오는 갓 씌운 램프의 은은한 불빛 이외에 복도에는 달리 조명이 없었다. 그간 그의 표정에 익숙해진 나는 곧바로 그의 얼굴에 떠오른 동요의 빛을 알아차렸다. 그리고 대체로 안정되고 편안한 평소 모습과는 달리 다소 어색한 그의 태도를 보고, 그가 뭔가 말하고 싶어하는 동시에 주저하고 있다는 사실을 추측할 수 있었다. 그는 곧 똑바로 나를 응시하면서 단어 하나하나에 힘을 주며 그 단어들의 효과를 확인이라도 하는 사람처럼 천천히 말했다.

"클라이드 씨, 제 집에 함께 머무르는 분으로서 곧 있을 집안행사에 대해 알고 계시는 것이 합당하다고 생각됩니다. 그 일이 제 평소 생활방식이나 선생님의 생활에 물리적으로 어떤 변화를 가져오는 일은 없을 겁니다. 전 곧 결혼할 예정입니다."

내가 놀랄 것이라고 예상했을 것이 분명하기 때문에 나는 곧바로 어제 이 말을 들었다면 느꼈을 것이 틀림없는 감정을 연기했다. 걸음을 멈추고 나는 이렇게 소리쳤다.

"결혼을 하신다고요! 그러기엔 아직 너무 젊으신데요." 이렇게 말한 후 나는 자제하는 표정으로 적절한 축하의 말을 건넸다. 그가 질문을 던졌으므로 길게 축하의 말을 늘어놓을 수는 없었다.

"제가 몇 살이라고 생각하시나요?"

"보기에는 열여덟 살 같지만, 책을 읽어보면 마흔은 되신 것 같습니다." 내가 웃으면서 대답했다.

"그렇게 보이더라도 저는 성년입니다. 결혼하기엔 젊은 나이지만 저를 막을 부모님도 후견인도 계시지 않으니까요, 혹여 반대를 하시려는 경우라면 말입니다만."

"영광스럽게도 저한테까지 이렇게 알려주시는 걸 보면, 조만간 하실 모양이군요?"

"토요일입니다."

"결혼이 제 현재 생활에 아무 변화도 가져오지 않을 거라고 말씀하셨는데, 그러면 집을 비우실 동안에도 원고 옮기는 작업을 계속 하는 건가요?"

"하루밖에 집을 비우지 않을 겁니다. 아주 조용히 치를 예정이라서, 제⋯⋯ 그러니까 노엘 부인은 저와 함께 곧바로 집으로 돌아올 겁니다."

잠시 우리 둘 사이에 정적이 흘렀다. 그가 지금 보이는 침착하고 냉정한 태도와 클래리스와 함께 있을 때 보여준 연인다운 태도 사이의 대조가 나로 하여금 그 어느 때보다 더 그가 자신의 마음에 반하는 일을 하고 있다는 확신을 갖게 만들었다. 이만큼이나 말을 했으니 뭔가 더 설명을 해야겠다고 생각하는 눈치였다. 곧 그가 조금 전과 같이 침착한 말투로 덧붙였다.

"부인이 집을 떠나시니까 외로워서요. 갑작스럽게 알게 된 사이가 아닙니다. 아주 어릴 때부터 호텐스를 사랑해왔으니까요. 그녀도 부모님이 안 계시고 저희 둘 다 외로운 터라 더이상 행복을 미루는 것이 현명치 않다고 판단하게 되었지요. 세인트 마이클 부인께서 저희 둘 모두의 벗이라서 부인 댁에서 할 수 있는 한 조용히 결혼식을 올리려고 합니다. 몇 분 안 되는 친척들은 먼 곳에 계시고 호텐스가 낯선 사람들을 두려워해서요."

그때 피에르가 우아한 작은 쪽지를 한 장 들고 들어오더니 미소를 지으며 노엘 씨에게 전달했다. 노엘 씨는 몹시 기다렸던 사람처럼 그 쪽지를 받더니 나에게 작별인사를 고하고 서관으로 가버렸다. 나도 누군가의 연인이 되었으면 하는 마음이 들었다!

6월 12일. 복도에서 대화를 나눈 이후 노엘 씨를 거의 보지 못했다. 그러므로 기록할 것이 거의 없다. 한두 시간가량 그는 구석의 자기 자리에 앉아 있었다. 그다음 그는 옷을 입고 마차를 몰아 세인트 마이클 씨 집으로 갔다. 나는 신부가 될 사람이 이미 그 집에 도착해 있을 거라고 생각했다. 오늘이 결혼식 날이었다. 나는 젊은 부부가 돌아오기를 몹시 초조하게 기다렸다. 곧 두 사람에게 초대를 받아 함께 시간을 보낼 수 있으리라는 기대 때문이 아니라 그가 가엾은 클래리스를 버리고 선택한 여성이 누구인지 너무도 궁금했기 때문이었다. 주어진 기회를 모두 활용해 호기심을 채우는 것에 나는 아무런 양심의 가책도 느끼지 않았다.

다섯시에 저녁을 먹으러 간 나는 접시를 닦고 있는 피에르를 보았지만 음식은 어디에도 보이지 않았다.

"주인어른께서는 오늘 일곱시에 저녁을 드실 예정입니다. 그리고 선생님께서 그것 때문에 불편을 느끼지 않으시기를 바라셨습니다." 피에르가 말했다.

"그러면 제가 평소처럼 그분들과 식사를 하는 건가요?" 내가 놀라서 물었다.

"아, 그럼요. 새 안주인이 오신다고 해서 달라지는 건 주인어른의 기분밖에는 아무것도 없을 겁니다."

여섯시 반에 진입로로 마차가 들어왔다. 나는 잔디밭 위의 낙엽송 뒤에서 마차가 도착하는 것을 바라보았다. 노엘 씨가 부인을 계단으로 인도하자 피에르가 미소를 지으며 문으로 나왔다. 가냘픈 체구의 고상한 젊은 아가씨 같았다. 하지만 얼굴은 금빛 보닛을 덮은 하얀 면사포로 가려져 있었다. 흘러내리듯 몸을 감싼 흰색 망토 속으로 내가 발견할 수 있는 것이라고는 그녀가 가늘고 우아한 몸매를 가졌다는 사실뿐이었다. 그녀는 무척 나이가 어린 것이 분명했다. 집 안으로 들어서자 마치 집에 온 것이 너무너무 기쁘다는 듯 박수를 치고 춤을 추며 긴 복도를 따라 걸었기 때문이었다. 노엘 씨는 늙은 하인과 이야기를 나누며 잠시 멈춰서 있었다. 나는 그의 얼굴을 힐끗 보았는데, 아무래도 새신랑의 얼굴처럼은 보이지 않았다.

두 사람이 모두 들어가고 나서 나는 내 방으로 돌아갔다. 삼십 분 후 저녁을 먹으러 내려오라는 전갈이 왔다.

황혼이 내렸고 등이 켜져 있었다. 식탁은 다마스크 테이블보와 유리잔, 은식기, 사방에서 반짝이는 꽃으로 빛나고 있었다. 샹들리에가 향연의 느낌이 물씬 나는 불빛으로 방 안을 채웠다. 하지만 이들 중 무엇도 내 시선을 사로잡지 못했다. 식당 뒤쪽 창문에 노엘 씨와 그의 신부가 서 있었기 때문이다. 그는 팔로 그녀를 안고 만족스러운 듯 창에 기대 그녀를 내려다보고 있었다. 그녀는 거의 아이의 그것 같은 사랑스러운 손을 내뻗고 웃음을 터뜨리고 있었다. 손가락의 결혼반지를 보고 있는 것 같았다. 내가 들어가자 둘 다 몸을 돌렸다. 이마까지 얼굴을 붉히면서 노엘 씨가 말을 꺼냈다.

"클라이드 씨, 제 아내를 소개하겠습니다."

가볍게 허리를 숙이는 것이 충분한 인사가 되었다는 사실, 그리고 내가 완벽하게 표정관리를 할 수 있었다는 사실이 얼마나 다행스러웠는지. 그렇지 않았다면 나는 필시 도저히 수습할 수 없을 정도로 속마음을 들키고 말았을 것이다. 노엘 씨의 새 신부는 바로 클래리스였으니까! 의심의 여지가 없었다. 그녀의 얼굴은 아름다우면서도 대단히 특이한 데가 있었고 쉽게 잊을 수 있는 얼굴이 아니었기 때문이다. 금발의 곱슬머리와 검은 눈동자, 사랑스러운 붉은 입술과 꽃봉오리 같은 볼, 심지어 찰나의 눈부신 미소마저도 그녀의 것이었으며 활기가 넘치면서도 음악처럼 부드러운 목소리 역시 변한 데가 없었다. 그녀는 장식 없는 흰색 드레스를 입고 있었다. 그러나 가슴께에 꽂은 꽃들 위로 내가 일전에 보았던 하얀 어깨가 빛을 내고 있었다. 노엘 씨의 팔 위에 놓인 그녀의 고운 팔에는 바로 얼마 전 클래리스의 팔에서 빛나던 바로 그 팔찌가 걸려 있었다. 노엘 씨가 날카로운 시선으로 나를 살폈다. 하지만 첫 대면의 놀라움이 지나간 후 축하의 인사를 건네는 내 얼굴에서 그가 아무것도 읽어낼 수 없었을 거라고 생각한다.

반쯤은 수줍게, 반쯤은 대담하게 노엘 부인이 나를 바라보았다. 내가 말을 마치자 그녀가 마치 참을성 없는 아이처럼 남편을 식탁으로 당겼다.

"버나드, 이리 와요. 피에르가 기다려요. 그리고 난 정말 배가 고프다고요. 신부가 이런 말로 입장하는 건 슬프도록 낭만적이지 못한 일이지만, 사실인걸요. 게다가 안주인 노릇을 하면서 당신을 제외한 그 모든 구속으로부터 자유로워졌다는 사실을 실감해보고 싶으니까요, 나의 벗."

우리는 자리에 앉았다. 그녀는 더할 나위 없이 매력적인 안주인임을 입증했다. 대단히 명랑하고 우아했으며 아주 솔직하게 남편에 대한 애정을 드러냈고 나에게는 매우 공손하고 예의바르게 대해주었다. 이따금 마치 자신의 새로운 역할에 압도되기라도 한 듯 너무도 사랑스럽게 수줍어하며 얼굴을 붉히기도 했기 때문에, 식사가 끝나기 전에 나는 이전의 일을 모두 잊고 이 더할 수 없이 매혹적인 작은 존재에 대한 찬탄의 감정에 완전히 사로잡혔다. 노엘 씨 역시 같은 매력을 소유하고 있는 것 같았다. 구름이 걷힌 그의 얼굴에서 나는 다시 한번 그가 억눌러 숨기고 있는 것 같은 아름답고 활달한 본성을 볼 수 있었다. 그는 자신의 젊은 아내 못지않게 명랑한 웃음을 터뜨렸으며, 여러 차례 그녀의 건강을 위해 잔을 들었고, 그에게 가능할 것이라고 생각했던 이상으로 다정한 태도로 나를 대했다. 두 사람 모두 내가 누구인지, 무엇 때문에 여기 있는지 잊어버린 것 같았다. 그들은 나를 동등한 일원으로 받아들였고 이 외로운 이방인에게 그들의 새로운 행복의 빛을 아낌없이 나눠주었다.

내 배신을 꾸짖는 마음의 소리가 들렸다. 그러나 나는 후회하지 않았다. 내 임무가 끝날 때까지 뉘우치지 않을 생각이었다. 이곳에서의 모든 것이 다 그렇듯 기이하게 나는 이 재능 있는 청년을 곧 사랑하고 존경하게 되었던 것이다. 그의 기벽들을 너그러운 마음으로 바라볼 수 있게 되었고 그 원인과 결과가 무엇이든 간에 갑작스러운 결혼이라는 이 마지막 행동마저 치하하고 싶어졌다. 그가 아내를 열정적으로 사랑하는 것은 분명했다. 그에 대한 그녀의 신뢰 어린 다정한 애정 역시 숨길 수 없는 것이었다. 나는 마치 동화의 세계에 들어온 것 같은 기분이었다. 그들은 객실을 향해 걸어갔다. 나는 무척 따라가고 싶었지만 감히 그러지 못했다. 하지만 노엘 부인이 뒤를 바라보며 도저히 거부할 수 없는 상냥한 명령의 빛으로 따라오라고 손짓했다.

"제가 왔다고 해서 늘 다니시던 곳들을 저버리실 필요는 없어요, 클라이드 씨." 그녀가 내 마음속 욕망을 읽은 것 같은 눈빛으로 나를 올려다보며 이렇게 말했다. "버나드와 저는 대단히 오랫동안 서로를 알아왔고 긴 시간을 함께 보냈으며 아이 때부터 사랑해왔기 때문에, 이 반지를 낀다고 해서 저희 둘 사이에 달라지는 건 아무것도 없답니다. 세상 사람들의 방식 같은 건 전혀 신경쓰지 않고, 저희는 저희의 방식으로 이 작은 왕국을 다스리려고 해요. 선생님은 신사 분이시고, 좋아해주시잖아요, 제……" 여기서 잠깐 말을 멈춘 그녀는 명랑한 웃음을 터뜨리고 나서 이렇게 덧붙였다.

"제 남편의 책을요. 또 그이가 원하는 방식으로 그이 작업을 도와주시고요. 그러니까 선생님은 저희 친구세요. 부디 친구로 계셔주세요. 그리고 선생님의 연륜과 지혜에서 아이 같은 저희 둘이 도움을 받을 수 있도록 해주세요."

그녀가 너무도 따뜻하고 진심 어린 태도로 다정히 말했기 때문에 나는 사뭇 감동을 받은 나머지 마음을 열고 즉시 그녀의 제안과 나에게 내민 손 모두를 받아들였다. 그러나 이 어린 안주인은 내 감사의 답례를 채 기다리지도 않고 춤을 추며 피아노로 가더니 노래를 시작했다. 그녀가 클래리스라는 사실을 확신하기 위해 달리 무언가가 필요했다면 이 노래가 그 역할을 할 수 있었으리라. 그녀의 아름다운 목소리는 도저히 흉내낼 수 없는 것이었기 때문이다. 한때 노엘 씨가 나에게 거짓말을 했다는 사실을 넌지시 암시하면 그가 어떤 반응을 보일지 심술궂은 마음으로 궁금해하면서 내가 무심하게 말했다.

"그때 제대로 듣지는 못했지만, 노엘 부인의 목소리가 〈카스타 디바〉를 부르시던 부인의 목소리와 대단히 비슷하군요."

그는 자신의 얼굴을 대단히 어려 보이게 만드는 예의 그 미소를 지으며, 금발머리에 흰옷을 입고 피아노 앞에 앉아 있는 인물을 명랑한 눈빛으로 바라보며, 이렇게 대답했다.

"무리도 아니지요. 부인께서는 제 아내의 가까운 친척이시니까요. 아내는 부인께 노래를 배웠고요. 호텐스, 정원으로 나와봐요. 달빛 속에서 당신 보금자리를 보여주고 싶으니까."

그녀가 몸에 밴 것처럼 보이는 경쾌한 걸음으로 다가와 그의 팔에 매달리더니 테라스를 따라 그와 함께 걸어갔다. 그녀는 마법에 걸린, 그리고 마법을 거는 이 장소에 딱 어울리는 거주자로 보였다.

6월 14일. 나는 내 판단 아래 중요하고 이상해 보이는 사건들만 기록하기로, 그리고 별일 없이 조용한 날에는 일기를 작성하지 않기로 결심했다. 어제 이 젊은 부부는 그들이 진정 '한 쌍의 아이들'이라는 사실을 입증했다. 그들은 온 집을 돌아다니며 춤추고 노래했다. 언제나 함께, 언제나 행복한 모습으로 정원과 관목숲과 잔디밭을 배회하고, 마차를 타는가 하면, 산책을 하고 쉬기도 하면서. 노엘 부인은 새장에서 풀려난 한 마리 새처럼 보였다. 그녀의 남편은 그녀의 행복에 기뻐하며 자신의 정신과 마음 모두를 위해 하루의 휴일을 만끽했다. 그는 서재에 전혀 들어오지 않고 아내가 그의 단춧구멍에 장미를 꽂을 동안 창문에 기대어 지시사항들을 내게 전달했다. 아마도 내 시선이 무엇인가를 갈망하는 것처럼 보였는지도 모르겠다. 아마 그랬을 거라고 생각한다. 갑자기 노엘 부인이 서재로 들어와 내게 다가오더니 책상에 꽃을 놓고 다시 걸어나가면서 이렇게 말했기 때문이다.

"선생님도 곧 아내를 얻게 되실 거예요. 선생님은 지혜롭고 부지런한 분이니까요. 보세요, 선생님께는 이렇게 활짝 핀 장미를 드렸어요. 선생님께는 그런 장미가 가장 잘 어울리거든요. 버나드는 작고 하얀 장미들을 가져야 해요. 그런 장미가 저를 닮았으니까요."

몇 시간 뒤, 두 사람이 식당에 도착하기를 기다리고 있는데 창문으로 세인트 마이클 부인의 하인이 진입로로 들어왔다. 부인이 옷을 갈아입는 동안 그곳을 배회하고 있던 노엘 씨에게 하인이 작은 짐을 하나 건네는 것이 보였다. 노엘 씨가 짤막한 편지를 읽더니 급히 신문—하인이 주고 간 작은 짐이 바로 그 신문이었다—을 펼쳐 곧바로 어떤 기사를 찾아 읽는 것처럼 보였다. 그는 마치 혼이 빠진 사람처럼 잠시 꼼짝 않고 서 있었다. 편지가 그의 손에서 떨어졌다. 마치 집 안으로 들어올 것처럼 몸을 돌린 그가 얼굴을 아래로 떨구고 풀밭 위로 쓰러졌다.

곧장 달려나간 나는 그의 머리를 내 무릎 위에 눕히고 목깃을 느슨하게 풀었다. 여전히 그의 창백한 입술에 어려 있는 미소에 의아함을 느낀 나는 재빨리 편지를 힐끗 쳐다보았다. 신문은 여전히 그의 꽉 쥔 손 안에 쥐여 있었기 때문이다. 편지에는 단 세 문장만이 적혀 있었다.

나는 바로 런던으로 간다. 항상 만반의 준비를 갖추고 있도록. 한 주만 더 기다리면 긴 임무는 끝이 난다, 용감한 나의 아가.

그건 마이클 부인의 글씨체였다. 각종 초대의 글들에서 그녀의 글씨를 본 적이 있었다. 하지만 신문에서 발견할 수 있었을 실마리는 놓치고 말았다. 내가 그의 움켜쥔 손을 건드리자 그가 바로 눈을 떴기 때문이다. 그는 거의 사나워 보이는 얼굴로 비틀거리며 일어서더니 나를 밀쳐냈다. 나는 무척 놀랐다.

"이걸 읽었나요? 내가 뭘 한 거죠? 왜 지금 여기 계신 겁니까?"

그는 자기가 무슨 말을 하고 있는지 잘 모르는 사람처럼 보였다. 그러나 두서없는 말과 동요하는 태도를 보이면서도 분명 뭔가 알 수 없는 기쁨이 선명하게 그의 얼굴에 어려 있었다.

"선생님, 아무것도 보지 못했습니다. 보세요, 편지는 선생님 발

밑에 있고, 신문은 선생님 손에 있지 않습니까. 선생님이 쓰러지시는 걸 보고 돕기 위해 왔을 뿐입니다. 부인께서 보고 놀라시도록 선생님을 그냥 내버려둘 수는 없지 않겠습니까?"

내 침착한 태도가 그를 안심시킨 것 같았다. 하지만 놀라움이 채 가시지 않은 듯 그가 두 손을 얼굴 앞으로 맞잡았다. 그는 잠시 아이처럼 흐느꼈고 가느다란 손가락 사이로 커다란 눈물방울이 떨어졌다. 나는 나도 모르게 그를 감싸안았다. 그가 떨고 있었기 때문이다. 나의 그런 행동이 위로가 되기라도 한 듯 격렬한 감정의 파고가 지나갈 때까지 그는 나에게 기대고 있었다. 곧 평소의 자신을 되찾은 그는 감사와 부끄러움이 반쯤 섞인 시선으로 나를 바라보았다. 그러다 나와 눈이 마주치자 그가 시선을 내리깔았다. 발밑의 편지가 눈에 띄자 그는 뭔가 다시 떠오른 듯 자기 자신을 잃어버린 사람처럼 편지를 집어들더니 천천히, 시선은 여전히 아래를 향한 채 이렇게 말했다.

"무례하고 어리석은 행동을 용서하세요. 저는 강인한 사람이 못됩니다. 갑작스러운 소식에 그만 자제심을 잃었습니다. 쓸데없는 비밀은 질색이니까 설명해드리겠습니다."

몹시도 궁금했던 나는 그의 제안을 거절하지 않았다. 놀랍게도 그는 큰소리로 그 편지를 읽더니 이렇게 덧붙였다.

"제 친절한 이웃이 보낸 편지입니다. 제 책의 출간을 위해 그녀는 런던으로 갈 겁니다. 이제 언제라도 원고를 보낼 수 있도록 만반의 준비를 해야 합니다. 그게 바로 앞으로 일주일이면 끝날, 오래된 제 임무지요."

이보다 더 명료할 수는 없었다. 그러나 나는 그의 설명을 믿지 않았다. 왜냐고? 나는 이제 이 청년의 얼굴을 대단히 잘 읽을 수 있게 되었고 그가 짓는 표정들에 대단히 익숙해져 있었던 것이다. 그는 이 말을 하는 동안 한 번도 나의 눈을 마주보지 않았다. 그리고 등뒤로 돌린 손에 여전히 움켜쥐고 있는 신문에 대해서도 일언반구 언급하지 않았다. 그러나 그의 설명을 받아들일 수밖에 없었다. 노엘 부인이 우리를 향해 다가오는 것이 보였다. 그녀의 남편은 흠칫 놀라더니 편지와 신문 모두를 주머니에 쑤셔넣고 서둘러 이마 위의 어지러운 머리카락을 정돈했다. 그러더니 단호하고 무섭기까지 한 표정으로 말했다.

"지금은 아내에게 이 일에 대해 아무 말도 하지 않는 것이 좋겠습니다. 나중에 말하도록 하지요. 죄송하지만 저를 좀 부축해주세요. 그리고 부디 잠시만 그녀의 관심을 다른 데로 좀 돌려주실 수 있을까요."

나는 그의 지시를 전부 따랐다. 하지만 노엘 부인은 속지 않았다. 남편을 보자마자 그녀의 얼굴 역시 그 못지않게 창백해졌다. 하지만 내가 보지 못한 그 어떤 표정 혹은 몸짓이 그녀를 자제하게 만들었다. 그녀는 전혀 이상한 점을 의식하지 못한 사람처럼 굴려고 노력했다. 피에르 역시 뭔가 기대하는 표정이었다. 늘 하던 일들을 하면서도 그는 평소 같지 않게 어색했고 나를 다른 곳으로 보내고 싶어하는 눈치가 역력했다. 저녁식사가 끝나자마자 세 명 모두 자리를 떠났다. 그러나 함께 나가지는 않았다. 불안한 빛도 전혀 드러내지 않았다.

6월 17일. 지난 사흘 동안 오직 단 하나의 주제만이 집안 식구 전체의 마음을 사로잡았다. 그건 바로 노엘 씨의 책이었다. 그런 진짜 관심, 서두름을 연기할 수는 없는 법이다. 그래서 나는 노엘 씨가 말한 것이 사실이었다고 믿을 수밖에 없게 되었다. 서재는 더이상 외면받지 않았다. 노엘 씨가 부지런히 작업을 계속했을 뿐만 아니라 부인 역시 작업에 동참했기 때문이었다. 예쁜 손가락을 잉크로 물들여가면서, 더 빠른 우리 펜의 속도를 따라잡기 위해 고군분투하느라 그 사랑스러운 얼굴을 발갛게 상기시켜가면서, 그리고 한때 고요하기만 했던 우리의 서재를 환하고 활기 넘치는 곳으로 만들면서 말이다.

"우리가 낮뿐만 아니라 밤에도 일을 하면 이번 주 안에 끝낼 수 있을 겁니다. 클라이드 씨, 부디 이 작업을 끝까지 도와주세요. 그리고 일을 마친 후 뭐든 원하는 보상을 말씀하세요."

노엘 씨가 그렇게 열정적으로, 그리고 그렇게 가까운 사람에게 하듯 내게 말한 적은 전에는 한 번도 없었다. 그의 열정이 내 손에 새로운 힘을 불어넣는 것 같았다. 그의 신뢰에 나는 그에게 거의 형제애에 가까운 애정을 느끼며 마음이 따뜻해졌다. 그 시간 대부분 우리는 말없이 일에 몰두했다. 내가 오늘밤 책이 끝날 것이라고 말한다면 우리가 얼마나 부지런히 일했는지 짐작할 수 있을 것이다. 나는 방금 완전히 녹초가 되어 서재를 나왔다. 그러나 나는 내 역할이 끝나가고 있는 것이 진심으로 섭섭했다. 노엘 씨가 나에게 이제 조금만 더 도와주면 곧 일이 끝날 것이라고 말했던 것이다. 세인트 마이클 부인이 보낸 예상치 못한 편지에 일들이 급진전되고 있었고 내 임무는 이번 달이 끝나기 전에 마무리될 것으로 보인다.

6월 18일. 실마리를 찾았다. 비밀이 밝혀졌다. 지난밤 피곤했던 탓에 나는 평소보다 더 깊이 잠들었다. 그러나 갑자기 분명 누군가 나를 불렀다는 생각이 들어 잠에서 깨어났다. 달은 없었다. 가벼운 빗방울이 나뭇잎 위로 떨어지는 소리가 들렸고 신선한 바람이 방 안으로 들어왔다. 잠이 덜 깬 채 일어나서 열린 창문을 닫아야겠다고 생각하는 중에 이미 닫혀 있던, 내가 누워 있던 곳에서 제일 가까운 창문에서 가볍게 두드리는 소리가 들려왔다. 나는 일어나서 귀를 기울였다. 잔디를 스쳐지나는 조심스러운 발소리가 들려왔다. 내 움직임이 그에게 내 존재를 확인시켜주기라도 한 듯 나지막한 목소리가 들려왔다.

"피에르! 클래리스! 버나드!"

"거기 누굽니까?" 내가 소리쳤다. 하지만 아무런 대답도 없었다. 다시 한번 비밀스러운 발소리가 들렸다. 나는 창문으로 뛰어가 눈을 부릅뜨고 귀를 쫑긋 세운 뒤 거의 한 시간가량이나 의아한 마음으로 그 자리에서 기다렸다. 그러나 더는 아무 소리도 들리지 않았다. 착각이었다고 생각할밖에 달리 도리가 없었다. 이전에도 꿈에서 그 이름들을 들은 적이 있었기 때문이다.

오늘 아침 나는 평소처럼 일찌감치 테라스로 나갔다. 하지만 한 발자국 내디디고 나서 그 자리에 멈춰서고 말았다. 닫힌 내 방 창문 밑 검은 진흙에 내 것이 아닌 발자국이 찍혀 있었기 때문이다. 특이한 발자국이었다. 하나는 크지만 균형이 잘 잡힌 발자국인 데 반해 다른 하나는 더 작고 분명 어떤 식으로든 보통이 아닌 형태의 발자국이었기 때문이다. 나는 오랫동안 발자국을 바라보았다. 그러나 거기서는 더이상 아무런 해결책도 발견할 수 없었기 때문에 뭔가를 더 찾아볼 생각으로 천천히 걸어가기 시작했다. 어떤 단서도 나타나지 않았다. 아침식사 종이 울려 막 몸을 돌리려는데 노엘 부인이 복도를 따라 달려내려오는 것이 보였다. 머리카락은 어깨 위로 늘어져 있었고 모슬린 가운은 반만 걸친 채였다. 얼굴에는 두려움이 어려 있었다. 나를 본 그녀가 소리쳤다.

"그이는 어디 있지요? 버나드요! 버나드를 보셨어요? 그이가 사라졌어요!"

"사라졌다고요! 어떻게 말입니까? 언제요? 무슨 일이 있는 거죠, 노엘 부인?"

"피에르를 찾아야 하는데." 그녀가 정신없는 사람처럼 두 손을 마주치면서 소리쳤다. "피에르도 사라졌어요. 하녀들한테 들었어요. 제가 뭘 해야 하는 거죠? 도와주세요, 클라이드 씨! 두 사람을 찾아주세요. 오, 두 사람을 좀 찾아주세요!"

"어딜 찾아봐야 하는 겁니까? 이야기를 더 해주세요. 상황을 알기 전에는 도와드릴 수가 없습니다."

"어젯밤에 더워서 버나드를 방에 두고 에스테반 부인 방으로 갔어요. 밤새 아무 소리도 듣지 못했고 무슨 일이 있는지도 모르고 잤는데, 아침에 일어나보니 버나드가 사라진 거예요. 찾아도 보고 불러도 봤어요. 그이를 찾으러 피에르를 보냈는데, 피에르도 저를 두고 사라져버렸지 뭐예요. 이제 선생님밖에 기댈 데가 없어요."

마지막 말이 그녀의 입술을 떠날 때 그녀가 창백한 얼굴을 내 팔에 떨어뜨렸다. 그리고 놀란 아기처럼 내게 매달려 흐느꼈다.

"노엘 씨 방에 가보도록 하죠. 편지든 뭐든 우리에게 실마리가 될 만한 흔적을 남겨두셨을지 모르니까요. 안심하세요, 노엘 부인.

제가 가진 모든 지혜와 힘, 마음을 다해 부인을 돕겠습니다."

"정말 감사합니다! 그럼 이리로 오세요. 잠깐, 제가 먼저 갈게요. 방이 무척 어질러져 있거든요."

그녀가 나보다 앞서 서둘러 서관으로 달려갔다. 이윽고 그녀가 나를 불렀고 나도 따라 들어갔다. 그리고 노엘 씨의 부재를 설명할 단서를 찾아보려고 노력했지만 헛수고였다.

"이렇게 일찍 산책을 나가는 일은 절대 없어요. 여태 저에게 아무 말 없이 관목숲까지도 나간 적이 없는걸요. 난 대체 왜 그이를 두고 다른 방으로 간 걸까? 오 내 사랑, 대체 무슨 일이 있기에 당신이……"

그녀가 갑자기 말을 멈추었다. 내가 이리로 와보라는 신호를 보냈기 때문이다. 긴 창문이 열려 있었다. 바깥쪽을 바라본 나는 새로 깔린 자갈길 위로 내가 방금 본 것과 같은 발자국이 찍혀 있는 것을 발견했다. 그리고 그 옆으로 좀더 작고 볼이 좁은 다른 발자국도 있었다. 그걸 본 노엘 부인은 단정치 못한 차림새 따위는 신경도 쓰지 않고 밖으로 뛰어나가더니 무릎을 꿇고 앉아 발자국을 자세히 관찰했다. 그러더니 그녀는 몸을 일으킨 다음 양말도 신지 않은 채 수놓인 슬리퍼에 밀어넣은 자신의 어여쁜 발과 작은 발자국을 조심스럽게 비교해보았다. 그녀는 만족한 것처럼 보였다. 긴 안도의 한숨이 뒤따랐다. 그러나 정원 담장 너머를 둘러본 그녀는 몸을 떨기 시작했다. 나는 지난밤의 방문객에 대해서 아무 말도 하지 않고 그녀가 말할 때까지 기다렸다. 곧 그녀는 침착함을 회복했다. 재빠른 손놀림으로 더 큰 발자국을 지워버린 그녀는 가운을 더 가까이 잡아당겨 입더니 지금까지 한 번도 본 적 없는 부드러우면서도 권위 있는 표정으로 나에게 돌아왔다.

“이제 더이상 그이에 대해 걱정하지 않아도 되겠어요.” 그녀가 말했다. “발자국을 보니 피에르가 그이와 함께 갔군요. 나를 놀라게 하려고 뭔가를 계획하고 있나봐요. 클라이드 씨, 감사합니다. 쓸데없이 법석을 피운 것을 용서해주세요.”

어느 때보다도 더 어리둥절한 기분으로 막 몸을 돌리려는데 창문으로 노엘 씨가 상기된 얼굴을 빛내며 뛰어들어왔다. 그는 놀라울 정도로 달라진 모습이었다. 대체 무엇이 달라진 것인지는 알 수 없었다. 그러나 그의 아내가 그의 말없는 외출을 꾸짖으며 다소 곤란해진 상황을 그에게 설명하는 동안 멍하니 그 자리에 서 있던 나는 그 변화를 분명하게 감지할 수 있었다.

“여보, 세인트 마이클 씨 댁에 다녀온 것뿐에요. 존경하는 그 댁 바깥분께 오늘 새벽녘에 갑작스레 또 발작이 찾아와서 나를 부르러 사람이 왔었어요. 피에르는 나를 혼자 놔두려고 하지 않았고, 괜히 당신에게 걱정을 끼칠까봐 당신 일어나기 전에 돌아올 수 있었으면 하면서 조용히 나갔던 거요.”

다른 설명들이 그랬듯 이 설명도 그럴듯하게 들렸다. 하지만 나는 그의 말을 의심했다. 말하는 내내 그가 아내를 뚫어져라 보았던 것이다. 그의 아내 역시 그와 마찬가지로 그를 빤히 쳐다보았다. 물론 그후 나는 그 방을 나왔다. 평소처럼 다시 만났을 때도 그 일에 대해서는 더이상 아무 이야기도 오가지 않았다.

나는 몇 편의 아름다운 시를 옮겨 적으며 종일 필사를 했다. 사랑에 대한 시였기 때문에 최근에 쓴 것일 거라고 생각해보았다. 노엘 씨는 심지어 새벽보다 더 평소의 그와 달라 보였다. 부인도 내

내 명랑한 흥분 상태에 있었고 그것이 우리 모두에게 영향을 주었다. 분명히 무엇인가 대단히 흥미로운 일이 벌어졌음에 틀림없었다. 그리고 몹시 갈망해오던 그 어떤 일이 마침내 오늘밤 이루어질 것이라는 사실 역시 명백해 보였다. 오늘 저녁 객실을 떠나며 나는 노엘 씨가 부인의 초조해하는 시선이며 태도에 주의를 주기라도 하듯 이렇게 속삭이는 소리를 들었기 때문이다.

"몇 시간만 더 기다려요. 열두시가 되기 전에 오시는 건 그분께 안전하지 않으니까."

그 말만으로 충분했다. 나는 방 불을 끈 다음 침대에 사람이 있었던 것처럼 보이게 하기 위해 주의깊게 침대 위를 굴렀다. 그러고 나서 집 안이 조용해질 때까지 기다리며 창문 옆에 앉아 있었다. 열한시 반이 되자 나는 몰래 밖으로 나가 어느 창문에 아직 불이 켜져 있는지 살펴보았다. 불빛이 비치는 창문은 노엘 씨의 화실뿐이었다. 그렇다면 필시 그곳에서 고대하던 회합이 이루어질 것이 틀림없었다. 나는 지붕으로 기어올라갔다. 그러나 미처 지붕에 발을 디디기 전에 현관문을 향해 다가오는 발걸음 소리가 바람결에 들려왔다. 나는 꼼짝도 하지 않고 어두운 소나무 가지 그늘에 몸을 숨기고 앉아 있었다. 키 큰 두 사람의 형체가 집 안으로 들어오더니 소리 없이 노엘 씨의 방 창문으로 걸어가 사라지는 것을 지켜볼 수 있었다. 숨죽인 헛기침 소리로 한 명은 피에르라는 것을 알 수 있었다. 강에서 피어오르는 희미한 안개 속으로 보이는 또 한 명의 사람은 거의 거인처럼 보였다. 특이한 움직임에서 그 사람이 다리를 전다는 사실을 추측할 수 있었다. 그들의 모습이 사라질 때 꼭 노엘 씨의 그것 같은, 그러나 노엘 씨보다 훨씬 낮고 남성적인 목소리가 희미하게 울리는 것이 들렸다.

피에르가 감시를 하고 있을까봐 걱정이 된 나는 한동안 그 자리에서 움직이지 않았다. 그런 다음 이전에 발견했던 구멍으로 기어가 아래쪽을 훔쳐보았다.

위풍당당한 노신사 한 명이 안락의자에 앉아 있었고 클래리스가 두 팔로 그의 목을 안은 채 그의 무릎 위에 앉아 있었다. 기쁨의 눈물이 흘러내리고 있었다. 눈물을 흘리는 그녀의 얼굴은 미소짓고 있었고 기쁨을 표현할 말을 찾지 못하고 있는 것처럼 보였다.

또다른 여성 한 명이 의자 옆에 무릎을 꿇고 있었다. 그녀는 눈물을 흘리지 않았고 얼굴은 환희로 빛나고 있었다. 아, 그러나 그 얼굴의 기품 넘치는 아름다움이라니! 그 얼굴을 바라보다 나는 심장이 멎는 것만 같았다. 그러다 갑자기 억제할 수 없는 흥분으로 심장이 요동치기 시작했다. 충격과 함께 그 얼굴이 바로 노엘 씨의 것이라는 사실을, 노엘 씨가 여자라는 사실을 알아차렸기 때문이다. 검은 머리카락은 이마 위 가르마로 나뉘어 있었고 검은색 콧수염은 사라지고 없었다. 헐렁한 외투 대신 흘러내리듯 몸을 감싸는 드레스를 입고 있었으며 드레스의 짙은 자주색 소매 밑으로 팔이 보였다. 설사 얼굴을 볼 수 없었다 하더라도 그 우아하고 하얀 팔로 나는 그녀가 노엘 씨라는 사실을 확신할 수 있었을 터였다.

놀라움으로 인한 현기증과 이유를 설명할 수 없는 기쁨 때문에 아래에 있는 세 명의 인물을 계속해서 보면서도, 그들을 지켜보고 그들의 말소리를 들으면서도, 나는 한동안 대체 뭐가 어떻게 된 상황인지 거의 이해할 수 없었다. 이 건장한 체구의 남성은 그들의 아버지였다. 그건 설명이 더 필요 없었다. 클래리스의 눈은 그의 눈처럼 어둡고 반짝였으며 노엘 씨—그녀를 부를 다른 이름을 나는 알지 못하므로—의 진중하고 아름다운 입매는 노신사 입매의 완벽한 축소판이라 할 수 있었다. 그리고 두 사람 모두 좀더 부드러운 형태로 그의 여러 가지 특징들, 고요한 힘이 다정한 태도 덕분에 아름답게 변형된 그 원숙한 노신사의 특징들을 선명히 보여주고 있었다. 그는 이탈리아인임이 분명했다. 이탈리아인 특유의 나긋나긋하고 호리한 체구는 전혀 찾아볼 수 없었지만 올리브색 피부에 남부 사람의 눈동자, 더 추운 지역에서는 좀처럼 나올 수 없는 열기와 우아함을 지니고 있었기 때문이다. 회색 머리카락에 늙고 지쳐 보였다. 그러나 고통과 사유, 근심이 그를 실제보다 더 늙어 보이게 만든 것 같았다. 목소리에는 젊음이 남아 있었고 몸짓에도 한창때인 남성의 활기가 느껴졌다. 오른쪽 발이 왼쪽 발보다 작았고 사고 때문인 듯 모양이 조금 일그러져 있었다. 이 약하고 지친 발을 위해 딸 중 하나가 방석을 그 밑에 받쳐두었다. 그 모습을 보고 나는 내 방 창문 밑에서 발자국을 발견했던, 한밤중의 그 방문객을 내가 정말 보았던 것이라고 확신하게 되었다.

잠깐의 침묵 후 들려온 첫번째 말은 노엘 씨의 것이었다. 나는 그 말을 듣기 위해 숨을 멈추었다. 내가 사랑에 빠졌던 피리 같은 그의 테너 목소리가 여성적인 어조로 부드러워져 있었다. 나는 이제야 소년으로 변장한 그가 내가 옆에 있을 때면 왜 그렇게도 좀처럼 말을 하지 않았는지 이해할 수 있었다. 격한 감정 때문에 잠시 중단되었던 화제를 다시 이어가는 것처럼 그가 말을 꺼냈다.

"아버지, 그들이 아버지의 감옥 문 앞에서 저희를 태우고 간 이후 저희가 어떻게 지내왔는지 말씀드릴게요. 충직한 오랜 벗 안눈치아타가 저희를 집으로 데려갔어요. 하지만 곧바로 파리에 있는 아버지의 오랜 동지 피에르에게 가겠다고 약속드린 것을 기억하고 그곳으로 갔지요. 피에르는 아버지가 말씀하신 그대로 저희에게 아버지이자 친구, 조언자이자 보호자가 되어주었어요. 우리가 계속 그곳에 있는 것이 안전하지 않다고 생각한 피에르가 저희를 설득해 영국으로 건너왔어요. 그리고 안전하게 신분을 숨기고 아버지가 오실 때까지 여기에서 기다리기로 했지요. 투옥중에 아버지가 돌아가시지 않는다면 말이에요.

각각 어떻게 위장하는 것이 제일 쉽고 안전할지 고민했어요. 만약 금지된 책의 원고가 저희와 함께 사라졌다는 사실이 밝혀지면, 그래서 저희를 찾는 수배령이 내려진다면 틀림없이 두 명의 이탈리아 소녀로 묘사할 것이라고 생각했어요. 만약 헤어지면 따로 잡힐지도 모르고 그러면 서로에 대한 걱정 때문에 견딜 수 없을 거라는 생각이 들었죠. 저희의 신분을 완전히 지우고 낯선 땅에서 과거의 저희와 정반대의 모습으로 지낼 수 있다면 훨씬 더 안전할 뿐만 아니라 두려움 없이 아버지를 도울 수 있을 것 같았어요. 아버지가 클래리스의 어머니를 만나시기 전, 아버지와 저 둘이 소작농과 그의 어린 아들로 가장하고 이탈리아와 프랑스 곳곳을 떠돌며 방랑하던 시절이 떠올랐어요. 제가 너무 완벽하게 남자애처럼 보이고, 또 그 역할을 너무 좋아하기도 해서 그만둬야만 했을 때 울었던 것, 기억하시죠? 곤경에 처하자 그 기억이 났어요. 그리고 어린 소년이 아니라 성년에 가까워진 청년을 연기하기로 마음먹고 아버지를 위해 어떤 일이라도 할 수 있도록 스스로를 단련시켰답니다. 클래리스는 하고 싶었다 해도 할 수 없었어요. 대담하지도 않고, 체구며 목소리도 걸맞지 않아서요. 게다가 딱하게도 겁은 또 얼마나 많은지 말이에요! 그래서 클로틸드 고모 역할을 하기로 했죠. 전에 흉내를 곧잘 내곤 했었고 클래리스의 프랑스 억양도 그 역에 도움이 되었으니까요. 자, 장난꾸러기 아가씨. 아버지께 얼마나 그 역을 완벽하게 해냈는지 한번 보여드리렴."

클래리스가 벌떡 일어나 방 다른 쪽으로 달려가더니 금방 에스테반 부인이 되어 나타났다. 맙소사, 그걸 눈치채지 못하다니! 상관없다. 이제 다 끝난 일이다. 그리고 그때 지금까지 한 번도 의식하지 못한 생각 하나가 마음속에 떠올랐다. 이야기를 서둘러 끝내야겠다. 가짜 환자가 다시 한번 그 우아한 무기력을 연기하며 한때 나의 연민을 자아냈던 애처로운 태도로 자신의 고통을 한탄하자 방 안의 행복한 세 영혼은 명랑한 웃음을 터뜨렸다. 곧 노엘 씨, 아니 이제 모니카—아, 사랑스러운 이탈리아 이름이여!—라고 불러야 할 그녀가 아버지 의자의 높은 등받침에 기대더니 보기에도 아름다운 다정하고 존경 어린 태도로 그의 회색 머리카락을 어루만지며 이야기를 이어나갔다.

"피에르는 얼굴이 알려지지 않았고, 또 조심스러운 성격이라 굳이 저희와 함께 이리로 오겠다고 고집했어요. 피에르가 세인트 마이클 가족을 알고 있었죠. 몇 년 전 그분들이 파리에 계실 때 도움을 주신 적이 있다더군요. 피에르가 세인트 마이클 부부에게 편지를 보냈어요. 그분들은 금처럼 진실한 분들이니까요. 두 분이 저희를 위해 모든 걸 다 준비해주셨어요. 그리고 이 조용한 은신처에서 저희는 하릴없이 지난 몇 달을 보냈답니다."

"하지만 그 젊은 남자, 어젯밤 하마터면 내 정체를 들킬 뻔했던 그 남자는 어떻게 된 거냐? 그는 왜 여기에 있는 거지? 그다음에 내 이야기를 하마. 자, 이제 네 이야기를 마무리해보렴, 사나이의 용기를 지닌 나의 딸아."

그 말에 그녀가 얼마나 얼굴을 붉혔던지. 절반은 칭찬에 대한 자부심으로, 그리고 또 절반은, 마치 여자 옷으로 갈아입자 여성스러운 본성이 다시 돌아오기라도 한 것처럼, 그렇게 완벽하게 남자 역할을 해낸 것에 대한 부끄러움으로.

"아버지, 아버지를 기다리는 동안 저희가 한 일을 보여드릴게요. 여기, 번역해서 깨끗하게 필사한 뒤 아버지의 마지막 검토를 기다리고 있는 귀중한 이 책을 보세요. 아버지가 일생을 걸고 그토록 열정을 담아 쓰신, 그리고 그 때문에 그렇게 고초를 겪으신 이 책이 이제 모든 위험이 사라진 지금 자유로운 이 나라에서 읽힐 거예요. 명예, 명성, 찬사를 마침내 거둬들이실 때가 온 거예요."

그다음 몇 분 동안 아래에서 무슨 일이 있었는지 나는 결코 알 수 없었다. 그렇게도 담대하게 많은 일을 해낸 딸이 자신의 선물을 아버지의 손에 올리며 아버지 무릎에 머리를 내려놓을 때 내 눈이 너무 흐릿해진 나머지 더는 아무것도 볼 수 없었기 때문이다. 그다음에 내가 본 것은 아버지가 그 귀중한 선물을 발치에 내려놓고 선물을 준, 사랑하는 딸을 팔로 안고 있는 모습이었다. 아름다운 두 얼굴이 자신의 얼굴을 바라보고 있는 동안 그 행복한 남자는 이제 달콤한 사랑 이야기의 한 장, 그 안에서 나도 역할을 맡아 등장하는 사랑 이야기의 한 장에 귀를 기울이고 있었다. 이야기를 하는 것은 이제 클래리스였다.

"지난겨울 내내, 사랑하는 모니카는 거의 죽을 지경이 되도록 이 일에 매달렸어요. 봄이 되자 저랑 세인트 마이클 부인이 필사하는 일을 뒤로 미루든지 아니면 사람을 하나 고용해야 한다고 통사정을 하며 언니를 설득하려 애썼지요. 마침내 저희가 이겼어요. 언니는 그 일에서 잠깐도 손을 떼려 하지 않았지만 대신 숱한 위험을 통해 대담해진 덕분에 집에 서기를 하나 고용하는 데 동의했지요. 우리는 절실하게 친구가 필요했어요. 하지만 제가 제 역할을 잘 연기하지 못해서 맹인에 환자라는 사실을 잊고 바보 같은 실수를 저지르곤 했기 때문에 감히 외출을 자주 할 엄두는 내지 못했죠. 모니카 언니는 원할 때마다 이 지루한 동네 어디든 갈 수 있었을 거예요. 아무도 언니의 정체를 짐작할 수 없었을 테니까요. 하지만 혹시 그래도 무슨 일이 생길까 두려워 언니는 외출을 하지 않았어요. 저희 모두 무엇인가 변화를 갈망하고 있었어요. 그래서 광고를 내고 어떤 사람이 찾아올지 몹시 궁금해했죠. 그때 온 사람이 클라이드 씨예요. 모니카는 그분을 좋아해요. 그분은 훌륭한 교육을 받고 자란 분인 것 같아요. 담백하고 의심이 없고 진실한 분 같고요. 곧 저희는 그분이 실력 있고 부지런하고, 또 너무도 마음에 꼭 드는 동거인이라는 사실을 발견했죠. 그렇지 않아, 카라 스포사?*"

얼굴을 붉히는 언니를 바라보는 노엘 부인의 얼굴은 더할 나위 없이 장난스럽고 또 즐거워 보였다. 얼굴을 반쯤 돌린 채 그녀의 언니가 반격을 준비하는 듯한, 그러나 여전히 다정한 목소리로 대답했다.

* cara sposa. '사랑하는 아내'를 뜻하는 이탈리아어.

"맞아, 아마도 우리가 원한 것 이상으로 그랬지. 마음의 평화를 지킬 수 없을 만큼 말이야. 이제 내가 마무리를 지어야겠어. 너에 대해 그리고 나에 대해서도 흉을 좀 봐야겠으니까. 아빠, 클래리스는 계속해서 자기 역할을 잊어버렸어요. 절대 조심하는 법이라곤 없어서 저를 늘 공포에 사로잡히게 만들었지요. 그분이 도착한 첫날, 금발머리 다발을 드러내 거의 자기 모습을 드러낼 뻔했는가 하면, 한번은 묵주를 떨어뜨린 다음 태연하게 저희가 구교도라고 말하기도 하고 말이에요. 저는 그애 뒤로 숨었어요. 프랑스 여자가 구교를 믿는다는 건 이상할 게 없지만, 영국 청년으로 알려지기를 바라는 저로서는 있을 수 없는 일이었으니까요. 세인트 마이클 부인도 지나치게 걱정을 한 나머지 때로 불필요한 일들로 저희를 곤란에 빠뜨렸죠. 받기 곤란할 때 편지가 도착할까 걱정하신 나머지 이런저런 온갖 기이한 방법으로 아버지 서신을 보내시기도 하고요. 하지만 두 분한테서 무엇인가가 올 때마다 클래리스가 겁을 먹고 떨었기 때문에 제가 간단한 방식으로 하시라고 말씀드려 그만두셨어요. 저 역시 몇 번이나 하마터면 모든 것을 털어놓을 뻔했죠. 클라이드 씨는 대단히 신실하고 또 다정한 분이었으니까요. 아, 아빠, 전 정말이지 고마운 피에르나 세인트 마이클 부부보다 조금 더 강인하고, 조금 더 지혜로운 벗이 필요했답니다. 이탈리아를 위해 고초를 겪은 사람들의 석방을 알리는 신문이 도착했을 때 그리고 명단에서 아버지 이름을 발견했을 때 저는 격정을 이길 수 없었어요. 클라이드 씨가 저를 도와주었죠. 너무도 관대하고, 의심을 모르고 또 다정했기 때문에, 그런 거짓말을 또다시 해야 한다는 것이 정말이지 마음 아팠어요. 하지만 아빠가 얼마나 안전하고 자유로운지 알게 되기 전까지는 결코 진실을 입 밖에 낼 수 없었죠."

"가엽게도! 사랑에 빠진 네 마음에 얼마나 큰 짐이고, 또 멍에였겠니. 나의 딸, 보상을 받게 될 게다. 이번 생에서는 네 늙은 아비가 그렇게 할 테고, 다음 생에서는 네 어머니가 너를 천상으로 인도하려 기다리고 계실 거야." 잠시 침묵이 흘렀다. 그러고는 뿌듯한 아버지가 미소를 띤 채 물었다. 그의 미소가 딸의 미소와 무척 닮아 있어서, 나는 꼭 나이든 노엘 씨의 모습을 보고 있는 것 같은 기분이 들었다. "그 가짜 결혼식은 왜 올린 건지 말해주겠니?"

"아빠가 이렇게 빨리 오실 줄 알았다면 절대 하지 않았을 거예요. 하지만 클래리스가 위험한 일을 너무 많이 저질러서 말이에요. 제 무모한 시도가 실패했다는 걸 알았지만 클라이드 씨를 내보낼 수는 없었어요. 책이 끝나지 않았으니까요. 클래리스는 저를 두고 떠나려 하지 않았어요. 에스테반 부인 대역이 집을 떠난 후 여기 숨어 한숨만 쉬고 있었지요. 그렇다고 제 동생이라고 할 수도 없었어요. 이곳에 왔을 때 여러 사람에게 저는 가족이 없다고 말했으니까요. 친구로 공공연히 저와 이곳에서 지낼 수도 없었지요. 결혼도 하지 않은 클래리스의 이름에 그 어떤 희미한 오점이나 추문의 가능성도 만들고 싶지 않았으니까요. 저희는 낙담했어요. 그때 저에게 생각이 하나 떠올랐어요. 제가 출신이 불분명한 천재를 연기하고 있었으니까—책과 은둔생활 때문에 그 역을 할 수밖에 없었지만—결혼을 해 사랑과 가정생활이라는 작은 소극笑劇을 연출해도 괜찮겠다는 생각이요. 우스꽝스럽기도 하고 어쩌면 위험한 생각이었는지도 모르지만, 결국 모두의 동의를 얻었어요. 그리고 새장을 벗어난 한 마리 새, 구름 없는 하늘의 한 마리 새처럼 행복해하는 아내를 집으로 데려왔지요."

"이리 더 가까이 다가오렴, 아가. 그리고 내 질문에 솔직하게 대답해보아라. 이 거짓 사랑놀이가 혹시라도 다른 누군가에 대한 네 갈망에서 비롯된 것은 아니니? 그 젊은이와 함께 지낸 이 여름의 날들 동안 혹시라도 내 안전보다 더 소중한 무엇인가가 다친 것은 아니었니? 남성의 조끼 뒤에 숨어 있던 그 부드러운 가슴속에 일었던 열망이 여성의 옷 아래에서도 여전히 그만큼 뜨겁고 강렬하게 남아 있는 것은 아니니? 이 새로운 벗에게 고백하고, 또 의지하고 싶은 바로 그 소망 말이다. 말해보렴, 모니카. 클라이드 씨를 사랑하는 거니?"

아무 대답이 없었다. 그러나 그녀는 얼굴을 감추었다. 이 침묵의 고백이 받아들여지기 전에 그녀는 자리에서 일어났다. 그러고는 아가씨다운 수줍음과 사랑이 자존심과 싸우고 있기라도 한 듯 내가 있는 쪽을 향해 걸어왔다. 그때 나는 그녀의 얼굴을 보았다. 그리고 그를 대단히 드문 천재적 재능을 가진 고귀한 소년이라고 믿으며 느꼈던 나의 그 기이한 애정과 존경, 찬탄의 마음이 실은 눈치채지 못한 사랑의 감정이었다는 사실을 깨달았다. 또한 다른 이유 때문이라고 생각했던, 붉어지는 내 얼굴이나 조심스러움, 불안 같은 마음 역시 사실은 예고 없이 닥쳐 서서히 열정으로 자라난, 나 자신의 무지로 인해 더욱더 매력적일 수 있었던 바로 그 마음에서 비롯된 것이라는 사실을 깨닫게 되었다. 이야기를 엿듣는 동안, 익숙하지만 더 사랑스럽게 변한 그녀의 얼굴을 바라보는 동안 내 머릿속에서 이런 생각들이 소용돌이쳤다. 그녀는 더 가깝지만 그렇다고 해서 더 소중한 것만은 아닌 두 사람에게 들키지 않으려고 노력하는 그 감정을 알지도 못하고 내게 드러내고 있었다. 거의 자제심을 잃은 내 입에서 그만 반쯤 들을 수 있는 외마디 소리가 튀어나오고 말았다. 그녀가 그 소리를 들었다. 그리고 위를 올려다보았다. 내가 재빨리 모습을 숨길 때 그녀가 내 얼굴을 본 것만 같았다. 그러나 그녀가 나를 보았다는 사실을 짐작하게 할 만한 소리는 들리지 않았다. 너무 순간적인 일이었기 때문에 나는 그녀가 이렇게 빽빽하게 자란 나뭇잎들 사이로 사람 얼굴을 보았다고는 생각하지 않았을 거라고 스스로를 위로했다. 양심의 가책을 느끼면서, 그러나 더할 나위 없이 행복한 유령처럼 나는 미끄러지듯 조용히 내 방으로 돌아와 침대로 뛰어들었다. 하마터면 들킬 뻔했다. 숨도 채 고르지 못했을 때 가벼운 발걸음 소리가 들리더니 내 방문 앞에서 멈췄기 때문이다. 문이 열리자 심장이 마치 내 존재를 증명하려는 듯 요란하게 뛰었다. 보이지 않는 그 인물은 문간에 서서 잠시 귀를 기울였다. 나는 더이상 버틸 수 없을 때까지 그 긴장을 견디다가 소리를 내며 몸을 움직였다. 그러자 열릴 때처럼 조용히 문이 닫히더니 발걸음 소리가 멀어졌다.

노스 씨, 저는 더이상 선생님의 스파이가 아닙니다. 지금 보내는 이 기록이 저에게 받는 마지막 기록이 될 겁니다. 계약을 파기하고 선생께서 약속하신 보상을 포기할 생각이니까요.

***

나는 비밀을 알아낸 다음날 아침 동이 틀 무렵 이 마지막 전언을 서둘러 작성했다. 더이상 견딜 수 없는 그 업무에서 한시라도 빨리 벗어나고 싶었기 때문이다. 모니카가 모든 위험에서 아버지가 벗어났다고 말했으니 이 마지막 전언을 보낸다고 무슨 해가 될 것 같진 않았다. 나는 초조하게 아침의 여명을 기다렸다. 그리고 글을 쓴 후 잠시 잉크가 마르기를 기다렸다. 하지만 그 잠깐의 기다림은 치명적이었다. 밤새 전혀 자지 못한데다 그전 몇 시간의 흥분으로 말미암아 눈이 감긴 나는 머리를 팔에 기대고 깊은 잠에 빠져 완전히 의식을 잃고 말았기 때문이다. 그렇게 한 시간쯤 잔 것이 틀림없었다. 눈을 뜨자 해가 나를 환히 비추고 있었다. 평소처럼 눈에 띄지 않게 보낼 생각으로 나는 편지를 찾았다. 그리고 편지를 본 나는 결코 잠에서 깨어나지 않았더라면 하고 한탄하게 되었다.

수치스러운 나의 역할을 선명하게 고백한 마지막 문장과 함께 편지는 그 자리에 놓여 있었다. 편지 위에는 수표와 한 장의 쪽지가 있었다. 세 장의 종이 전부를 작은 단검 하나가 관통하여 고정해놓았다. 나는 그 단검을 알고 있었다. 모니카의 책상에서 보고 그 섬세한 세공에 감탄했던 적이 있었기 때문이다. 종이에 적힌 날카로운 이탈리아어 글씨체도 내가 아는 것이었다. 매일 본 글씨체였으니까. 누구의 눈이 내 편지를 읽었는지, 누구의 손이 단도로 반역자의 편지를 찍었는지, 누구의 경멸이 죽음의 고통보다 더 날카로운 후회에 날 맡기고 떠났는지, 알 수 있었다. 쪽지에는 이렇게 적혀 있었다.

우리는 영원히 떠납니다. 연인에게는 절망을, 도구에게는 보상을, 배신자에게는 벗을 남기고.

그 자리에 얼마나 그렇게 앉아 있었는지는 모르겠다. 해가 뜨고 세상이 잠에서 깨어나고 내 주변의 삶은 계속되었지만, 내 인생은 끝난 것 같았다.

마침내 희미한 희망이 내 안에서 일었다. 나는 집 안 곳곳을 찾아헤맸다. 결코 찾을 수 없을 것을 찾으면서. 무서운 표정의 하녀 캐서린이 쓰는 방을 제외하고 모든 방이 비어 있었다. 나는 그녀에게 아침을 먹고 떠나라는 퉁명스러운 한마디 이외에 달리 어떤 도움도 받을 수 없었다. 그녀는 집 문을 잠그고 이전 주인인 세인트 마이클 부인 댁으로 돌아가라는 명령을 받았다고 했다. "그분들이 거기에 계신 겁니까?" 내가 물었다. 아니라고 했다. 지금쯤은 아주 먼 곳에 있을 것이라고 했다. 그리고 그녀는 더이상 어떤 질문도 받지 않겠다고 말했다. 돌아갈 곳은 노스 씨뿐이었다. 나는 서둘러 그에게 갔다. 사무실 문이 닫혀 있었다. 그의 집을 알고 있던 나는 급히 집으로 가보았다. 현관문 손잡이에 상가喪家임을 알리는 검은 리본이 걸려 있었다. 집 안에 들어가서 그가 세상을 떠났다는 사실을 들었다. 전날, 낯선 신사가 찾아와 그와 오랜 시간 대화를 나누고 떠난 뒤 노스 씨는 의자에 앉아 의식을 잃은 채 발견되었다고 했다. 그는 의식을 회복하지 못하고 새벽에 숨을 거두었다. 그의 비밀 역시 그와 함께 묻혀버렸다. 지루하고 고독했던 지난 긴긴 세월 내내 나는 그 일에 대해 일말의 실마리도 찾아낼 수 없었다. 다시는 모니카를 보지 못했으며 결코 마음의 평화를 얻을 수도 없었다. 그리고 괴로운 마음으로 풀리지 않는 수수께끼를 반추하는 고통에서 결코 벗어날 수 없었다.

위험한 놀이

Perilous Play

"누군가 새롭고 흥미로운 놀잇거리를 생각해내지 않는다면 나는 지루해서 죽어버릴 거야!" 어여쁜 벨 대븐트리가 절망하는 목소리로 외쳤다. "책들은 전부 읽었고 뜨개실도 다 써버렸어. 날이 너무 더워서 이제는 시내에도 못 가겠고, 간조 때라 아직 아무도 배를 타러 갈 수도 없지. 우리 모두 카드며 크로켓, 뒷이야기는 지겨워 죽을 만큼 했으니, 대체 뭘 해서 이 끝없는 오후시간을 보내면 좋을까? 메러디스 박사님, 오 분 안에 새로운 놀이를 개발해서 말해주세요. 명령입니다."

"명령에 복종하겠습니다." 잔디 위 그녀 발치에 누워 있던 한 청년이 복종하는 태도로 이마를 가볍게 치더니 온 힘을 다해 생각에 몰두하는 표정으로 대답했다.

침묵을 유지시키기 위해 손가락을 하나 든 벨이 시계를 꺼내 들고는 기대에 찬 미소를 띠고 기다렸다. 게으르게 느티나무 아래 여기저기 흩어져 있던 나머지 젊은이들이 생기를 되찾은 얼굴로 그녀 가까이로 다가왔다. 메러디스 박사의 창의력은 유명했기 때문이다. 필시 그는 무엇인가 신나고 재미난 일을 생각해낼 것이었다. 그러나 한 신사만은 움직이지 않았다. 소리를 들을 수 있는 거리에 누워 있던 그는 잘생긴 귀를 바다 쪽에서 자기 앞쪽 무리를 향해 돌렸을 뿐이었다. 그의 눈이 잠시 시선을 끄는 벨의 자태에 머물렀다. 침묵을 유지시키느라 뻗은 희고 통통한 한 팔, 작은 발 하나를 풍성한 드레스 자락 밑으로 살짝 보이는 매혹적인 슬리퍼 안에 넣은 채 밝은색 머리카락이 바람에 휘날리는 그녀의 모습은 매우 아름다웠다. 그다음 그 시선은 조금 떨어진 곳에 앉아 있는 또 다른 인물에게 이동했다. 드물게도 매력적인 얼굴만 제외하고 머리부터 어깨까지 하늘하늘한 망토로 덮인 그녀는 마치 모슬린 구름에 싸인 것처럼 보였다. 창백하면서도 화려한 미인이었다. 남부 유럽인 특유의 눈동자가 반짝였고 깨끗한 올리브색 볼은 흑단 같은 머리카락과 훌륭한 대조를 이루었다. 입술은 석류꽃 같았고 섬세하고 반듯한 눈썹은 입술만큼이나 유연하게 움직였다. 느슨하게 땋은 검은색 머리카락에서 반쯤 흘러내린 진홍색 꽃다발과 가느다란 손목 위의 금색 아라비아 동전 팔찌만이 그녀의 유일한 장식품이었다. 그러나 그것들은 그녀의 친구들을 뒤덮은 화려하고 요란한 장신구들보다 그녀에게 더 잘 어울렸다. 그녀의 무릎 위에는 책이 한 권 놓여 있긴 했지만, 열정적인 우수로 가득찬 그녀의 눈동자는 여름날의 천국처럼 꽃과 신록이 우거진 섬 주위로 반짝이는 바다에 고정되어 있었다. 로즈 세인트 저스트. 그녀는 스페인 출신의 어머니처럼 아름다웠지만 영국인 아버지의 자부심과 내성적 성격을 이어받았다. 그 자부심은 그녀라는 꽃에게 매혹된 연인들을 내치는 가시와도 같았다. 그녀를 바라보던 마크 돈이 한숨을 쉬었다. 낮은 소리였지만 그 한숨 소리가 그녀를 몽상에서 깨우기라도 한 것 같았다. 그녀가 잠시 반짝하는 시선을 그에게 던지더니 책을 들어 '연꽃을 먹는 사람들'에 대한 신화*를 계속해서 읽기 시작했다.

"시간 다 됐어요, 박사님." 벨이 상기된 얼굴로 시계를 주머니에 넣으며 소리쳤다.

"발표 준비는 끝났습니다." 메러디스 박사가 몸을 일으키고 앉아 거북등과 금으로 만든 작은 상자를 꺼내 들며 대답했다.

"와, 정말 신비로워 보이는 상자네요! 그게 뭐예요? 제가 먼저 보게 해주세요!" 그러면서 벨이 호기심 많은 어린아이처럼 상자 뚜껑을 열었다. "에이, 봉봉이잖아. 이게 뭐야! 박사님, 이런 걸로는 안 돼요. 사탕을 먹고 싶은 게 아니니까요. 놀잇거리를 원하는 거라고요."

"그렇게 우습게 보는 이 봉봉 여섯 개를 드셔보세요. 그러면 새롭고 달콤하고 놀라운 쾌락의 세계를 경험하게 되실 겁니다." 젊은 의사가 푸른 나뭇잎 위로 한 다스 중 절반을 늘어놓으며 그녀에게 권했다.

"네, 그게 뭔데요?" 그녀가 의심스러운 시선으로 그를 바라보며 물었다.

"해시시입니다. 한 번도 못 들어보셨나요?"

---

* 연꽃은 그리스신화와 호메로스의 서사시에서 환각제로 등장하며, 연꽃을 먹는 사람들은 흔히 아편을 하는 사람 혹은 몽상가를 의미한다.

“아, 알아요. 먹으면 환상적인 것들을 보여주는 인도 수입품 아닌가요? 늘 한번 보고 먹어보고 싶었어요. 이제 해보게 되었네요.” 벨이 가운데 초록색의 뭔가가 들어 있는 강낭콩 모양의 봉봉 하나를 씹으며 외쳤다.

“충고하는데, 하지 말아요. 그걸 먹으면 온갖 기이한 행동을 하게 돼요. 나라면 무슨 일이 있어도 먹지 않을 거예요.” 모두 상자와 상자 속 내용물을 살펴보고 있을 때 신중한 젊은 아가씨 하나가 말했다.

“약속드리지만 여섯 개는 아무런 해도 없습니다. 저는 효과를 느끼기 위해 스무 개는 먹습니다. 어떤 사람들은 심지어 그것보다 더 먹기도 하지요. 아픈 사람과 건강한 사람 모두에게 여러 번 실험했습니다만 문제가 생긴 적은 한 번도 없었습니다. 그들이 보여준 현상은 더할 나위 없이 흥미진진한 것이었지만 말입니다.” 전혀 동요 없는 표정으로 메러디스가 직접 봉봉을 먹으며 말했다. 그의 침착한 태도는 대단히 설득력이 있었다.

“어떤 기분을 느끼게 되나요?” 두번째 봉봉을 씹으면서 벨이 물었다.

“천국 같은 환각이 시작되지요. 그러면 마치 구름 위를 걷는 것 같은 기분이 됩니다. 모든 것이 평화롭고 행복하게만 느껴지며 모든 근심, 걱정, 고통이 사라집니다. 효과가 지속되는 동안 해시시를 먹은 사람은 마치 반쯤 잠에 빠진 천사 같은 기분을 느끼게 됩니다.”

“하지만 만약 너무 많이 먹으면, 그러면 어떻게 됩니까?” 박사 뒤쪽에서 낮은 목소리가 물었다.

"흠! 글쎄요, 유쾌한 경험이 된다고는 할 수 없지요. 유령, 광란, 천 년 동안 계속되는 것 같은 악몽 같은 상태를 좋아하지 않는다면 말입니다. 한 번이라도 해시시를 해본 적이 있나요, 돈?" 메러디스가 질문한 사람을 향해 돌아서며 대답했다. 돈은 이제 팔꿈치로 몸을 받치고 관심 있는 표정을 짓고 있었다.

"한 번도 해보지 않았어요. 전 실험에 적합한 사람이 아니니까요. 그런 장난을 해보기에는 너무 신경이 예민해서요."

"당신에게는 열 개 정도면 적당할 것 같군요. 남자들에게 그보다 적은 숫자로 효과가 나타나는 일은 거의 없어요. 숙녀들은 더 빨리 효과가 나타나고 많이 먹을 필요도 없지요. 세인트 저스트 양, 제가 천상의 맛을 권해드려도 될까요? 이 시험을 통과할 수 있었던 건 저스트 양 덕분이었으니까요." 공손한 태도로 그녀에게 다가가며 메러디스 박사가 물었다.

"제 덕이라고요! 어째서죠?" 가벼운 미소와 함께 그녀가 커다란 눈을 올려뜨며 물었다.

"절망에 빠져 있을 때 저스트 양이 읽고 있던 책 제목이 눈에 들어왔습니다. 그 덕에 살아났지요. 주머니에 해시시가 있었다는 사실이 떠올랐거든요."

"박사님도 연꽃을 먹는 분이신가요?" 펼쳐진 책 위로 그가 마법에 걸린 여섯 개의 봉봉을 올리도록 내버려두며 그녀가 물었다.

"제 이름을 걸고 말씀드리지만, 아닙니다! 환자들을 위해서 사용하지요. 신경 질환에 효과적이거든요. 저희에겐 아주 요긴한 치료법으로 자리잡아가는 중입니다."

"과거를 잊고 싶지는 않아요. 하지만 미래를 알고 싶어요. 해시시가 그걸 도와줄 수 있을까요?" 로즈가 갈망하는 표정으로 물었다. 그녀의 모습을 보고 미래에 대한 그녀의 숨겨진 희망에 자신이 포함되어 있을지 알고 싶어하며 돈이 얼굴을 붉혔다.

"안타깝지만, 아닙니다. 그럴 수 있다면 좋을 텐데요. 저 역시 제 운명을 알고 싶으니까요." 자신 앞에 있는 사랑스러운 얼굴을 바라보며 박사가 대단히 낮은 목소리로 대답했다.

부드러운 시선이 예의 그 냉정한 무관심의 시선으로 바뀌었다. 가만히 책 위의 해시시를 밀어내면서 로즈가 거부의 뜻을 드러내는 작은 몸짓으로 말했다. "그렇다면 천상의 맛을 보고 싶은 마음은 없어요."

흰색의 작은 봉봉들이 그녀 발치의 풀밭 위로 떨어졌다. 하지만 메러디스 박사는 그것들을 그냥 내버려두었다. 그리고 벨의 미소로 자신을 데우기 위해 몸을 휙 돌려 벨이 있는 쪽을 보았다.

"제 건 다 먹었어요. 에벌린도 그렇고요. 노턴 씨는 악귀를 보게 될 거예요. 너무 많이 먹었거든요. 신나네요. 노턴 씨는 귀신을 믿지 않았잖아요. 볼만한 광경을 연출해서 우리를 즐겁게 해주고 귀신이 있다는 사실을 믿게 되면 좋겠는데요." 새로운 계획에 신이 잔뜩 난 벨이 말했다.

"환각은 언제 시작되나요?" 벌써부터 자신이 저지른 일에 약간 겁을 먹은 수줍음 많은 아가씨 에벌린이 물었다.

"정량을 먹고 나서 세 시간쯤 뒤부터요. 사람마다 효과가 나타나기까지 걸리는 시간이 다르긴 하지만요. 맥박수가 올라가고 심장이 빠르게 뛸 겁니다. 시야가 어두워지고 눈이 침침해지며 대부분 몸이 뜨는 것 같은 기분을 느낄 거예요. 그다음 이런 증상들이 바뀌면서 지복의 상태가 시작되지요. 전 사람들이 달콤한 꿈에 취해 몇 시간 동안이나 한 자세로 앉거나 누워 있다가 마치 온몸에 신경이라곤 전혀 없는 사람처럼 고요하게 깨어나는 것을 여러 번 보았습니다."

"근사해요! 걱정거리가 생길 때마다 먹어야겠어요. 어디 보자, 지금이 네시니까, 우리의 트랜스 상태는 일곱시쯤 시작되겠네요. 그러면 저녁시간을 환각 속에서 보내게 되겠어요." 벨이 말했다.

"자, 돈, 먹어봐요. 재미 삼아 우리 모두 해볼 거니까. 여기 당신 몫이 있어요." 종잇조각에 싼 봉봉 열두 알을 그에게 던지면서 메러디스가 말했다.

"고맙지만 됐어요. 그런 위험을 무릅쓰기엔 나 자신을 너무 잘 알고 있으니까. 모두가 해시시를 먹을 생각이라면 돌봐줄 누군가가 필요할 테니 내가 맨정신을 유지하고 있도록 하지요." 돈이 종이뭉치를 다시 의사 쪽으로 던지며 대답했다.

뭉치가 바닥에 떨어졌다. 그러나 줍기가 귀찮았던 메러디스 박사는 그 자리에 내버려둔 채 웃으면서 덧붙였다. "흠, 아름다운 아가씨에게 마음을 고백하고 싶은 수줍은 남자들에게 나는 해시시를 처방하겠어요. 해시시가 그에게 영웅의 용기와 시인의 웅변, 이탈리아인의 열정을 선사할 테니까요. 신사 여러분, 잘 기억해두세요, 그리고 그때가 오면 저한테 오도록 하세요."

"해시시가 그 아름다운 여성의 무정한 마음을 부드럽게 하고 연민을 불러일으키며 높은 자존심을 꺾을 수 있단 말인가요?"

"감히 말씀드리지만 지금이야말로 직접 그 사실을 확인해볼 수 있는 기회인 셈이죠. 여기 해시시를 드신 두 명의 숙녀가 계시니까요. 세 시간이 지나면 두 분은 너무 천사 같은 상태에 빠져서 '아니요'라고 대답하는 것은 불가능하게 되실 겁니다."

"세상에, 어쩌면 좋아. 우리가 대체 무슨 짓을 한 거죠? 만약 정말 그렇다면 전 제 어리석은 환각이 끝날 때까지 방에 자진해서 갇힌 채 나오지 않을 거예요. 로즈, 넌 전혀 먹지 않았지. 제발 부탁이니 나를 잘 지켜줘. 내가 어리석은 짓으로 스스로의 이름을 더럽히는 일이 없도록. 그렇게 하겠다고 약속해줘." 벨이 반쯤은 진심으로 반쯤은 거짓으로 자신의 장난이 가져올 결과에 대해 걱정하는 표정을 지으며 소리쳤다.

"약속할게." 로즈는 이렇게 대답하더니 입술에 알 수 없는 미소를 머금고 마치 한 조각 흰색 구름처럼 소리 없이 초록색 오솔길로 걸어가버렸다.

"우리가 무슨 일을 했는지 다른 사람들에게 말해서는 안 돼. 차 마시는 시간이 끝나면 관목숲에 모여서 서로의 상태를 비교하기로 하지." 돈이 바닷가로 천천히 걸어가고 다른 친구들이 다가오는 소리에 여름날의 정적이 깨어질 때 노턴이 말했다.

차 마시는 시간 동안 조금 전의 비밀스러운 무리는 조심스럽게 서로를 훔쳐보았다. 그리고 유난히 반짝이는 눈동자나 억누르고 있지만 뚜렷하게 드러나는 흥분한 태도 등에서 해시시의 효과를 발견했다. 혹은 발견했다고 생각했다. 벨은 자주 웃음을 터뜨렸다. 듣기 좋은, 은방울이 굴러가는 것 같은 웃음소리였다. 그러나 명랑함에 대한 찬사의 말을 듣자 그녀는 걱정되는 표정으로 명랑한 기분을 억누를 수 없다고 말했다. 메러디스는 대체로 차분했지만 다소 꿈을 꾸고 있는 것 같은 표정이었다. 에벌린은 창백했다. 그녀 옆에 앉아 있는 사람은 그녀의 심장이 뛰는 소리를 들을 수 있었다. 노턴은 끝없이 말을 했다. 하지만 그가 평소 같지 않은 달변을 과시한다고 해서 무엇인가를 의심하는 사람은 아무도 없었다. 돈과 세인트 저스트 양은 흥미로운 시선으로 일행을 둘러보았다. 유독 말이 없었다. 특히 로즈는 거의 말을 하지 않았다. 더할 나위 없이 사랑스러운 미소를 띤 그녀는 무척 아름다워 보였다.

달이 일찍 떴다. 실험자 무리는 여느 때처럼 잔디에 앉아 있는 무리 밖 친구들을 내버려두고 관목숲 쪽으로 살짝 빠져나갔다. 용기 있는 누군가가 로즈에게 노래를 청했다. 그녀는 즉시 그 청에 응해 청중의 마음을 녹이는 목소리, 타오르는 감미로움 또는 비애로 가득한 목소리로 스페인 노래들을 불렀다. 돈은 노래에 완전히 빠진 것처럼 보였다. 혹 눈물이 흐르기라도 할까봐 얼굴을 풀밭 쪽으로 돌리고 누워 있던 그는, 모두가 보는 앞에서 놀림거리가 될까 걱정이 된 나머지 갑자기 몸을 일으켜 서둘러 작은 부두로 달려가 그곳에 홀로 앉아 노랫소리에 귀를 기울였다. 그의 표정은 지금 그를 사로잡은 열정을 별들에게 숨김없이 드러내고 있었다. 완전한 침묵이 있은 후 관목숲 쪽에서 요란한 웃음소리가 터져나왔다. 무슨 일인지 궁금해서 반쯤 가보고 싶은 마음이 들었지만 매혹적인 로즈의 목소리에 그는 꼼짝할 수 없었다. 심지어 가까운 곳에서 보트 한 대가 신비스럽게 나타나 마치 유령처럼 황혼 속으로 미끄러져 멀어져갈 때조차도 움직이지 않았다.

삼십 분 후 하얀 형체 하나가 오솔길을 걸어내려왔다. 로즈의 목소리가 그를 한여름 밤의 꿈에서 깨웠다. 달이 환하게 빛나자 "벨이 어디 있죠?"라고 다급히 묻는 그녀의 얼굴에 떠오른 불안이 그에게 선명히 보였다.

"배 타러 나간 것 같은데요."

"어떻게 그냥 가게 두실 수가 있어요? 지금 자기를 돌볼 수 있는 상태가 아니라고요!"

"잊고 있었어요."

"저도요. 하지만 지켜봐주겠다고 약속한걸요. 약속을 지켜야 해요. 어디로들 간 거죠?" 하얀 망토로 몸을 감싸고 시선을 아래에 정박된 작은 보트들로 돌리면서 그녀가 물었다.

"그녀를 따라갈 생각인가요?"

"네."

"그러면 제가 안내하겠습니다. 등대 쪽으로 갔어요. 충분히 노를 저어 갈 만한 거리예요. 같이 가겠습니다. 오, 부디 그렇게 하게 해주세요." 자신의 작은 배로 훌쩍 뛰어들어가 설득하듯 손을 내밀며 돈이 소리쳤다.

잠시 망설이던 그녀가 그를 바라보았다. 그는 언제나 창백했지만 달빛이 그의 얼굴을 더더욱 창백해 보이게 만들었다. 하지만 모자챙에 가려 그의 눈은 보이지 않았고 목소리는 대단히 침착했다. 물결 저쪽에서 요란하게 한바탕 웃는 소리가 밀려왔다. 그 소리에 마음을 정하기라도 한 듯 그녀가 그에게 손을 내밀더니 배 안으로 들어왔다. 돛을 펼치며 돈이 승리의 미소를 지었다. 돛이 신선한 바람을 맞아 부풀었고 배는 한 줄기 빛을 따라 춤추듯 흔들리며 나아갔다.

얼마나 아름다운 순간인지! 완벽한 여름날 밤의 형언할 수 없는 그 모든 매혹이 그들을 둘러쌌다. 향기로운 바람과 홀리는 달빛, 멀리서 들려오는 음악 소리, 그리고 둘 사이의 의미심장한 침묵 속에 느껴지는, 잡힐 듯 가까운 달콤한 사랑의 대기大氣. 로즈는 이 섬세한 매혹에 굴복한 것 같았다. 방석이 깔린 자리에 비스듬히 기대앉은 그녀의 아름다운 얼굴은 베일 뒤에 감추지 않고 드러나 있었다. 그녀의 얼굴에는 마치 꿈이라도 꾸는 것 같은 부드러운 몽환적인 표정이 가득했다. 느슨하게 맞잡은 두 손은 앞에 놓여 있었다. 그녀는 좀처럼 입을 열지 않았다. 더는 벨에 대한 불안을 표현하지도 않았다. 그녀는 곧 자신이 무엇을 찾으러 나왔는지 잊고 자신을 아늑하게 에워싼 달콤한 몽상에 완전히 빠져버린 것 같았다.

맞은편에 앉은 돈의 얼굴은 이제 상기되어 있었다. 그는 불안해하고 흥분한 것처럼 보였다. 눈동자가 번득였다. 키를 잡은 손이 떨렸고 아주 간단한 말을 할 때조차 목소리에 열정과 흥분이 담겨 있었다. 그는 계속해서 말을 했다. 여러 가지 눈부신 성취를 보이면서도, 너무 게을러서든 아니면 너무 소심한 성격 탓이든 동료들 사이에서가 아니면 좀처럼 자신을 드러내는 법이 없는 그에게서 평소 보기 힘든 달변이었다. 로즈는 그를 보면서도 보고 있지 않는 것 같았고 그의 말을 들으면서도 듣지 않고 있는 것 같았다. 아름다운 미소를 짓고 있었지만 그 미소가 그를 위한 것이 아니라는 것이 분명했다. 그들은 수평선으로 밀려드는 두툼한 검은 구름의 층이며 거세지는 바람, 그들이 얼마나 외떨어져 있는지를 입증하는 주위의 고요함 등을 거의 눈치채지 못한 채 항해를 계속했다. 한두 번쯤 로즈가 몸을 움직이며 뭔가 할말이 있는 것처럼 손을 올렸지만 말없이 다시 제자리에 앉았다. 마음속 바람을 실행에 옮길 힘이 없다는 듯 손도 다시 아래로 떨어졌다. 달을 지우며 지나가는 구름이며, 먼 곳에서 들려오는 천둥소리, 돛에 부딪히는 돌풍의 신호가 그녀를 몽상에서 깨운 듯했다. 돈은 이제 영감에 사로잡힌 사람처럼 노래를 불렀다. 모자를 발치에 내려놓은 그의 머리카락은 흐트러져 있었고 로즈에게 고정된 두 눈에는 기이한 환희의 빛이 반짝였다. 그녀는 흠칫 놀라 몸을 떨었다. 그러나 가까스로 침착함을 되찾는 것 같았다.

"그 사람들은 어디 있는 거죠?" 로즈가 헛되이 섬의 언덕들이며 또다른 배를 찾아보며 물었다.

"해변으로 간 것 같군요, 우리도 그쪽으로 가지요." 그가 이 말을 하기 위해 몸을 기울이자 순간 로즈는 얼굴을 붉히며 뒤로 몸을 움츠렸다. 그의 얼굴에서 그간 느껴왔던, 그러나 지금까지 확신하기 어려웠던 무엇인가를 선명히 읽을 수 있었기 때문이었다. 속마음을 드러내는 그녀의 붉어진 얼굴이며 몸짓을 본 그가 더 참지 못하고 외쳤다. "이제는 아시겠죠. 이제 저를 속이거나 자존심을 앞세워 저를 움츠러들게 하실 수는 없습니다! 로즈 양, 감히 오늘 밤 고백하건대, 당신을 사랑합니다!"

"지금은 안 돼요, 여기서는 안 돼요. 듣지 않겠어요. 돈 씨, 부탁이니 돌아서서 아무 말 말아주세요." 그녀가 황급히 대답했다.

그가 반항의 뜻이 담긴 웃음을 터뜨리며 그녀의 손을 잡았다. 급격히 빨라진 맥박의 열기로 그의 손은 타는 듯 뜨겁게 두근거리고 있었다.

"아니요. 여기서, 지금 답을 들어야겠습니다. 답을 하실 때까지 결코 돌아서지 않겠어요. 그동안 당신은 가시투성이 장미였지요. 제게 숱한 상처를 주었습니다. 달콤한 말과 다정한 표정, 솔직한 사랑의 고백으로 제 마음의 상처를 위로받아야겠습니다. 자긍심 드높은 당신, 하지만 당신도 저를 사랑하시지요. 감히 그걸 부정하지는 않으시겠지요."

그의 목소리에 담긴 무언가가 그녀를 겁에 질리게 만들었다. 그녀는 손을 확 빼내어 그의 손이 닿지 않는 곳으로 물러섰다. 그리고 통제되지 않는 감정 때문에 기이하게 어둡고 흐릿해진 눈동자로 열렬히 그녀를 바라보는 그의 시선을 냉정하게 마주보며 침착한 목소리로 대답하려고 노력했다.

"자제심을 잃으셨군요. 그런 식으로 하는 고백에는 아무 대답도 하지 않겠어요. 저를 지금 바로 집으로 데리고 가주세요." 그녀가 명령하듯 말했다.

"나를 사랑한다고 고백해요, 로즈."

"결코 하지 않겠어요!"

"아! 더 다정한 대답을 들어야겠어요, 그렇지 않으면……" 돈이 몸을 반쯤 일으키더니 그녀를 자기 쪽으로 잡아당기려고 손을 뻗었다. 그러나 그녀가 내지른 비명에 충격을 받은 듯 제자리에 멈춰섰다. 자리에 털썩 주저앉은 그가 손을 눈 위로 올리고 두려운 듯 몸을 떨며 조금 전과 달라진 목소리로 중얼거렸다. "뭘 하려고 그런 건 아니에요. 달빛 때문이에요. 자리에 앉아요. 자제심을 잃는 일은 없을 거라고 영혼에 걸고 맹세해요."

"만약 그 약속을 지키지 못하면 물에 뛰어들 거예요. 제정신을 잃기라도 하신 거예요?" 분노로 몸을 떨며 로즈가 외쳤다.

"그러면 당신 뒤를 따를 겁니다. 로즈, 전 미쳤으니까요. 사랑 때문에, 해시시 때문에."

그의 목소리가 속삭이듯 잦아들었다. 그러나 마지막 단어에 그녀의 온 신경이 곤두섰다. 두려움을 불러일으키는 어떤 말에도 그녀의 신경이 이렇게까지 공포로 전율한 적은 일찍이 없었다. 그녀는 평소 같지 않은 온갖 동요의 흔적을 드러내는 표정으로 잠시 그를 바라보았다. 그러더니 애원하듯 두 손을 모아쥔 그녀가 절망적인 목소리로 말했다. "도대체 왜 나왔을까? 이 끝은 무엇일까? 아, 마크, 부디 너무 늦기 전에 나를 집으로 데려가줘요!"

"쉿! 진정해요, 나를 자극하지 말아요. 아니면 다시 흥분할지도 모르니까. 머리가 맑지 않지만 당신 마음을 알아요. 자, 내 칼을 받아요. 그리고 내가 다시 제정신을 잃으면 그 칼로 나를 찔러요. 물에 뛰어들어선 안 돼요. 나의 로즈, 당신은 죽기엔 너무 아름다우니까요!"

돈이 자신이 차고 있던 가느다란 사냥용 칼을 그녀에게 던졌다. 그리고 잠시 아득한 시선으로 그녀를 바라보더니 꿈속에서 움직이는 사람 같은 몸놀림으로 돛을 조정했다. 로즈는 그 칼을 받았다. 망토를 바짝 끌어당겨 몸을 감싼 그녀는 가능한 한 그와 멀리 떨어진 곳에 몸을 웅크린 채 그를 주시했다. 그녀의 얼굴에는 경계심 가득한 공포가 어려 있었다. 그러나 동시에 그녀의 표정은 공포보다 강렬한 그녀의 비밀스러운 고민과 혼란이 그 공포와 경합을 벌이고 있음을 보여주고 있었다.

배가 한 바퀴 돌아 바람과 파도를 거스르며 나아가기 시작했다. 그녀 쪽 뱃고물에서 물보라가 튀어올랐고 돛은 위협적인 맹렬함으로 몰아치는 돌풍에 구부러지고 휘어졌다. 질주하는 구름 때문에 달은 거의 보이지 않았고, 하늘의 절반은 몰려드는 폭풍으로 검게 물들었다. 로즈는 위협적인 하늘에서 믿을 수 없는 바다로 시선을 옮겼다. 어떤 위험에도 대처할 마음의 준비를 해두려고 노력해 봤지만 그녀는 완전히 침착함을 잃고 말았고 다시 그것을 회복할 수 없었다. 돈은 미동 없이 앉아 있었다. 몇 번이나 파도가 그를 덮치고 계속해서 몰아치는 돌풍 때문에 손에 쥔 밧줄이 거의 끊어질 뻔했는데도, 돈은 걱정하지 말라는 말 한마디 없이 꼼짝하지 않고 그 자리에 앉아 있었다.

"위험한 상황인가요?" 마침내 로즈가 침묵을 견디지 못하고 물었다. 창백한 얼굴에 거친 눈빛으로 말없이 앉아 있는 그의 모습이 번득이는 불빛 속에서 유령 조타수처럼 보였기 때문이었다.

"그래요, 아주 위험한 상황이에요."

"난 당신이 능숙한 항해사인 줄 알았어요."

"정신이 맑을 때는 그렇습니다. 그러나 지금은 급속도로 통제력을 잃고 있으니까요. 설명하기 어려운 고요함이 저를 엄습하고 있어요. 혼자였다면 더 빨리 포기했을 겁니다. 하지만 당신을 위해 노력을 계속한 겁니다."

"배를 조종할 수 없는 건가요?" 달라진 그의 목소리며 맥없이 천천히 움직이는 그의 손놀림에 겁을 집어먹은 로즈가 물었다.

"네. 눈앞에 두꺼운 구름이 있는 것만 같아요. 당신 목소리도 멀리에서 들리는 것 같고 머리를 눕히고 자고 싶은 생각뿐이에요."

"제가 키를 잡을게요. 할 수 있어요, 그래야 해요!" 그녀는 몸을 벌떡 일으켜 그를 향해 다가오더니 손으로 키를 잡으면서 소리쳤다.

그가 미소를 지으며 그녀의 작은 손에 키스했다. 그리고 마치 꿈을 꾸는 사람처럼 중얼거렸다. "일 분도 잡고 있을 수 없을 거예요. 내 옆에 앉아요, 내 사랑. 다시 배를 돌려서 함께 멀리 떠나도록 해요, 이 세상 너머, 어디로든, 어디든지."

"오, 맙소사, 우리는 이제 어떻게 되는 거죠!" 완전히 절망한 로즈가 두 손을 맞잡았다. "돈 씨, 마크, 나의 마크, 부디 정신을 차리고 내 말을 들어봐요. 말한 대로 배를 돌리도록 해요. 이대로 계속 가다간 죽을 것이 틀림없으니까요. 배를 돌려 등대 쪽으로 떠내려가봐요. 등대에 있는 사람들이 우리 소리를 듣고 도와줄 거예요. 어서요, 돛을 내리고 노를 잡아요. 태풍이 몰아치기 전에 등대에 도착해야 해요."

로즈의 말을 들은 그는 마치 말 못하는 동물처럼 그녀의 지시를 따랐다. 그녀를 향한 사랑은 자기 보존 본능보다 더 강력한 것이었다. 그는 그녀를 위해 서서히 자신을 압도해오는 치명적인 무기력에 맞서 싸웠다. 그는 돛을 내리고 배를 돌렸다. 불안하게나마 움직이는 노도 얼마간 한몫을 해 배는 썰물의 움직임을 타고 빠르게 바다 먼 곳으로 미끄러져갔다.

이 위험한 조치들을 성공적으로 취하고 나자 그녀는 숨을 고르더니 애써 자연스러운 말투를 가장하며 조용히 물었다. "해시시를 얼마나 먹은 건가요?"

"메러디스 박사가 제게 던졌던 것 전부 다요. 너무 많았어요. 하지만 꼭 해봐야 할 것 같은 기분이었죠. 그래서 뭉치를 숨겼다가 먹었습니다." 기이한 웃음과 함께 그녀를 빤히 바라보며 그가 대답했다.

"이야기를 계속해요. 우리의 안전은 이제 깨어 있을 수 있는지 없는지에 달려 있으니까요. 절대 당신이 잠에 빠지게 내버려두지 않을 거예요." 절박한 심정으로 자신의 뜨거운 이마 위로 물을 뿌리며 로즈가 말을 이었다.

"나를 사랑한다고 말해줘요. 그러면 몽상에서 깨어날 수 있을 겁니다. 전 너무도 오랫동안 갈망하고 두려워하고 기다리면서 고통받아왔습니다. 저에게 연민을 느껴줘요, 그리고 대답을 해줘요, 로즈."

"네, 저도 그래요. 그러나 지금은 고백할 수 없습니다."

너무 낮고 조용한 목소리였기 때문에 그는 그 대답을 거의 듣지 못했다. 그러나 느낄 수는 있었다. 그는 자신을 사로잡은 그 치명적인 마법에서 벗어나기 위해 최선을 다했다. 그녀 쪽으로 몸을 기울이며 그는 구름을 뚫고 나온 한 줄기 달빛에 의지해 그녀의 얼굴을 읽어보려 애를 썼다. 전에 없던 부드러운 온기를 읽을 수 있었다. 도도함은 사라졌고 그 부드러운 남부인의 눈동자에 어려 있던 웅변을 가로막는 두려움도 찾아볼 수 없었다.

"키스해주세요, 로즈. 그러면 당신 말을 믿겠습니다. 꿈을 꾸는 것만 같으니까요. 이렇게 다정한, 이렇게도 달라진 당신은 어쩌면 아름다운 환영인지도 모르지요. 키스해줘요, 내 사랑, 내 꿈을 현실로 만들어주세요."

자신의 의지보다 더 강력한 그 어떤 힘에 이끌리기라도 한 듯 그녀가 그와 입을 맞추기 위해 몸을 숙였다. 그러나 그 어떤 신실한 압박이 사랑을 제외한 모든 것을 잊게 만든 순간적인 망각으로부터 그녀를 흔들어 깨우기라도 한 것만 같았다. 그녀는 얼굴을 손으로 감싸더니 수치심을 주체할 수 없다는 듯 주저앉았다. 걷잡을 수 없이 흐느끼며 그녀가 말했다. "대체 제가 무슨 짓을 하고 있는 거죠? 전 제정신이 아니에요. 왜냐하면 저도, 해시시를 먹었으니까요!"

그가 어떻게 대답했는지 그녀는 전혀 들을 수 없었다. 우르릉거리는 천둥소리가 그의 목소리를 삼켜버렸기 때문이다. 그리고 바로 폭풍이 몰아닥쳤다. 비가 억수처럼 쏟아지기 시작했고 맹렬한 바람이 불었으며 하늘과 바다가 잉크처럼 검게 변했다. 배는 하늘과 바다에 휘둘리며 파도에 떠밀려 이리저리 흔들렸다. 두려움에 사로잡힌 그녀는 연인의 옆으로 기어가 매달렸다. 오직 자신들의 어리석음이 불러온 이 위험을 함께 극복해내겠다는 생각밖에 없었다. 돈의 흥분은 이제 거의 사라진 상태였다. 그는 미소 띤 얼굴로 자신이 사랑하는 이 연약한 존재를 감싸안고는 동상처럼 앉아 있었다. 번갯불이 움직임 없는 그의 창백한 모습을 번쩍 비추었을 때 그녀는 무섭도록 아무런 감정이 드러나 있지 않은 그의 얼굴을 볼 수 있었다. 물에 흠뻑 젖고, 위험과 두려움, 비밀의 폭로로 거의 반쯤 정신을 잃고 기진맥진해 있을 때 그녀는 마침내 어둠 속에서 희미하게 반짝이는 반가운 불빛을 보았다. 그녀는 도움을 청하기 위해 몸을 일으켰다.

"마크, 일어나요, 나를 도와줘요! 소리를 질러요. 오, 제발, 소리를 쳐서 그들을 불러요. 등대를 지나 떠밀려가면 우리는 죽고 말 거예요!" 고개 숙인 그의 머리를 가슴께에서 들어올려 거친 파도 저편에서 반짝이는 등대 불빛을 억지로 보게 만들면서 그녀가 소리쳤다.

그녀의 지시를 알아들은 그가 몸을 일으키더니 미친 사람처럼 소리치고 또 소리쳤다. 다행히 폭풍이 잠시 잦아들었다. 등대지기가 그 소리를 듣고 응답했다. 로즈가 키를 잡고 돈은 노를 쥐었다. 온몸의 힘을 다 쥐어짜 그들은 배를 물살이 좀더 잔잔한 쪽으로 끌고 갔다. 등대지기가 기다리고 있다가 그들의 배를 부두 역할을 하는 바위틈 사이로 잡아끌었다.

힘 있고 믿음직해 보이는 얼굴과 마주치자마자, 거칠면서도 쾌활한 목소리가 그녀 귀에 들리자마자, 그녀는 정신을 잃고 쓰러졌다. 그리고 살아 있는 사람이라기보다는 물에 빠져 죽은 아름다운 오필리아 같은 모습으로 집 안으로 옮겨졌다.

"샐리, 이리 와서 이 딱한 아가씨를 좀 살펴줘요. 아주 고생을 한 모양이구먼. 나는 이 아가씨 애인을 보살펴야겠어. 이런 일도 있군그래. 미치거나 술에 취한 게 아니라면 벼락이라도 맞은 것 같구먼. 금방 제정신을 차릴 수 있을 것처럼은 보이지 않으니." 기대치 못한 손님들을 집 안으로 들인 노인은 눈이 부신 듯 멍하게 주위를 둘러보는 돈을 바라보며 말했다. "저기 누워서 좀 주무시구려, 아가씨는 우리가 돌볼 테니. 아침에 배를 살펴봅시다." 노인이 덧붙였다.

"로즈를 잘 보살펴주세요, 제가 그녀를 놀라게 했거든요. 은혜는 잊지 않겠습니다. 네, 잠을 자게 해주세요, 가능한 한 빨리 저주받은 이 어리석은 놀이를 끝낼 수 있게 말입니다." 기이한 방문객이 이렇게 중얼거렸다.

돈은 투박한 안락의자에 몸을 눕히고 잠을 자려고 노력해보았다. 하지만 모든 신경이 끊어질 듯 팽팽하게 긴장되었고 맥박은 마치 기계 망치처럼 두근거렸으며 그를 둘러싼 모든 것이 무서운 강도로 더 강렬하고 과장되게 느껴졌다. 뇌우는 사나운 허리케인 같았고 그 특이한 방은 그를 괴롭히는 환영들로 가득찬 황야처럼 느껴졌다. 그의 일생에서 벌어졌던 모든 일이 끝없이 계속해서 그의 눈앞을 스치고 지나가며 그를 거의 미치기 직전까지 몰아갔다. 등대지기 노인은 이상한 거인처럼 보였고 자신의 목소리는 쉬어서 쇳소리처럼 들렸다. 제정신을 잃은 로즈의 계속되는 웅얼거림, 두서없는 헛소리도 기이하고 무서운 꿈의 일부처럼 그를 뒤쫓았다.

그는 밤새도록 이글거리는 눈동자에 열기 어린 입술, 고통에 사로잡힌 마음으로 꼼짝도 하지 않고 누워 있었다. 섣불리 건드려진 섬세한 몸이 이 어리석은 실험자를 고문하는 것으로 그의 잘못을 벌하고 있었던 것이다. 로즈는 밤새 울고 노래했으며 보기에도 애처로운 흥분상태에 빠져 도움을 청하는 소리를 외쳐댔다. 그녀에게는 고요한 상태가 먼저 시작되었다가 그다음에 흥분이 찾아왔는데, 그날 저녁의 사건들 때문에 흥분의 강도가 더 세졌던 것이다. 늙은 여인의 어머니 같은 보살핌을 받은 끝에 그녀는 마침내 잠이 들었다. 그 덕에 돈은 그를 괴롭히던 마음의 고통 하나를 덜 수 있게 되었다. 그는 이 어리석은 장난이 그녀에게 가져올 결과를 자기 자신보다 더욱 걱정하고 있었던 것이다.

날이 밝자 녹초가 된 그가 어지러운 상태로 자리에서 일어나 비틀거리며 밖으로 걸어나갔다. 문에서 등대지기와 마주쳤다. 등대지기가 그를 멈춰세우더니 배는 무사하고 날도 개었다고 알려주었다. 노인의 눈에서 불안과 의구심을 읽어낸 돈은 그에게 사실대로 말한 다음 물가로 가서 바다에 뛰어들고 오겠다고 덧붙였다. 그 간단한 각성제가 그의 느슨해진 신경을 원상태로 회복시켜주기를 바라면서.

머리는 두통으로 묵직했고 후회의 감정이 마음을 무겁게 짓눌렀지만 그는 지난밤 벌어진 모든 일을 또렷이 기억할 수 있었다. 본래 상태를 회복한 돈은 등대로 돌아왔다. 노파가 그에게 음식과 물을 주었다. 한 시간이 되지 않아 그는 집으로 돌아갈 준비가 되었다고 느꼈다.

로즈는 늦게까지 잠을 잤다. 잠에서 깨어난 그녀는 곧 제정신을 차렸다. 그녀가 먹은 해시시의 양은 얼마 되지 않았기 때문이었다. 아침을 먹고 서둘러 매무새를 가다듬은 그녀는 바로 돌아가고 싶다는 의사를 밝혔다. 돈을 만나기가 두려웠지만 동시에 무척 보고 싶기도 했다. 때가 되자 그녀는 자존심으로 자신을 무장했다. 어젯밤 있었던 일에 대해 여자로서 느낄 수 있는 모든 부끄러움이 밀려왔다. 그러나 그녀는 지난밤의 일들을 기억하지 못하는 척하기로 결심했다. 그녀는 동상처럼 차갑고 창백한 얼굴로 그를 만났다. 하지만 그는 그녀를 보자마자 공손하게 말했다. "나를 용서해줘요, 로즈." 그녀는 단호한 몸짓과 명령으로 그의 입을 막았다. "아무 말 하지 말아요. 아주 무서운 밤이었다는 사실밖에 기억나지 않을 뿐 아니라 가능한 한 빨리 그 모든 일을 잊고 싶으니까요."

"모든 것을 다 말입니까, 로즈?" 의미심장하게 그가 물었다.

"네, 모든 것을요. 해시시로 인한 환각을 떠올리고 싶어하는 사람은 없을 테니까요." 그의 시선을 마주치지 못하는 자신의 눈과 얼굴에 떠오르는 홍조를 숨기기 위해 서둘러 몸을 돌리며 그녀가 대답했다.

"저는 절대로 잊을 수 없습니다. 하지만 당신이 원한다면, 아무 말도 하지 않겠습니다."

"네, 그렇게 해주세요. 이제 가요. 섬에서 어떻게 생각이라는 것을 하겠어요? 돈 씨, 부디 지금도, 또 앞으로도 절대 아무에게도 제가 그 위험한 실험을 했다는 사실을 말하지 않겠다고 약속해주세요. 저도 당신의 비밀을 지킬게요." 그녀가 애원하는 표정으로 그를 바라보며 간곡히 부탁했다.

"약속하겠습니다." 그가 그녀에게 손을 내밀었다. 그리고 그녀가 손을 빼내며 집으로 데려가달라고 부탁하기 전까지 애처로운 눈빛으로 그 손을 잡고 있었다.

진심에서 우러난 감사와 후한 감사의 징표를 남기고 그들은 미풍을 받으며 배를 몰아나갔다. 아침의 상쾌함이 그들의 지친 몸과 동요하는 마음을 금세 치유해주었다. 별 대화를 나누지는 않았지만 로즈는 더이상 자신의 냉정한 태도를 유지할 수 없었다. 지난밤의 기억이 그녀의 도도함을 무너뜨렸고 돈의 상냥한 시선이 그녀의 마음을 움직였던 것이다. 그녀는 손으로 반쯤 얼굴을 가리고 곧 닥칠 상황에 대비해 마음의 준비를 하려고 노력했다. 섬 근처에 도착하자 벨과 그녀의 무리가 물가에서 그들을 기다리고 있는 것이 보였기 때문이다.

"아, 돈 씨, 부디 최선을 다해 저를 그들의 시선과 질문에서 보호해주세요! 너무 지친데다 신경이 곤두서서 비밀을 들키고 말 것만 같아요. 도와주실 거죠?" 돈을 향해 몸을 돌리며 그녀는 평소의 차가운 자기통제력과 별로 어울리지 않는 친밀한 표정으로 말했다.

"목숨을 걸고 당신을 보호하겠습니다. 왜 해시시를 먹었는지 이유를 말씀해주신다면 말입니다." 자신의 운명을 알아야겠다고 결심한 그가 이렇게 물었다.

"해시시가 저를 다른 여자들처럼 부드럽고 사랑스럽게 만들어 주기를 바랐어요. 외로운 동상으로 지내는 일에 지쳤으니까요." 그녀의 뜻보다 더 강한 어떤 힘이 진실을 쥐어짜기라도 하는 것처럼 그녀가 더듬거리며 말했다.

"그렇다면 그 말에서 당신에게 사랑을 고백할 용기를 얻겠습니다. 로즈, 우리는 거의 죽음 직전까지 함께 갔다왔지요. 이제 생을 함께하고 싶습니다. 그러면 우리 둘 중 누구도 더는 외롭거나 두렵지 않을 겁니다."

그가 그녀에게 손을 뻗었다. 그의 얼굴은 자신의 마음을 숨김없이 드러내고 있었다. 그녀가 온순하게 항복하는 표정으로 그에게 손을 내밀자, 그가 진심 어린 목소리로 외쳤다. "그 환각이 이런 결말을 가져올 수 있다면, 해시시에게 축복 있기를!"

루이자 메이 올컷 연보

1832 11월 29일 에이머스 브론슨 올컷과 애비게일 메이 올컷의 둘째 딸로 미국 펜실베이니아 주 필라델피아에서 태어난다.

1834 가족과 함께 매사추세츠 주 보스턴으로 이주한다.

1840 가족과 함께 매사추세츠 주 콩코드로 이주한다. 아버지의 가까운 벗이자 이웃이었던 초월주의 사상가 랠프 월도 에머슨, 헨리 데이비드 소로에게 직간접적으로 교육을 받는다. 이외에도 너새니얼 호손, 마거릿 풀러 등 당대 문인들 및 초월주의 지식인들과 올컷 가족 간에 지속적으로 활발한 교류가 이어진다. 경제적으로 늘 어려웠지만 이즈음부터는 극심한 생활고에 시달린다.

1843 유토피아 공동체 프루틀랜드Fruitland를 설립한 아버지를 따라 온 가족이 공동체로 이주한다. 이 실험은 실패로 돌아간다.

1845 다시 콩코드로 이주한다. 훗날 이때의 경험과 당시의 일기를 바탕으로 「초월주의의 야생귀리Transcendental Wild Oats」를 집필한다.

1847 남부에서 도망친 흑인들이 북부의 자유 주 또는 캐나다로 탈출하도록 도와주는 '지하철도Underground Railroad'의 역/쉼터로 가족의 집을 제공한다.

1848 여성의 인권과 참정권을 주장한 「감정 선언문Declaration of Sentiments」을 읽고 큰 영향을 받는다.

1854 에머슨의 딸 엘런에게 들려주기 위해 썼던 동화와 우화 모음집 『꽃의 우화*Flower Fables*』를 출간한다.

1856 '소녀들을 위한 책'을 써달라는 출판사의 부탁을 받고 『작은 아씨들*Little Women*』을 쓰기 시작한다.

1857 일자리를 구하지 못해 절망하여 자살을 생각한다. 이 시기 엘리자베스 개스켈이 쓴 샬럿 브론테 전기를 읽으며, 브론테와 자신의 삶에 유사한 점이 많다는 것을 확인한다.

1858 여동생 엘리자베스가 세상을 떠나고 언니인 애나가 결혼한다. 올컷은 자신들의 여성 공동체가 끝났다고 느낀다.

1862 남북전쟁중인 12월, 북군 간호사로 자원입대한다.

1863 1월, 장티푸스 폐렴에 걸려 콩코드 집으로 돌아온다. 병에서 회복된 후에도 이전의 건강을 완전히 회복하지 못하고 죽기 전까지 심각한 두통, 불면증, 관절통 등에 시달렸으며 통증 완화를 위해 모르핀, 아편, 해시시 등을 습관적으로 복용한다. 간호사 복무 기간 동안의 경험, 당시 집과 친구들에게 보낸 편지들을 바탕으로 『병원 스케치*Hospital Sketches*』를 발표한다. 이 작품으로 대중적 인기와 문단의 관심을 동시에 받는다. 같은 해 *Atlantic Monthly*에 「나의 콘트라밴드 *My Contraband*」를, *Frank Leslie's Illustrated Newspaper*에 「어둠 속의 속삭임A Whisper in the Dark」을 기고한다. 이 해부터 1870년까지 본격적으로 가명 혹은 익명으로 쓴 선정적인 소설들을 각종 주간신문에 발표한다.

1864 작가로서의 야심을 담아 쓴 본격 장편소설 『변덕*Moods*』을 출간하지만 비평가들에게 혹평을 받는다. 5월, 「수수께

끼Enigmas」를 *Frank Leslie's Illustrated Newspaper*에 기고한다. 11월, 인종문제, 여성문제, 계급문제를 복합적으로 다룬 단편「한 시간An Hour」을 발표한다.

1866 9월,『현대의 메피스토펠레스, 또는 치명적인 사랑의 추격전*A Modern Mephistopheles, or The Fatal Love Chase*』을 탈고한다. 그러나 지나치게 선정적이라는 이유로 출판을 거부당한다. 10월부터 11월까지「가면 뒤에서, 또는 여자의 능력Behind a Mask : or, A Woman's Power」을 *The Play of Our Union*에 연재한다.

1868 〈뉴잉글랜드 여성참정권 협회〉에 가입한다. 이해와 다음해에 걸쳐『작은 아씨들』1권과 2권을 출간한다. 이 작품의 대성공으로 마침내 가족이 빚과 오랜 생활고에서 벗어나게 된다. 이후 주로 어린이 및 청소년 문학을 집필한 작가로 유명해졌으며 죽기 전까지 어린이와 청소년을 위한 다수의 문학작품을 창작한다.

1869 2월,「위험한 놀이Perilous Play」를 *Frank Leslie's Chimney Corner*에 기고한다.

1870 『구식 소녀*An Old-Fashioned Girl*』를 출간한다.

1871 『작은 아씨들』의 속편『작은 신사들*Little Men*』을 출간한다.

1873 두번째 장편소설『일*Work: A Story of Experience*』을 출간한다. 대중과 비평가 모두에게 별다른 호응을 얻지 못한다. 건강이 악화된다. 12월, *New York newspaper*에「초월주의의 야생귀리」를 기고한다.

1877 어머니 애비게일 메이 올컷이 세상을 떠난다. 이해부터 어

머니의 평생 숙원이었던 여성의 참정권 획득 및 행사를 위한 각종 정치활동에 더욱 적극적으로 참여한다.

1879 콩코드 지역 의회 선거를 위해 등록한 최초의 여성이 된다.

1880 전해 파리에서 세상을 떠난 막내 여동생 메이의 열 달 된 딸 룰루를 맡아 키우면서, 과부가 된 언니와 언니의 아이들, 아버지, 죽은 여동생의 자녀까지 모두 올컷이 부양하게 된다.

1886 『작은 아씨들』 삼부작의 마지막 『조의 소년들*Jo's Boys*』을 출간한다.

1888 3월 6일 뇌졸중으로 세상을 떠난다.

양손잡이 작가 루이자 메이 올컷

『작은 아씨들』의 독자라면 조가 작가 지망생이라는 사실을 잘 기억하고 있을 것이다. 소설을 좀더 주의깊게 읽은 독자라면 조가 한 신문사의 선정소설* 원고모집에 응모해 백 달러의 상금을 받게 된 일도 기억할지 모르겠다. 소설의 후반부에서 우리는 조가 그 이후에도 특정 신문에 여러 편의 선정소설 원고를 팔아 돈을 벌었다는 사실을 알게 되며 미래의 남편이 될 베어 교수의 혹평을 듣고 나서 비로소 자신의 선정소설 원고들을 불에 태우고 새로운 스타일을 찾아 '도덕적인 수필 혹은 설교' 혹은 '어린이용 이야기' 창작으로 돌아서는 것을 보게 된다.

---

* Sensational Novel. 19세기 중반 인기를 누린 대중문학 장르. 정신병, 유괴, 간통, 중혼, 살해 같은 자극적 소재들을 주로 다루었기 때문에 선정소설이라고 불렸다.

『작은 아씨들』의 자서전적 성격 때문에 올컷 연구자들은 줄곧 조의 모델이 된 작가 올컷 자신이 실제로 선정소설들을 썼을 것이라고 추측해왔다. 1940년대 초반, 하버드 대학교 도서관에 보관된 올컷 자료들을 검토하던 두 학자가 당시 신문사 편집자들이 올컷에게 보낸 편지 내용을 통해, 올컷이 'A. M. 버나드'라는 가명 혹은 익명으로 다수의 선정소설을 발표했다는 사실을 확인해냈다. 이후 지속적인 사실 확인 및 원고 발굴작업이 이어졌고 1970년대 중반 마침내 처음으로 올컷의 선정소설 모음집 『가면 뒤에서: 루이자 메이 올컷의 숨겨진 스릴러들*Behind a Mask: The Unknown Thrillers of Louisa May Alcott*』이 출간되었다. 여성주의 문학연구자들은 이 발견에 열광했다. 올컷의 선정소설들이 보여준 급진적인 여성주의 사상은 『작은 아씨들』의 작가에게서 기대하기 어려운 것이었기 때문이다. 남성작가 중심의 정전에 도전하고 여성주의적인 관점에서 문학사를 다시 쓰고자 했던 2세대 여성주의 운동과 맞물려 1980년대 내내 올컷을 재평가하는 연구들이 봇물처럼 쏟아져나왔다. 『작은 아씨들』이라는 가면 뒤에 숨은 올컷의 진짜 모습은 가부장제와 남성중심 사회에 분노해 복수를 꾀하는 악녀이며 선정소설은 그녀가 자신의 본모습을 순화 없이 드러낼 수 있는 출구였다는 것이 당시 발표된 연구들의 일반적인 논지였다.

이런 해석이 틀린 것은 아니다. 실제로 올컷은 여성운동과 노예해방운동에 적극적으로 참여했던 개혁론자였으며 가명 혹은 익명이라는 장치 덕분에 선정소설들에서 자신의 비판적 비전들을 더 여과 없이 드러낼 수 있었던 것도 사실이기 때문이다. 그러나 『작은 아씨들』로 대표되는 가정소설·아동소설들은 그녀의 가면이고 「가면 뒤에서」로 대표되는 선정소설들이 그녀의 본모습이라는 식의 구분은 올컷을 지나치게 단순화하는 면이 있다. 올컷은 이 두 장르 말고도 「병원 스케치」나 「초월주의의 야생귀리」 같은 풍자적 에세이, 『일』이나 『변덕』 같은 사실주의적 장편소설 등 다양한 장르의 작품을 시도했으며 각각의 장르에서 필요에 따라 가면을 쓰기도 하고 본심을 드러내기도 했기 때문이다. 그뿐만 아니라 가정소설과 선정소설 모두 올컷의 입장에서는 무엇보다 돈을 벌기 위해 쓴 원고들이며 그런 점에서 두 장르는 차이만큼이나 대중문학 '상품'으로서의 공통점 역시 다수 가지고 있다고 할 수 있다. 그러므로 가명으로 쓴 선정소설들이 막 발굴, 소개된 당시의 흥분도 가라앉고, 문학작품에서 전복적 메시지를 찾아내려는 강박에서도 얼마간 벗어난 지금 더이상 1980년대 문학연구자들이 만들고 유통시킨 가정소설 대 선정소설, 『작은 아씨들』 대 「가면 뒤에서」의 구도에 얽매여 올컷을 읽을 필요는 없을 것 같다.

여성주의가 올컷의 작품세계를 관통하는 가장 주요한 주제 중 하나인 것은 틀림없는 사실이다. 그러나 올컷의 여성주의는 남북전쟁과 노예해방이라는 19세기 미국의 역사적 상황, 온 가족을 부양해야 했던 생활형 전업작가로서의 조건들, 유년 시절을 지배한 초월주의 사상의 수용과 거부, 영국 문학작품의 모방과 변형 등을 통해 여러 차례 굴절되며 고유한 색채를 갖게 된다. 올컷 선집에 실릴 여덟 편의 중·단편들을 고르면서 무엇보다 이런 굴절을 잘 드러내는 작품들을 찾으려고 노력했다. 19세기 미국의 여성운

동은 노예해방운동과 어떤 관계를 맺고 있었는가? 중산층 백인 기독교 여성이 생각한 이상적인 흑백통합사회는 무엇인가? 대중문학 시장의 유례없는 확대와 베스트셀러 작가의 등장이 19세기 여성의 경제적 독립 및 사회적 권위 확보에 미친 영향은 무엇인가? 초월주의자 소로와 에머슨이 이해한 집과 가정, 그들의 이웃이자 제자이기도 했던 올컷이 이해한 집과 가정은 어떻게 같고 또 다른가? 자아를 찾는 여성 인물의 전형으로 폭넓게 수용되었던 제인 에어는 올컷에 의해 어떻게 비판받고 재창조되는가? 이런 모든 흥미로운 질문이 올컷의 여성주의를 작은 아씨 대 악녀라는 구도보다 더 넓은 사회적/개인적 맥락 속에 위치시킬 때 가능해진다고 생각하기 때문이다.

***

19세기 가장 영향력 있는 초월주의 철학자이자 여성주의자 중 한 명인 마거릿 풀러는 성차가 생물학적으로 결정된 것이 아니라 문화적으로 결정되고 학습되는 것이라고 주장했다. 지금은 상식처럼 여겨지는 주장이지만 집/가정과 세계를 엄격하게 구분하고 집/가정만을 여성에게 합당한 영역으로 인정했던 빅토리아시대 이데올로기 아래에서는 여성의 사회진출을 금지하는 기본전제를 뒤흔드는 위협적인 주장이었다. 아버지의 동료이자 친구였던 풀러를 어릴 때부터 보고 자란 올컷은 성차에 대한 풀러의 주장을 전적으로 받아들였다. 이 책에 실린 단편 「수수께끼」는 성차에 대한 올컷의 관점을 잘 보여주는 작품이다. 「수수께끼」에는 남장여자 노엘/모니카와 사랑에 빠지는 스파이 필경사 클라이드가 등장한다. 노엘/모니카를 둘러싼 수수께끼를 풀기 위해 클라이드는 몰래 그(녀)를 관찰하며 몇 번이나 그(녀)의 '진짜 모습'을 보았다고 생각하지만 그의 판단은 번번이 오인으로 드러난다. 클라이드가 본 것은 노엘/모니카의 실체가 아니라 그(녀)의 의상, 분장, 소품, 주변 정황일 뿐이다. 그러나 이는 클라이드의 관찰력, 판단력 부재 때문만은 아니다. 당사자인 노엘/모니카조차 "마치 여자 옷으로 갈아입자 여성스러운 본성이 다시 돌아오기라도 한 것처럼" 남자 옷을 입고 있는 동안 자신이 "그렇게 완벽하게 남자 역할을 해낸 것"을 부끄럽게 생각할 정도이기 때문이다. 노엘/모니카는 남자에서 여자로 또 여자에서 남자로 완벽하게 변신할 뿐만 아니라 성性을 가장 중요한 정체성으로 생각하지도 않는다. 노엘/모니카가 남장여자라는 사실을 발견한 클라이드는 뒤늦게 그(녀)에 대한 사랑을 깨닫고 그(녀)를 다시 성적으로, 즉 이성애적 사랑의 대상으로 규정하지만 노엘/모니카는 그 규정에 구속받지 않고 혁명가의 딸이자 동지로서 그를 떠나버린다. 그리고 그(녀)의 정체성은 영원히 답을 알 수 없는 수수께끼로 남게 된다.

중편소설 「가면 뒤에서」는 성차가 문화적으로 연출되고 수행/상연되는 것이라는 성찰에서 한 걸음 더 나아간다. 온순하고 상냥한, 쓸모는 많지만 권력은 전혀 없는 가정교사 진 뮤어는 완벽한 '집 안의 천사' 역을 연기한다. 아픈 안주인을 간호하고, 어린 딸을 지도하며, 장성한 아들들이 남성으로 변신하도록 고무하고 귀족 노신사의 말동무가 되어준다. 아름답게 음악을 연주하고 완벽한 차를 내리며 우아한 취향으로 꽃다발을 만들기도 한다. 이렇게 많은 일을 하면서도 코번트리 가문의 장남 제럴드가 인정하듯 그녀는 "불평조차 하는 법이 없다." 그러나 자기 방에 홀로 남겨지면 진 뮤어는 '집 안의 천사' 가면을 벗고 울분과 피로에 절은 악녀로 변신한다. "길고 풍성한, 땋은 머리채" 가발을 벗겨내고, 얼굴에서 연지를 지운 후, "진주처럼 반짝이는 이"까지 몇 개 뽑고 나면 "삶에 지친 사람의 고단하고 스산하며 생기 없는" 그녀의 본모습이 드러난다. 듬성듬성한 머리카락을 만지작거리며 술로 분노와 외로움을 삭히다가 "피로와 정신적 고통으로 녹초가 된 사람처럼 침대로 기어들어"가는 진 뮤어의 모습은 '집 안의 천사' 역할이 요구하는 막대한 육체노동 및 감정노동과 그로 인해 피폐해진 심신을 보여준다. 그러나 올컷의 선정소설에 등장하는 악녀들은 이 역할이 요구하는 '아름다운' 희생을 받아들이지 않는다. 음모를 짜고, 기지를 발휘하며, 자신이 가진 모든 자원을 활용해 부당한 관계를 미화하고 강요하는 사람들에게 복수한다. 올컷의 악녀들은 낭만적 사랑이 이 관계를 미화하는 핵심이라는 것을 잘 알고 있으며, 목적을 달성하는 과정에서 그 신화에 발목을 잡혀 주춤거리는 바보짓을 하지 않는다. 가정교사 진 뮤어와의 첫 만남에서 코번트리 집안의 장남 제럴드는 '제인 에어'적인 결말을 예상하며 그녀를 경계한다. 그러나 진은 "마지막 장은 더 근사할 거예요"라고 경고함으로써 시작은 『제인 에어』와 같지만 결말은 『제인 에어』와 다를 것임을 제럴드와 독자에게 예고한다. 모든 종류의 사회적 장벽을 극복하는 낭만적 사랑의 신화를 조롱하면서도 결국 결혼을 통해 부와 신분을 확보하는 「가면 뒤에서」의 결론에 실망을 표한 비평가들도 있다. 모두를 조롱한 뒤 자신이 원하는 것을 손에 넣은 진은 "마지막 장면이 첫번째 장면보다 낫지 않은가요?"라고 물으며 이야기를 마치는데, 판단은 독자들 각자의 몫이다.

「가면 뒤에서」의 결론에 대한 해석과 별도로 올컷의 작품들이 대단히 자주 결혼을 죽음, 감옥 등의 이미지와 연결짓는다는 사실을 이야기할 필요가 있다. 일견 자매들의 행복한 결혼으로 끝을 맺는 것처럼 보이는 『작은 아씨들』에서조차 살아남은 세 자매는 베스의 죽음을 전후로, 배경으로, 원인으로 삼아 결혼한다. 죽기 전에 베스는 언니 조에게 "언니가 내 역할을 해야 해. 내가 죽으면 엄마, 아빠를 위해 뭐든 다 해드려야 해. (…) 근사한 책들을 쓰고 세상을 전부 구경하는 것보다 그렇게 하는 게 더 행복할 거야"라고 당부한다. 그러겠노라는 약속과 함께 '집 안의 천사'였던 베스를 대신하기 위해 조 역시 베스의 죽음과 함께 상징적 죽음을 맞는다. 결혼하지 않고 작가가 되겠다고 결심했던 조의 상징적인 죽음 후에야 세 자매 모두의 결혼이 완성되고, 아버지도 남편도 없었던 유토피아적 모계사회의 추억은 다락방 안, 각자의 이름이 쓰인 관 같은 네 개의 나무상자 안에 봉인된다. 가부장 마치 씨의 귀환과 함께 모계사회의 완결성이 깨어지고 죽음과 결혼이 동시에 시작되는 것은 단순한 우연이 아니다. 두번째 단편 「어둠 속의 속삭임」 역시 결혼을 감옥, 죽음의 이미지와 연결하고 있는 작품이다. 자신의 돈을 노린 삼촌과의 결혼을 거부한 여주인공 시빌은 강제로 정신병원에 감금되고 그곳에서 역시 삼촌에 의해 감금된 자신의 어머니를 만나게 된다. 시빌에게 몰래 전한 편지를 통해 어머니는 자신이 미쳤으며 자신을 미치게 만든 것이 바로 이 감금상태임을 밝히면서 너무 늦기 전에 이 집을 탈출하라고 경고한다. 『제인 에어』, 「누런 벽지」, 『광막한 사르가소 바다』로 이어지는 '다락방의 미친 여자들' 계보에 속하는 작품으로 올컷의 「어둠 속의 속삭임」이 지금까지 중요하게 언급되지 않은 것은 의아한 일이다. 「어둠 속의 속삭임」은 가부장제 결혼을 여성의 구속과 명백하게 동일시하고 있으며 히스테리와 광기가 그 구속의 결과라고 말하고 있기 때문이다. 정신병원을 탈출해 도망가던 시빌은 자신을 구출하러 오는 진짜 연인 기를 삼촌이 보낸 사람으로 오인한다. 기와 결혼해 행복하고 평화롭게 살아가는 와중에도 시빌은 "엄마의 경고를 여전히 가슴속에 품고 (…) 어둠 속에서 들려오던 유령 같은 속삭임" 소리를 계속해서 듣는다. 구원자를 압제자로 착각한 시빌의 오인은 사실 오인이 아니었을지도 모르겠다.

마지막 작품 「위험한 놀이」는 앞서 언급된 세 작품과는 조금 다른 주제를 다룬다. 올컷은 남북전쟁중 북부 편 종군간호사로 참전해 약 여섯 주간 복무한 일이 있다. 이때 과로와 불결한 환경 때문에 장티푸스 폐렴에 걸려 목숨이 위태로운 상황까지 갔다가 회복하는데, 그 이후 죽을 때까지 여러 가지 건강문제로 고통을 받게 된다. 올컷이 겪은 각종 증상이, 장티푸스 폐렴을 앓던 당시 받은 수은치료법 때문이라는 설이 오랫동안 사실로 받아들여져 왔지만 최근에는 그녀가 자가면역질환인 루푸스를 앓고 있었다는 주장이 더 근거 있게 받아들여지고 있다. 사실이 무엇이든 간에 올컷은 피로감, 불면, 관절통, 심각한 두통 등에 만성적으로 시달렸고 고통을 줄이기 위한 방편으로 아편, 해시시, 모르핀 등을 상습적으로 복용하는 한편 최면치료 같은 새로운 방법을 시도해보기도 했다. 약물의 효과는 일시적인 것이었고, 다음날의 무기력과 나른함 같은 부작용 때문에 올컷은 약물에 의존하는 것을 별로 좋아하지 않았다. 최면치료 역시 별 효과가 없어서 시간만 낭비했다고 속상해하기도 했다. 그러나 치료 효과와 무관하게 올컷은 약물이나 최면 등이 가능하게 하는, 통제되지 않은 자아와의 조우에 큰 관심을 보였다. 올컷의 아버지는 초월주의 사상가이자 교육학자였다. 그는 낭만주의적 유아관의 영향으로 아이들의 영혼은 순수하다고 믿었으며 올바르게 인도하기만 한다면 타락할 리 없다고 생각했다. 자신의 믿음을 입증하기 위해 첫째 딸에 이어 둘째인 루이자를 낳았을 때도 그는 오랫동안 딸의 발달상황을 자세히 관찰하고 기록했다. 영혼의 정결을 유지하기 위해 아침마다 찬 공기를 들여 환기를 하고 찬물로 목욕을 시켰으며 육식을 일절 금지했다. 빈방에 사과를 두고 루이자를 혼자 남겨둔 다음 사과를 먹지 말라고 한다거나 루이자의 생일날 루이자 몫의 케이크를 친구에게 양보하게 하는 등 욕구와 충동을 이기는 훈련을 반복하며 루이자의 반응을 지켜보기도 했다. 어린 시절 루이자의 일기장은 많은 부분 자신이 그날 잘한 일과 잘못한 일의 대조 및 장차 스스로를 개선할 방법에 대한 결심으로 채워졌다. 아버지 브론슨 올컷은 그 일기를 읽고 그에 대한 자신의 의견을 덧붙이곤 했다. 그러나 성장한 루이자는 통제와 관리를 통해 영혼의 순결을 유지할 수 있다는 아버지의 믿음에 더는 완전히 동의하지 않았다. 그녀는 그런 식의 통제가 가능하지 않을 뿐만 아니라 바람직한 것도 아니라고 생각했다. 해시시를 먹고 벌어지는 연인 간의 해프닝을 다룬 소품 「위험한 놀이」는 의미심장하게도 약에 취한 두 연인의 '위험한 놀이'가 행복한 결말로 이어지는 과정을 그리고 있다. 얼음처럼 냉정한 로즈가 "평소의 차가운 자기통제력"을 버리고 그의 사랑을 받아들이자 숫기 없는 청년 돈이 소리친다. "그 환각이 이런 결말을 가져올 수 있다면 해시시에게 축복 있기를!"

글을 시작하며 올컷의 선정소설들을 『작은 아씨들』이라는 가면 뒤에 숨은 올컷의 진짜 얼굴로 해석하지 말았으면 하는 바람과 그 이유를 밝혔다. 올컷은 작은 아씨이자 악녀였고, 시장논리에 더없이 충실한 상업 작가이자 이윤으로 환원되지 않는 가치들을 추구한 사회 개혁가이기도 했다. 장르를 불문하고 올컷의 작품들은 때로는 모순적인 그녀의 정체성, 세계관, 그녀를 둘러싼 개인적·사회적 조건들이 종합적으로 매개된 결과이며 바로 그런 이유에서 흥미로운 독해의 대상이 된다. 2000년대에 나온 올컷의 전기, 전기 영화, 작품 선집 등도 여전히 '가면 뒤의 작가' 혹은 '작은 아씨들 뒤의 작가, 루이자 메이 올컷' 등의 제목을 사용하며 『작은 아씨들』은 가면이고 그 뒤에 숨은 진짜 올컷이 있다는 식의 해석을 재생산하는 경향이 있었다. 『작은 아씨들』이 누린 엄청난 인기며, 같은 작가가 가명으로 전혀 다른 성향의 작품을 썼다는 사실이 일으키는 호기심, 더욱이 그 대표작이 「가면 뒤에서」라는 의미심장한 제목을 달고 있다는 사실 등을 생각하면 납득하기 어려운 현상은 아니다. 그러나 반복하지만, 가면의 비유는 자극적이긴 하지만 그다지 정확하거나 생산적인 비유는 아니다. 굳이 비유를 써야 한다면, 가면 뒤의 작가보다는 양손잡이 작가라는 수사가 올컷의 작품 세계를 더 잘 설명해줄 수 있을 것 같다. 실제로 올컷은 비유적인 의미에서나 축자적인 의미에서나 양손잡이 작가였다. 교훈적인 내용의 가정소설과 아동소설 작가로 사랑을 받았지만 주간신문 편집자들이 그녀의 선정소설을 싣기 위해 고정 칸을 내줄 만큼 인기 있는 펄프픽션 작가이기도 했다. 오른손잡이였지만, 온 가족을 먹여 살리기 위해 끝없이 글을 써야 했기 때문에 오른손에 관절통이 오면 왼손으로 원고를 쓰곤 했다. 문학성에 대한 동경, 야심이 없지는 않았지만 상업적인 장르에서 진정한 재능을 드러냈다. 이성애주의와 가부장적 결혼제도를 회의하고 비판했지만 그 제도 밖에서 쉽게 손에 넣을 수 없었던 인정과 친밀한 관계에 대한 갈망으로 평생 허기를 느끼기도 했다. 양손이 써내는 서로 다른 이야기들의 동시성, 팽팽한 긴장과 타협, 타협의 성공과 실패 등에 주목한다면 올컷의 작품들에서 문학성 혹은 정치성의 잣대로 환원되지 않는 좀더 흥미진진한 드라마를 읽어낼 수 있을지도 모른다.

「위험한 놀이」를 제외하면 선집 1권에 수록된 세 편의 선정소설은 모두 여성주의자 올컷의 면면을 주로 드러내는 작품들이다. 선집 2권에서는 남북전쟁과 노예해방을 주제로 삼은 작품 세 편과 원시 공산주의 사회를 꿈꿨던 아버지의 유토피아적 공동체 실험에 대한 풍자적 에세이 한 편이 소개된다. 2권까지 읽고 나면, 올컷의 여성주의적 면면들이 인종문제, 당대의 초월주의 철학, 평탄치 않았던 가정사와 어떻게 관련을 맺으며 여러 겹으로 굴절되는지 좀더 선명하게 이해할 수 있을 것이다. 1권에 실린 작품들을 재미있게 읽고, 그 김에 『작은 아씨들』도 새롭게 다시 읽고 2권을 기다리는 독자 분들이 생겨나기를 기대해본다.

2013년 10월

서정은

가면 뒤에서

1판 1쇄 2013년 10월 24일
1판 7쇄 2020년 5월 25일

지은이 루이자 메이 올컷 | 옮긴이 서정은 | 펴낸이 염현숙
기획 고원효 | 책임편집 허정은 | 편집 송지선 김영옥 고원효 | 독자모니터 이희연
디자인 이효진 이주영 | 마케팅 이숙재 양서연 박지영
홍보 김희숙 김상만 지문희 우상희 김현지
제작 강신은 김동욱 임현식 | 제작처 더블비(인쇄) 중앙제책사(제본)

펴낸곳 (주)문학동네
출판등록 1993년 10월 22일 제406-2003-000045호
주소 10881 경기도 파주시 회동길 210
전자우편 editor@munhak.com | 대표전화 031)955-8888 | 팩스 031)955-8855
문의전화 031)955-2696(마케팅), 031)955-7973(편집)
문학동네카페 http://cafe.naver.com/mhdn
홈페이지 www.munhak.com

ISBN 978-89-546-2259-2 03840

이 도서의 국립중앙도서관 출판시도서목록(CIP)은
e-CIP 홈페이지(http://www.nl.go.kr/ecip)와
국가자료공동목록시스템(http://www.nl.go.kr/kolisnet)에서 이용하실 수 있습니다.
(CIP 제어번호: CIP2013018971)

www.munhak.com